U0684165

堂上奏乐

师秉会 著

笛清哪胜箫合

北方妇女儿童出版社

·长春·

版权所有　侵权必究

图书在版编目（CIP）数据

　　堂上奏乐，笛清哪胜箫合 / 师秉会著. -- 长春 ：
北方妇女儿童出版社，2019.4
　　ISBN 978-7-5585-2035-8

　　Ⅰ. ①堂… Ⅱ. ①师… Ⅲ. ①散文集－中国－当代
Ⅳ. ①I267

中国版本图书馆CIP数据核字(2019)第051173号

堂上奏乐，笛清哪胜箫合
TANGSHANG　ZOUYUE,DIQING　NASHENG　XIAOHE

出 版 人	刘　刚	
策 划 人	师晓晖	
责任编辑	熊晓君	
封面设计	清　风	
开　　本	880mm×1230mm　1/32	
印　　张	9.25	
字　　数	180千字	
版　　次	2019年4月第1版	
印　　次	2020年6月第2次印刷	
印　　刷	宁夏润丰源印业有限公司	
出　　版	北方妇女儿童出版社	
发　　行	北方妇女儿童出版社	
地　　址	长春市龙腾国际出版大厦	
电　　话	总编办：0431-81629600	
	发行科：0431-81629633	

定　　价　　69.00元

序 言

相传南宋时期重文轻武,即使平级的官员相遇,武官也得给文官让道。可是有一回,一位武官与当年的主考官在水上相遇,武官愣是不给这位主考大人让道,并且说:"你不是主考大人吗? 那就是最有学问的人了,我今天出个上联,您如果能对上来,我心悦诚服地给你让道。可如果您对不上来,那对不起,我就得先行了。"

主考大人一想,一个武夫能有什么学问,不信还能被他难住,哈哈一笑竟答应了。

没想到"武夫"竟用上了即兴谐音双关,吟道:

"水中行船,橹速(鲁肃)怎及帆快(樊哙)"

这对联的表面意思是水中行船,摇橹的速度哪里能赶得上张起帆来的速度。谐音则为鲁肃哪里能赶得上樊哙。深意则是说你们文官哪里能赶得上我们武官。

主考大人竟然被难住了,愣是没对上来,但已经应允,不得不让这位武夫先行了。可心里总是放不下,于是便将这副上联带了回去,让学生来对。而他自己还是郁闷不已,怎么也想不到,竟输给了一个武夫。为了解闷,他便在堂上吹起了笛子。

主考官在堂上一吹笛子,下面的一位学生竟对上了"堂上奏乐,笛清(狄青)哪胜箫合(萧何)",正好与上联相对,且意思相反。后来人们把这一传奇改头换面,附会到了大学士纪晓岚的名下,也就成了"两舟并行 橹速不如帆快;八音齐鸣 笛清哪如箫合"。

1

而我们现在也正好要推广研讨式、合作式教学,这不正是"堂上奏乐,笛清哪胜箫合"的局面吗?

编者寄语:

我叫师秉会,陕西省旬邑县底庙人,我不敢枉称作家,最大限度只是一个编者,一个中学教师,二十年前是,现在还是。但我并不感到羞愧,反而为我的思想和情感而骄傲,而自豪。我也希望你成为我或我的学生。

你也许和我一样,也许和我的学生一样,千万不要小看了自己,否则,你真的会被人小觑了。我的文章,我学生的文章也许就是你的心声,只是因为你还没有写,或者没有说,那就看看吧!相信观后的你一定能写出比我,比我的学生更精彩的文章,我们都是无名士,但我们的思想,我们的情感照样会爆出绚丽的火花。

谁说我们不行?瞧!这就是我们身边的,甚至是你自己的彩虹。这其中的许多方面,甚至不亚于名家大作,为我们语文同仁所称道,更是我们所有文科老师的骄傲。因此,请我们的每一名同学相信,名篇佳作并非个别人的专利,只要我们努力,我们就一定也能写出令自己骄傲,也让老师自豪的佳作。

经典固然脍炙人口,但却并非十全十美,这里就找出了经典的许多问题,或值得商榷的地方,你不妨也来加入我们的行列,来挑战经典。只有敢于挑战经典的人,才能成为有思想,有感情的自我。这与其说是新课标对学习语文提出的要求,还不如说是时代的要求,即必须发展自我。所谓一千个读者就有一千个哈姆雷特,你为什么就不能读出你的哈姆雷特。

"奇文共欣赏,疑义相与析"

我们也恳切地希望同学们能以此为契机,为桥梁,很快步入迅速立意、迅速构思、迅速写作,写出佳作的殿堂。

关于写作技巧,我并不想多说,因为我们的语文课堂讲得太多太多,什么借景抒情,什么对比衬托,什么设伏铺垫,什么欲扬先抑,还有各种修辞手法。而且这方面的指导书也特别的多。我只想说,我们首先要明确写作是为了表达自己的思想感情,每个人也都会有自己的思想感情,这才是创作的原动力。有了一这原动力,就看你有没有勇气与自信了,当然最关键的还是毅力。在我看来,你只要能抓住生活的细节与规律,就能写出你的真情实感。作为文章——有价值的文章,不外乎有独到而深刻的思想见解或有人生的哲理或有动人的情感。思想见解或人生哲理是可望而不可求的,但人的情感往往是不同的,所以我以为任何人都可以写,写出自己独有的情感。我们之所以写不出,那是因为我们只想着为作文而写作,为展示能力而写作。我们课本中的文章又与我们的生活有太大的距离,我们无法理解,无法体会,也无法感受。或者缺少我们能体会的那种类型。但这本《堂上奏乐,笛清哪胜箫合》囊括了所有的思想与感情(类型),且更接近我们旬邑学生的生活特征,因为它是旬邑师生的佳作荟萃。本书中的《青春无悔》《生命的呼唤》《阴遁》《水的品质》等全曾是高考的作文题,相信今后中考、高考的作文也跑不出去。如果学生能体会本书的写作手法,作文保证能增加七八分或十多分。我们学校前两年普高的高考成绩固然因为基础差而低于旬中,但唯有语文的成绩均分高于旬中,这与当时我们的学生手中都有这本书不无关系。

堂上奏乐 笛清哪胜箫合

目　录

电话爸爸 …………………………………… 李　蓉(1)

梦想——站在灯光闪耀之中 …………………… 许　鑫(3)

十几岁的感情就像七八岁的英雄梦
　　那么的不可一世却又不堪一击 …………… 周永康(4)

拿什么奉献给你,我的生命 ………………… 肖瑞婷(6)

还记得那条路吗? ………………………… 肖瑞婷(7)

我喜欢出发 …………………………………… 肖瑞婷(8)

好害怕回家 …………………………………… 秦思艺(9)

爱是那双温暖的手 ………………………… 刘　悦(10)

在飘雪的季节守候花开 …………………… 石　岩(12)

教育与习惯 ………………………………… 石　岩(14)

教育题材剧本 ……………………………… 石　岩(15)

树的警告 …………………………………… 石　岩(62)

"昏"之白 …………………………………… 石　岩(69)

月季花开别样红 …………………………… 石　岩(73)

堂上奏乐笛清哪胜箫合

1

如果还有来生 ······ 石 岩（82）

我的口福 ······ 石 岩（97）

十六月亮不再圆 ······ 石 岩（102）

我的"土豪"棉袄 ······ 石 岩（111）

（祭文）在父亲墓前的讲话 ······ 石 岩（116）

（祭文）我的大妈 ······ 石 岩（117）

和声笑语，萦萦伴耳 ······ 石 岩（119）

音容笑貌犹在，浩然之气永存 ······ 石 岩（121）

二 娘 ······ 石 岩（124）

音容笑貌常在，豪爽之气永存 ······ 石 岩（126）

岳母大人千古 ······ 石 岩（128）

关于祥林嫂的姓名 ······ 石 岩（129）

说说《祝福》中的"我" ······ 石 岩（131）

这里需要一片蓝天 ······ 石 岩（133）

说气质 ······ 石 岩（136）

过桥乌龟 ······ 石 岩（138）

合作共赢是历史发展的必然 ······ 石 岩（139）

看 齐 ······ 石 岩（141）

读《我的空中楼阁》有感 ······ 石 岩（143）

一切为了安全 ······ 石 岩（144）

时间不能浪费 ······ 石 岩（146）

为了诚信，女儿哭了 ······ 石 岩（148）

我碰见了贾宝玉 ······ 田芳妮（149）

我们都能成才 ······ 石 岩（152）

三人真能胜虎吗? ······ 石 岩（154）

蚊子与苍蝇 ······ 石 岩（158）

责　任	石　岩	(159)
中　奖	石　岩	(161)
语文教学中的偏差	石　岩	(165)
也让学生当当老师	石　岩	(168)
为什么要"再一次地相信名词"	石　岩	(172)
我找到了答案	石　岩	(173)
《滕王阁序》的思想感情绝非一己	石　岩	(176)
"随意春芳歇"之我解	石　岩	(179)
死且不避,何须掩饰 ——杜十娘"用意修饰"之我见	石　岩	(181)
人有学问境自高,书无俗香芳千年	石　岩	(183)
《石钟山记》求疵	石　岩	(184)
《涉江采芙蓉》主人是游子,还是怨妇?	石　岩	(186)
山神庙里的火信来得有点早	石　岩	(189)
我看"我有一所房子,面朝大海,春暖花开"	石　岩	(191)
汉语之殇	石　岩	(193)
海尔冰箱	石　岩	(195)
明星代言,罪责难逃	石　岩	(198)
怪象背后	石　岩	(200)
反弹琵琶写真情	石　岩	(202)
《错误》中的第一句是序不是诗	石　岩	(204)
"变换角色"也是一种能力 ——浅谈新课标下语文教师的素养	石　岩	(207)
毛泽东的《沁园春·长沙》与《沁园春·雪》的比较鉴赏	石　岩	(209)
《荷塘月色》的第三种境界	石　岩	(211)
死	石　岩	(213)

从狼到狗 ·················· 石　岩（218）

过年去成都 ·················· 石　岩（221）

成都的贵客 ·················· 石　岩（233）

爸爸的遗产 ·················· 石　岩（238）

阿四内传 ·················· 石　岩（245）

事与愿违 ·················· 石　岩（249）

学校的改革 ·················· 石　岩（258）

阿四转干 ·················· 石　岩（261）

阿四评职称 ·················· 石　岩（263）

阿四其人 ·················· 石　岩（272）

旅游杂记 ·················· 石　岩（275）

电话爸爸

李 蓉

我蹒跚学步的时候,爸爸就外出打工了。从那以后,我再也没有见过爸爸。每隔十天半月,妈妈就会抱着我接听爸爸打来的电话。每次都是妈妈和爸爸先说一会儿,而后妈妈就将听筒放在我的耳边,让我叫爸爸。我还不会叫,但我会听。听妈妈说我听得可入神了,可专注了,有时还会发出咯咯的笑声。

当我咿呀学语会叫爸爸时,看见村里的其他孩子都有爸爸在身边自己却没有,我就闹着向妈妈要爸爸,妈妈总是说"听话,明天就带你去找爸爸",我等呀等,等了有一年的时间,妈妈也没有带我找过爸爸。

夏季的一天,妈妈竟然对我说:"想不想爸爸啊?妈妈明天就带你去找爸爸!""真的,妈妈不骗我?"我异常惊喜,这次妈妈真的没有骗我。第二天,妈妈就把自己的衣服和我的衣服装进一个有轮子的大箱子里,然后拖着箱子,带我来到镇上,坐上了大汽车。

那时候我还是第一次坐汽车,兴奋得大呼小叫。一会儿叫妈妈看这儿,一会儿叫妈妈看那儿。车上的人都被我逗乐了。妈妈轻轻拍打着我说道:"见到爸爸一定要叫爸爸啊!爸爸给你准备了很多好吃的,好玩的。"我嘴角上扬,点了点头,慢慢闭上了眼睛。

恍恍惚惚中不知过了多久,我觉得自己被人托了起来,睁眼一看,自己竟躺在一个陌生男人的怀里,哇的一声哭了起来,妈妈接过我。"别怕,这是爸爸。"我看都不看一眼,紧紧搂着妈妈不停地抽泣,妈妈说话了,"别太难为孩子了,孩子怕生。"隔了一会儿爸爸朝我递来一个漂亮的洋娃娃,当我快要触及洋娃娃的时候,爸爸却收回了,说道:"叫声爸爸,这个洋娃娃就是你的了。"我伸出去的手慢

1

慢收回,隔了半晌,猛地转过身,抱着妈妈委屈地哭了起来。

一天,我们出去玩,我迈开腿朝路边的一家食品店跑去,冲着柜台上的公用电话喊了一声爸爸,妈妈瞅了一眼电话上的号码,爸爸打电话了,快接电话啊!听筒里传出爸爸的声音,我紧紧地把听筒贴耳朵上,认真听着,我哽咽着问爸爸"你怎么不回家啊?""丫头啊!爸爸也想你了,但你不要爸爸,不肯叫爸爸,还不和爸爸在一张桌子上吃饭。""那个人不像爸爸。"听筒里传出"那爸爸是什么样子啊?"顿时我说不出话来,妈妈那里有爸爸的照片,看了就知道了。

妈妈翻开照片,那时的我依偎在妈妈的怀里,爸爸身穿蓝色羽绒服,嘴角洋溢着幸福的笑容,露出一口白亮的牙齿。妈妈让我闭上眼睛想一下爸爸的模样,说不定爸爸会出现。我轻轻闭上了眼睛。想象着电话里的爸爸,睁开眼睛后,看到了和照片里一模一样的爸爸,爸爸出现在我的眼前,我瞪大了眼睛。有些不敢相信,傻呆呆地看着,爸爸也看着我,双方僵持着。爸爸脸上爬满了汗珠,呼吸也急促起来:"我是爸爸啊,"对于这个陌生的名词,我做不出反应。爸爸的神情突然暗淡下来,说道:"是我自己只想着挣钱养家了,这几年没顾上回来看你们。""慢慢来,用不了几天,会叫爸爸的,对吗?"妈妈低声说,"这些年你不在家,孩子受了很多委屈。她只认识电话里的爸爸啊!"

看着爸爸发红的眼圈,记得那是我第一次用小手触碰爸爸的脸颊,第一次近距离观察自己每天晚上出现在梦里的爸爸,第一次依偎在爸爸那久违而又温暖的怀抱里。无论岁月如何变迁,那份血浓于水的亲情会随着岁月永存!

梦想——站在灯光闪耀之中

许 鑫

梦想，似乎就住在每个人心中。说到这里，我突然感觉上帝就是一条恶龙，它残酷地将人从出生的那一刻开始就分成了三六九等，有人从出生的那一刻就自带光环，每天都活在众星追捧之下，而有些人恰似黑暗中的一根稻草，苟延残喘，只有不断地向上爬才能进入人们的视线。

我们每个人都是有梦想的，有些人认为梦想是梦中想象，有些人则为了梦想投入一生。

我上初中那会儿，比我优秀的人可谓是大海中的水滴。记得有一次，轮到了我们班国旗下讲话，上周会时，老师就把这件事说了，让我们自愿报名。听到这个消息，我的心脏就开始跳个不停，甚至连呼吸都有点困难，下课铃声一响，老师问有没有人愿意，老师瞟了一眼，没有人回答，就指定了一个同学，当时的我虽说有些不甘，但也无可奈何。

初中毕业，我怀揣着绝望的心，来到了职中，没过两天，学校就让报社团，当学生会成员把二十几个社团写完时，我一眼就看见了"金话筒"，于是我便报了这个社团，刚进社团时，我感觉有一些压力，因为他们个个都比我优秀。开始上第一节课时，社长就让我读李白的《早发白帝城》，当时我特别紧张，手心中都是汗，社长看我如此紧张，便叫我深呼吸，在他的帮助下我读完了这首诗。坐下的那一刻，我瞄了一下四周，他们个个都望着我，当时不知道哪来的自信，感觉他们绝不是笑话我。随后学校在我们"金话筒"社团选广播员，也许就是那一双双肯定的眼神给了我勇气，我报了广播员的选拔，但也许是真的资历太浅，也许是老天觉得我还不

3

够努力,我落选了。比赛成绩公布的那一刻,我眼中的泪如浪涛江水,我开始抱怨老天为什么,我一路过五关斩六将才能进入决赛,而别人就可以直接进去决赛,而且得到肯定,难道我真的是运气差,难道我真的成不了幸运儿,难道,难道,我有太多的难道。

随着时间的推移,没有当选的同学可能已淡忘,而我却难以忘怀,但失败并没有让我放弃演讲,在同学和老师的赏识下,我曾三次代表班级演讲,取得了不错的成绩。刚开学时,广播室又来招广播员,这一次我犹豫了,心中很复杂,我怕自己又一次的失败,但想到我的梦,想到那些名人,我又有什么理由拒绝呢?值得庆幸的是我入选了,我成为了一名广播员,但心中却没有以前的那般激动,反而很坦然,也许觉得这些都是我应得的。

但我也深知这些小成绩离我的梦想很遥远,也许未来又一次失败,但我会记住一句:不为失败找理由,只为成功找借口,直到永驻灯光闪耀之下。

十几岁的感情就像七八岁的英雄梦那么的不可一世却又不堪一击

周永康

不知从什么时候起,没事总喜欢在那条路上走走,听树叶的沙沙声,看来来往往的车辆,情不自禁地嘴角映出一丝苦笑,"看来这次又是白来一趟"。拾起路旁的一片树叶,这金黄的叶子在阳光下泛起了岁月的年轮,带我去找寻那牢记着属于我的最美青春记忆。

"如果感到幸福你就拍拍手,如果感到幸福你就大声吼,如果感到幸福你就大胆地去追求。'我爱你……'"舞台下的拍手声,呐喊声不绝于耳,可那三个字我却从始至终也没有喊出口,相熟的几个朋友喊着舞台上女孩的名字推着我,看着舞台上那个跳跃着的白衣女孩,她是那么美丽动人,那么清纯可爱。在她跳动的那一刹那,我似乎感到整个世界都因她的美丽而停止了运转,那一刻,整个世界似乎只剩下了舞台上那个跳跃着歌唱的女孩和台下目不转睛看着她的我,那一刻她的歌声只为我而唱响,她的舞姿只为我而跳动。可是……可是那不已经是过去式了吗?现在说这些还有什么用?嘴角泛起了一丝苦笑,笑自己,也笑那份回不去的曾经。

我们的相识有些戏剧性的偶然,一年多的时间里虽然不常联系,但心中的那一份爱慕却从来不曾减少,曾经以为我们会以朋友的身份相处一辈子,尽管这样心中会有些许不悦,但后来想想,或许,或许好朋友的身份会让我们走得更长久,最终我选择了将这份爱慕埋在内心深处。或许是老天爷跟我开了个玩笑,你的一句"人家爬山都是和对象一起的"又一次拨动了我本就紧绷着的心弦。

那是一个星期天,我们相约去一起爬山,冬日的阳光照在身上有些暖人,但时不时吹过的寒风还是会让人不由地紧一紧外衣。你的一袭黑衣,粉色的围巾更衬你的动人,你的一颦一笑都深深陶醉着我的心神。在那条本不算近的路上,我们迎着寒风,夹杂着无边落木的沙沙声走着,天南地北地聊着一些连我们自己也不太熟知的事物来化解着这所谓的尴尬。这种感觉好奇妙,冬风、落叶、红颜、知己,人生一大幸哉,乐哉。真希望时间可以永远定格在这个美妙的时刻。

圣诞节的第二天是那个女孩的生日,我将一个镶嵌着她照片的八音盒放进了她的桌斗里,在装相册的夹层里留了一张字条"这一次伤的有点疼,宁孤生,不错爱,愿等"。做完这一切,走出那个沉闷的教室,抬头看看,天依旧那么蓝,细听来依稀有沙沙落叶之声。又是一阵苦笑,我们总是一路相遇,一路告别,虽然后者有些许不舍,但或许这就是所谓的成长。

忽然觉得这就像是一场梦,一个于我而言很美但却很遥远的梦。

堂上奏乐 笛清哪胜箫合

拿什么奉献给你，我的生命

肖瑞婷

青山绿水，鸟语花香，是你；凄婉动人，澎湃豪放，是你，让我看到了这充满生机的一切；让我领略圣人那优美的语言，让我品味着不一样的生命。

泰戈尔说"生如夏花之绚烂，死如秋叶之静美"。所以，我的生命，我想在你年轻快乐的舞步上点缀出更多的花样，让你绚烂，让你体验所有的凄美繁华。我的生命，我要带你去看那绚烂的烟花，告诉你：我就是我，不一样的烟火。泰戈尔还说"安静点吧，我的心"。最后的阳光也沉下了地平线，仅剩下几抹残骸飘浮在空中。人们在一部虚无缥缈的连续剧前甘心地流下由衷的泪水，冷静地模仿着那些虚幻的人物，演绎着真实的悲剧，可那不过是迟到的爱遇见了冷藏的心，竭尽全力地弥补终究敌不过冰凉生活的阴影，始终不得不徘徊在爱与痛的边缘。

拿什么奉献给你，我的生命。雨纷纷，旧故里草木深，我听闻，你始终一人。斑驳的城门盘踞着老树根，石板上回荡的是在等。不去聆听行人匆忙疲惫的脚步，不去思考芸芸的喜怒哀乐。我们早已忘却了人类生活在地球上应该是怎样。因此，我们都在按照老套而死板的社会框架生活，我的生命会陪你寻找到不一样的生活，让你在社会中寻找到自己的独妙之处。陪你欣赏旧故里的草木，聆听那石板上的在等。逝者如斯夫，不舍昼夜。

我的生命，我要你在最美的舞台上舞得绚烂，舞得淋漓尽致。我没有别的东西奉献，唯有我的生命。悠悠十多年岁月，在我的生命中开出灿烂的花朵，不会让迟到的爱遇见冷藏的心，不负如来不负卿。

拿什么奉献给你，我的生命。

还记得那条路吗？

肖瑞婷

雨纷纷，旧故里草木深，我听闻，你始终一人。

叔叔曾是我童年时最美好的回忆，他只比我大十几岁，我的童年和小学时代都是由叔叔陪伴着的。

小时候拉着叔叔去买泡泡糖，那商店的阿姨总把我当成叔叔的孩子，每次买泡泡糖时她总会送我们两个爆炸糖。带着泡泡糖出了门，我就迫不及待地拿出一个脱了它衣服嚼在嘴里，吸吮着它那酸甜的味道，脸上洋溢着满满的笑容。叔叔看着也会露出他那整齐的牙齿。我向他做鬼脸还嘟哝着："那么开心，是给黑人牙膏做代言吗？"嘴上说着，手里还是拿着一个泡泡糖塞进了叔叔嘴里。一路上，我把全部泡泡糖都吃完了，吹了个好大好大的泡泡，叔叔可真坏，用他那胖胖的手指一点就点破了，全粘在了我那小脸上，叔叔这下可乐坏了，一直笑，一直笑，我气得脑袋都快炸了，伸出小手在他那白白的脸上添了几笔。呦，这下破相了。

五年级的时候，叔叔带着他的女朋友回家。那位姐姐可漂亮了，大眼睛，长头发，还穿着一身卡哇伊的小短裙。叔叔和姐姐聊着天，我在旁边看着电视，不过我还是会偷偷地瞄上几眼。那位姐姐问叔叔的脸上是怎么回事，叔叔憨厚地挠了挠脑袋说是一只小猫挠的。我转过头，尴尬地笑了笑，不知怎么了，那位姐姐和叔叔分手了。好几次，我都想安慰一下叔叔，可还是力不从心。

去年夏天，叔叔和他的同学一起南下去河南创业了。我好想他，可过年时他没回来，只是打了个电话问候了一下。

叔叔，你还记得那条路吗？你离开了，萤火虫带着你逃跑了，又嚼着泡泡糖，那回荡在耳畔的是在等。

堂上奏乐
笛清哪胜箫合

我喜欢出发

肖瑞婷

我喜欢出发。

凡是到达了的地方，都属于昨天。哪怕那山再青，那水再秀，那风再温柔。太深的留恋便成了一种羁绊，绊住的不仅有双脚，还有未来。

我自然知道，大山有坎坷，大海有波浪，大漠有风沙。可即便这样，我依然喜欢。打破生活的平静便是另一番景致，一种属于年轻的景致。真庆幸，我还未老。把每一个起点当作终点，把每一个终点当作起点，往来巡回，甚至周而复始，如命运般无常，冥冥之中早已有了定数。人能走多远？这话不是要问双脚而是要问志向；人能攀多高？不是要问双脚而是要问意志。只要出发了，前面的道路必有所收获吧，因为你还有一双勤快的手，还有一双奔跑的脚，还有一双勇于发现的眼睛。

背包已打好，目标已确定，计划已拟好，作为学生，月考之后你必须出发。其实，我们一出生，就意味着出发。汪国真曾曰："既然选择了远方，便只顾风雨兼程，既然选择了宇宙，那么留给世界的只有背影。"向着目标出发，你终将看到最美的夕阳。

放不下过去的人，不成熟；放不下现实的人，不理智；放不下未来的人，不豁达。出发，是美妙人生的创造。没有出发，怎能领略沿途的风景，怎能获得成功的人生？但不是所有的出发都会到达。

最爱出发，出发是热爱生活的人对生命的不断追求。

好害怕回家

秦思艺

可能提起回家，在别人眼中是一个幸福而又开心的事，可自从妈妈走后，我好害怕回家，害怕回那只有我一个人的家。

可能在别人眼中，我们这个年纪应该是没有忧愁，没有悲伤吧！都说这样年纪里充满了欢乐，可我，并不快乐。

上职中以后，也不知道怎的，妈妈走了，爸爸也不回家，每天不管是白天还是晚上，几乎都是我一个人，我并不是害怕那所谓的黑夜，只是一个人真的好孤单，没有人陪我，只有那寂静黑夜里的一盏明灯，一台电视，一个手机和我做伴。看着身边躺着的那几个毛绒玩具，它们尚且有伴，可我却无人陪伴。

虽说爸爸在家照看我，可我却几乎不见他的人，有时他起来很早就走了，晚上等我睡着了他才回家。我早上醒来一进他的房间看见桌子上烟灰盒里有许多烟头，才知道爸爸昨晚回来过了，而我，却几乎见不到他的面，见爸爸一面，成了我最难的一件事。

我很不习惯一个人在家，我很不习惯没有人陪着我的日子，我好害怕一个人待在冷清的房子里，我好害怕夜晚孤独地待着，我真的好害怕。总是在这样的日子里，我便想起了昨日：妈妈的那些唠叨，爸爸对我的严格要求，弟弟妹妹他们两个吵闹的声音。

可这样的日子过去了，妈妈走了，带走了弟弟，爸爸也几乎不着家。

我害怕回家，害怕一个人的生活，害怕那没人陪伴的孤独的夜！

堂上秦乐
笛清哪胜箫合

爱是那双温暖的手

刘　悦

在我的印象中,外婆的手大大的,而我的手小小的。她的手总是可以轻而易举地把我的手包起来,然而我总是不乐意地把手从她的手心中努力地挣脱,只是从来没有成功过。但是,慢慢地,我便不再挣脱了,因为那双手包着外婆对我暖暖的爱,所以,我也想用暖暖的手去温暖外婆的手。

在我上幼儿园的时候,妈妈把我交给了外婆去外地打工,一走就是三四年,这些年里,我几乎都忘记了妈妈的模样,外婆是我最亲的人。

每天早晨,外婆总是很早起床,先给我做好早饭,然后叫我起床,我记得外婆每次给我穿好一件衣服,然后伸手去取另一件衣服时,我就立刻倒头睡着了,这时外婆的手便会把我拉起来,然后小心翼翼地给我穿衣服,每天我穿衣服的时间至少得半小时。吃过早饭,外婆便拉着我的手送我上学,她的手好硬,好扎,就像山沟里挖出的老树根一样。而我每次都会甩开她的手说:"不要你拉,不要你拉。"外婆也不多说,只要看到有车过来,她的手总是不自觉地拉起我的手,任凭淘气的我怎么反抗,她的那双强有力的手还是紧紧地包着我的手,寒冷的北风呼啸着,我的手痛但却温暖着。

渐渐长大,我上了小学一年级,每天下午放学回家,外婆总是一只手拿着小刀,一只手拿着铅笔带我去邻居大姐姐家做作业。那时在我的眼里,外婆好像很喜欢削铅笔,她的小刀随时都不离身,我做完作业已经进入梦乡了,她还在削铅笔!每天早上起床,铅笔盒里总躺着一排整整齐齐的削好的铅笔,因为给我削铅笔,外婆的手流过很多次血,也破了很多口子。每次我做作业的时候,总是三心二意,还老是写错字,外婆就用她那双伤痕累累的手在我的背上重重地一拍,而这个时候,委屈的我便会流着泪说:"外婆从没打过我,就因为写错字打我,我不写了。"我摔下铅笔,转头就跑了出去。我讨厌那双手,讨厌那双打我的手。那个时候我以为我出去玩的时候,外婆就会忙自己的事,后来我才知道每次我丢下笔跑出去玩的时候,外婆总会弯腰捡起笔,用那双布满伤口的手颤颤巍巍地帮我写作业,那字是扭曲的,但那张作业却是整齐的,仔细看看本子上还有依稀的血迹,我知道那血的颜色有多深,外婆对我的爱就有多深。

那天妈妈回来了,可是……我好像根本不认识她,外婆一遍又一遍地告诉我,她是我的妈妈,可是我就是不认识。我躲在外婆身后,看着眼前对我微笑的女人,我一脸茫然,我紧紧地抓住外婆的手,那双手是如此的厚实温暖,让我觉得很有安全感。

那个声称是我妈妈的女人接走了我,我便暂时性地离开了外婆。在新家里,我处处躲着妈妈,因为我觉得那个女人很凶很凶,她有时会给外婆打电话:"妈,你看这孩子,现在多不听话,都是你给惯的。"我总会躲在角落里默默流泪:"外婆,有人欺负我,我想你。"外婆,我想你。

突然有一天,舅舅给妈妈打来电话,说外婆住院了,妈妈放下电话就和爸爸去看外婆了,没有带我……

第二天妈妈回来接我去了舅舅家,她说:"外婆想看看你。"我大声嚎哭,心想:外婆就要离我而去了吗?我看着躺在床上的外婆,几滴滚烫的泪水顺着脸颊滑下,落在外婆的手上,我紧紧握住外婆的手,那双手皱纹是那么深,又是那么瘦,瘦得只剩下皮了,那双手不再温暖了,而是冰凉冰凉的,我哭着说:"外婆,我不讨厌你的手了。我以后会好好做作业,我也会小心过马路,还会听妈妈的话,外婆你不要走,你走了就没人给我削铅笔了,就没人爱我了。"

"傻孩子,以后有你妈妈给你削铅笔,你妈妈也会爱你的,外婆不用操心了。"

"不,我就要你,外婆你不要走。"我紧紧拉着外婆的手怎么也不肯放开,手心出了很多汗,外婆的手也被我焐热了。

外婆去世了，就在我最后一次牵完她的手，我现在依然记得她说过的最后一句话是告诉妈妈的："不要打孩子，要多爱她，千万不能让她哭。"

外婆的手是一双不寻常的手，它曾为我削过铅笔，它曾为我擦过泪水，它曾为我做过美味佳肴，它曾给过我安全感，它曾牵着我走过了一条又一条马路，外婆的爱，藏在铅笔的笔尖里，藏在早餐的鸡蛋里，藏在那双温暖的手里，我永远都不会忘记在这双大手中，曾有一双倔强的小手，直到有一天，这双小手长成了大手，也焐热了曾经给过她温暖的手。

在飘雪的季节守候花开

石　岩

那年，我十岁，二妹八岁，小妹才四个月。那个冬天特别的冷，几乎每天都在飘雪。

就在那个飘雪的季节，妈妈瘫痪了。家中唯一的牛也得了病，灌药时竟呛死了。一头央要生产的老母猪也在一夜之间被狼衔去了。剩下的就只有锅碗瓢盆了。因为妈妈断奶，加之家中生活无以为继，又把小妹抱给了人家。

尽管妈妈常哭，爸爸长叹，但我不怕，因为我是男子汉，我有我的小伙伴，外面才是我的世界。

看见飘落的雪花我就兴奋，那轻飘飘，慢悠悠，甚至还会和你开一个玩笑的雪花，晶莹、剔透，应该是洁白与清凉的象征。我最喜欢追它，打它，将它吞入口中，它似乎有一种沁脾的清香。不仅如此，下了雪，我们便可以在雪上追逐打闹，再也不怕弄脏了衣服，甚至越滚越净，等雪下厚了，我们还可以捕鸟呢。

但二妹却和我不一样，她简直就是妈妈的跟屁虫，妈妈瘫痪了，她便开始做妈妈做的活，洗衣做饭，她竟然都能来，闹得邻里们都说她怎么怎么地懂事，听话，乖巧，这不是明摆着说我不好吗？我便暗暗地忌恨起二妹了。

我爱鸟，二妹却喜欢花，这大概与我爱在外面玩，二妹爱在家里干活一样吧？我从来也没想过改变。

我捕的鸟就关在院东墙角的小洞里，不知什么时候，妹妹竟在离小洞不远的地方，栽了一圈荆条，还扎了我一回，这不是诚心跟我作对吗？一问才知道，她那荆条围的是一株腊梅枝，但我还是数落挖苦了好一阵子。但二妹却不管我，而且每天都要给她的枯枝浇水，似乎天天等着看花。

有一天，我突然发现我的鸟不见了，我立刻就怀疑是二妹给放跑了："除了她，还能有谁？"我一边大声地叫着："会梅！会梅！为什么要放跑我的鸟？"一边冲进了屋子，恰好爸爸在屋里，看到我的样子就瞪，要不然，我肯定得扇二妹两个耳光。可二妹却哭着死活也不肯承认，装出一副可怜委屈的样子，我简直是恨透了。

不知是因为天太冷了，还是别的什么原因，二妹竟咳嗽起来了，而且咳起来就是一整夜，简直让人难以入睡，真是烦透了。

然而到了第三天的晚上，二妹不再咳了，只是发烧，大概有点烧迷糊了，嘴里却不停地念叨着："哥哥！我没有放你的鸟，没有。——我的花已经三天没浇水了，三天——"

那时爸爸已经去请医生了，妈妈就瘫在旁边，只有我抱着二妹，可我却不知道怎么安慰妹妹，或者还在忌恨，不想安慰她。

可就在那天晚上，妹妹走了，永远地走了！

第二天，雪下得更大了，飘飘扬扬地甚至飞进了屋子。可屋子里再也没有了生火做饭、活泼可爱的妹妹了，她才八岁，才八岁呀！

我忽然想起昨晚妹妹在迷蒙中说的话，立刻跑出了屋子。妹妹的那株腊梅枝竟神奇般地开花了，而且开得那么盛，在雪的映衬下更加鲜亮了，莫非那是就妹妹的灵魂所化？

我从来不赏花，但为了妹妹，我还是过去了，看着那粉色的花瓣，我仿佛又看到了妹妹，她正为我们端上了热气腾腾的饭菜，正在"爸"、"哥"地叫着示意我们接碗；正在给妈妈喂饭。她每天都是最后一个吃饭，也许就只有烧煳的锅底了，也许她还没吃饭，还饿着呢？因为我们家里那时从来就没剩过饭，可我？

因为我从没赏过花，所以也从不知道花的味道，但我今天却品尝到了腊梅的味道，她是那么地苦，又是那么地香，她将永远地被刻在我的心里。

教育与习惯

石　岩

我有一个女儿，在我们夫妻的眼中，始终是最漂亮的，我们都把她视为掌上明珠。

然而我与妻子对女儿的态度却完全不同，特别是对女儿的需求上。

妻子总是一味地满足，孩子要什么她就给她买什么，幸而孩子还没有要到她拿不出，或买不到的东西，而且买的东西，自己从来也不碰。

我可不一样，我的态度也特别的明确，早已告诉了孩子："你想要什么都可以说，但有的东西可以要，有的东西是不能要，只要是可以，或有必要，我会立刻满足你的，但如果不可以，或没有必要，我是绝对不会答应你的，你的反复或死缠硬磨只会招来惩罚。"而且凡是吃的东西，我都要和女儿平分。

所以人们总说我没有妻子爱女儿。但我觉得自己并不亚于妻子。

然而，有一天，雪梨刚上市，我只买了三个，因为我们一家三口正好在一块。这回，我把分配的权利交给了女儿。

妻子想，我平时把一切都给女儿了，女儿一定向着她。不敢说全都给她，至少该给她分两个，自己一个，我的，肯定没有。

然而没想到，孩子看了看她，竟然给自己分了两个，给我分了一个，给她一个也没有留。

妻子一下子火了："你这狼心狗肺的，我把什么都给你了，你竟然没有给我！"

谁料,女儿却哭了:"你本来就不吃的,我为什么要给你呢?"

我想:女儿已经说得很清楚了,在她的潜意识里,妈妈除了吃饭,是什么零食也不吃的,而爸爸什么都会与自己平分,现在权利到了自己的手中,应该把妈妈那份留给自己再正常不过了。

生活中能与子女分东西吃的人有几个?这便使子女形成了一种习惯,父母的一切都是我的,这就是公理。

试想,在一个家庭中,父母吃香的,喝辣的,让孩子吃糠咽菜,那人们肯定认为父母是在虐待孩子。可事实上许多的父母都在拼死拼活,吃糠咽菜,给子女创造吃香喝辣的条件,这确实是一种爱,是一种伟大、无私,甚至有点自虐的爱。

这样真的就能教育好孩子吗? 未必。

林则徐就说过:孩子如果有能力的话,不用你为孩子攒,孩子如果没能力,甚至将来是一个败家子,你给他攒得再多,也不够他败,反而让他丧失了应有的能力。

因此,我认为这样的爱,不仅不能让孩子体会到真正的爱,还将会使孩子失去了能力,甚至丧失了应有的道德。

教育题材剧本

石 岩

醒醒吧,老师!

第一幕

时间:开学后第一天的晚自习
地点:教室
老师已经做过布置,有标语,有窗花,可以算是窗明几净。但教室内到处都是果皮、纸屑、方便面袋,甚至有剩菜剩饭倒在地上,教室后面还有一大堆的垃圾,几乎是一座小山了。教室里的学生:有玩手机的,有谝闲传的,甚至有下棋划拳的。不断地有喧哗声传出教室。阿四刚开完会,不住地感叹:"教育植根于爱,教育根植于爱!可人家不爱你呀!剃头匠的挑子,一头热,一头凉——"远远地就听到教室吵成一片,他便大踏步地往教室走,分明已经有学生发现阿四来了,不住地喊着:"班主任来了!班主任来了!"阿四就要进教室门的时候,竟从窗口飞出一个啤酒瓶,玻璃被打碎了。

阿四 (急急跑进教室)是谁扔的啤酒瓶?站起来!(阿四几乎气炸了)还不安静?

阿四 (一时间教室里鸦雀无声)是谁砸的玻璃?赶快站起来!自己承认!否则,查出来加倍处罚!(静默,还是静默,足足有三四分钟)噢!鳖牙浑板!都不说?吕苗娟、李竹凤你们两个说是谁丢的啤酒瓶?

吕苗娟 我刚才正和李竹凤说话来着,没有看见。

李竹凤 我也没注意是谁丢的,我只看见玻璃被砸碎了。

阿四 啤酒瓶是从你们两个的头顶飞过去才砸的玻璃,你们能没看见!况且啤酒瓶不可能是飞进来的,肯定是有人从外面带进来的,我就不信你没有看见。就算你没有看见谁带回来的,谁喝啤酒了,你总该知道吧!你说你没看见,哄谁呢?我现在就告诉你们,这是你们旁边的窗户,就该由你们负责,你们既然没看见,窗上的玻璃就由你们两个负责赔偿并安装。

吕苗娟、李竹凤 凭什么叫我们赔?全班几十名同学,谁没看见?就非得我说吗?我们不在这儿坐了还不行?

阿四 不坐也得赔,你既然刚才在这地方坐,就应该对这里的公物负责,你既然想当老好人,不愿意招出扔啤酒瓶砸玻璃的人,你就得赔!(两个女孩委屈地哭了。)

阿四 你们看看,这么好的教室,你看你们把这弄成啥样了!这么多的人,连一个敢说实话的人都没有,你们的正义感都跑到哪里去了,啥素质!现在各人捡拾各人桌下的垃圾,下自习后第一组留下来统一打扫教室。

刘月峰　老师,那玻璃确实不是吕苗娟、李竹凤砸的,不应该叫她们赔。

阿四　那你说是谁砸的?

刘月峰　我也不知道,反正你叫她们两个赔不对,她们坐那儿也是临时的,怎么能叫她们赔?

阿四　那你说应该谁负责?

刘月峰　当然是谁砸的谁负责了,但如果查不出来,就用班费修理。

阿四　这不可能!如果用班费赔,不是助长了破坏分子的嚣张气焰吗?说得小是为了大家不出冤枉钱,说得大一点是把那位同学往监狱里送,没听人说吗?"小时卖干粮,大了卖锅盔吗?"(同学们哈哈大笑)

任凯　盼盼你站起来,砸了就砸了,装什么蒜哩?想叫人家给你背黑锅咋哩?明儿就给人装上!(辛盼盼忙站了起来。)

辛盼盼　对不起!老师,刚才是我没看清,以为窗是开着才扔的,我明天就把玻璃装好。

阿四　好!大家应该鼓掌,我们班总算是有一个敢说实话的人。

任凯　(马上站了起来,很是不屑地说)受不起!我只是看不惯你平白无故地冤枉好人,糊涂透顶!

阿四　(本想借题发挥,大肆表扬任凯的正直,用任凯的事例教育大家,但又觉得任凯话里有话,很是不服,便面向辛盼盼)你刚才怎么不承认?男子汉大丈夫,难道你想叫两个女生为你背黑锅?你以为窗子开着就可以将啤酒瓶往外面扔,现在是砸了玻璃,如果砸了人怎么办?如果砸死了人又怎么办?你父母有钱!有钱也不行!刚才我说迁就姑息就是将那位同学往监狱里送,大家还大笑,现在辛盼盼你来说,如果砸死了人,你说你是不是得坐牢?

辛盼盼　老师,我知道错了,明天我就找人把玻璃给装上去!今后绝不再犯!

阿四　光装上还不够,你还得写份检查,要彻底认识你这种行为的危害性。

阿四　现在我们就排座位,凡是眼睛或耳朵有问题的,在后面看不到黑板上字或听不到老师讲课的同学站左边,其他的同学站右边,并按由小到大的顺序站,小个子站前面,大个子站后面。

阿四　(同学们几乎是一边倒地都站到了左边)怎么? 都是近视眼! 都是聋子! (没有人理会)

阿四　那好,看不见的,明天就回去叫家长配眼镜,听不见就配助听器。现在就按大小个排队。

阿四　(总有高个子站在前面,阿四手一指)你们,为什么还是站在前面? 还有你们几个大个,为什么还站在中间?

前面的几个　我们看不见。

中间的几个大个　我们在后面听不见老师讲话。

阿四　不是说了,叫你们配眼镜或戴助听器吗?

他们(一齐说)　那是你给我们出钱配吗?

阿四　什么? 我给你配,你慢慢等吧! 往后站! 往后站! 啥素质。现在按大小个往进走,由前到后,依次坐下,各人记好各人的位子,没有特殊情况,不做调整,一学期一换。

鲁钦钦　我坐这里听不见。

陈梦梅　我坐这里看不见。

阿四　听不见或看不见先自己想办法,如果前面那位小个子愿意跟你换,我们就协调,否则,以后有机会再调整。

阿四　你说你们这些人,明明能看见,能听见,就是不肯把机会让给其他同学,这么自私,将来能做什么大事! 我怎么就碰到你们这些人了呢!

阿四　现在我们就选班干部:一个班长,一个副班长,一个学习委员,一个文体委员,一个劳动生活委员。同学们可以提名,也可以毛遂自荐。作为班干部,首先自己要有信心,我不想勉强任何人。(没有人理会,说闲话的还是在说闲话,玩手机的仍然在玩手机。既没有人提名,也没有人毛遂自荐)

阿四　选举班干部是我们班级的大事情,一个班级的班风怎样,走向何方,全看班干部怎么带,所谓"火车跑得快,全凭车头带"。(大家又是一阵哄笑,仍然没有人回答)

阿四　(有些急了,大声地喊)不要吵! 不要吵! 都把手机关

了!（又过了五分钟,还是没人说话）

阿四　任凯,我觉得你不仅正直,而且不卑不亢,你来给咱当班长怎么样?

任凯　（忽地站起来,很不以为然,冷冷地说）不要给我戴高帽子! 我不吃这一套。我不当!

阿四　（碰了一鼻子灰,很不自然,笑了笑,也不再说什么。又过了两三分钟,还是没有一个人说话,阿四开始动员）可能有人认为当班干部惹人,又占用时间,影响学习。我认为,人的能力不仅体现在学习上,还体现在组织管理能力方面。学习好,你可能能找到一个好的工作,或者说干好你自己的工作,能给你的家庭做些贡献;可如果你有组织管理才能,你就可能当经理,当老板,你把公司搞好了,受益的就不止你的家庭,还包括你手下的所有员工,你说谁的贡献大? 再说,经理、老板的收益肯定比员工高呀! 但你出社会要锻炼出自己的组织管理能力则是要付出相当大的代价。学校或班级就是一个小社会,在这里,有老师,甚至还有同学们给你操心,纵然是犯了错误,也不会影响到什么,为什么不能当一当班干部,给自己一次锻炼的机会呢?

阿四　（还是没有人理会,有部分同学在下面窃窃私语,还有个别同学又开始玩手机了）再说一遍,玩手机的把你的手机关了!（又停了两三分钟,还是没有人理会）

阿四　那好,我再说一说我们学校的优惠政策:我们每学期都有贫困助学金,特困生两千元,贫困生一千元,受助学生高达百分之六十,在同等条件下,担任班干部的优先。（阿四看着任凯,希望他能站起来,但他仍没有丝毫的反应）

鲁钦钦　那我当班长吧!

阿四　行。还有谁愿意,总得有个竞争,我们要发扬民主,投票决定。

王伟杰　我也愿意当班长。

辛盼盼　我当劳动生活委员。

崔小婷　我当学习委员。

阿四　学习委员可得在学习上带头,期中考试出来,你的学习如果不能在前十名,那可得让贤!

崔小婷　(笑了笑,看出阿四在跟她开玩笑)行,我一定进入前十名。

王国强　我以前叫过队,我愿意当文体委员。

阿四　还有人吗?(同学们你看看我,我看看你,再也没有人说话了)

阿四　那就只有投票选选班长和副班长了。

王伟杰　不用选了,鲁钦钦在初中就当过班长,我还是第一次,就让他当班长,我当副班长。

阿四　好,我们的班干部就这样决定了,现在我们要制定班级的管理制度了。我们大家可以看看,我们教室现在的卫生状况,可以说我们全踩在垃圾上,或者说置身垃圾之中。试想,如果是你掉进了粪坑,你还能安心吗?如果你整天处在垃圾中,你能安心学习吗?别人一进门就看到你在垃圾上走来走去,会是个什么印象?所以我们就从环境卫生抓起。从今天起,各人负责自己桌下周边的卫生。不要说是别人扔的!如果有别人扔了,你就得指出来!那一块地就是你的。如果有人到你的家里倒垃圾,你说你能允许吗?这是同样的道理,也可以说涉及你的人格尊严。从现在开始,只要是我发现你的桌下或周边有垃圾,那你不仅要打扫卫生,还要写一份八百字的检查,就写卫生的重要性。本子我已经准备好了,就用这个教案本,我已经写了名称:《卫生自醒本》,一百多页,够同学们写一阵子了,我亲自检查,不合格就三遍五遍地写,直到合格为止。另外,按日轮流打扫卫生,今晚从第一组开始,凡是逃避的,每一次罚款五元,你不打扫就权当是雇人给你打扫了,所罚款项就分发给当日打扫卫生的同学。(阿四的话刚说完,下课铃就响了),今天开始,从第一组往下轮,每组打扫一天。除第一组外,其他同学可以走了。

第一组同学　垃圾是全班同学弄的,凭什么叫我们打扫?(阿四没有理会)

阿四　(阿四记录刚任命的几个班干部的名字,记完了,一抬头,竟发现一组的人已经跑了一半)一组的人都到哪里去了?怎么就留下你们几个?

刘月峰 (和鲁钦钦、李竹凤、陈梦梅、张思兰)下晚自习了,他们看你没有再说,就都走了。

阿四 我已经说过了,今晚从一组开始,还要我说几遍?辛盼盼,你这劳动生活委员操的什么心?怎么不及时布置?

辛盼盼 我以为是从明天开始的。

阿四 (大声地训斥着)那你说今天晚上这教室堆积如山的垃圾怎么办?难道要等到学校明天检查通报批评才打扫吗?

阿四 那好,留下来的都是好样的,有责任心的,你们就辛苦一下。我已经宣布了班级管理制度,我们一定照制度执行,现在差六个人,留下六个人,正好一人奖励五元,当场兑现(说着,阿四从自己身上掏出了三十元钱交给了辛盼盼并说),由你发给大家,明天再由你收起来。辛盼盼你没有及时留那些人,今晚就罚你与这些同学一起打扫卫生。

赵阿宁 班主任,我来学校的时候带的钱不够,我爸说他下周给,我现在手机坏了,要修,你能借我二百元吗?

阿四 (有些犹豫,心想:我还叫不上他的名字呢,怎么就要借钱!)那你得写个借条。

赵阿宁 二百元,下周就还了,还得写借条?

阿四 得写,这也是一次锻炼机会。

赵阿宁 好吧!我写。(赵阿宁写道:"班主任借我200")

阿四 你这是借条吗?是我借你的,还是你借我的?另写!

赵阿宁 (瞬时撕了刚写的那张,又写道:"我借班主任200")

阿四 "我"是谁?班主任又是谁?指代不清!200必须用大写,必须带"元整"!还要写还款时间,你的姓名,借款时间。你怎么连个借条都不会写!

赵阿宁 我从来就没写过借条,你让我怎么写?

阿四 就这水平,你还要走出社会?不吃亏才怪呢?我说你写,先写名称,顶格居中写:"借条",换行空两个字写:"今借到师秉会现金——"

赵阿宁 我不会写2的大写。

阿四　你咋连大写的 2 都不会写!(阿四在桌子上给赵阿宁比划着,赵阿宁照着写。)

第二幕

时间:开学三周后的语文课堂

地点:教室

阿四　马明亮,把你的作文交上来,你为什么昨天没交语文作业?

马明亮　我不会做。

阿四　不会做就不能问问其他同学吗? 就不能来问问老师吗? 那你的作文为什么三天了还没有交?

马明亮　我不会写。

阿四　我不是已经告诉你们写什么,怎么写,用什么方法吗? (马明亮不说话,偷偷地瞪阿四)你现在说,你准备啥时候交作文哩?

马明亮　下周交吧!

阿四　还下周呢! 你干脆说下学期交算咧! 你上次作文就是抄别人的,这次你又不交,今天晚上你必须交作文! 且不得再抄袭,否则,就不要上语文课了。现在你再说你语文作业准备什么时候完成?

马明亮　语文作业我交不了。

阿四　(阿四心里想:这不是明摆着和自己作对吗? 便大声地吼道)为什么?

马明亮　我没有语文书。

阿四　没有给你发语文书?

马明亮　发了,丢了。

阿四　你说你,书都能丢了。丢了就借,找你的亲戚朋友,每一级的同学都有,我就不信你借不到。

马明亮　我没有亲戚!

阿四　不对呀! 你上次不是就说把书丢了,让我给你借吗? 你那书还是我新发的,我用的还是旧书,把新书给了你,怎么,你连我给你的书也丢了吗?

马明亮 （开始在自己的东西里面找书,果然找到了写着老师名字的课本)这是你给的那本书。

阿四 你必须把昨天的语文作业补上,否则,明天的语文课你就站在前面。

阿四 卢阿峰,你的作业呢?

卢阿峰 （一笑)我还没有完成。

阿四 你连作业都没有完成,那你说你一天到这地方干什么来了?

卢阿峰 谈媳妇来了。

阿四 你说什么!?（一手打了过去)

卢阿峰 身子一斜一躲,用手挡住了头,笑着,老师,别打! 别打! 开个玩笑,我晚上就交。（一时间逗得全体师生都笑出了声)

阿四 今天我们继续上《寡人之于国也》(转身板书,学生却吵翻了天)

阿四 谁还在那儿吵呢? 肃静!（看到张瑞瑞正在大声地叫后面一位同学的名字）张瑞瑞你站起来翻译:"是何异于刺人而杀之,曰'非我也,兵也'。"

张瑞瑞 （看看左右,再看看老师的脸,低下了头)我不知道。

阿四 不知道还不看书,不听讲,上节课就这一句,我至少讲过三遍了,你竟然还能理直气壮地说你不知道? 好! 我现在再讲一遍,（说着走上了讲台,把自己刚才说的句子写在黑板上,指着一字一句地讲),"是"就是"这","何异"是"有什么不同","于"之后是后置的状语,翻译时得移前来,"刺人而杀之"就是杀人,"之"是代词,代指人。"曰"是说,"非我也,兵也"不是我,是兵器或刀杀的。听懂了吗?

同学们一齐回答:"懂了"。

阿四(又走到张瑞瑞的跟前)那你现在翻译,就刚才那句!

张瑞瑞 （刚才老师一上讲台,他又忙着与后面的同学说话了,竟没有听,只好看着同桌,想得到同桌提示,同桌则看着老师,前面的同学则不断地提示)

阿四　你说你！不会翻译，专门给你讲你还是不听！大家再翻译一遍。

全体学生　这与把人杀了，说："不是我杀的，是刀杀的"有什么不同？

阿四　好！现在我说了一遍，同学们又翻译了一遍，你总该知道了吧！

张瑞瑞　（看到老师三番五次地问自己，也大为恼火）我不知道！我为什么要知道呢？知道了又能咋？

阿四　你——你说什么？你可以不知道！那你还坐在这里做什么？出去！

张瑞瑞　（气更大了，甚至比老师的声还大）我爸把我送到这儿念书来了，我为什么要出去！

阿四　亏你还知道是到这地方念书来了，那你一不交作业，二不听讲，你这也叫念书！（抓着张瑞瑞的后领口，硬是将张瑞瑞拎出了教室）

阿四　张永杰！张永杰！（发现张永杰正在睡觉，便接二连三地喊着，可张永杰依然纹丝未动，便急急地走过去推他）你怎么能在课堂上睡觉？

张永杰　干吗？干吗？我睡着了又咋哩？我不想听，我就想睡！（其实张永杰早就生气了，比阿四的气还大。）你不就是一个老师么，我们尊重你，叫你一声老师，你还当真了，学不学是我们自己的事，你管得着吗？我父母都管不着，你能管得着吗？我父母都说了，我念不下书，就权当到这里来长身体的，我早就不想念了，只是不够打工的年龄，你以为我爱念书。有再一再二，没有再三再四，学习好又能怎么样？我看那不念书的人在社会上混得比念书的人好得多，有学问的打工，没学问的当老板。

阿四　（气更大）"你怎么不知道好坏，我叫你起来是为了谁？还不是为了你，为了你能考一个好学校，有一个好前程！"

张永杰　（张永杰不住地念叨着，突然大声说）不要说是为了我！还不是为了你，为了你的成绩，你的课时费，你的奖金。（阿四再也忍不了了，一个耳光便打过去了。接着张永杰便与阿四扭打

起来,班长与旁边的学生拉开了他们。张永杰继续睡他的觉,也许是有意地给阿四看,阿四也不再管了)

阿四　看来,我们的许多同学不爱学习,现在就说说爱不爱的问题。作为学生,我们的责任就是学习。有学生说,我不喜欢学习,我就喜欢玩。请问:你的父母是否就是因为喜欢工作而工作?喜欢劳动而劳动?喜欢每天面朝黄土背朝天呢?那不是喜欢,而是责任,是为了我们能有饭吃,有衣穿,有学上。那我们的责任呢?我们听懂了吗?老师要求我们背诵或理解的我们背过了吗?理解了吗?布置的作业我们完成了吗?我们真的尽到了自己的责任吗?行了,我不想再说什么了。道理很简单,可能大家都懂,希望同学们下去好好地思考一下。

第三幕

时间:晚自习后
地点:男生公寓
张瑞瑞（早就进入了宿舍,听到鲁钦钦进来了便问）老汉（是他们给阿四起的外号）最后还上没上课?再骂没骂我?

鲁钦钦　没骂,也没有再上课,反正也气得够呛,我看脸都气青了。你也是的,少说两句不就行了,毕竟是老师嘛。

张瑞瑞　什么老师!不知道自己是谁?都什么年月了,还逼着人学习。你教你的书,管得那么多,我们学不学有你屁事!

鲁钦钦　你不知道,你走后张永杰又睡着了,他又去叫张永杰,那才真叫挨枪子了。差点还和张永杰打起来,被我拉开了。

张瑞瑞　怎么?还骂张永杰了,还没等他骂,张永杰就把他给顶回去了,气得都有些结巴了。

鲁钦钦　其实老师也不容易,不管学校要说,管又没人听。

张瑞瑞　老古董,现在了,谁还得罪学生,你只管上你的课就是了,多事,课也上不成了。交不交作业、作文你管得着吗?有那么几本就够意思了。（说着,张永杰进来了）

张永杰　切!咱今天把班主任给得罪了,还挨了一顿揍,真后

25

悔,怎么就没有把老汉打人的那段拍下来呢?应该拍下来的,如果拍下来,发到网上,或去教育局告他,开除不了也差不多,或许还能得一笔调解金呢?

鲁钦钦　你也是,老师就叫你起来这么大个事,你非得要小题大做,你不说能把你憋死。

张永杰　你好!你是大班长!你还不是想那两千元的助学金,论学习,你还不如我呢,别唱高调了。

张瑞瑞　不过咱们今天确实做得过了,老师毕竟没有恶意。

赵阿宁　哈哈,今儿看了一场好戏,太不聪明了,现在顾不得向我讨债了,还什么信用不信用的,借条不借条的。要钱没有,要命一条,隔手的金子,不如到手的铜,想叫我还钱!没门。哥们儿,你们今天也算给我出了口恶气,明天我请客!

卢阿峰　班主任的钱你不是第二周就还了吗?怎么还向你要钱?

赵阿宁　没利谁还钱,那不过是给他一个小便宜,好借更多的,这不,我现在已经借了他八百元,你个大傻帽,好好跟你哥我学学。

第四幕

时间:晚自习后

地点:女生公寓

(阿四去检查自己班上的女生公寓,走到门前,正要敲门,忽听得她们正在议论自己的课堂,便静听起来)

吕苗娟　王静,王静,语文老师把你记下了,还要给你划旷课哩!我说你看病去咧,他才没给你划。

王静　爱记就记去吧!大不了批评一顿。我才不怕呢,就知道读,就知道背,让人活受罪。

崔小婷　唉!我们算是倒了八辈子的霉,遇上了这么个语文老师,什么都不讲,就知道叫人读课文,背课文,要么就是问我们,有什么好读的,我们知道还要你当老师的做什么?

王静　我就知道今天又要叫我们读课文。

万戈阳（语文科代表）　你看他讲课那样儿，唠唠叨叨，婆婆妈妈地，绕了一个大圈子才说结果，连我们初中的老师都不如。中心呀，段意呀，你一说不完了，非要我们去朗读，去分析，去研究，去讨论。自己这样的推理，那样的推理，有什么推的，是什么，就是什么，反正我也是受不了他这一套。

张娟　你看还把他读得眼泪长淌哩！把我逗得想笑还不敢笑，简直把人能憋死。

赵娟娟　看古戏，流眼泪，为古人担忧哩！（还带着很强的讥讽味道）。

王静　大概是前几天受张永杰、张瑞瑞的气，还在伤心，借别人的灵堂，哭自己的恓惶。

话外音：阿四一下子像嚼了生柿子，喝了苦瓜水，吞了千吨铅，结了万丈冰。阿四的腿几乎拉不动了。心也冰了，凉了，近乎停止跳动。阿四不知道是愤怒，是悲哀，还是痛苦。只感到自己一下子浓缩了，停滞了，凝固了，凝固成了北京猿人的头骨，一下子倒退了几万年。（阿四本来是去检查宿舍的，现在也不去了，静静地倒着出来，回到了自己的办公室）

第五幕

时间：午后四点钟。

地点：校园前院拐角楼下，教师办公室。

前幕：一瘦一胖两个大汉，据说是公安，正揪着任凯同学往校外拉，任凯同学已经吓得瑟瑟发抖，前面是四名同学，两名男生，两名女生，全都低垂着头，像罪犯一般被人监督着，极不情愿地往前走着，后面围了三四十学生，而且多是阿四班的同学。班长鲁钦钦已经将事情告诉了阿四，阿四刚从同事的婚礼上回来，一听也吓了一跳，只是还有三分酒气壮着胆子，跟着鲁钦钦往楼下跑着。

阿四　你知道为什么吗？

鲁钦钦　不知道，只听到其中一个公安说任凯把他弟弟打得住院了,进教室就把他们五个给带走了。

阿四　（心想公安局的人哪能这样做事,这肯定是哪里的混混闯进来了,要把学生带走）等一等,我是这位同学的班主任,你们有什么事? 为什么要带他们走?

（那个瘦高个立刻就向阿四靠了过来,身子几乎贴到了阿四的左肩,似乎就要开打了）

瘦高个　"你就是班主任! 你当的什么班主任? 你的学生带着刀子你知道不知道? 你的学生昨晚把我弟打得住了院了,现在还昏迷不醒你知道不知道? "（他们显然也是喝了酒的,几乎是歪歪扭扭,本来就带着很大的火气,加上酒力,更是气势汹汹。别说是两个大汉,就是一个阿四也对付不了,阿四的腿都有些发抖,幸亏有那几杯酒还壮着三分胆）

阿四:对不起! 如果真是那样,那我有责任! 但你总得让我弄清楚是怎么一回事吧! 你说对不对? 你们现在先到我的办公室! 咱们到那儿谈,纵然是要拘留,甚至要判刑,要枪毙也得有个程序你说对不对? "

胖子　可以,但我给你交代清楚:人,我是一定要带走的!

阿四　行,该你带走的话,我一定让你带走。（阿四与五名学生上三楼进了老师的办公室）

阿四　我也是刚回来的,你们能不能把这件事情的详细经过给我说说。你说我们班的任凯同学昨晚打了你弟弟,是因什么事? 这四名同学是不是也参与了咋的? 他又是谁?

瘦高个　他是刑警队的。

阿四　那你能把工作证让我看看吗?（阿四转而面对胖子说）

瘦高个　（立刻逼上来了）你说什么!?（胖子真可算是彪形大汉,体重肯定过了二百,但胖子忙拦住了瘦高个,大概是怕他与阿四打起来吧,接着便掏出了工作证。然而不知是无意的还是有意的,竟带出了明晃晃的手铐。这么近距离地看到手铐,阿四还是第一次,一股寒流,冷飕飕,从阿四的脚底直往上蹿。虽然阿四还是接过了他的工作证,但腿肚子已经在发软,手都抖了）

胖子　是这样的,他（指瘦高个）弟弟昨晚叫人打昏住院了,他今天才知道,就报了案,据说是你们班上的这个任凯单恋他们村上的这个女生,他弟弟有事昨天来找了这个女生,这任凯就吃醋了,叫人把他(瘦高个儿)弟给打了。其他的是他们村上的,我们要带去作进一步的调查。

阿四 好,你们几个过来,不要怕,实事求是,是怎么样就怎么说。(阿四对四个学生说)

学生:我们也不知道是怎么一回事呀?他(指瘦高个)说任凯昨晚打了他弟弟,叫我们做证明,但我们昨晚都住在宿舍里,连校门都没有出。

阿四 任凯你来说!这到底是怎么一回事?

任凯:老师!真的!我昨晚真的在宿舍,什么地方都没有去。(任凯同学怯怯地躲在阿四的身后说,那瘦高个不住地往前冲)

瘦高个 你说什么!你再说一遍!(看来是非逼供不可了,只是被胖子死死地拦着)

阿四 你看,那这样好不好?(阿四没有再理会瘦高个,直接对胖子)他说任凯同学昨晚打了他弟弟,他不在场,你也不在场,要我们班上的这几名同学作证,他们现在又都说在宿舍,而据他(瘦高个)说,他弟弟现在还在医院里昏迷不醒,而任凯同学身上脸上又没有任何的打斗痕迹,那你凭什么说是任凯同学打了他弟弟呀?我想,你是执法人员,执法也得讲个证据吧?再说,他们都是我的学生,他们的家长把他们交给了我,我就得对他们的安全负责,你要把他们带走,总得给我一个手续吧!你说对不对呀?

胖子 我可以给你写个东西。(胖子说着,便写了一个将××× ××带走的便条)

阿四 (看了便条接着说)那你这算不算是传唤呢?如果是,是不是要给个传票?

胖子 这不是传唤,这只是做个调查。

阿四 既是调查,那你就在这里问吧!如果需要,我们这里的任何一个人都可以回避,但人你不能带走,我必须得为他们的安全负责!(阿四的声音坚定而有力)

胖子 好!一小时之内我一定把传票送到!(说着胖子竟要拉

上瘦高个走)

瘦高个　（半带讥讽)我今天服了,你不愧是老师,肯定是教语文的,我从来没服过谁,但我今天服了,你还真是能说!（然而瘦高个却只是往前冲,总想打任凯同学,又一边阻拦胖子,不让他走)

阿四　这样吧,我想,你是调查处理事情的,我也想弄清到底是怎么一回事,能不能让我和他(瘦高个)单独谈谈,了解一下具体的情况。

阿四　（把瘦高个叫到了楼梯口)你看,有哪一位老师想叫自己的学生打架,是我们学生的责任我们一定处理,但先得调查清楚,你说是不是? 你弟弟被人打了,你很生气,这我能理解,但你不能仅凭猜测就把学生带走,如果说调查,我想,我可能比你更容易弄清楚,你能容我晚上调查清楚再说行吗? 我现在只是想知道你弟弟到底伤得怎么样?

瘦高个　好了,我服你了,也不瞒你了,我弟弟没有住院,我只是听说他被人打了,很生气,就找来了我的战友,想教训教训那位同学,出一口气。没想到你竟这么地认真,我相信你了,你看着处理吧! 我也不想再麻烦我的战友了。

阿四　我一定调查! 如果确实是任凯同学打了你弟弟,我一定给你一个满意的处理结果。（说着他竟笑了,拉起了阿四的手,与阿四一同进了办公室)

瘦高个　军军(大概是胖子的名字),我们走吧! 我看这位老师人还不错,我相信他了,让他先处理吧! 我们明天再来。（刚才还暴跳如雷的瘦高个,现在一下子变了脸,笑着,还拉着阿四的手,拜托起阿四来了,对着五名同学)你们真的遇到了一位好老师,我服了!（同学们惊讶,就连和他一块来的胖子也有些糊涂了,无奈地跟着他往外走。阿四不知道他的话是讽刺还是真心,但阿四还是握着他们两位的手,把他们送到了楼梯口)

（第二天的中午,阿四的调查仍然没有任何的进展,他甚至怀疑这本身就是一场误会,然而他更担心他们再来。昨天的两名女生来了,竟带来了那位自称被打者兄长的一封道歉信:

"对不起老师,昨天是一场误会,我弟弟被其他人打了,我误以为是你的学生,对不起,给你添麻烦了,而且特意地感谢你,要不是你的认真负责,我们昨天可能就闯了大祸,甚至连累到我的战友。我服你了,真的谢谢你!"

第六幕

时间:中午作文课。

地点:教室。

阿四　吕苗娟,你怎么三天都没有上课?(同学们的目光一下子都集中到了吕苗娟的身上。吕苗娟慢慢地站起来,偷偷地瞪着老师,接着便抹眼泪)

其他同学　(也都给她说话了,似乎很气愤)她家里有事!

阿四　我问的是吕苗娟!

一名同学　(愤愤地说)她奶奶去世了!

阿四　对不起,吕苗娟同学!我已经听说了你家里发生的事,而且我还知道,你是奶奶一手拉扯大的,你与奶奶的感情最深,我今天叫你并不是想批评你,而是想给你说一声,或者说让你知道,我对你奶奶的去世也表示沉痛的哀悼。(教室里霎时静极了,吕苗娟同学放声大哭起来,其他的同学全被感染了,一个个的眼睛也都湿湿的,有的还在抹眼泪)

阿四　我们每一名同学都应该为此哀悼,都应该对吕苗娟表示慰问。我想,吕苗娟同学的奶奶如果地下有灵,她一定希望吕苗娟有一个好的前程。其实我们每个人的父母都有同样的希望。

阿四　(也禁不住流泪了,接着说)吕苗娟同学,我知道你现在很想念你的奶奶,你应该把你的这种感受写出来,这才是对你奶奶最好的纪念。

阿四　同学们,人都有父母,有爷爷奶奶,可能都有过跟他们分离的时候,也许你会难受,甚至想哭。这时最需要的就是理解,关怀与支持。大家刚才对我的态度不好,甚至有敌意,我不但不生气,反而很是欣慰。对我不好那是误会,是认为我不近人情,又要给吕苗娟找事,是在打抱不平,这说明我们都关心吕苗娟,理解吕苗娟心中的痛苦与不幸。我不知道同学们除了刚才对我的态度以外,还给过吕苗娟什么? 安慰过她,帮助过她吗? 其实我们班上还有一位同学,这就是赵娟娟同学,大概我们都知道吧? 她原来是多么的活泼好动,乐观向上。可最近大家见过她活动,见过她笑吗? 没有。她几乎近一月都没有到学校来了,我也是偶然从她的作文中看到了,她这一月几乎是在生死线上挣扎,多少次她都想到过死,因为她失去了她相依为命的母亲。实话告诉大家,我在读她的作文时,不止一次地落泪,我想,这就是赵娟娟同学的真情流露。如果说赵娟娟的母亲地下有灵,这一定是给她的最好的纪念,最好的礼物,一定也会是对自己最好的安慰。我想就让赵娟娟同学带着自己的心情给大家朗读一下这篇文章,作为我们同学写文章的一点借鉴。

赵娟娟 (已经哭成了泪人,听老师要她读自己的作文,这才稳定了一下自己的情绪)

又是冬天雪纷飞,只可惜对于我一切已变质了——

睡时已是夜里一点多了,听着窗外风的呼呼声,我难以入眠,眼泪已湿了枕巾。想把所有忘掉,但难以如愿。本想着这个冬季的第二场小雪下了,就快熬出冬了,但她没有等到。也不知这该死的第二场雪,何时降来祥瑞。现在一切美好的都已碎了,我能怎样呢? 不想了,睡吧! 也许明天一切都会好——

走出宿舍门的刹那间,我惊住了,昨夜的风声,竟真的带来了一场雪,所有的已是一片白装,像披了白色的丝衣,我不禁打了个寒战,对于人家来说,有说不尽的兴奋,但我所有的怨恨已归结到了雪上,恨它的不逢时;恨它的洁白不会让人有一丝希望;恨它的清纯不会打动死神而吝啬地夺走爱我的人。所有的恨一下子归到它——雪的身上,好恨啊! 恨不得吃完它,恨不得把它的每一小片都揉进自己的沸腾的血液里。愣了好半会,才回过神来,原来我是这的孤独与无助;没有一点能力;没有一点办法;没有一点法力。好糊涂,竟然会天真地想到这些。

雪降得不逢时,我生得也不逢时。假如我早出生十几年,一切不会这样,我岂会让妈妈就这样离开我。但反过来,若是早出生了,岂会和妈妈做成母女。唉!一切都是天意,老天不公平,总是在戏弄着人生,命定天意,我能怎样,不想了,随天吧!

刚挪了一步,就觉得像被冻住了,原来一片片飘落的雪花沾满了我全身,若是此时我可以离开躯体,岂不快哉,可与妈妈相聚,不管天堂还是地狱。但现实永远改变不了。

飘啊飘的雪花,你可知我的幽怨,我的哀愁,我的恨,但你的洁白永远让我畏惧、憎恨。无缘无故地贬你,你就和我一样,也许不逢时,也许逢时,但我们的命运都不会一样,你前面永远充满了憧憬,而我只要走出生离死别的深渊。也许跟你一样,但一向乐观、坚强的我,此时已无力走每一步,何况一生。雪啊!真的恨你,但佩服你的魔力。

不知妈妈那里降雪了吗?她会知道她的女儿,会坚强地走每一步吗?雪啊,假如你不在意我的话,你就带上我的心情故事,带给我的妈妈。

好想妈妈,好想!好想——

(赵娟娟几乎是边哭边读的,就这还是在极力地控制着自己的情绪,到最后她的泪水几乎打湿了作文的两三页纸张,同学们全都哭了,到结束的时候,张娟同学竟放声大哭。因为她是赵娟娟最要好的朋友,她知道这一切。阿四更是泪流满面。教室里从未有过的安静,沉默!足足有三分钟,同学们还在拭泪,有的甚至还在哽咽)

阿四 同学们,这就是真情,写作就是为了表达这种真情,它是安慰,是解脱,是纪念,是哀悼,是满足,是幸福,甚至是无尽的享受。我们同学要善于运用自己手里的笔,为自己开辟一条情感的康庄大道。今天我们就提供几个与我们的生活比较接近的题目或题材:《妈妈不在的时候》《苹果树》《我说我家》,希望同学们能写出真情实感。

(十周后,仍然在原教室,不过上次是作文指导与写作,这一次则是作文讲评)

阿四 在开学的时候,记得有领导发言说:"今天,你以职中为骄傲；明天，职中因你而自豪。"但是我今天，现在就要说，职中因你而自豪。特别是我，因为有你而自豪。不信请看看我们同学的作文，听听他们的感情脉搏。王静请你给同学们读读你的作文《妈妈的付出》。

王静　天为什么下雨？我在为妈妈的劳苦而流泪，因此天下雨。苹果为什么会卖个好价钱？那是妈妈的劳动成果，因此苹果能卖个好价钱。

阿四　（评）把自己对妈妈的关切，甚至流泪比作"下雨"，用比喻夸张的手法表达，似乎连天也为妈妈的"劳苦"所感动。第二句在看似无理的因果中，寄予了自己的情感与愿望，独特而有创意。

王静　看到太阳底下的背影，看到她已白了的发丝，看到她脸上的几道皱纹，还有那一双粗糙的手，我很伤心。站在远处就可以望到她的背影。在地里毫无半点休息的她就是我的妈妈。人家的母亲都是轻轻松松地出门，而我的妈妈总在地里管理苹果，地里干完还有家里的活。就在上周，我到学校来的时候，妈妈本来就很忙，她还是为我做了一顿我最爱吃的菜，还一直要送我到村口，我感动得泪都要涌出来了。我走出了村子，往返回的路上看了一阵，原来妈妈没有回家，仍是到地里去摘苹果了，她一个人摘，还要把筐往回搬，把苹果拿出放整齐再摘，很费力的。妈妈一个人要做很多的活，我的眼泪掉到了衣服上，我踏上了上学的路，在路上走的人还以为我与家里闹了矛盾呢。我把泪水擦干后，一直在想，妈妈一个人怎么摘呢？我想请几天的假，可又想到，妈妈这样辛苦，还不是为了让我上学，我的这个念头又打消了，只好又往前走，到了学校还是在想妈妈干活的样子。这周，我本来是想回去帮妈妈摘苹果的，可是天又在下雨了。我真想一下子飞回家里，这些话我不能给妈妈说，我只能在作文上写了，在这里我只想说："妈妈，您辛苦了，我会让您的付出得到应有的奖赏。妈妈，谢谢你给我这么多，谢谢你的爱。"

阿四　（评）文章采用选点镜头式的描写或者说是抓动情点，突出了妈妈"付出"的辛苦，以及自己对妈妈"付出"的关切。

阿四　崔小婷，请你把你写的《家》给大家读一下。

崔小婷　家,是温馨的港湾;家,是风中的房子;不论大家还是小家,同样也离不开每个成员的呵护。

　　我希望能有一个和睦的家,有一个像别人一样充满欢乐,充满微笑的家。这是我的一个小小心愿!我渴望能有爸爸妈妈的疼爱,能有兄弟姐妹——然而这在别人看来简简单单的条件,我却永远也得不到——

　　天,还是那么蓝,偶尔传来一阵鸟叫,叫声中充满孤独。不知何时,我的心已微微颤动。家,对我来说还存在吗?我在心底反复地默念,回想以前走过的路,孤独的旅途中只有我和爷爷的身影,偶尔插进一些鲜花,但不久它又凋谢。

　　家是什么?不就是有亲人的相伴,有一个自己能居住,能随时诉苦,随时开心的地方吗?可是为什么我有一种孤独感,就像茫茫人海中飘荡的游子,无处可归?

　　在我苦思冥想的时候,他告诉我说:"不要想得太多,你有家,有一个爱你疼你的爷爷,有很多关心你的朋友,相信自己,天永远是蓝的。"今天,我已明白,他说的没错,我有家。

　　我说不出自己有一个怎样的家,但我知道,爷爷和朋友就是我的依靠,他们走到哪里,我的家就在哪里。在我开心时,他们可以陪我一起笑;在我悲伤时,他们可以陪我解忧。总之,家中的温暖,朋友的相互关怀,都让我不再感到孤独。生活中的酸甜苦辣我也已经尝过。偶尔间的吵吵闹闹已成为我们的习惯。只是无意间我会想到爸爸妈妈,我不明白他们为什么会如此狠心。看着院子里我亲手种的花儿在风雨中摇曳,看着屋子里陈列整齐的家具,我微微笑了笑。如果他们能够看到我现在的样子,一定会后悔当初抛弃了我。每天早晨推开门,一阵阵清香扑鼻而来,弥漫在院子的每个角落,即使在冬季,那棵松柏也会挺拔地站在那里,一动不动。

　　看着蔚蓝的天空,朵朵白云飘过,将天空点缀得五彩缤纷,我的心情好了许多。同伴在耳边轻轻地呼唤,忙碌之余的吵闹让我感受到了家的温暖。看着爷爷脸上淡淡的笑容,我已满足,我不再奢求什么,只愿爱我的人永远幸福健康!

　　家,是属于我们的,我相信自己未来也会有一个美好的家,就像现在,快乐幸福地生活。愿所有人都爱自己的家,不要抱怨父母的所作所为,相信他们是爱你的。只希望爸爸妈妈能够明白,我是他们的女儿,永远爱他们。

阿四　(评)崔小婷用类比的方式谈了自己对家的认识,感人的是简单的条件自己却得不到。然而崔小婷并不是怨与恨,而是理解,不仅理解了爷爷,还理解了爸妈,并借助于景物的描写,表达了自己那种阳光快乐的心情。相信,如果她的父母真的看到了他们有这样懂事并心胸宽广的女儿,一定会后悔抛弃了她,一定也会被感动的。

阿四　卢阿峰请你把你写的《苹果树》给大家读一读。

苹果树
卢阿峰

"山舞银蛇,原驰蜡象,欲与天公试比高。须晴日,看红妆素裹,分外妖娆。"那是造化的鬼斧神工,而更具有自然美与人文美的当数北国的农田,几十亩,甚至是几百亩,方方正正,平平整整,那又是怎样的景象呢? 我来告诉你,那更像是一块块已经切好的巨大的,撒了白糖或涂了奶油的萨拉蛋糕。然而正当你准备插一块吞下时,却发现那上面有几缕弯曲的发丝,你会怎么想呢? 那发丝,就是农民新栽的苹果树。

然而在我的眼里,这发丝,更像是拉长了却依然弯曲,且正在瑟瑟发抖的手指。《鲁提辖拳打镇关西》中有段:"那店小二把手帕包了头,正来郑屠处报说金老之事,却见鲁提辖坐在肉案门边,不敢拢来,只得远远地立住,在房檐下望。"这里没有说店小二的手指是怎样的指着,但如果有,那一定是弯着的指着鲁提辖,在给郑大官人告状示意。之所以"弯",是因为懦弱,胆小,怕被鲁提辖看到。之所以指,又是在寻求支持与保护。我想,这苹果树怕的正是那满天的风雪严寒,正要向溺爱它的农民告状,又觉得胆量不足,所以只好像指又不像指的暗示。

按说,作为树,应该是喜欢雪的,因为雪本来就是水,就能滋润土壤，是树不可缺少的食粮，但这苹果树却就是娇气，竟然经不得这么的寒冷，新栽的往往头一年就会死去大半。因此，下雪以后，别的树不是满手的琼浆碎玉，就是千树万树的梨花，而唯有它是光杆一个，瑟瑟发抖。

苹果树的娇气不仅仅表现在难以御寒上，还表现在诸多的方面。

首先它不能直接种，或者说它的种子是无法成活的，育苗时用的是海棠或山楂或水楸子的种子。灌水，施肥，松土，盖塑料膜是少不了的事情。等长到一两年再接成苹果树，这接的过程就会死去一部分，成活以后再从苗圃移出，栽到肥沃的农田里，经历一个冬天，又得死去一大半。农民们补了再补，没有五六年是很难有效益的。

其他的树多长在荒山野岭，十几年便成材了。长得快的木质是松一点，但也是有用场的，能应急呀。长得慢的，木质却细腻。但苹果树不行，你必须将它栽到农田里，而且必须年年浇灌，施肥；年年修剪，拉枝；年年疏花，疏果；不断地打药。否则，要么不结果，要么果子质量低劣。

我们知道，松柏、中槐有成百上千年的，甚至洋槐红柳也能长百年之久，可苹果树长不过三十年就已经腐烂不堪了。你见过有用苹果木做的桌椅板凳吗？你见过有苹果木盖的房屋做的家具吗？肯定没有，因为苹果树本来就长不成材。

春天乍到，苹果却不迟不早，开花总赶上返寒的日子，一见霜冻便打了蔫，果子也就保不住了。不冷不热了，开花却总站不到自己的位置上，害得农民奔上奔下地指拨，甚至撕下，有果子了，还得再疏果。也许是怕它们再受风吹日晒吧？农民们又把它们一个个地锁进了深闺。

到了夏天，别说风景了，树上似乎挂满了废铜烂铁。暑热的天，人们会到梧桐树、槐树、杨柳树下乘凉或嬉戏，但绝没有人去苹果树下，因为这时的苹果树不仅姿态色泽不雅，而且超低，别说站了，就是坐也得弯着腰，不到十分钟，你就腰酸背疼了。要说气味，不是化肥，就是农药，鸟雀们是绝不会在苹果树上筑巢的。

秋天到了，果袋卸了，一个个白面书生，不，应该说是白雪公主终于跨上了枝头，露出了笑脸，然而不几天就都羞红了脸，像灯笼般地挂在了半空。这时候的农民再也放心不下了，是的，面如桃花，成熟娇艳的大姑娘了，放在外面，谁家的父母放心得下。家家都像爱抚自己的宝贝女儿一般，抚摸着它的脸蛋，把它们拽回了家。

地里，也就只剩下几乎脱光了叶子的树杈。那矫健的身躯，平伸出去，略带弯曲的胳膊上，绽出块块肌肉，整个的姿势活脱就是一个正在举重的运动员。我相信，它一定是树中的举重冠军，不信，请问哪一种树一棵能结出二三百斤的果实。

苹果树是农民的所爱，每当苹果树上挂满红彤彤的灯笼时，哪家的农民脸上不是笑开了花。

是的，苹果是树中最娇气的一个，但也是农民最喜欢的树。因为农民是最讲实惠的，也最讲给予与回报的。只要他们勤劳，只要他们体贴，只要他们理解它，懂得它，给了它所需要的，哪怕是肥料，哪怕是凉水，哪怕是泥土，哪怕是农药，哪怕是剪刀。它就会给你极其丰厚的回报，它懂得投桃报李。

它给人类的不是残枝败叶，也不是朽木躯体，而是果实，是营养价值超过所有果树的果实。

它也像其他树木一样开花溢香，但不是为路人欣赏，引来慕名的采花者，而是为了招蜂引蝶，孕育果实。它之所以选择最肥沃的土地，是为了结出更大更富有营养价值的果子。它需要剪枝、拉枝，它需要施肥、灌水，它需要疏花、疏果，那是为了结出更大、更有质感的果实。

苹果熟了，卖到了全国各地，有的还走出了国门，哪家的水果摊位上最多的不是苹果？从年初到年尾，能够接上来年的水果也只有苹果。可以说苹果才是水果摊上的铁杆掌柜。

苹果树给农民的又不只是一抹花香，一树葱绿，一口甘甜。而是西装革履，是家用电器，是手提电脑，是孩子的大学文凭。苹果撑起的是农民的青砖瓦舍，是洋楼别墅，甚至是招凤引凰的梧桐树。

阿四　这篇作文不仅抓住了苹果树的特征，形象生动，而且用了欲扬先抑，对比衬托的手法，突出了农民们对苹果树的理解，喜爱，又富有哲理——投桃报李，构思独特而又新颖。

阿四　宫敏,你把你写的《妈妈不在的时候》念给大家听听。

宫　敏

记得那是一个黄昏的下午,妈妈接到电话,说舅舅出车祸了,正在医院抢救,妈妈扔下电话就直奔舅舅家去了,匆忙间竟忘记了锁门。

我放学回家,家里面乱七八糟,奶奶和爷爷正在骂妈妈,说她真没用。看到这个场面,我就问奶奶究竟发生了什么事。她说我们家被盗了,不仅盗走了我们家的全部积蓄,所有值钱的东西都给盗走了。听后,我也很气愤,我们全家都恨透了妈妈。

第二天早上妈妈才回来,昨天的房间仍旧是那样乱,家里也没有一个人理她,妈妈没有问什么就去整理房间。收拾完以后就去做饭。饭做好后又叫我们吃,我们仍然没有一个人应声,此时奶奶和爷爷还骂着,妈妈再也忍不住了,她已经哭了,可爷爷和奶奶仍然骂着:"你赶快走,除非你能把我们家丢的钱和东西找回来,否则,你就不要回来!"

可妈妈依然在安慰着爷爷和奶奶:"爸、妈你们放心吧,我一定会找回来的,我们先吃饭吧!"

我们这才去吃饭了,但妈妈没有吃,她继续收拾屋子,等我们吃完时她也收拾完了,我发现妈妈一整天竟没有吃一口。

晚上我趴在桌子上做作业,妈妈却在收拾行李,等我做完作业时,她也收拾好了。晚上她紧紧地抱着我说:"妈妈明天就要去挣钱了,以后你要学会照顾自己,要听爷爷和奶奶的话,妈妈把钱凑齐了就回来。"可我仍然冷冷地没说一句话。

第二天早上,妈妈起得很早,临走时,她向我们全家打招呼,我们一家竟没有一个人理她,更没人挽留。然而,她还是留了一封信。那天她真的离开了我们。

妈妈走后的第二天早晨我就迟到了,因为太迟了,我还被班主任叫到全班同学面前批评了一顿。

放学后我回到了家里,奶奶还没有做好饭,我于是就去帮忙,可还是迟到了。在以后的日子里,我几乎每天都是这样,当别的孩子来叫我上学时,我总是还没有吃饭。本想在假日里补补课,可脏衣服又是一大堆,况且屋子里也都铺了一层厚厚的尘土,乱七八糟的,也等着我来洗刷整理。就这样我便饥一顿,饱一顿的,不知不觉竟患上了胃病,而且学习一落千丈。

我终于想起了妈妈,想起了妈妈给我们留下的那封信。它就在我的桌子上,可我竟没有看过。我忙打开了。她让我们以后要保重,让家里人都别为她担心。我的眼泪像断了线的珠子。

晚上,我做了一个梦,梦见妈妈为我们洗完了脏衣服,我高兴地抱着妈妈,让她不要再走了。

这时候我才真正地明白了一首歌里所说的"世上只有妈妈好,没妈的孩子像根草,有妈的孩子像块宝",这时候,我方才知道有妈妈的幸福。

妈妈,我们知道自己的做法伤了你的自尊心,如果天下能够多一分理解的话,我希望能被你理解,我和奶奶、爷爷都非常地想念你,亲爱的妈妈,我们什么东西也不需要,只希望能早点见到你,看到你那慈祥的脸庞。

阿四　本篇文章也许出自真实的记录,但就是真实的记录中包含了深深的痛悔与思念。可以说爷爷奶奶还有自己的生气也在情理之中,毫无雕琢造作之嫌,这不能不说是这位小作者选材的巧妙。而事实上把自己、爷爷、奶奶对妈妈的态度与妈妈的委曲求全形成了鲜明的对比,妈妈在家时的辛苦他们都没有看到,只看到了她的不足或者说无意中所犯的错误,妈妈不在了,他们也终于感到了,悔莫当初,痛悔与思念之情跃然纸上,这时才想起妈妈的信,把感情推向了高峰,此时又用了虚写,具体表达了对妈妈的深切思念,自然天成。全篇又用了欲扬先抑的手法,突出了中心。

这次我尤其要说的是任凯同学。大家一定还记得,我第一次叫任凯写作文的情景。我叫他写作文,他说他从初中开始就没写过作文了,坚决不写。后来又说他不知道写什么,我说:就写你的父母亲。他说,我最讨厌的人就是父母,你叫我怎么写?我说,那就写你是怎么讨厌他们的,为什么你也总有想起他们好的时候,就这样写。被迫无奈,他才写了一篇作文,虽然错别字满篇,虽然语句有些不通,但经过修改,却成了我们班第一次作文中的"精品"、

"翡翠"。我记得我还念给了大家，原因就在于它饱含了真情。他这学期的四篇作文恰好一脉相承，为此，我把他的四篇文章串联在了一起，加了一个题目"我家中秋不赏月"，我以为这是我从教以来，同学们写得最好的一篇，远在我之上，甚至可以与名家大作媲美。下面我们就来共同欣赏，走进他的感情世界。任凯同学请你把你的《我家中秋不赏月》读一下吧！

我家中秋不赏月

我最恨的人是爸爸，每次看见我，不是吹胡子，就是瞪眼睛，要么就是挖苦讽刺，甚至于拳脚相加，我实在怕见他，可他是我们家的"老大"，我的一切开销还都得向他要。

我最烦的人是妈妈，她是一个特别爱唠叨的女人。我一个人住一间房子，只要她一进来，准唠叨个没完，什么被子又没叠啦！衣服乱扔啦！鞋子乱放了！地又没扫啦！本来我用钱的事由爸爸决定，可爸爸又不管钱，所以我每次要钱都得过两道关卡：先是向爸爸说明我要用钱，爸爸同意后再由妈妈把钱拿给我，真像机关单位报账一样，先由领导签字，再找出纳领钱。可妈妈比单位的出纳还抠门。只要是我要钱，她就会给我算账，什么今年的玉米才卖了多少钱，猪才卖了多少钱，还得用多少钱买肥料，又得用多少钱买玉米种子，用多少钱买地膜等等，等等的又是一大串。有一次我要钱，她拿来一个本子说："你看看，这是你上学期的三千多元开销。"竟一笔一笔地给我算起账来了。我实在不想听，可不听也得听，因为我知道她和爸爸是一伙的，一旦我敢不听，爸爸的拳头就会照我说话。

我最喜欢交朋友，在一块游游逛逛，出去吃吃喝喝，说说心里的话。至于要钱嘛，虽说难一点，但我也有我的绝招，这就是不给钱不走，不上学。用不着我闹，只要我睡在我的房子不出门就行。有一次，为了要到钱，我愣是一天没到学校里去。可只要钱一到手，我拿了钱就走，从来不和家里的人多说一句话，更不问父母的身体好坏。

其实，我是最讲义气的一个人，而且爱打抱不平，不信你可以到同学们中去打听，因为此，我还坐上了我们青龙帮的第三把交椅。可事就坏在这第三把交椅上。本来是没事的事，可是我们学校的斧头帮打群架，打掉了一名同学的耳朵。学校便追查起来，要同学们无记名投票，看看谁都是帮派中人，不知道是哪位龟孙子竟道出了我坐了青龙帮第三把交椅的秘密，学校就给了我一个"开除留校察看"的处分。

我一回家爸爸就瞪我，我已经准备好挨揍了，可爸爸这回没有揍我，只是狠狠地说"下学期就甭念了，出去打工"。我不做声，心想：不念就不念，我早就不想念了。打工就打工，有什么了不起！但我没敢说。

妈妈一听却有些急了："那我们花了七八千块钱就白花了？"爸爸愤愤地道："他不争气，我有啥办法？"

过了几天，爸爸便让我和他一起去上工，我也和其他土工干一样的活，挑房根子，拉砖。我只干了两天就干不下去了，可爸爸不发话我哪敢走。等到第三天，我的脸也黑了，手也磨破了，腿也瘸了，我实在难以忍受了，爸爸却依然只是干他自己的活，连我看都不看。到了第五天，我想早早地起来拉砖，早早地干完好回去向妈妈求救，可我一不小心，撞倒了一锭砖，当场就把我的腿压在了底下，一瞬间，我似乎听到了筋折骨断的声音，大叫一声便昏了过去。

我醒来的时候已经躺在医院的病床上了。我没有看见妈妈，只见爸爸坐在我的床边，他见我醒了，便挪得远远地坐了，铁青着脸，也不问我一句。

我每天都要挂三瓶吊针，爸爸就坐在我的床沿，可他一句话也不说，就这样竟过了五六天，我更想妈妈了。

我还记得那天爸爸叫我出来跟他上工的时候，我的心里还想："这回耳根可以静一阵子了"，可现在——如果她能唠叨几句那该多好啊！有一天，护士姐姐说"24床"电话，我急忙拿起电话，当听出是妈妈以后，我的眼泪像下雨的屋檐，一句话也说不出来了，我哭了好长好长时间才反应过来，我也不知怎么的就只说了一句"妈，你快来吧！我想你！"说完，便把电话挂了。晚上我做了一个梦,梦见妈妈来了,她来到了自己儿子的身边,她看到儿子就开始唠叨起来:"你怎么这样睡着? 鞋怎么能这样乱放? 水壶怎么没有盖? 瓜子皮怎么扔这儿了?"可这时候,她的每一句责骂好像都是一声声温柔的问候,再也不是从前听到的无比刺耳的噪音了。我梦醒了,妈妈又不在了,我呆呆地坐在床上,心早已飞到妈妈那儿去了,那时候我多么想找一个静得出奇的地方大哭一场,大叫一声"妈妈我想你,你快来吧!"可这儿没有那种地方。

我住院到第七天的时候,突然发起了高烧,我迷迷糊糊地睡了一晚上,天亮时,感到什么东西正扎着我的额头,睁眼一看,竟然发现爸爸紧紧地搂着我,那只粗糙得如树皮般的手就触在我的额头,爸爸的眼角竟有两颗黄豆大的泪珠。我一下子感动了,这时,我才发现爸爸是那样的苍老,看上去哪像四十多岁的人,连头发都已经斑白了。

我轻轻地把爸爸的手与胳膊挪开,然后给他盖上被子。我知道爸爸八点钟就得去上工,还是让他再好好地休息一会儿吧!

然而,爸爸很快就醒了,又恢复了昨日的冷漠。

我突然泪如雨下,大声地说:"爸爸,你就再给我一次机会吧,让我把学上完,我一定好好学习,不辜负你们的期望。"

爸爸还是没有表态,只是说:"你还是好好地想一想吧,你妹妹去年就出去打工了。"但态度已经温和得多了。

我出院后爸爸就把我送回了家。这时妈妈才告诉我,爸爸叫我去打工是为了让我知道打工的苦处。

开学的那一天,爸爸又一次地去送我,一路上,我一句话也没有说,爸爸也一样。到了学校,他给我报了到,掏出了五十三块钱,又给了我五十一元,说道:"你先用着吧! 亚婷说她马上就会把钱寄回来,寄回来了我再给你捎下来。吃饱! 穿暖! 不要乱花钱!"说完就走了。

我知道爸爸的身上只有二元钱了,那正好是回去的车费。已经过了下午4点钟了,可爸爸还没有吃中午饭呢? 我多想让他留在学校吃一顿饭呀! 但我知道,他还要赶回家去干地里的活。他的背影中留着累和苦。

爸爸走后，我想了很多很多。我要改过，我要自新，我要做出几件让家人欣慰、高兴的事，也只有这样才能抚平我给爸妈所造成的心理创痛。

很快的，中秋节到了，我知道，这些年我从来都不在家里过中秋，爸爸妈妈的心情也都不怎么好，因此从来也不过"中秋节"，更没有赏月的心情，我特意买了四块月饼，因为我家里只有四口人，这可是我省吃俭用才节约下来的几块钱。我想找回我们失去的美好时光，然而这却让妈妈想起了打工的妹妹亚婷。

妹妹初中毕业，可是由于家中经济困难，她去打工了。去年中秋节那天她回来了，可只是坐了一会儿就走了。她走时妈妈问了一句："辛苦吧！"妹妹脸上的笑容立刻不见了。她一句话也不说，只是坐在那儿发呆。妈妈又问了一句："你还想上学吗？"妹妹还是一言不发。过了好久好久她才开口："妈，您就甭管了，以后再说吧！"说完，她就走了。我从她走的神态中看出来了，她是多么的不高兴和无奈！可没有办法，妹妹走后，妈妈哭了，她一个劲地说，对不起妹妹。我的心像被谁咬了一口似的，痛极了，因为我，都是因为我，妹妹辍学了，她还小，她才十六岁呀，这个年龄正是学知识的好时候呀！可妹妹呢？都是因为我的不争气。我一学期就要花去两千多元钱，家中再没有能力支持妹妹继续深造了。

今晚上，月亮依然是那样的圆，可人呢？别人家都热闹极了，可我们家却是冷冷清清，因为妹妹不在，没有人给月亮上贡。妈妈在睡觉，爸爸不在，只有我一个人在看电视，妈妈又叫了一声"亚婷，你怎么又回来了，放假了吗？"竟然说梦话。接着便惊醒了，她高兴极了，然而即刻又念叨起来："亚婷现在在哪儿呢？在做什么呢？去把凳子放到院子，给月亮上些吃的！"

就在这时，邻家的人说有电话，我急速跑去。原来是妹妹打来的，她问了问家中的情况，我听得出她说话时的心情。她一个人在外面，今夜又是中秋之夜，她难免有些寂寞和孤单。她说了一会儿就没声了，我知道她哭了，像她这样年龄的孩子都在上学，可她呢？我的妹妹，我的妹妹呀！她一个人在外打工，想想我自己，能读书，可自己还不珍惜，我也……最后妹妹忍住哭说："哥！代我向爸、妈问好！"说完就挂了。我好久好久才挂了电话，走到家门口时，我的脚再也不能动了，眼泪瞬时涌了出来。

过了好长一段时间，我才又想起妈妈刚才说的话，于是把我回来时买的月饼取了两个，端到了院子，放在了月光下，然后念道："妹妹，我以后有了能力一定好好地对待你，对待我可爱的、亲爱的、可怜的妹妹，让她找回属于自己的幸福。"我知道今晚的月亮是最圆的，但我没有勇气抬起头来去欣赏。而且我还知道妈妈不敢迈出院子的理由，因为我们一家人都不敢赏月。

第七幕

地点：教室

时间：国庆节

事件：国庆灯谜联欢晚会

布置：教室的桌子分两层围成了一个圆。中间有一个能够转动的花树，上面挂着糖果，饼干，圆珠笔。两边有两根鱼竿。还有一张桌子，从旁吊下一厚叠如对联似的红纸。

阿四　今天晚上就是我们的钓鱼猜谜联欢晚会。我知道，前一阵子我对同学们不好，打了的，骂了的，都给你们道歉。为此，我把我们同学们的名字、部分代课老师的名字都编成了谜语。我们的游戏规则就是先看谜语，猜出来者钓鱼，给两分钟的时间，钓得的东西归自己，钓不到就退出继续猜谜语。大家说好不好！

同学们　好！好！好！

阿四　那么大家看第一个谜语。

崔小婷　画里有草不是草，女人三口坐月稍。

吕苗娟　是我，画里是个田字，加草头就是"苗"我的名字中正好有三个口，一个女，还有一个"月"，老师你说我猜得对不对？

阿四　好！你猜得没错，可以去钓鱼了，祝你钓到大鱼！

崔小婷　文人却带刀，月上东山头。

鲁钦钦　刘月峰，"文"字带"刀"就是刘，月正好在山的东面。

（鲁钦钦也跑过去抢第二个鱼竿）

阿四　好！每日有鱼,缺金缺银又何妨。

刘月峰　鲁钦钦。每日有鱼就是鲁,缺金就是欠金,欠金就是钦字,所以是鲁钦钦。(刘月峰便跑过去抢去了鲁钦钦的鱼竿,大家笑成了一团)

崔小婷　个个树木有子。

李竹凤　我。个个就是"竹""树木"的"木"下面加"子"就是一个"李"字。

阿四　夕阳落日有林海。

张思兰　陈梦梅。"夕"加上"林"就是"梦",夕阳落日是陈的一部分,而"海"字变成了"木"字旁也就成了"梅"。

阿四　不愧是"思兰",竟然连这个都猜出来了。不过下一个你就不一定能猜出来了。

张思兰　(也不去钓鱼了,等着看)一心只顾种田,三天两头出勤。这是我,这是我,你看,"心"加上"田"就是"思",而"兰"就是"三"加上两个头,没问题是我。

阿四　把鱼竿让给张思兰,人家可是猜出了两个谜底。(张思兰过去抢鱼竿)。引水无渠人长在,山青自有人缘来。

任凯　张倩。引无渠就只剩下"弓"加上"长"就是"张"。"青"加上"人"就是倩。

阿四　吉祥长在,双喜临门。

王国强　张瑞瑞。"瑞"的意思就是吉祥,两个"瑞"就是双喜临门。(在旁的张瑞瑞大为惊喜,他总以为今晚老师办这个晚会,就是为了拉拢同学们,孤立自己的,现在却有自己的名字,老师还给自己编了一个谜语)

阿四　刘姓天下不动刀,铁骨铿锵有人随。

吴婷婷　文铮铮。"刘"字去刀就是"文"。铁骨铿锵就是"铮铮"的拟声词。

阿四　像猫不是猫,狐狸也借着,前途更无量,山中称霸王。

刘军涛　韩小虎。

阿四　尘土无土,女子无子,古居不古,它方无家。

赵阿宁　张小妮。

阿四　虽是一张弓,却能保家园,家中虽无钱,却有玉玺传。

乔磊　王国强。

阿四　二人一张口,二女上京都,宁可断头颅,也敢揭皇榜。

焦艳　吴婷婷。二人是天,天上带口就是吴,两个"女"加上断头断足的"京"与"宁"就是"婷"。

阿四　文人挥刀,投笔从戎,也能掀起三尺浪。

刘碧荣　刘军涛。

阿四　赵错了路,可以倾耳听听别人的意见。

刘春燕　赵阿宁,走加上"错"号就是赵,"可"加上"耳"就是"阿"。

阿四　好! 娇妻虽无女,志坚如磐石。

卢阿峰　乔磊

阿四　佳人落泪思丰年,农家人人有喜色。

刘晓东　焦艳。佳字落泪就是"焦","丰"加"色"就是艳。

阿四　白石似玉差一点,宋人落草埋头干。

张孟辉　刘碧荣,"白"加上"石"再加上"玉"缺一点不是"碧"吗?"宋"埋头加上草头不就是个"荣"字吗?

阿四　好! 分析得完全正确。 泰山无水有日出,地平倒竖有三色。

王晨　刘春艳。泰去水加日就是春,地平倒竖就是一竖,加上三色不就是"艳"吗?

阿四　虎头代户头,山可长耳朵。

黄媛媛　卢阿峰。"虎"头加"户"头不就是"卢","山""可"加"耳"不就是阿峰。

阿四　日出山平自东升,干戈寥落四周星。

李明辉　刘晓东。有"日",山平的意思就是"兀"加上"戈"去点加"东"就是晓东。

阿四　盆里孩子可洗澡,军中钢枪也闪光。

万红艳　张孟辉。盆应该指"皿"加上"子"就是"孟","军"加上"光"就是"辉"。

阿四　雷声震震不下雨,星星日出看不见。

窦苏敏　王晨。震去掉"雨"加上"日"就是"晨"。

阿四　共产分田分地,爱前爱后尽美女。

崔小婷　黄媛媛。

阿四　春季头已过,日月照军营。

洛阿宁　李明辉。"季"字无头是"李","日""月"合成是"明"。

阿四　芳草锄尽一点绿,一丝工笔难画成。

赵娟娟　万红艳。"芳"除去草头,除去一点就是"万","丝"加"工"就是"红"。

阿四　买卖做在家里面,办公做了草头王。

郑珂　窦苏敏。"卖"在家中就是"窦","办"加草头就是"苏"。

阿四　山下有佳人,尘上有孤女。

周环　崔小婷。

阿四　家中有人丁,路被大水冲。

袁卫国　洛阿宁。

阿四　徒有儿子无人管,错把两女月月盼。

穆倩丽　赵娟娟。

阿四　天上生角长耳朵,人间代代可称王。

王伟杰　郑珂。

阿四　月前月后无中秋,吉人自在中秋中,年年月月苦修行,世世代代不称王。

(这回竟没有人猜中,过了一分多钟)"月"前"月"后无中间,中间加上"吉"不是"周"吗?"不"加上"王"不就是个"环"字吗?

阿四　横等竖等,缺斤少两只为情。

周环　井欣欣。

阿四　人可貌相,水可斗量,无理老师爱说无理话。

王伟杰　物理老师"何相峰"。

阿四　两个鱼钩,两个六,众里寻她千百度。

范倩　于兴群。

同学们　高!确实编得好!

阿四　喜上眉梢,哀下有难,停车场地,孩子莫玩。

孟荣　袁卫国。喜的头,哀的下就是袁,停车场地的标志是

"P"加地即一平就是"卫"。

阿四　好,有想象力。树上晾围巾,自在少腰袋,脚下踏彩虹,青春更亮丽。

万戈阳　穆倩丽。第一句是"禾","自"少腰袋即为"白"加上"少",彩虹应指下面的三撇,后面又包含了"青"与"丽"。

阿四　我们的同学太聪明了,青出于蓝而胜于蓝。宝玉不垂泪,只给树浇水,本是补天才,反做木石记。

乔睿　王伟杰。"玉"去掉"泪"即一点就是王,"树"可理解为"木"下面是水即为"杰"。

阿四　班里有个硬币王,说老又小难思量,说是小鸡长不大,说是鸡蛋难做汤。

范倩　班里加上"币"是一个"师"字,后面从意思看是指"微机"。所以我认为这说的是微机老师。

阿四　连这也让你猜出来了,我这老师没法当了,好! 春夜生禾苗,乃可壮山河。

辛盼盼　秦秀丽。

阿四　弯弯杨柳垂长絮,青青山峰无主家。

吴蒙丽　张朋。弯下加长便是"张","青"无"主"就是"月"二月即为朋。

阿四　盆里坐孩子,人称圣人道,家里种花木,房上也长草。

马明亮　孟荣。前面两句是"孟",家中木加头上草是"荣"。

阿四　芳草锄尽未冒汗,划破树皮未用刀。

赵卫国　万戈阳。"芳"除草头,除去"汗"即上面的一点就是"万","划"去"刀"就是"戈"。

阿四　沃野三年旱,川中无树干,满目谷顶梁,聪明有远见。

万瑞杰　乔睿。前两句是个"乔"字,后两句是"睿"。

阿四　苑囿浇水又拆墙,夕阳西下几轮回。多少天子随风去,青山代代有人陪。

杨奇奇　范倩。"苑囿"去"夕"拆墙就只剩下"有""范"了。"青"加"人"不就是"倩"。

阿四　好! 眼前分分争高低,只为明朝中皇榜。

49

邹文龙　辛盼盼。

阿四　二人一张口，家里生横财，心里有亏欠，做了草头王。

李蒙蒙　吴蒙丽。第一句是"吴""家"里生横，去心里即一点，加"草"头即为"蒙"。

阿四　上京遇日食，几家望太阳。

郭涛　马明亮。日食就是日月相遇即"明"。"亮"的上面是"京"上，加"几"即为"亮"。

阿四　女生进了男厕所，走错了房间。

尹康瑞　赵卫国。走加错号就是赵，厕所就是卫生间。

阿四　成三不必动干戈，山下也需栽树木，天旱无雨常浇水，祥云朵朵随心意。

蒲洋洋　万瑞杰。"成王"去"戈"即为"万王"，"山""需"下（无雨）树下即"木"下，浇水不就是"杰"吗？

阿四　好！好！要不是你提醒，我都忘了我是怎么编这个谜语的。桃李都有罗堂前，肝肠寸断月不圆。天下可大不可小，梦里阿哥忆难全。

任凯　杨奇奇。桃李都有的只有一个"木"字旁。"肠"断无"月"加上木即为杨。"可""大"加一块不就是"奇"吗？

阿四　好！张永杰，你上来！（阿四发现张永杰总是躲在同学们的后面，甚至不敢直视自己，觉得他还没跳过与自己闹僵的坎，便故意叫他上来。张永杰很是意外，他一直以为阿四给他记着一笔，只是还没有报复的机会，今晚肯定是为了孤立自己才这么搞的，便笑着，很是尴尬，但还是跑上来了，脸已经红成了下蛋鸡）还记着呢？男子汉大丈夫，我都不记得了，你还记！要不然你也揍我一顿！

同学们　一阵大笑。

张永杰　老师！对不起，那天是我不对。谢谢老师！

阿四　是大卸八块吗？

同学们　哈，哈，哈

阿四　你给咱们揭谜条！

张永杰　（羞红了脸）忙去揭谜条：底下是脉脉的流水，遮住了,不能见一丝月光,而树木却更见风致了。

韩小虎　张永杰! 张永杰!

张永杰　(还没从刚才的意外中走出来,忽然听到有同学喊自己名字了,以为又是哪位在调侃自己)甭嗞嗞! 甭嗞嗞! 你把其他人挡住了,有本事猜谜语。(显然他已经成了晚会的主人)

韩小虎　我说的就是谜底。(张永杰一看,脉去月不正是永吗? 木下流水不正是杰吗? 这韩小虎,真是的,竟抢了我的头彩,很是遗憾,也很感激,老师不仅没忌恨自己,还给自己编了谜语,他不自觉地去看老师,老师也正在看自己,便相视而笑)

张永杰　(边揭边念)刘家天下不用刀,宠妃何须守空房。

张美丽　邹文龙。刘去刀就是文,宠出家就是龙。

张永杰　十八汉子,落草称王。家里横行,把头隐藏。李蒙蒙。十八汉子是"李",草头,家去头,加一横不就是蒙吗? (张永杰终于也猜出了一个灯谜,他高兴极了,立刻跑过去抢鱼竿了)

赵阿宁　(再也按捺不住了,挤到了前面揭谜条)享尽清福有耳闻,寿比南山水长流。

张美利　郭涛。"享"加"耳"不就是"郭"吗? "寿"加三点水不就是"涛"吗?

同学　好! 好!

赵阿宁　草屋漏水杜甫寒,盖头掉进水里面。蒲洋洋,蒲洋洋。(赵阿宁不等其他人看完便喊着)"甫"加上三点水,再加"草"头就是"蒲"。盖头就是"羊"掉进水里边就是"洋"。 君子不张口,广厦千万间,氓隶住广厦,太平盛世传。

尹康瑞　我。君去掉"口"就是"尹","厦"中住"隶"就是"康"太平盛世就是"瑞"。

阿四　好! 好! 君子终于开"口"了。(尹康瑞又去抢鱼竿了,张倩忙凑了过来)

张倩　千人坐地铁,几山能回头,已成穿山甲,城里显身手。

宫敏　任凯。千人加上地平就是"任"字,"几"加"山","已"成穿山甲指出了"已"的位置。

同学们　好! 好! 好!

张倩　天下盖头一线牵,月月心中有思念。

万世杰　张美丽。"天"下"盖"头就是"美"。"一"加上"月""月""心"中就是"丽"。

同学们　好！好！好！好！

张倩　姜女钓大鱼,却将小女失,锄禾日当午,汗滴禾下土。

张小妮　张美利。姜丢"女"加上大就是"美""禾"加"刀"就是"利"。

张倩　一加一构成千千万,不争名不争利,只争青山。

李竹凤　王静。

张倩　二十走到天涯海角,杨柳依依令人肝肠寸断,历尽人间百味沧桑,脚下留得汗水涟涟。

陈梦梅　李世杰。大写二十到天角即为世,杨柳寸断包括了"木""汗水"脚下就是四点水。

张倩　两口进家,海枯石烂不变心。

任凯　宫敏。

张倩　吕家有奇女,海枯石烂不变心。

吕苗娟　还是宫敏。

张倩　二目倒竖,有眼无珠,进得家来,每天撒气,一日改后,终成大器。

鲁钦钦　(在那里比划了好一阵子,突然领悟)还是宫敏。二目倒竖,有眼无珠是"吕"进得家来就是"宫"。"每"加"改"后即为"敏"。

同学们　好！好！好！好！好！(同学都注视着老师,眼里尽是敬佩与爱戴)

第八幕

地点:校长办公室

时间:某天晚上

阿四　(被校长叫进了办公室,他还以为是自己班上的同学打架或惹上了其他什么事,急匆匆进门)校长。

校长　（大发雷霆，一拍桌子，指着考核表与学生的意见条喊道）你看看！你看看！学生对你的意见最多，就有八个不满意，你说你都干的啥？我在会上多次强调，不准体罚或变相体罚学生，你就是当耳边风，想打就打，想骂就骂，挖苦讽刺，无所不用其极，你到贴吧去看看！你都成众矢之的了！你不顾惜你的名声不要紧，但你也得替学校着想呀。我多次在会上说：收费是高压线，可你还是收费，这回倒好，学生直接反映到了学校，学校已经承诺成立专案组，查出多少退多少，就从你的工资中扣。

阿四　我是打了个别学生，那是因为他们长期不听课，不交作业，甚至顶撞老师，打架骂仗，不服管理。你说，这样的学生该怎么办？我什么时候收过学生的一分钱，你凭什么说我乱收费？

校长　我知道怎么管学生还需要你吗？没有管不好的学生，只有不会管的老师。你管不了说明你无能，你管不了，说明你不会教育学生。你指示班长收罚款不是乱收费是什么？收了多少，为什么收的，学生都记得一清二楚，你还不承认！

阿四　那你说，打扫室内外环境卫生是不是学生的责任？他们该不该打扫？他们该打扫却就是不打扫到底该用什么方法？我认为他们不打扫就该雇人替他们打扫，只不过替他们打扫的是其他同学而已，这报酬就应该给其他的同学，这有什么不对的，罚的钱就是给他们的报酬，我一分没拿，凭什么从我的工资中扣除？

校长　全校几千人，几十个班级，为什么其他班级不罚款就能解决的问题，你就解决不了？为什么学生对其他的老师都没有意见，就只对你有意见？我不跟你说，也不管你罚的款给谁了，反正是你罚的，你就得出，不加罚，不处分就算是高抬你了。我看，照这样下去，下一年你也就是落聘的对象。

阿四　既然你这样说，既然你说我不会管理学生，那好，这班我不带了！学生我也不管了！谁能带谁带，谁能管谁管。反正我不会管理学生！

校长　你不带班！行！那你课也不用代了，这学校有你不多，没你不少。三条腿的蛤蟆找不到，两条腿的人多的是。不用等到年底落聘，现在你就可以走人。

阿四　走就走,我就不信找不到一个讲理的地方! 我不就信糊同县里没好人。

第九幕

地点:医院重症病房

时间:某天晚上十点钟左右

事件:阿四尽心尽力地与学生拉关系,情况刚有所好转,却因为他罚款,体罚学生等被校长训斥,甚至丢了工作,加上积劳成疾,突然引发脑溢血,住进了医院重症病房,昏迷了。

刘月峰、张瑞瑞、文铮铮、韩小虎　(偷偷地跑进阿四的病房,围到了老师的床边)老师! 老师! 老师! 老师! 你可不能有事呀! 那不是我们故意的,我们开始都是打了满意的,可他们说不能全都是满意,必须打不满意,必须打基本满意,也怪我们太自私了,总感到你老批评我们,老问我们要作文,要作业,总收我们的手机,总是把我们的好梦打破,可我们就怎么没有想到,你这么做不还是为了我们吗? 老师! 如果你有什么三长两短,我们一辈子都会不安的。

阿四　(总听到有一拨一拨的学生叫"老师",声音不大,大概是怕影响其他的病人,但却很急切,分明地听到有学生已经急得哭了,他很想答应,很想招呼的,泪水总不自觉地溢出眼眶,心里道:孩子们,你们现在就能认识到自己的错误,能来看我,我已经很欣慰,我已经很感动了。你们也不必太担心了,我没有事,也不会有事的,我心里再清楚不过了,但就是睁不开眼睛,张不开嘴,就是动不了。)

张永杰　(先在门角瞄了一下,见里面没人,就急急地跑到老师的床前)老师! 老师! 你醒醒! 你醒醒! 我是张永杰,我就是你想打、要打、其实没打着的张永杰呀! 你快醒醒呀? 你现在想打就打,想骂就骂吧! 我绝对不躲了,也绝对不会再顶撞你了。我知道在这个班上你最恨的人可能就是我了,不仅是你,我已经变成咱们班上的罪人了,他们都不理我了,任凯甚至扬言要放我的血,要扒我的皮,可我冤枉呀!我再不是人也不能不知好坏,到学校去告你,到网上去放你的冷箭!可我现在百口难辩呀!(突然听到有脚步声,便匆匆地跑出去了。)

　　阿四　(听到是张永杰,很吃惊,随即压在心口的一块石头落地了,他终于知道,张永杰就是那火爆脾气,又是直筒子,牛性来了什么都不怕,其实心地并不坏。阿四真想拉住他的手,告诉他"没有什么,过去的就让他过去,没有什么自责的,锅碗瓢盆常在一起,怎么会不磕碰,老师不会计较这些的。只要你好好学习,不辜负老师与家人的希望就行!"阿四突然又担心起来了,他说任凯要揍他,要放他的血,要扒他的皮,任凯可是他们中出了名的侠客,而且一向是说到做到,这可怎么办呢?我必须得醒来,否则,他们都会有危险的,阿四急得愣是出了一身冷汗。)

　　赵阿宁　(突然就跑进了重症病房,并且一下子就跪在了阿四的床前)老师!老师!您醒醒!您醒醒!就算是原谅我吧!就算是我的错,就算我不是人,你也得听听我的忏悔呀!你对我那么好,我却把你当头号大傻瓜,你一要钱,我就生气了,把你打人的事发到了网上,我不是人!你不是要我写检查吗?这回我都给你拿来了,还有我借你的那八百块钱。你就起来看一眼吧!就算是为了救我,你不是为了救任凯连警察都不怕吗?怎么现在就忍心躺在床上不动呢?我知道,就因为我不是人,就因为我在网上发了关于你打人的帖子,导致你成了这样,我都不敢见他们,见你的所有学生,他们恨不得吃了我!不,我也是你的学生——你那忘恩负义,甚至是恩将仇报的学生。不仅他们恨透了我,就连我也恨透了我自己,如果你真的醒不来,真的有什么三长两短,他们一定会生吞了我的!(赵阿宁几乎发疯了,哭着,喊着,使劲地摇着老师的手臂。突然听到有脚步声,便把装着那八百元和自己检讨的信封压在了老师的枕下,匆匆地离开了,走时还在不断地拭泪)

　　阿四　(心里道:果真是你小子,其实赵阿宁是阿四最担心的一名学生,并不是因为他借了自己八百块钱,或者说骗了自己八百块钱,而是因为他总是自作聪明,不讲信用,这怎么能出社会,一旦进入社会,这样的小聪明会害死自己的,甚至会蹲大牢。不过听到他来看自己，能把那八百元自觉地拿来，并放进自己的枕下，他仍然很欣慰，很感动，至于在网上发帖子的事，孩子嘛，他还不知道网上的影响力，再说，谁不会犯一次半次浑，能改就是好孩子，只要你能永远地改掉你的小聪明，从此开始讲信用，我的这次昏倒也就值了）

王国强　（和刘军涛、卢阿峰、刘晓东他们四个也是突然地跑进了重症病房，大概也是早就在外面看着，见没人了才进来的。他们一溜排开，"扑通"就跪在了老师的床前，就像是提前排练过的）老师：对不起，我们错了，我知道您是好人，是最最负责的老师，也是最爱学生的老师，你容不得我们学习时间玩手机，容不得我们不交作业，也容不得我们迟到旷课，我们也知道你所做的一切都是为了我们，为了我们的前途命运！我们怎么会不知道呢？我们只是一时糊涂，一时的小心眼，或者说一时的网瘾发作，按捺不住，才向学校反映了你"罚站"的事情，你知道吗？其实我们并没有在外面站两个小时，我们知道你一上课就会全神贯注，上课没五分钟我们就跑了，到快下课了，我们才又回来站在那里的。我们也知道你不是有意的，但我们却一时鬼迷心窍，把这件事，还有你罚款打扫的事反映到了学校，并且给你打了不满意，老师，对不起！对不起！我们一定再次把真实的情况反映到学校，不，直接反映给校长。但你必须醒来呀！你不醒来，或者有个三长两短，我们的良心会一辈子不得安宁的，我们甚至无颜面对那些爱您，敬您的你的同学。你知道吗？你虽然没收了我们的手机，罚了我们钱，甚至打了我们。我们虽然把事情反映给了学校，但在我们的内心，你仍然是我们最最敬爱的老师！你就算是我们跟你开了一个玩笑，一个大大的玩笑，你不是也和我们开玩笑吗？我们会为我们的错误负责的，就请您赶快地醒来吧！哪怕你再骂我们一顿，再打我们一顿，我们也好过些。

阿四　（我说呢？学校怎么就知道我打你们了，罚你们站了，罚你们钱了，原来是你们几个，那你可以找我理论呀！怎么能反映到学校去呢？但也没有什么了，总归是我没有执行学校的政策，打了你们，罚了你们，你们反映问题是没有错的，但你们不交作业、

作文,上课玩手机或睡觉是不对的,这不是负责的表现,现在你们认识到了就好)

王晨 (匆匆地跑了进来,拉起他们四个)快! 快! 任凯来啦,正从东楼梯上来了,你们赶紧从西楼梯走!(说着,他们也匆匆地跑了出去,边跑边抹着眼泪)

任凯 (走到老师的跟前,把老师的胳膊拉进被子里面,再把被子盖好。看到老师的嘴唇有些干裂,便倒了一杯水,自己先尝了尝,觉得不凉不烫,便用勺子一勺一勺地喂水,完了,又拿来毛巾给老师拭嘴, 突然发现老师的眼眶里竟流出了两颗豆大的泪珠,很是伤痛,便又跪在了那里)老师,我知道你受委曲了,你就不要伤心了! 这是学校扣你的工资,那些龟孙子们一分钱也没敢拿,都在这里了,我就给你压在枕下。(他一掀老师的枕边,竟发现一个信封,他忙打开,里面还有八百块钱,一封信。)打开信一看:惊叫道:是你这个龟孙子,老师都躺在这儿不省人事了! 现在道歉有什么用! 你狗日的还知道错了,晚了! 我非扒了你的皮不可!(说完便将自己装钱的信封与赵阿宁的信封一起压在了老师的枕下,又向着老师)老师,你放心! 我发誓:我一定会还你一个公道的,我说到做到! 但你得醒来呀! 只要你醒来,不用你管,我给你当班长,我看他哪个龟孙子敢不听你的!(气冲冲地跑出了病房)

阿四 (任凯呀! 任凯! 我知道你江湖,我知道你义气,我知道你有侠客之风,我知道你好抱打不平,但你得有度呀! 你不会又诈了他们吧! 学校扣我工资可与他们没有关系呀? 又不是他们反映的,这钱你可得给他们退回去呀)

张孟辉 (和万红艳、吴婷婷、洛阿宁、乔磊、李明辉、袁卫国、穆倩丽一块进来了,一直排到了门口,听脚步与说话声,好像外面还有好多人,前面几个围住了老师的床)老师! 老师!(进来的人,特别是前面的人,嘴巴都在动,也不知道是哪几个人的声音)对不起! 都是我们不好! 我们知道打扫室内外卫生是我们的义务,是我们自己在打扫,我们只是太懒了,你说过,罚我们不仅是为了公平,也是为了我们能够养成良好的卫生习惯,是为我们好! 我们知道你没有收我们一分钱,钱都给那些打扫卫生的同学了,他们应该得到,如果雇人打扫,我们相信,一次五元还雇不来呢。你做得对,是我们的错,让你受委屈了。我们来了,学校扣你的工资我们全给你收起来了,就在这里。(说完又将一个装钱的信封塞进了老师的枕下)只要你醒来,我们一定听你的,别说罚五元,就是五十元我们也出,就是罚我们打扫一周卫生,不,打扫一学期,我们也打扫!你不是还答应请我们到你家里去,看你设计的房间吗?还要请我们吃糖果吗?你得说到做到呀!(说着说着,他们又都哭起来了,哽咽起来了,说完他们陆续地出去了,接着又进来了一拨,每一拨,每一个人都要去喊一声老师,仿佛呼唤着:老师你赶快醒来吧!我们都等着你,等着他们的老师)

阿四　(孩子,你们没有错,你们都是好孩子,只是因为我心太急了,这才罚了你们,现在你们不是已经认识到自己的错误了吗?已经来看我了吗?这就够了,我已经很欣慰,很感动了,我怎么能再收你们的罚款呢?你们赶紧拿走,刚才任凯所带来的钱也一定是因这事而讹你们的吧!你们放心,我一定将这钱退给你们。学校能扣我的工资,就说明我做错了。我会以我有你们这样的学生而骄傲,而自豪的)

张思兰　(和张小妮、焦艳、窦苏敏、黄媛媛、陈梦梅、吕苗娟、鲁钦钦、李竹凤一块进来了,听说话声,外面似乎还有五六个人)老师!老师!老师!——(见老师没有动静,不由得泪就下来了)老师,你不是最讲礼貌吗?平时,我们给你端个凳子,擦个桌子,捎个教案,你不是都要说声"谢谢"吗?现在我们来看你,你怎么就不肯起来跟我们打声招呼,说声"谢谢"呢?我们现在就想听你说声"谢谢!"哪怕今后你永远都不再给我们说谢谢。我们知道那次联欢晚会上的糖果、饼干、油笔都是你用你自己的钱买的,你给我们每个同学都编了一个谜语,每一个谜语都是那么的自然天成,富于哲理,那可是全班,那可是六十多个学生,听说你为此准备了整整三个月的时间,那是我们有生以来,也许就是一生中能得到的最大的精神鼓励。每次都是我们打扫卫生,你总用罚来的钱奖励我们,听说学校因此还扣了你的工资,这个不用你出,不就多打扫了几次卫生吗?钱都在这里,我们不要了(说着又拿出了一个装钱的信封,塞在了老师的枕下)只要你能醒来。你知道我们多想请你再给我们办一次那样盛大的联欢晚会吗？老师,你不是说要请我们吃饭吗？你不是说人要大方,不要斤斤计较,你今天怎么就小气了呢？你不会是怕出钱,怕请客而不肯理我们吧!……

阿四 （孩子们,请不要这样说,你们能有这样的胸怀,这样的担当意识,这样的奉献精神,你们一定会成为祖国的希望,民族的脊梁）

阿四 （什么都能听见,也什么都能感觉得到,同学们以为他的泪是委屈,其实他是感动,他为他能有这样的一群孩子而骄傲而自豪,包括张永杰,包括赵阿宁,也包括王国强他们。他还要告诉张永杰,他听见了他说的话。他要告诉张永杰,以后再不交作业或玩手机,打的时候不准躲,骂的时候不准顶嘴,这可是他的承诺,男子汉大丈夫,说话可得算数。这三天时间,他听到了每一个同学的喘息,甚至是哭泣,就是没有听到宫敏,她不会有事吧!平时,她虽不爱说话,但却是最关心班级事务的人,我昏迷了三天,怎么没有听到她的声息）

宫敏爸爸 （拉着宫敏的手,宫敏的脸羞得通红,她的爸爸手里提着一袋红苹果)她老师,我这傻女儿,三天前就回来了,不吃不喝,只是哭!把我吓得。昨天来了她一个同学,她才突然跑出来了,还到地里给你挑了这袋苹果,非得要我带着她来看你不可!对不起,我们不知道你已经昏迷三天了,今天才知道的。可我这傻女儿,不知从哪里听到的,说你走了(也就是说死了),就在县医院。她就急了,偷偷地跑到县医院的太平间去看,果然看到那里摆着一个花圈,她到一个没人的地方,美美地哭了一场,然后就去买了一个花圈,正好与前面的那个花圈成了一对,这就哭着跑回来了。她老师,请你不要怪她,看在她对你的这份孝心上,你也得醒醒吧!这袋苹果可是她在我那三亩果园里个顶个地挑出来的,连她自己都舍不得吃,你就起来尝一个,不,哪怕是起来看一看也行。

阿四 （宫敏一进来他就听出来了,是她,轻悄得几乎听不见,没有人走路脚步比她还轻,只要她好好的,这比什么都强,然而听了她爸爸说的事,他既感动又好笑,真是傻孩子,我就那么容

易死吗？还跑去了太平间！还买了花圈！真正给活人送花圈的也就是她了，但他一点也没有怪罪，有的只是感激）

宫敏（听到同学说老师还活着，并且说他们都去看过了，她一下子高兴起来了，现在终于看到了老师，他就在病床上，这是真的，她仿佛见证了老师走出了棺材，走出了坟墓，老师涅槃了，重生了，他接受了生死的洗礼与考验，哪怕是昏迷，哪怕是不会说话，总还是有恢复的可能，总还是有站起来的可能。不，不是可能，是一定，老师一定会再次站起来，再次走上讲台，再次谈笑风生，再次挥洒自如，再次谈古论今，再次纵横捭阖。其他同学来这里脸上都是担心，惧怕，唯有她高兴得显出了酒窝，同样的脸上都挂着泪花，但她却是激动的热泪，几乎填满了两个大大的酒窝，而且还露着欣喜与欢笑，显得是那样的娇艳和美丽。起初她还有些羞怯，躲躲藏藏的，可现在看到老师依然这么地一动不动地躺着，她便由喜而悲，听爸爸这么一说，她再也控制不住了，一头扑在了老师的胸前，摇撼着）老师！老师！你醒醒呀！你醒醒呀！你不是说我像你的女儿吗？可为什么女儿来了你却不理不问了？你曾经说你把自己不当一回事，自称阿四，是因为人们常常把妓女称做小三，你认为小三至少还有一点长处，即长得迷人，否则怎能当上小三，而自己其实是一无是处，只能排行老四。你说你有点像阿Q，只不过不是光头，也没有辫子，且有点棱角，当时把我们都逗笑了。两个多月过去了，你却总是把我们的名字给张冠李戴了，我们也都笑话你。可我们没有想到的是你竟然能把语文必修上的全部文言文背下来，包括《鸿门宴》，包括《廉颇蔺相如列传》，你甚至能背诵《报长安书》，背诵《记念刘和珍君》，这是怎样的意志和毅力。不仅如此，你还知道这些篇目中的每一个字，每一个词，甚至每一个句子，你虽带着教案，但我们从来也没看见你遇到问题去翻看教案，我们问到哪里，你就会讲到哪里，甚至没有一处错漏。你简直就是我们的活字典，活词典，甚至是辞海。

阿四　孩子，你不仅是像我女儿，你对我的理解甚至已经超越我的亲生女儿，我已经把你当我的女儿了，人说女儿是爸爸的贴心小棉袄，这句话对你来说再贴心不过了，我不过是跌倒了，昏迷了,你就痛哭了三天,还给我送了花圈,就这一点,你比我的女儿强多了,我太感动了,谢谢你!真的谢谢你!只是你把我想得太好了,那些大半其实是吹嘘的,我可并没有你说的那么好呀!

宫敏　老师,我们写作文,你给我们写范文,并且自费把我们的文章与你的范文一起出版了,这是我们从来没有遇到过的。从你给我们班每个人编谜语的事件中,我们才真正地认识了你,六十多个学生,你用你的智慧与厚实的文学功底,为我们的名字编谜语,每一个谜语都富有哲理,每一个谜语都风趣幽默。到了我跟前,你竟一口气给我编了三个,我那天真的感到太幸福了,我那时就决定,我也要给老师你编一个谜语,你不是说了吗?要我们青出于蓝而胜于蓝吗?我想呀想!可以说这几个月的时间,一闲下来我就想。老师,我今天终于想到了一个,我这就念给你听,说给你听:雪下禾苗中,云游不胜寒。"雪"的下面加在"禾"的中间就是"秉",作为老师,你其实还是幼苗,你现在正接受着风雪的洗礼,不是吗?我觉得就这一句而言,绝不会输给你,你总得给我一点奖励吧!云游,即"人"在"云"上,即为"会",老师你说对不对呢?可"云游"却又最容易让人联想到"死",这又似乎是在诅咒你。我还是赶不上你呀,你给我们六十多个同学编谜语,却没有一个让人不快的,可我给你编一个怎么就这么难呢?所以老师,你得醒醒,你得教我们做事,教我们做人;教我们大度,教我们风趣;给我们自信,给我们勇气;给我们智慧,给我们光明。老师!老师!你醒醒吧!你醒醒吧!(越说越激动,越说越伤心,哭声也越来越大了,几乎要发疯了,有医生过来了,她被父亲强拉着出去了)

堂上奏乐

笛清哪胜箫合

树 的 警 告

石 岩

　　我不知道我是什么时候到这个世界来的，我只记得我长啊，长啊，比黑芝麻长得还黑还胖，还要硬朗，我太困了，太乏了，我的兄弟姐妹也都和我一样困乏极了，我们便一起躺在妈妈为我们设置的封闭舒适的摇篮里，睡呀，睡呀，也不知是睡了多长时间。

　　我们的摇篮动了，好像是在荡秋千，一定是荡秋千。一定是妈妈又在逗我们玩了，我们个个都胸有成竹地懒懒地眯着眼，享受着妈妈给我们的温馨与幸福，这也许是在撒娇，在耍赖，我们的嘴角一定都笑出了酒窝，要是没有这封闭的摇篮挡住了，妈妈一定会狠狠地掐我们一把，也许我们全都会笑开了花。

　　不好，有风，外面似乎还在噼里啪啦地响，我们又似乎感到失了重，没规律的乱撞，坏了，我们掉下来了，我们脱离了母亲的怀抱。连着我们的摇篮一起掉到了地上，掉到了一个不起眼的角落。睁开眼，一片漆黑，什么都看不见，死一般的沉寂，我们害怕极了，谁也不敢出声，静静地等待着死神的判决，也等待着妈妈的援助。也许妈妈会找到我们，我们都抱着这样的希望，等啊！等啊！又不知等了多长时间。

　　我们渴了，我们饿了，妈妈本来是在我们的摇篮里放了水的，可这么长的时间，我们早已喝光了，我们的身体几乎能撞出声音，可以说连泪水也都蒸发掉了。这真是到了欲哭无泪的地步。

　　啊！是什么东西，竟把我们的摇篮给踩裂了，我也被弹得老高，兄弟姐妹竟一个也不见了，也许他们都害怕了，躲了起来吧。

　　我忽然觉得自己好像也已在了谁的掌中，他正在一上一下地掂着我的分量。我慌忙睁开眼。呵！原来我正躺在一株宽厚的草叶上,叶子也正在摇摆着。我的心放了一大截,一时高兴起来,我这才发现外面的世界竟是这样的美好。

草是那样的嫩,那样的绿,那样的软绵,那样的茂密,还有各种姿态,各种香味的野花呢?粉扑扑,红艳艳,黄澄澄,真是难以描述。有高到两米的,有寸把长的;有顺地跑的,有攀援的;有睡觉的,有持刀弄枪的;有卖弄风骚的,有孤芳自赏的;有看的,有招手的,有点头的,有哈腰的,有的在笑,也有的在吟诗,在唱歌,怎么?他们的脸上为什么都挂着泪花,不,不是泪花,是汗水,他们一个个不是正在力争上游地往上爬吗? 这一定是汗水,我这才又感到了口渴,是的,我早该喝水了,管他是汗水还是露水,先喝一口再说。没想到水竟是那样的甘甜,似乎还溶入了各种花的香,我一口气就喝鼓了肚皮,连我的黑外套都撑开了一个大口子。我这才想起应该文雅一点,慢尝细品,这可是万物之精华,然而环顾四周,似乎也并没有谁笑。

正在这时,一颗大的露水正好从天而降,差点砸在我的身上。我忙抬头看,我这才发现,那大大小小,粗糙不一,形态肤色各异的撑天柱,原来竟是一棵一棵的参天大树。它们争着向上,争着伸开手臂,迎接着阳光,正好有一束阳光从树叶的缝隙间落下,照到了我的脸上,我又仿佛看到了神秘的七色光环,但这光立刻就刺得我的眼睛睁不开了,我忙回转视线。突然我发现一个小豹子正在那边的草丛里向这边窥视,刚才一定是它踩飞了我们的"摇篮",吓跑了我的兄弟。但我却没有一点怨心,也许正是它让我们看到了这丰富多彩、绚丽多姿的大千世界。你看它,圆圆的头,圆圆的眼睛,毛茸茸的脸,小小的个头竟长出了长长的胡须,浑身上下都透着生机,透着活力,透着顽皮,要是我能动,我真要去摸它的毛,拽它的胡须,逗它玩了。我正看得入了神,谁知它一下子就扑了过来,一眨眼的工夫,我竟被埋进了土里,又什么都看不见了。

尽管我又陷入了黑暗,但我却感到异常的舒适,简直比母亲的摇篮还要舒服,渴了、饿了只要张口就是了,周围都是软绵绵的,不冷不热。我甚至怀疑自己喝了千年佳酿,就要长期地醉倒在这里了。

　　我不能,这里尽管舒服,但外面的世界更精彩,我要到外面去,我要到外面去!

　　于是,我每天喝呀,吃呀,攒足了劲往上拱。一天,两天,十天,二十天,我感到我的脚已陷下去一尺多深了,怎么头还没拱出地面,我简直有些急了,猛一用力,我竟推翻了一颗小石子,我又看到了外面的大千世界。

　　然而,我太矮太小了,更可恨的是一株羊胡子草用它那又细又密的头发罩住了我的身子,使我怎么也看不清那高处的树叶,就连阳光也全被它给利用了。只是它并没有断我的粮,断我的水,我依然能拼命地长,它却亲切地称我小妹妹,说什么我太嫩,经不住风雨,过早地露在外面会被吃草的动物吃掉,鬼才信。

　　一阵脚步声,我屏住呼吸听着,原来一只小鹿正向这面悠然地走来了,看那尖尖的来回摆动的耳朵,苗条的身段,毛茸茸的外套,真是漂亮极了,潇洒极了。她走到我们身边了,我以为她要亲我了,然而她的舌头却卷去了我那羊胡子大姐的全部头发,我突然同情起羊胡子大姐了,要不是她,我真的要被吃掉了。也许她——我忙问了她一声,谁知,她却说:"没事,你别看我的个子不高,但我可是老字辈了,我的年龄可不比你的妈妈年龄小,这小鹿其实是我们的高级理发师,她们一吃,我们才能生出更嫩更绿,更有光泽的头发,可你就不同了,你的将来是大树,但你现在是小苗,一旦被咬去了头,你会死的。"

　　羊胡子大姐竟知道我的妈妈,我一下子来了神,忙问:

　　"我的妈妈是哪个?"羊胡子大姐笑了:"唉!真是傻孩子,连你的妈妈都不知道,就是那边最高最大的那一棵树。"

　　那就是我的妈妈!我妈妈是这林子里最高最大的那一棵树!

　　我于是高兴得要蹦要跳了,我要叫妈妈,但妈妈却一点也不理我。羊胡子大姐却笑着说:"你是她的儿女,你也会长得和她一样高大的。"

　　我——我会和妈妈长得一样高大?看看妈妈,再看看我,我简直不敢相信。妈妈是那样的高大,可以容纳上千个上万个我,这怎么可能,这要长多少年?我还想问,却突然想起了她刚才说的不比我的妈妈年龄小，按说我是应该叫她阿姨才对。我忙改口说："那我就叫您阿姨好吗？"

羊胡子大姐却毫不介意地说："不，我们不讲究这些，你终归是要比我们长得高得多，只要你能长期做我的小姐妹就可以了，姐妹要比阿姨亲得多。"

我又问："你说妈妈为什么不理我们呢？他们为什么要长得那么高呢？他们长那么高对我们有什么好处呢？"

羊胡子大姐又笑了，说："你真是我的傻妹子，要不是他们遮风挡雨，我们早被风刮起来了，水冲走了。即使风刮不起，水冲不走，也是要被渴死的。我们喝的，无论是露水还是溪水，都与他们有关。当然，他们也离不开我们，如果没有我们在这里固沙，他们也长不到这么高，也许早被风沙给卷跑了，或者被水给冲走了，我们可是相互依存的一个大集体，谁也离不得谁。"

这天，我正和我的羊胡子大姐聊天，一只小蜜蜂竟落到了我的头上，起初我还挺喜欢的，可她老是不走，撩拨得我怪痒痒的，仿佛谁搔了我的脚心，我简直恨透了她。

谁知，羊胡子大姐借此又给我上了一课，她说："你别看那小蜜蜂，不怎么华丽，没有蝴蝶那么美丽，其实，她们对于我们传宗接代的作用可大呢！也可以说她们是我们所有植物界的红娘。如果没有她们，也许就没有这绿色的世界，也没有你我。"

怎么会这样，我简直不敢相信我们的繁衍竟与那小小的蜜蜂、蝴蝶有联系。然而羊胡子大姐接着说："你看见那各色各样的花了吗？我们植物界的每一种，要繁殖就都要开花，只不过有的鲜艳，有的不鲜艳，有的我们能看见，有的看不见而已，但开了花不一定就有后代，这花还必须授粉，这授粉就得靠风、靠蝴蝶、靠蜜蜂了。我们不仅与蝴蝶、蜜蜂有联系，与动物，甚至与那动物的灵长——人也都有联系。你看见了吗？那猎人每天都要出来打柴，他不仅把我们的林子里打扫得干干净净，而且把我们身上枯死了的也都剪掉了或是砍掉了，这才使得我们的林子能永远地保持清洁、翠绿充满生机。还有那小豹子、狼、狐狸、野羊、鹿、小兔什么的，它们都是我们这林子里不可缺少的有机组成部分。"

　　"照这么说,这些食草动物以我们为食,我们还得感谢它们了!"我禁不住又问了一句。

　　羊胡子大姐却平和地说:"虽说不上去感谢它们,但我们确实也离不开它们呀? 试想,如果世界上没有了食草动物,我们的老叶子就会死死她顶住新叶子,我们就不会更新,这就像一个人永远不理发一样,只能像一个蓬头垢面的疯子。世界也就会成为一片枯黄、萧条的景象。我刚才说,小鹿是我们的理发师是有些夸大,但确实如此呀。"

　　"那你说我们与那些食肉动物有什么联系呢?""当然有联系,任何东西都是相对而言的,如果没有她们,食草动物就会大量繁殖,不等我们长大或者连我们的茎叶都吃光了,我们还怎么更新换代? "

　　原来是这样,难怪羊胡子大姐说她不比妈妈的年龄小,她的见识还真是不一般。我对她佩服得简直是五体投地。

　　果然不出一年,我就高出了羊胡子大姐许多,她就在我的脚下,但我们依然亲如姐妹。

　　一年,两年,十年,二十年,五十年,一百年,我终于长得和妈妈一样高大,一样浑圆,一样地可以舒展手臂去迎接明媚的阳光了。

　　我的脚深深地扎进了沙土里,既温暖又舒适,我仿佛是穿着一个偌大的靴子,还带着空调呢! 自带的连接小溪的自来水管道直通到了我的口边,肥美的土壤就是我丰盛的晚餐。我的羊胡子大姐和我一样地享受着大自然的美满。

　　小鹿、野羊、小兔子时常在我的脚下栖息、嬉戏、玩耍。我最喜欢看它们捉迷藏了,我看得一清二楚,它们却要在底下转半天。相思鸟在我的腋下安了巢,每天都要亲密地在我的耳边说几句悄悄话,甚至在明月之夜为我弹一曲美妙的音乐。喜鹊在我的肩上搭起了安乐窝,每天早上都要向我报告今天的好消息。各色各样的蝴蝶也时常地飞落到我的手指上翩翩起舞。

　　你相信吗? 一群蜜蜂竟在我的嘴里酿起了蜜,蜂蜜从我的嘴里都流了出来,别提我的心里有多甜蜜了。

　　我的兄弟姐妹乃至祖辈们几乎是一样的高大。白天,我们迎接着明媚的阳光，伸长了手臂互相地拍打着，跳着欢快的哈萨克舞，发出"噼""啪""噼""啪"的节奏声。晚上，我们密密地封闭了夜空，保护着我们下面那些幼苗，以及嫩草、鲜花，使它们有一个安乐的家。夏天，我们用我们宽大的身体、厚重的叶子遮挡住炎炎的烈日，或者是暴雨。冬天，我们顶住了严寒、风雪，使我们的小天使，以及我们的动物小朋友有一个温暖大家。春天，泉水为我们唱歌，风儿为我们送来芬芳，秋天，沉甸甸的果实向我们微笑。

我们就这样快快乐乐地过了一年又一年，也不知过了几百年。

突然有一天，来了数辆大卡车，拉来了一大队的人马，他们扛着马锯和砍刀，背着大绳，好像还拿着一张大地图，在我们中间走来走去地端详着，不时地还指手画脚。我们的老字辈还在那里高兴呢，以为自己又要派上大用场了，不是大梁就是檩条。谁知，这些人们竟不分老幼地统统地往过砍，往过伐，我们一个个都目瞪口呆了。从此，我们的林子里每天都有倒下去的姐妹兄弟。从此，我们的林子里晚上有了鬼哭，有了狼嚎。可爱的小豹子、小鹿、野羊早已无影无踪了。

一天，两天，一月，两月，一年，两年，十年，二十年，我们被砍伐得所剩无几了，剩下的，不是歪脖子的，就是瘸腿的，或者是因其他原因不能登堂入室的。最早的时候，他们也曾打上了我的主意，可他们刚一动，就惊动了我嘴里的蜂，她们一哄而上，把他们蜇得连滚带爬地跑了。大概是他们都知道了我嘴里有蜂吧，从此，有好几年没有人敢碰我。后来终于有人想报复了，他们白天看好了，晚上便来了，带着稻草，举着火把，将大把大把的稻草塞进了我的嘴里，然后用火把点燃了，我早就看到了，我拼命地摇呀摇呀，可我们的蜜蜂小朋友不明情况，不敢出击，等她们完全清醒的时候，已经来不及了，烟火已封住了她们的出口，接着整个的洞穴全着了火。她们拼命地往外面飞，而那些可憎的人们，又在洞口放起了大火，只听到她们一个个被烧得噼噼啪啪地响，真是惨不忍睹。那时，我简直想一下子倒下去，砸死他们。第二天，我看见，她们的尸体已堆了一大堆，大概过了三十万吧？我的心一下子炸裂了，我的泪水渗透了我的心，我彻底地成了一个残废，半死不活地

苟延残喘着。人类的血性大屠杀又岂止对人类使用，你们又屠杀了我们多少血肉同胞。毁灭世界者必将毁灭自己！

又过了二三十年，我周围的一草一木全被砍光了，就连我那可怜的羊胡子大姐也被连根带叶地拔去了。人们把这里的上上下下都变成了农田，种上了庄稼。

终于有一年，暴雨过后，卷着泥沙的洪水铺天盖地地冲下来了，冲毁了庄稼，冲毁了农田，使这一片本来充满生机和活力的大林子一下子变成了沙石滩。还冲垮了许多的房屋，据说还冲走了两个小孩。

人类的文明永无止境，他们发明了拖拉机，推土机，挖掘机，他们又大规模地修筑起了河堤，而且在这里建起了许多的化工厂，造起了纸，造起了化肥。我的脚被硫酸食去了皮肉，我的肺里吸进的不是二氧化碳，而是硫化氢，我的生命已经奄奄一息。

人们胜利了，他们正在庆祝他们的功绩，乐声阵阵，锣鼓喧天。

你们真的胜利了吗？没有，你们没有，你们只不过是为自己挖掘了更大的坟墓，如果你们还不醒悟，那你们会走到死无葬身之地的那一天。洪水泛滥，土地大片大片地沙化，地震、冰雹、癌症、水俣病、红潮等等就是你们死无葬身之地的明证。

我就要死了，要去天堂会见我们的兄弟姐妹乃至我们的祖辈们，也许我的羊胡子大姐早已等急了，我相信，他们都会在天国里欢乐跳舞，因为他们无愧于我们，也无愧于你们，更无愧于我们生活的这个大千世界，这个地球。而你们，因为自私，毁灭别人，毁灭世界，最后到毁灭自己，那最后一个死去的你的子孙也会诅咒你，你敢去见你的祖辈吗？你不敢，你只有去十八层地狱，去承受精神上的愧疚与折磨，去领教众神们的酷刑与唾弃。

终于有人来化验这里的水质了，终于有人造林了，终于有人提出了要"退耕还林"了。

北山上已经绿了，那是他们造的油松林，尽管没有我们那么海阔雄壮，但毕竟我们有了希望。但愿有更多的人能清醒，更多的人能意识到，我也就可以含笑九泉了。

"昏"之白

石 岩

"昏"是我的思想；"暗"是我的眼睛；"浑"是我的躯体；"混"是我的两条腿；"模糊"是我的双手；"朦胧"则是我最值得骄傲的面庞。我最大的敌人是"清""明""光""亮"。我最恨的人是那些拿了我的好处，却又大骂着我，去赞美没有尺寸之功的"清""明""光""亮"的忘恩负义之徒。

如果你要问我有多大？我说，你的野心有多大，我就有多大。如果你要问我有多美？我说，你的梦有多美，我就有多美。如果你要问我的冤情有多深？我说它比时间隧道还深。

你们总说地球是人类的母亲，可你们知道地球的母亲又是谁吗？不，你们是知道的，因为在你们的史册与传说中都有明确的记载：最早的世界是"混沌"一片；《盘古开天辟地》中就明确地写道"很多很多年以前，天和地还没有分开，宇宙的景象只是混沌的一团"。"混沌"是什么？"混沌"就是我。也就是说，我才是人类的真正母亲。可你们人类却把我这个真正的母亲忘得一干二净，甚至蔑视我，漫骂我，诅咒我，什么"浑浑噩噩""昏天黑地""浑水摸鱼""混淆是非""混淆视听""暗箭伤人""暗无天日""暗送秋波"，等等的脏水一股脑地都往我的身上泼。反而去赞美那些与你们毫无血缘关系的我的敌人——"太阳""月亮"和"星星"。你们常常教诲你们的子女："十月怀胎！这容易吗？"可你们是否想过你们人类的孕育过程，那可不是"十月"，而是千年、万年、亿亿年呀！你们可以不记我这个母亲的恩情，但你们也不能就蔑视我，漫骂我，诅咒我，甚至去赞美我的敌人，你说我冤不冤。

也许你们要说："那是因为你生得'丑'"，可常言说："家贫狗不嫌,母丑子不嫌",你们这样说是大错而特错,因为我不但不丑,而且是世间最美最美的一个。你们知道 2008 年北京奥运会的会徽为什么是那个像"京"不像"京",像"从"又不像"从"的美术图案吗?那就是因为它借助了我的"模糊"之手,使这个"京"字既有了"京"的含义,又看似一个人在奔跑,代表着奥运精神。"模糊"是谁,模糊就是我,这一点文学家和诗人是最明白不过的。他们就讲"文如看山不喜平",什么意思呢?也就是不要把话说得太直观,太明白了。就是说话要"暗",要"昏",要"模糊"一点。诗人则毫不讳言,作起了"朦胧诗",所谓的"朦胧"就是象征,不透明,多义,说穿了,还是要"昏"一点,要"模糊"一点,让人看不尽,猜不透。《荷塘月色》《锦瑟》《致橡树》都是以"朦胧"取胜。不是有一首歌也这样唱吗?"雾里看花,水中望月——",其实还是说"花"说"月"越是朦胧越好看了。

可能你又要说,这些都是文人雅士的故弄玄虚,多半是为了掠骗人们的青春,卖弄自己的才学。那就让我说说庶民百姓吧。涂脂抹粉可谓源远流长,现代人擦的抹的更是品类繁多,还要烫发、染发,而且特别的讲究衣着,还有人戴面纱,披纱巾,你知道这是为什么吗?全都是为了掩饰自己的缺点与不足。摄影师是最聪明的商人,他抓住了人的这一心理,搞出了所谓的艺术照,结婚照,一下子使他的"照片"身价百倍,据说,到现在,一套高档一点的结婚照要几千元,甚至是上万。也有人说,男人和女人一样,最帅或最漂亮的时候就是当新郎或当新娘的那一天,你知道为什么吗?就是因为"结婚"。什么是"结婚"呢?我告诉你吧:就是与我"结"缘,"昏"在古代就是"婚",不信你可以去查《古汉语字典》。许多的人,也总是拿出自己的艺术照感叹青春的美丽多姿。其实他们应该感谢我才对,这些都来自于我的"模糊"艺术。可令人气愤的也就在此,明明是我的杰作,却没有人说我的好,一个个地用什么"漂亮""亮丽"来称颂他们。难道说我的双手只能为我的敌人服务,你们为什么要在我的胜利果实上贴上"亮"的标签呢?这岂不是眨眼无情,甚至是恩将仇报吗?

要说我恨庶民百姓,那只是说说而已,因为他们必定不是有意的，他们的语言没有那么的丰富，也想不出什么可替代的词语来。

我真正恨的是那些凭借着我，得了势，升了官，发了财，却又弄出什么"清正廉洁""明镜高悬""光明正大""光明磊落"的匾额，悬挂于他们的高堂之上，顶礼膜拜，反而把我踩在脚下，横加指责的虚伪小人。因为他们忘记了自己是站在谁的肩膀上爬上去的，他们忘记了父母兄弟，忘记了血缘关系。

汉高祖刘邦其实就是"混混"出身，他用"暗度陈仓"的办法打败项羽。他用韩信给自己打江山，打下了江山却又"暗"杀了韩信，这岂不是卸磨杀驴。后来他又推出了"无为而治"，其实这也就是"混"的办法。

唐太宗李世民的《以镜为鉴》很有名，他以魏征为鉴以明己过。然而他的皇位却是杀兄逼父才得到的。其实他图的也不过是长治久安，什么是长治久安，就是长期地骑在人民的头上作威作福。

唐朝的刘禹锡写过一首《昏镜词》诗。诗的小引说：一位制镜的工匠在店铺里摆了十面铜镜求售，其中只有一面磨制得清晰光亮，其余九面都昏暗模糊。有人不解地问："为什么镜的昏明如此悬殊？"工匠解释说："并不是不能把所有的镜子都磨制得一样光亮，问题是买镜子的人十中有九喜欢昏镜而不喜欢明镜，因为清晰光亮的镜子能照见无论多么细小的瑕疵，绝大多数人用这样的镜子会不自在。"

我想，这又是刘禹锡的大脑发了"昏"，为了写诗，竟编造出了这样一个荒谬的故事。因为再愚蠢的人也不会暴露自己的"昏"。即使他非常的"浑"，也绝不会说自己"浑"。钱钟书的《读〈伊索寓言〉》在评价"狗和它自己影子的故事"中就说得非常深刻："能自知的人根本不用照镜子；不自知的东西，照了镜子也没有用——譬如这只衔肉的狗，照镜以后，反害它大叫大闹，空把自己的影子当作攻击狂吠的对象。"这里"不自知的东西"其实还是"自知"的东西，请问，哪一个违法者不知道自己的行为违法呢？如果你以为你是他的"镜子"，指出他的"罪行"，那他绝对会反咬你一口，对你实施报复。他要"昏"镜吗？你去做他的"昏"镜吗？"昏镜"也是镜呀？纵然照不出全貌，也会照出个轮廓，即使是轮廓，他也绝不允许,他会陷害,会"暗"杀,会灭口,因为他要的是"黑"——你"黑",人人都"黑"。如果你做了他的明镜,你被灭口,也许还会有人知道,会有人为你鸣冤叫屈;如果你做了他的"昏镜",又不知不觉地被"暗杀"了,那时,恐怕连为你鸣冤叫屈的人也没有了。所以你最好是不要去做"镜子",无论是"明镜",还是"昏镜"。

不知道从哪朝哪代开始,衙门的大堂上总挂着"明镜高悬"的匾额。但我却知道历代的官员,十有八九是贪官污吏,也就是"昏"官,或者说是"混"官。这些也还只是地方的官,朝中的大官,那才叫"阴"叫"暗",即暗地里争,暗地里斗。看过历史剧的人都明白这一点,因为历史剧就是凭着这"争"、这"斗"展开情节的,历史之所以有"二十四史"之多,这本来就是明争"暗斗"的结果。

大明王朝的统治者嗜杀成性,而且大多是"暗"杀,还有专门负责这一事务的机构——东厂、西厂。也可以说他们是靠"暗"杀来维持他们的统治。可他们偏偏又称为"大明"王朝。

人们都知道"三年清知府,十万雪花银"。福建总督姚启圣就说得极为透彻:"我知道各级官吏中饱私囊,我恨他们,可又离不开他们"。这说明他们依靠的仍是"贪"官,"昏"官。然而康熙却又专门在大殿上挂起了"正大光明"的匾额。而且是所谓的"大清"王朝。

"马无夜草不肥,人无横财不发","夜"就是"黑",就是"暗"。也就是要马肥,要发财,就必须有"黑"有"暗"。

社会发展到了今天,偷的名目更多了,什么"偷安""偷盗""偷渡""偷工减料""偷懒""偷空""偷巧""偷情""偷税""偷天换日""偷袭""偷眼""偷山",还有"偷"排污水,"偷"倒垃圾,"偷"放毒气。为什么要"偷"呢?不是为财,就是为权,或者为了"工资"。他们都得到了好处,或者说达到了自己的目的,实现了自己的梦想,但却没有一个人承认"偷"。"偷"是什么意思,还不是"暗做"。可恰恰就是这些人在大骂"阴谋诡计",大谈"光明磊落",大谈"保护我们的家园""保护我们的地球"。

我是"昏"是"暗"是"浑"是"混",是"模糊"是"朦胧"。我恨那将我的财富、荣誉全掠为己有的"清""明""光""亮",但我更恨那些让我蒙上不白之冤,却又忘恩负义的虚伪小人。

月季花开别样红

石 岩

父亲的忌日就在明天，可我这个做儿子的竟差一点忘了。

父亲是去年六月二十五日去世的。当时，我就在旁边，可是我竟没放声哭过一次，甚至竟没有流泪。

因为我觉得自己是对得起父亲的。为父亲看病花了那么多钱，在无力回天的时候，又尽了自己该尽的孝道，可以说父亲想吃什么我就给买什么，从来也没有吝啬过钱财。侍候得也算到位了。再说也快七十岁了，常言说"人活七十古来稀"，这也算是活到年岁了吧。

然而总不能连父亲的忌日都给忘了吧。老婆提醒后在一旁讥笑道：

"要你这儿还不如不要。死了不知道哭，忌日不知道烧纸，你说要你这儿子做什么呢？"

一句话说得我哑口无言了，只是傻笑。继而便准备东西，匆匆地回了老家。

我的老家在离县城二十多公里的川道，是一个只有十几户人家的小山村。公路倒是柏油马路，只是那四五里生产路遇到下雨天会难进一些，要是带点东西回去很不方便。这回是父亲的年祭，会有亲戚来的，所以还是得做一些准备，因此我们就叫了一个小面包车。

不一会儿我们就进了村子，看来，村上的路是修过了的，大概要上柏油了吧！这可是爸爸早就企盼着的，只是他再也不能看到了。

我家门前虽说是生产路，可父亲把那一段修得特别的宽敞，几乎每天都要打扫的。要说是用,一年半载我们也是用不上几回的,多数时间还是让给村上人晾晒粮食、柴草之类的,还有人在那里晒土,拴牲口。牲畜可不比人,它会在那里拉屎拉尿,母亲也因此和父亲闹过几回,说不能让别人在那里拴牲口,可父亲宁可多打扫几回也不肯赶人家走。也许父亲从来就没把那里看成是生产路。

可是现在路边多了一条水渠,没有了石桥,门前竟堆起了一坐小土山,几乎挡住了那高大的门楼。看土石相杂的样子,是起了路基的土,可为什么会堆在了自己家的门前,且几乎挡住了进去的路呢?

原来是队上修路,路基被起了一部分,本来是向两边起,完了再将多余的土拉走,可我们家里没有人管,所以也就丢在了门前。

我很是生气了一阵子,于是又想起了父亲,要是他老人家在,那土会堆放在门前吗?纵然是有,也早就拉走了。

我们家的门楼可以说是我们村独一无二的,形状像个戏台,还有两束花,一幅狮子的图案,平日里爸爸总是把瓷片擦得锃亮,牡丹花与狮子活灵活现的。可现在全蒙上了厚厚的尘土,就连门楼上面那对情态逼真雪白的和平鸽也没有了头颅,只有灰黑的半截身子。

黑漆的大门上也是一层厚厚的细土,好像很久前被孩子们砸过,坑坑洼洼的,有许多白点子。院墙也溜了一半,另一半如刀削一般。

开了门,一阵尘土飞扬,我又忙退了出来。

院子早已荒芜了,杂草竟长到了一尺多高,一切都显得破旧不堪。爸爸在的时候,这院子可从没见过长草,因为他从来都是爱干净的,即使院子,门前,也不允许有半点柴草、纸屑或杂物,更不用说长草了。而且每天早上都起得很早,早早地把院落打扫干净,打开大门,似乎是专等着人们来欣赏他种的满院的,绿油油的蔬菜,以及鲜艳美丽的花朵。

屋内到处都是厚厚的尘土,空中是办丧时挂的白纸条,一绺一绺的,而且结满了蜘蛛网。看到此,我突然想起了电视中常常见到的那种"鬼屋"的情形,心里顿感凄凉。

爸爸是一位勤劳、能干的农民，年轻时候就能接苹果树，能种出像脸盆那么浑大的莲花白。可后来命运不佳：死了一头牛，一头快要生产的老母猪也被狼吃了，妈妈又生病瘫痪了。家里穷得叮当响，还要给妈妈看病，一百多担洋芋他硬是用肩膀一担一担地挑出四十里外的镇上给卖光了。后来终于过不下去了，迫不得已，便把不满半岁，活泼可爱的小妹也抱出去了。可厄运并没有带走，不久，二妹又发高烧，一夜之间竟夭折了。

后来妈妈回娘家看病去了，爸爸便整日既当爹、又当娘，白天上工，晚上担水劈柴，还得推磨子磨面。但他似乎并不甘心，还每天早早地起床为我们修地方，不出两年，笼担锨翻地竟挖出了一坐地坑庄子。也许他并没有多大的希望和设想，他只希望我们一家能在一块，住上个光光趟趟的地方而已。

也许正因为爸爸的希望太低了才没能实现。妈妈终归是没有回来。新修的地方被修水渠给填了。他又去当工人了。

当工人可不比在家里可以带上孩子，何况我还要上学。于是我便被东家寄放一半年，西家寄放一半年，我们家连过年也难得团聚了。爸爸的单位每年杀猪，爸爸总要带回来三五斤挂在房梁上（我们家住的是祖上留下的窑洞，上面有横的大梁）等着我们都回来了再吃，竟一直地挂了五六年。似乎爸爸的愿望一直没有实现。

爸爸退休了，然而单位却走了下坡路，工资老是发不出来。他想攒钱盖大瓦房，可怎么也攒不起来，要我们攒，我们又很难攒得，便常常惹他生气，气愤之余又借酒浇愁，骂张骂王，也因此而受到我们的冷落，敬而远之的。但他仍然是闲不住。我们有一点地，全在山上，爸爸已经六十多岁，身体又不好，腿脚很不方便。我们离得又远，早就不愿他种了，可他非种不可。我知道他是想多为我们积攒一点，他舍不得钱灌油买菜，闲暇之余，还要上山挖枣子烧火。也许是年龄的关系吧，我们总是说不到一块，他不愿吃，不愿喝，也不愿穿什么料子，常常也骂我们懒，不节约，于是我们便有意无意地免去了许多见面的时间。

爸爸是一个最讲义气的人，也是一个最重情的人。只要是为同事或朋友或邻里的事，他会把自己的事撂在一边。然而也因为

堂上奏乐
笛清哪胜箫合

此，他上了不少人的当，还因为此，曾多少次和妈妈（后妈）闹架。他每年都要去看自己的长辈亲戚，我小的时候，他总带着我，每次去了他都要给我介绍，什么舅爷，什么姨婆，什么表叔等等，还要我一定记住，将来也要去看他们。可我哪里能记得住呢？可以说有关他的长辈，我几乎一个都没有记下来。我长大了，上学了，他也不再带我去了，然而他从来也没有间断过。我现在才明白，为什么爸爸患病时看的人来得那么多，在他即将去世的时候，探望他的几乎是全村，包括七八十岁的老人，包括不足十岁的小孩。一个西瓜，两颗栗子，三只桃子，一盘玉面，一碗新麦面……无论是穷，无论是富，无论是做过官的，无论是平民百姓，甚至是失明的老人，也要人牵着来亲手摸摸他瘦削的脸颊，他的脉息；为什么个个都忍不住流泪。爸爸去世前还在给我叮嘱"一定要常去看你姑，西贵（大姑的儿子）对你姑不好，要多去几次，好好地说说你表兄，让他对你姑好点。"可爸爸去世后我竟没看过姑姑一次，甚至姑姑去世了我竟没能去送葬，姑姑可是照料我好几年的，几乎能和妈妈相提并论了，据说姑姑在去世前还念叨着爸爸和我。可我竟没有去看过她，没有去给她送葬。爸爸去世前的最大的遗愿就是在祭奠他的时候能给爷爷加祭，我知道爸爸是个孝子，他是唯一一个对爷爷好的儿子，他最大的遗憾就是爷爷去世时没有杀猪祭奠，可那是怎样的年代，他哪里能杀得起猪，再说政策也不允许。但他仍然觉得对不住爷爷，他把这愿望交给了我，希望我来替他完成，我答应了的，然而我却不信那一套，硬是没给爷爷加祭。

三年前，有一段时间，爸爸的脸色很不好，饭量也锐减，我们都要爸爸去县城看看，可爸爸就是不肯，说过一段自己就好了，我知道爸爸怕我们花钱。后来三叔硬是把他接进了城里。三叔、三娘都是干部，三叔还是老革命。那时三娘也正患胃病住院，爸爸听说三娘是公费医疗，这才用三娘用的药，不知是在家很少用药，还是城里的生活好，爸爸的身体一日胜似一日，完全康复了。因为三娘是公费医疗，所以也同意再做一次胃镜检查，这一检查竟检查出了食道癌。

三叔一听就蒙了，他怎么也不相信，可一而再的检查都是一个结果。三叔哭着给我打电话。

要论他们兄弟的感情，三叔和爸爸的感情是最深的，三叔虽说是十四岁出门参加革命，但他从没有忘记过家里，他知道爸爸是个孝子，所以爷爷在世的时候他每月都要给家里寄钱，也都寄在爸爸的名下。后来爷爷去世了，可因为我们家里穷，他还是给爸爸寄钱。后来我们的日子都好了，他不再给爸爸寄钱了，可每年都要回来一趟，或叫爸爸去他那儿住一段。用三娘的话说"只要你爸来了，你三叔一天到晚都是高兴的。"三叔比爸爸大十岁，他希望自己退休以后能回老家住，将来能埋在老家。爸爸说了"我的房子就是你的房子，他们都不在家住，我们住。我看你恁儿子都靠不住，你没了我抬埋你，保证把你的事办得热热闹闹。"三叔一听更高兴了。爸爸可是说了就做的人。他回家的第一件事就是给三叔做寿材。他是一个很节约的人，可在这一点上他从不吝啬一分钱。现在爸爸竟患上了食道癌，要先他而去，三叔能不伤心，能不哭吗？然而我这个做儿子的竟没能立刻去看他。在他绝望的时候，连一句安慰的话也没能说。

起初的时候，三叔还想瞒爸爸，可他自己的心情难以自制，所以还是让爸爸知道了，可爸爸却表现得格外坦然，他一点也不相信自己患上了食道癌。"我能吃能喝，怎么就能是食道癌？"他不信，这倒安慰了我们。

我们全家，包括城里的三叔都在为爸爸的病头痛。做手术吧，听说手术成功的几率很小，怕做不好反而会使病情恶化，而且听说手术根本不能挽救患者的生命，只能是延续而已，还要做化疗、理疗，要受不少的罪。不做吧，这岂不是坐着等死？

然而爸爸却只有一句："不做，有啥哩？啥都没有。我能吃能喝，能有啥？我就是不相信。"还笑着呢。

我对爸爸的愚钝很是生气，大声地道："你怎么能不相信科学呢？"

爸爸瞪大了眼睛："我就是不信，等我感觉到了，我自会做。"

我没有话说了，我不知道爸爸为什么那么固执。

本来爸爸最听三叔的话，可三叔有一位朋友是大医院的麻醉师，听那麻醉师说，他们医院的癌症手术都是经过他麻醉，凡从他手下过去的,活过三年的没有一个人,做也是白受罪。所以三叔也坚决不让爸爸做手术了。

就这样又过了一年多,爸爸的病终于显露出来了,我们又叫他做手术。没想到他还是不做:"我年史都不做,今年还做哩要咋哩?不做,人活多少是个够,我都快七十岁的人了,不受那罪可能行么。"

怎么?爸爸去年就相信他的病了,只是不想做而已。

我终于知道了,爸爸其实也想做手术,只是怕给我们增加经济负担(因为我们去年正在买家属楼,我当时也曾想停下来,用买楼的钱给爸爸看病)。听说爸爸还私下找过自己的单位,要过做手术的钱,可惜他们的单位当时也不景气,给他拿不出那么多的钱。听妈妈说,那天晚上爸爸还流了泪。爸爸可是一个要强的人,他从没有流过泪,可这回他落泪了,他那时该有多伤心,多孤独,多无助,可我这个当儿子的却一无所知,甚至还在怨爸爸的愚钝,竟还张罗着给自己买家属楼。其实我又何曾不是这样想的,说要停下来,可却从来也没有停过,甚至还想到了人财两空。现在,我真为我当时的自私感到羞愧,感到无地自容。

爸爸的病情一天天地恶化,不得不住院治疗了,而且只有保守治疗这一法。我和妈妈轮流侍候。

也许是因为工作的关系,在家的时候,我总是很少回去。现在到了身边,我不得不常去看爸爸了,爸爸一看到我就高兴起来了,总有说不完的话,开始的时候,我也总乐得听,看到他高兴的样子我也就高兴了,那样子,哪像是一个大病在身的人。记得我写了一篇《爸爸的面庞》编入了我的《相声小品散文集》中,那时候有爸爸的一位邻床,因为听说我在高中代语文课,便要我给他找几本闲书,聊以消磨时光。我便把我写的那本书给了他,他一看有我的"爸爸"在里边,就念给爸爸听,爸爸听了,别提多高兴了,一个劲地说写得跟真的一模一样。其实那本来就是真的。

可后来我就有些烦了,总感到他一句话会反复地说几遍。给这个人说了,又给那个人说,我甚至当着别人的面说爸爸话多,可爸爸见了我照样有说不完的话,有好几回我都不理不睬的,爸爸的话终于是少了许多。现在想起来，我那时是多么的残忍，一个行将就木的人，我这个做儿子的，不仅不陪着，竟然还不让他多说一句话，他内心忍受的又是怎样的痛苦。

因为工作，大部分的时候都是妈妈在医院照料爸爸，有一天，妈妈竟委屈得哭了，说她早上出去了就一会儿，爸爸竟骂了她一天。我一听就生气，竟对爸爸大发脾气：

"你的病是你自己得的，又不是别人给你种的，我妈整天待在这侍候你，她都不说啥，你还要骂哩？"

说完，我马上就感到这话有些过头，我怎么能这样说呢？他可是我的老人，这样的病是他愿意得的吗？妈妈一听也是一愣，爸爸也一下子睁大了眼睛，愣愣地看着我，一下子说不出话来了。我知道自己说错了话，忙躲开了。那时爸爸又该是多么的伤心与绝望。

爸爸在医院里已经举步维艰了，而且大部分的时间都是妈妈侍候的，可我侍候的时候他总说自己能行，让我不要耽误工作。只要是他自己还勉强能做的事，他自己都做了。他每天都要挂七八个小时的吊针，他又是一个爱动，爱说爱笑的人，这对他来说不亚于戴了七八个小时的手铐。可我这个做儿子的又给他做过什么呢？有一次，妈妈回去了，就我一个人侍候爸爸，爸爸的吊针只剩下最后一瓶了，他看时间长了，就让我出去透一会儿气再回来，可我一走就上了棋摊子，竟把爸爸挂吊针的事给放在了脑后。

我也曾得过一场大病，那是七八岁的一个晚上，我突然发起了高烧，不省人事。爸爸一下子就急了，外面还下着大雪，我们村上只有一个医生，据说到上川看病去了，也不知到谁家去了，爸爸连夜就去找了，一个村子一个村子地找，一户人家，一户人家地问，也不知他走了多少山路，跌了多少跤，找了整整一个晚上，到了天明的时候才带着医生回来了。据说只是腿上就碰伤了好几处，手还冻了。可他顾不得这些，一回来就忙着侍候医生给我打针吃药，我这才被救活了。可今天，爸爸病了，我又做了什么，做了什么呢？我竟忘了爸爸卧床不起，还挂着吊针呢？我怎么就能坐下来下棋了呢？可爸爸他竟没有一句怨言，竟还是乐呵呵地给我讲他的那些笑话。我怎么就不知道他是想和自己的儿子多说两句话，多攀谈几句呢？

爸爸活着的时候，我没有主动地给他买过吃的、喝的，甚至没给爸爸做过一件像样的衣服；患病的时候我没有给过他安慰；看病的时候我没有尽全力；住院的时候我没能好好地侍候一天，甚至去下棋玩乐了。爸爸去世了我没有哭，爸爸的祭日我又差点给忘了。我这做儿子的到底给爸爸做过什么？现在我想起来了，后悔了，可一切都已经来不及了，因为爸爸已经躺在了冰冷的地下。爸爸呀，爸爸，你可知道，你的儿子醒悟得太迟了，太迟了，现在他多想再听听你的唠叨，你的故事，甚至哪怕是一顿臭骂，一顿暴打我也会好受一些呀。

堂弟从大门里进来了，边走边说：

"我以为你今年不回来了，就说么，明里事，今天还不见你回来！"

"我肯定要回来哩么！还能不回来？"我笑着答道。可他哪里知道我竟然是忘了父亲的祭日。

我们便开始清除院子里的杂草，杂草长得特别茂盛，有的根茎竟有指杆那么粗，拔，拔不出，铲却又铲不断。

正午的太阳特别的炎热，不一会儿我和堂弟就大汗淋漓了，于是便坐下休息起来。堂弟便要我回去喝水，我说等打扫完了咱们一块回去。

"唉！人没了啥都没有了，看四大（四叔我的爸爸）在的时候，这院子多热闹，台子上是大白菜和西红柿，台子下面是各式各样的花。院子每天都打扫得干干净净，哪还见过草。你看那花，四大栽了一院，你挖哩，他挖哩，就留下那一朵月季了，我没再叫人挖！"

堂弟一边说着，一边朝着爸爸原来种花的地方指，我也朝着那边看。

我这才发现那边的草丛中还有一株月季，而且花也开得正盛，鲜艳无比。据爸爸说，那可是多层的，是很难得的一个月季品种，他每每都要给它偏吃偏喝。然而在我看来，那却是他所栽的花中最不起眼的。我最喜欢的是那朵牡丹花，有碗口那么大呢，一层一层的,至少有七八十层呢!而且花开的时间特别长,色彩又是那么的鲜艳。为了它,爸爸还饿了一天肚子呢? 那是一个晴朗的早上,爸爸要去拜访一位远方的同事,我们都叫他路过镇上去吃羊肉泡,他也同意了。可在他路过一家果园的时候看到了这朵花,他愣是坐在那里等人家上地的人,人来了,他便进了果园,看人家那朵花,那人也是一个爱花的,他们算是找到了知己。一坐就是一个多小时,可后来爸爸硬是舍不得走了,因为那园子里有两株那样的花,所以他要买人家一株,多少钱都成,可人家就是不卖。没法,他便威胁道:

"你现在不卖,我可是个大闲人,等你不在了,两株我都给你偷走,看你找谁去,我又不是当地人。"

那人一听,看他这么的爱花,也说不定会来这一招,再说了,总算是一位知己,何必坏了他的雅兴,况且这又是两株,于是就给了他一株。他一下子高兴了,把身上装的仅有的五十块钱全给了人家。

他本以为到了同事家肯定有饭吃,可谁知到了,才知道那位老同事全家出门去了,于是他便带着那株花,饿了一天的肚子。

其实这里的每一种花都有一个故事,只要说起,爸爸总会讲他的故事。只可惜我总是烦,总是不愿意听。现在其他的花都没有了,只剩下那株月季,爸爸最喜欢的月季,可关于月季的故事我却一点也不知道,想起来真的很后悔。

我走近去,只见月季并不是我们通常看到的单层花瓣,而是十几层,不仅开得鲜艳,而且透着一股清香,可惜这么多年我竟然是第一次感受到。

看着这株开得正艳的月季花,我突然觉得它就是爸爸那张永远含笑的脸,那张包含着伟大父爱的脸,他对他的儿子爱的是那么的深沉,以至于为了儿子的一点小小的利益,忘掉了自己,忘掉了自己的生命。

如果还有来生

石 岩

"啊！你竟敢用刀！还捅我？"小强怎么也没想到"胖妞"会对自己动刀。

胖妞是小强上小学时就认识的邻村的一个小男孩，小小强三岁。

因为小强有了一个弟弟，他总感到爸妈爱弟弟不爱自己，甚至什么都向着弟弟，他恨！恨！恨！他恨这个弟弟，恨爸爸妈妈。他就掐了这个所谓弟弟一把，弟弟都被哄笑了，不再记得了，可谁知过了一个晚上，竟然被爸爸妈妈发现了，说弟弟的腿上有一大块伤，已经成了青紫色了。那时弟弟还不会说话呢，不知是怎么了，他们就认定是小强打了或抓的，小强就遭了爸爸一顿暴揍，从此，小强再也不敢去碰所谓的弟弟，甚至恨爸爸不给自己撑腰。

然而就在小强无处消恨撒气的那几天，小强突然在村头遇到了邻村的胖妞，这男孩姓什么叫什么，小强也不知道，可是有一点就够了，那就是他长得太像自己所谓的弟弟了，就连说话走路也像。也是胖胖的，男孩子却长了一张女儿脸，这"胖妞"还是他给起的外号呢。他还清楚地记得第一次见到胖妞的情形。

因为是星期五，学校早就放学了，可小强又不想回家去，就在村口闲逛，正想着怎样回家戏弄自己的弟弟，没想到却遇上了胖妞。

"小哥哥，你头疼吗？为什么一个人坐这儿？要我去叫人么？"胖妞见到小强就问。似乎认定小强头疼，还要给小强去叫医生。

小强没注意，倒是吓了一大跳。也难怪胖妞认定小强是头疼，他大概早就到了小强的跟前，见小强双手抱着头低垂着。

看到胖妞,小强立刻想到了自己所谓的弟弟,他一下子来了劲,奸笑着叫道:"来!来!来!哥哥给你说话。"

胖妞毫无防备,向小强靠了过去。

小强一把抓住"胖妞"的胳膊,狠狠地掐了胖妞一把,似乎用尽了所有的力气,把一年来对弟弟的怨恨都发泄出来了。

瞬间,胖妞眼泪就出来了,嘴已经瘪了,马上就要放声大哭了。这可不好,要是让其他人发现,或是让胖妞的父母发现,那可是不得了的事,小强忙用手捂住了胖妞的嘴,哄道:"男子汉大丈夫怎么能哭呢?哥跟你开玩笑呢,不哭,哥哥给你揉揉就好了,哥哥给你看小人书。"

胖妞果然抑制住了,没有哭出来,甚至还笑了,但眼眶里挂满了泪水,大概是太疼了,还不住地揉着刚才被小强掐过的地方。

"你怎么一个人就跑出来了呢?"小强装出关切地问。

"我小明哥哥到城里去上学了,我想,他星期天可能会回来,我来这里等他回来。"

"你还有一个哥,叫小明?"

"不是我的亲哥哥,是我邻居,大我两岁,我们是哥们儿,一直都在一起上学。现在他跟着爸妈去城里了。"

小强听了便想:"这小子还是个重情重义的家伙。"便道:"我也叫小明,那我们就做哥们儿吧!我保证会像你的那位小明哥哥一样保护你。不过我是老大,你是老二。看过电视吗?见过上面的黑社会老大吗?因此,你得事事都听我的,即使老大打你,那也是为你好,在关键的时候,老大就会为你出手。我们之间的所有事情,你都不得告诉其他人,包括父母,你能做到吗?"

胖妞正想找个伙伴,找个朋友,找个哥哥,这竟就来了。尽管刚才被掐的地方还在隐隐作痛,但还是很爽快地点了点头。

小强接着说:"那好,我今天有事,就不和你玩了,今后,每周的星期六下午,在这里等我。下次,我给你看我的小人书。"

就这样,胖妞把小强当成了朋友,但小强却把胖妞当成了自己弟弟的替身,准备在他身上实施更大的报复。

第二周的星期六下午,小强本想早早地到达约定的地点,以胖妞不守信迟到为理由,以黑社会老大的身份暴揍胖妞一顿。可没想到,胖妞却比他到得早,且手里还提着几个香蕉,正在那里等他,见他来了就迎了上来,把香蕉送到了小强的手上。

"你这傻小子,还真来了。"小强说着就又掐了胖妞一把。

胖妞习惯性地躲了一下,可还是被狠狠地掐了一把,尽管很疼,但胖妞还是笑着,也说不上是痛的还是激动的,眼里仍然涌出了两颗豆大的泪珠。

"从今天起,我们就是铁哥们儿,现在,我就教你功夫。"小强接着说,"立正!"

胖妞还没有反应过来,小强就给了他一脚,大声地喊:"叫你立正,你想什么呢?"

小强把他在学校军训中刚学的那些科目全都用到了胖妞身上,就是想折磨一下这个太像自己弟弟的胖妞。

小强教胖妞"立正",前后左右转,下蹲,起立等动作,胖妞稍有不对或迟缓,就会被小强狠狠地踢上一脚,胖妞腿上已经青了好几块。但小强却说:"男子汉一定要坚强,要吃苦,绝对不能动不动就哭,只有你坚强,你有了能力,才会有人听你的,你才会用同样的方法揍别人,成为人上人。"

连着两三周,小强每次都这样地折磨胖妞,又给胖妞说着做黑社会老大的道理。但胖妞却信了,他依然把小强当成了大哥,当成了铁哥们,似乎因此他与小强的关系更亲更铁了,每次约会都把父母给自己买的,连自己都舍不得吃的喝的都送给了他的这位所谓的大哥。

可是有一天,真小明回来了,胖妞便领着小明来见他的铁哥们,他的大哥小明来了。

胖妞远远地就喊着:"大哥,大哥,这就是我的小明哥。他一回来就来看我了,我把他给你带来了。"胖妞高兴极了,几乎是跳跃着跑在前面。

"喊什么!喊?"小强说着竟踢了胖妞两脚,那分明是在打人呀,小明很不高兴,心里道:"什么大哥,那有下这狠手打小弟弟的大哥!"可还没等他说话,小强就过来了,大声地质问:"你就是小明？还哥呢？我看你就是个大狗熊！"

"老二,过来,叫他'大狗熊'！"

胖妞习惯地过去了,站在了小强的一边,但却面对小强解释道:"他不是大狗熊,他是我小明哥。"

"我说他是大狗熊,他就是大狗熊,你叫还是不叫？"小强大声地命令着。

胖妞还没有清醒过来,睁大了眼睛,看着小强,弄不清到底发生了什么,小强就是一大耳光,狠狠地打在了胖妞的脸上,接着一个又抢过来了。

小明突然上前,一下子就挡住了小强的手。

"你是谁？你敢拦我？"小强说着就是两脚,本是照小明裤裆踢去的,可小明一躲,踢在了腿上,那狠的程度不亚于棍棒。

胖妞在小强面前从来都不敢大声说话,总是言听计从,可这回他突然钻进了他们之间,大声地喊:"别打了,别打了,我已经说了,他是我小明哥。"

小强也没料到,今天胖妞竟敢这么大声地冲着自己吼,也气爆了,大声地说:"你敢对我吼？你以为你是谁,我的小弟弟吗？我会把你当小弟弟吗？在我眼里,你只不过是一个傻子,一个出气筒。"

胖妞一听,再也忍不住了:"什么？我把你当大哥,当老大,我舍不得吃的、喝的全孝敬了你,原来,你把我当傻子,当出气筒？"

小强竟然得意起来:"你以为你是什么？还有这位,还'小明哥'呢,我看就是小傻瓜与大狗熊还差不多。"

胖妞一时间气坏了,也不知哪来的一股蛮劲,一头就冲着小强的肚子撞了过去。小强正在奚落小明,没想到胖妞会撞他,没防备,竟一子被撞倒了。小明也气炸了,也上去了,死死地压在了小强身上,小拳头不住地往小强头上砸去,嘴里还不住地骂着:"你这疯狗,还敢骗人？还敢打人?我叫你打！我叫你骗！"

说来也怪,小明从来都不打人,也没有什么劲,可今天却不知怎么地,劲一下子就大了起来,小强被压在下面竟然难以动弹。

胖妞本来是要帮小明哥的,可看到小强已经被死死地压在下面，毫无还手之力，他立刻就担心起来，便过来拉小明哥走："小明哥，我们走，既然他把我当傻瓜，当出气筒，不把我当弟弟，我也就没有这样的大哥，就算我上了一次当，受了一次骗，我们走！"

小明放了手，跟着胖妞走了。

小强爬起来，坐在地上，嘴里却不住地喊着："是人你站住！是人你等着！"但却迟迟不肯起来追。

小明也不住地骂着："你还算人，是人你来呀！你来呀！"想返回去，却被胖妞拉住了："我们走，我们不和这样的人计较！不和他来往了，看他还能咋样？"

就这样，胖妞拉着小明离开了。

"你怎么能认这么一个大哥？他是哪村的，叫什么？"小明拉着胖妞的手，既心痛又奇怪地问。

胖妞羞愧地道："你进城了，那天也是星期天，就我一个，我以为你会回来，到村口去等你，碰到了他。他问我到村口干什么，我就说'等我小明哥'，结果他说他也叫小明，还说他会像你一样保护我，要我叫他大哥，我们就这样地在一块了。"

小明突然觉得胖妞是因为自己而受了委屈，眼泪都流出来了，一下子抱住了胖妞。胖妞也像突然间见到了自己的亲哥哥，把头埋进了他的怀里，禁不住哽噎起来。

小明本来就是随父母回来看爷爷奶奶的，他的学校在城里，所以当天就得随父母走了，他拉着胖妞的手不住地叮嘱："以后千万不要再相信陌生人，你所说的那位大哥根本就不叫什么'小明'，也许根本就不是邻村的人，一个连自己名字都不肯给你说的人，你竟然认他做了大哥，你也够傻的。小心再被人卖了，还帮人数钱呢！"

小明哥走了，胖妞又感到孤独了，但他再也不到村口去了，他感觉自己在这段日子里好像做了一场噩梦。现在总算是醒了，这也多亏了小明哥，否则，自己还会被蒙在鼓里，他更想他的小明哥哥了。

胖妞觉得自己一下子成熟了许多，他不再相信任何人，除了他的小明哥哥。他以为他的噩梦已经醒了。而事实上，他的噩梦才刚刚开始。

　　胖妞以为自己不去村口就不会再遇到小强了，可他没料到，他上五年级的学校就在邻村，要经过小强的村子，小强每周就在他的必经之路上等他。

　　这回小强终于等住了胖妞。

　　"怎么？你的小明哥呢？不是要保护你吗？"小强挡住了胖妞的路，奚落道。

　　胖妞睁大了眼睛，看着小强，他知道小强又要揍他了，他知道自己不可能打得过小强，胖妞知道，小明哥打了他，他是一个有仇必报的家伙，胖妞已经准备好了，心里道"揍就揍吧！男子汉大丈夫，自己做事自己当，看他能把我揍成咋样，反正他怕人知道，不敢打我的脸。"

　　说着小强便手脚并用地打了一气，还边打边奚落着："我已经开打了呀！怎么还不见你的小明哥来呀！"接着又是一顿暴揍。

　　胖妞也不骂，也不躲，也不哭，任凭小强揍他。

　　好像有人来了，小强害怕了，威胁道："这事没完，你等着！"说完便急急地跑了，大概是到学校去了。

　　之后，胖妞常常有意地随着大人们去上学，竟然没有再见到小强。胖妞的心也宽了许多，他觉得小强一定在上初中，初中的学校管理得很严，他不会有时间来纠缠自己了，自己身上的一块块青伤也都好了。

　　然而第五周的星期天下午，他又来了，就在学校门口，还带着荆条，突然就挡住了胖妞的路。

　　"你还想怎么样？"胖妞也不慌，说道。

　　"噢！今天说话了，就凭这一点，我今天不打你，先欠着，如果你下周能孝敬我二十块钱，我们的恩怨就算了结了。"

　　胖妞也不说话，转身就走。小强也不拦了。

　　其实这个小数目是小强早就合计过的，多了会被大人发现，少了又划不来，不如就一点一点地要。

　　胖妞也在想，我不理你了，不就是二十钱吗？自己正好有一百多元的压岁钱在妈妈那里，想办法要二十块钱给他，省得他老找事。

胖妞给了小强二十块钱,顿觉轻松了许多,总算把一个瘟神给打发了。在这几个月里,他的心里有的只是愤懑,痛悔,我怎么就认识了这么一位!现在终于解脱了。阳光那么明媚,天空碧蓝碧蓝,轻风吹拂着脸,也似乎有几分温情。青绿的树叶间,不住地有鸟儿飞来飞去,自己仿佛就是那小鸟,蹦蹦跳跳地就进了学校。

可是到了第二周的星期天,胖妞又被小强拦在了路上。胖妞一下子生气了:"你还想干什么?你要我给你二十块钱,我不是已经给你了吗?"

小强立刻强辩道:"你以为我是好欺负的,二十块钱就能打发了我,我说的是每周给二十块钱。"

小强本来是想试探一下的,所以上次只要了二十块钱,他也明知道这就是敲诈,但一周过去了,竟没有人找过他,他的胆子也就大起来,所以今天又来了,把原来说的"给二十块钱了事"变成了"每周给二十块钱"。

胖妞一听,每周要二十块钱,后悔极了,我为什么上次要给他二十块钱,便恨恨地道:"那你还我那二十块钱!还我那二十块钱!"

"什么?还你二十块钱!我拿你二十块钱了吗?有谁看见了?"小强说着又是一顿拳打脚踢,胖妞也不挪不躲,也不反抗,因为他知道他还太小,还没有力量和小强抗衡,反抗,只能使事情没完没了,所以便任凭小强拳打脚踢,大概两周前打的刚好的伤现在又肿了,青了。

胖妞以为自己再忍忍也就过去了,反正他也不敢打自己的脸,否则有了伤是会被人发现的,身上打两拳就打两拳,踢两脚就踢两脚吧,反正胳膊腿都没有什么问题,胖妞也相信他不敢把自己怎么样。打一两回也就罢了,我看你还能怎么样?

然而两三周了,他还是不肯罢休,而且纠缠的时间越来越长,手脚也越来越狠了。

胖妞想到了要告诉老师或爸妈了。然而又一想,如果老师或爸妈问原因我怎么说呢?为什么这么多学生,这么多孩子,人家就打我一个?而且他是哪个村子的叫什么自己竟一无所知,叫他们怎么找。再说了，爸妈，老师总不能天天跟在自己后面吧？不行，自己的问题自己解决！于是他悄悄地买了一把水果刀装在了身上。心里暗暗地发誓："如果你敢再欺负我，我就用刀捅你。"

然而小强哪里知道，他依然把胖妞当成了一个可打可踢，任人宰割的小绵羊，他甚至还想通过这种手段再从胖妞身上诈几十块钱。反正他也不敢告诉家人与老师，到他撑不住的时候，一定还会给自己钱，用钱来了结这桩恩怨。

小强的胆子也越来越大了，这回竟在离街道不到百米的地方就打了胖妞一顿，胖妞和以前一样，不动声色。可等小强打完了，得意洋洋，且威胁着转身的瞬间，胖妞掏出了水果刀，几乎是用尽了全身的力气，朝着小强地腰间捅了过去。

"啊！怎么？你敢用刀！还捅我！"小强怎么也没想到"胖妞"会对自己用刀。

小强一下子觉得疼痛难忍，仿佛肠子都被人挖了出来，捂着刀口，瘫坐在地上，嘴里却还骂着：

"你等着，你等着！看我不劈了你！可这到底是怎么了，一个比我小三岁，向来都是我的出气筒，小丑猫，任我捏的软柿子，我有气就以打，可以骂，可以挖苦，可以讥讽，从不顶嘴，也从不反抗的小脓包，今天怎么就有了骨血，竟然藏了一把尖刀，在我打骂羞辱取乐之后，在我转身毫无防备之时向我的腰间捅了一刀！"

胖妞知道刀子捅腰上要不了人的命，但也会让人疼一阵子的。谁叫你整天欺负我，也让你知道知道疼是什么滋味。所以他捅了就跑。

小强手捂着肚子，嘴里不住地说着狠话，可总感到有气无力，心里也堵得慌。

但小强不想让别人知道，更不想让父母知道，因为他恨父母，恨这个世界，恨这个世界所有的人。这是从父亲打他开始的。他也曾是父母的心头肉，活宝贝，家里的小皇上。可以说自己想要什么，爸妈就买什么，除了天上的星星，什么都给他。所有的玩具：滑板、滑冰鞋，大大小小的汽车，起重机、挖掘机，甚至火车与飞机都有了。所有的吃的，只要自己想吃，哪怕是半夜，爸妈也会起来给自己做,或出去给自己买。只有他不肯吃,或吃剩下的,或放坏了的,他们才敢吃。而且他们说了,他们的一切都是他的。

其实小强也觉得自己就是皇上,他可以骑在妈妈的背上,可以架在爸爸的脖子上,不,他应该就是在妈妈的背上,爸爸的脖子上长大的。

小强也看过许多的电视剧,那里面就有皇上,爸爸就是里面的太监,妈妈就是那里面的宫女。他们只听他的,甚至有些唯唯诺诺。但只要是他小强受到了欺负或委屈,他们会第一时间赶到,而且会绝对地站在自己这边。

记得有一次,小强在楼下玩,看到电视剧中的游侠都喜欢耍飞刀,他也向爸爸要了一把水果刀,楼下的门正好是木制的,还挂着白门帘。这不正好可以练飞刀吗?

于是小强便在那里甩飞刀,整整扎了一个上午,门帘也给扎了好几个窟窿。自己总算是过了一把飞刀瘾。可没想到被那里住的倔老头给碰到了,抓了个正着。

小强知道干了坏事,他怕老头打他,便大哭大叫起来,他的爸妈就在二楼,一定会听见的。

爸妈果然听见了,立刻就跑了下来,冲到了老头的面前。爸爸不容分说,就打了老头两拳,妈妈甚至抓破了那老头子的脸,不住地骂着:"你这老不死的,凭什么打我的孩子?难怪你断子绝孙了,你打别人的孩子,你下辈子还得断子绝孙!"

倔老头也生气了:"打了你儿子,你看看你儿子在做什么?"老头指着他的门,门帘上已经扎了许多洞,水果刀还扎在上面。

小强顿感理亏,忙低下了头。

妈妈却不依不饶:"你一幅烂门帘能值多少钱,就把你那烂门算上又能值多少钱?你竟为了这么点小事就打我的孩子,你以为你是谁。实话告诉你,上次我儿子玩打火机,点了我们的床铺,烧了我几十万元的东西,我们都没动过他一根指头,你凭什么打我的儿子?"

小强一听,一下子抬起了头,也冲着老头踢了两脚,这也是他第一次打人,而且是打大人,他知道那是爸妈给他的胆量。

妈妈还在推搡着老头,不住地骂着。

"好!好!你儿子好!你儿子好!我是七老八十了,我是看不见了,但总有一天有你的好果子吃!"老人也不示弱。

小强母亲一听更气恨了,又朝着老头的脸抓了一把,老头满脸是血。

不知是怎么的,院子里一下子就围了几十人,而且这些人都一边倒地站在了老头的一边,讽刺的,挖苦的,说什么的都有。

"真不像话,怎么能打老人呢?你也有老的一天!"

"惯娃哩么!你没听人家说吗?'把床铺点了,损失几十万元人家都没动娃一个指头!"

"他大迟早会捅出大娄子的!"

"人家有钱,捅了大娄子有爹妈赔哩怕啥?"

"这是把娃往桑树院子(监狱)送哩么!"

"七八十岁的人咧,狗日的你也敢动!要是有个三长两短,你有多少钱?"

小强都听到了,他的爸妈也一定听到了,收敛了许多,大概是准备开溜了。谁知,就在这时,从人群中冲出一个大汉大声喝道:

"你俩站住,你们还是人吗?打老汉哩!道歉!给老汉道歉!"

小强爸爸想拉着妈妈走,那大汉只轻轻地一拨,小强爸爸就差点摔倒了,小强爸爸一下子软下来了,面向老汉,大概是准备道歉了。妈妈却不肯,说道:"这老不死的打我家小孩!"

大汉一下子火了:"你说什么?'老不死'这老汉不比你的爸妈年龄都大,七老八十了,你叫人家'老不死',难道你在家里也这样的叫你的父母,真是六月萝卜——少教!还打了你孩子,你瞧瞧你这熊孩子,干的这叫什么事?把人家的门与门帘扎成啥样了!还你们赔,要是把人扎死了,你们能赔得起吗?"

说着,大汉突然面朝小强道:

"男子汉,大丈夫,说实话!老大爷打你没有?"

小强还没有反应过来,直接回答道:

"没有。"

"那你为什么哭?"

"我害怕他打我。"

"大家听听,大家听听!他们孩子把人家的门与门帘都扎成了这样!人家还没打,他们两口就冲上去打人,打一个七八十岁的老人,这还是人吗?道歉!给老大爷道歉!"

"道歉!道歉!给老大爷看病!给老大爷道歉!"周围的人一下子都不约而同地喊起来了。

爸妈成了众矢之的,只好朝着众人深深地鞠了一躬道:"对不起!是我们误会了!"又转而对着老大爷鞠了一躬:"对不起!我们误会了。"

"给老大爷看病!给老大爷看病!"周围的人还在命令式地喊着。

小强的爸妈难堪极了,也尴尬极了,想走又被大汉挡着去路,正不知如何是好,老大爷竟发话了:"好了!好了!谢谢大伙!我这老骨头老脸的,没有啥,今天算我现眼了。大家都散了吧!散了吧!"

"真不是人!""就是一对畜生!"

人群中不断地有人评论着。爸妈一看老大爷这么一说,前面的大汉让开了,一把拉起小强就跑出了人群,跑上了二楼,关上了房门。

这是小强看到的,爸妈第一次受到了这么大的委屈与侮辱。爸妈一定不会放过自己,小强这样想着,他甚至准备挨揍了,门一关他就知道了。

然而爸爸只是狠狠地瞪着他:"你说你,没打你你哭什么?真是一头蠢猪,当着那么多的人,竟说人家没有打你!叫我们多难堪!"

"我说的是实话。"小强辩解道。

"谁叫你说实话了,你说打了他能把你怎么样,还能吃了你!七老八十的人了,谁看见了,谁能证明。"爸爸甚至有些发怒了。

但妈妈却笑了:"咱孩子还不错,踢了老汉两脚!"转而面向孩子:"我说你怎么搞的,平时都那么机灵的,怎么就叫一个七老八十的人给抓住了呢?"

"我不知道他来了,也不知道那就是他家的门!"小强辩解道。

"不要说了！今天算是把人丢到家了，男子汉大丈夫，自己的事自己办，打得过就打，打不过就跑！不要动不动就哭，闹得满城风雨，丢人现眼！"爸爸接着说。

　　妈妈本来还要说什么的，爸爸指了指楼下道："人还没走完呢！别说了，让人听见了不好。"

　　小强的爸妈不再说什么了，似乎是专等楼下的人走。

　　不过，小强就是从那一次开始恨所有的人，然而不知是为什么，却特别敬服那位"大汉"。他在电视剧中看到过许多行侠仗义的黑社会老大，他做梦都想着自己成为黑社会老大。但在现实生活中他却是第一次看到，多么像《水浒》里的李逵，大喝一声，其他的人全都哑了，多么的威武！多么的有气势！

　　但要当老大，就得有一帮喽啰，一帮打手，可谁来做自己的喽啰，自己的打手呢？小强开始在周边寻找自己的喽啰，自己的打手。可不知怎么的，周围的同龄人对他都是敬而远之，甚至连他给的东西也不肯收，看来想用小恩小惠拉几个小喽啰还真不容易。于是他想到了用"武力"，自己能打得过的，就打。纵是打不过，也得试试，所谓"打得过就打，打不过就跑！"

　　可好长时间过去了，还是没有一个敢于跟着自己跑的。他终于决定，要找比自己年龄小的，他打过几次架，还诈了几十块钱，可还是没有一个愿意死心踏地地做自己的打手，甚至还受到了一个家长的威胁，说什么要报案。

　　虽然家长没有报案，但小强打小同学，诈骗小同学钱财的事还是让班主任老师知道了，而且因为小强始终想着成为老大，经常地迟到旷课，作业也不交，老师已经不止两三次地找他谈话，特别是诈骗小同学钱财的事：

　　"你一次两次迟到旷课我们都能理解，可你经常甚至是长期迟到旷课不交作业就说不过去了吧？就算你迟到旷课都有理由，可你敲诈同学们钱财这又是怎么一回事呢？你知道这是什么行为吗？这可是违法行为！幸亏你现在还未成年，否则，你就得进监狱，坐大牢了！"

　　"我就是没有诈骗！我没有！"小强竟斩钉截铁地回答。

　　班主任老师没有办法,只好叫来了所有被小强打过,诈骗过的同学,当着小强的面,说了小强打他们,诈骗他们的详细经过。甚至有同学还亮出了被小强打的青伤。可是在铁证面前,小强还是不承认,甚至比老师的声还大:

　　"我没有诈骗他们!我没有诈骗他们!"

　　"既然你没有诈骗他们几个,那为什么他们都说是你,而且说得头头是道,包括了所有的细节,他们身上的青伤你又怎么说?"老师这回并没有发脾气,他想动之以情,晓之以理,想在小范围内解决而已,想把小强引上正路。

　　可是小强想的却依然是不承认:"我打他们,他们这么多人,我能打得过吗?谁知道他们那些青伤是怎么来的,说不定还是出去做了什么见不得人的事,叫人打的,或叫父母打的。说我诈骗他们钱财,谁看见了?谁能证明?"

　　小强突然觉得自己占了理,他知道他们不是一伙的,如果不是老师今天把他们叫在了一起,他们根本不知道对方也被自己打了或敲诈了,可老师把他们叫到了一块,正好给了自己一个借口,就说他们是一伙的,既然他们是一伙的,自己又怎么能打得过他们呢?顺理成章,自己才是受害者。能够颠倒黑白,挽回败局,能够反败为胜,这简直就是莫大的智慧。小强不由得笑了,甚至有些得意了。

　　小强成了班主任老师最头痛的学生,他想做小强的思想工作,可小强根本就不承认自己有错,而且总有自己的理由,甚至还有许多的歪道理,他正想找小强的家长谈这件事。突然校长叫班主任到办公室去,听声音很是生气。

　　校长大发雷霆,一拍桌子,指着电脑喊道:"你看看!你看看!你说你都干的啥?我在会上多次强调,不准体罚或变相体罚学生,你就是当耳边风,你看看这贴吧里面,都成了你的专集了:'——老师体罚学生:想打就打,想骂就骂,挖苦讽刺,一站就是几个小时,无所不用其极!'你都成众矢之的了!你不顾惜你的名声不要紧,但你也得替学校着想呀。我多次在会上说:收费是高压线,可你还是收费,这回倒好,学生直接反映到了学校,学校已经承诺成立专案组,查出多少退多少,就从你的工资中扣。"

班主任老师一下子就明白了,可这网上的事情也不需什么证据,人人也都不问理由,一窝蜂的跟帖,谩骂,正好学校要落聘,班主任老师也就这样被落聘调走了,小强的事情也就这样的不了了之。

其实不仅小强知道这是怎么一回事,学校的师生也都知道了这是怎么一回事,可谁也没有办法。

然而小强恨爸爸妈妈却是弟弟回来以后的事。

小强早就知道有了一个弟弟,听说还是爸妈偷着生的。最初他还觉得好玩,可后来他发现本该属于自己的许多东西渐渐地也都变成弟弟的了。爸妈给自己买的玩具全给弟弟捎去玩了,甚至连自己最喜欢的挖掘机也给弟弟送去了。自己穿过的,没穿的衣服也都给了弟弟。而且小强发现爸妈不再像以前那样有求必应了,衣服也不再买名牌了。特别是弟弟打马回朝以后,一切都变了。本来是只有自己一个人吃的零食,也被弟弟分走了一半,尽管弟弟还时不时地分给他一些,可如果没有弟弟这些可全都是自己一个人的呀!况且这家里的主人也一下子像错了位,无论是爸妈,也无论是亲戚朋友,都围着弟弟转了,自己想要的东西总是要不到,可只要弟弟一说话,准能要到。似乎弟弟就是这家的主人,那自己又是什么呢?小强分明觉得爸妈把对自己的那份爱全转移到弟弟那里去了。爸妈以前总是说他们的一切都是我的,现在也不说了,说也都加入了弟弟,说也都是"你们两个的。"因此,小强恨弟弟,恨爸爸,恨妈妈了。

从此,小强不想在家里待,不想与弟弟玩,也不想跟父母出门,他甚至恨这世界的一切。

看到路灯他就想砸,只要没有人,他肯定会。

开始的时候,小强只是忍!他在心里不住地道:"不能叫,不能喊!不能让人知道,不能让老师知道,更不能让父母知道。不就一刀,不,算不上,只是一个水果刀,能扎多深,连血都没有流多少。"因为小强在被捅的瞬间转身看到了胖妞手里的水果刀。

小强自认为疼痛一会儿就会过去,抽筋,无力也都是暂时的,不久就恢复了。他还要报复，还要狠狠地揍那胖妞呢！他怎么敢捅老大！

路上不断地有人走过，小强总是装出若无其事的样子，尽可能地不让人看出他被人捅了一刀。

然而一个小时都过去了，怎么还是没有力气站起来，头怎么就这么的晕，胸口也这样的憋闷，肚子也胀得要命。"要命！"老天不会真的要自己的命吧？

小强突然地就害怕起来了，他开始总是硬撑着坐在路边，不想让人看出他受伤，后来就躺在那里了，做出养神的样子。现在想动竟也动不了了。

路上仍不时地有大人走过，有小孩子走过，可都不认识，也没有一个人过来看自己。小强又突然觉得，自己从来没有关心过别人，又怎么能企望别人来关心自己呢？他突然想到，其实关心自己的只有爸妈，可他们又怎么能知道自己现在受了伤，就躺在邻村的路口。他突然理解了爸妈，弟弟也是他们的宝贝儿子，弟弟得到的，自己都得到了，弟弟没有得到的，自己也得到了。自己穿过的衣服不给弟弟，又给谁呢？自己玩过的玩具弟弟玩了又怎么样呢？自己当时穿的可都是新的，玩的可都是新的。弟弟现在经历的可就是自己经历过的呀，我为什么就不能忍呢？小强突然觉得特别地想爸爸，想妈妈，想弟弟，他真想再抱抱弟弟，真心地抱抱弟弟。弟弟那天真无邪的稚嫩的声音不断地萦绕在自己的耳边，"哥哥抱！哥哥抱！"还不住地往哥的嘴里塞蛋糕。可为什么自己那时就那么的恨弟弟，竟然还狠狠地掐了他一把。

小强看看这地方，这不正是他第一次遇到胖妞的地方吗？小强又一次地想起了胖妞。"就因为他长得像弟弟我就动起了歪心眼，可他那时是把我当亲哥哥一样对待，还把爸爸妈妈给他买的好吃好喝的全都带给了我，可我怎么就只想到千方百计地捉弄他，折磨他呢？他那时多么像我的亲弟弟，一切都听我的，可我怎么就背叛了他呢？如果真有来生，如果不是——也许他真的会成为自己的铁哥们儿，比弟弟还亲的哥们儿——"

"明明是胖妞捅了我一刀，才使我动弹不得，我这是怎么了，竟然想起了他的好,竟然后悔起来了。"

小强就这样地想着,想着,越来越迷糊了。等人发现,等人送到医院,等父母到身边的时候,他已经因为失血太多而永远地迷糊了。

我 的 口 福

石 岩

终于带着女儿,挤上了去成都的火车。心却"怦怦"地直跳。离开母亲已经十三年了,那时,弟弟才十一岁,我还没有女儿,现在女儿已十二岁了。

十三年似乎很长,每年的年节我都在想,能否去看看母亲,该给她一些生活费,哪怕去看一眼,那也是一种安慰。母亲一个人,而且有严重的风湿病,阴天下雨就动弹不得,还带着十一岁的弟弟,没有地方,没有固定的收入,该怎么去生活呢?会不会流落街头?有衣服穿吗?哪怕是粗布衣。有饭吃吗?哪怕就只是粗茶淡饭。每每此时,我总感愧疚,然而也总是自我安慰,自我解脱:那不是我的错,那是她要的,是她要待在那儿的。但还是安不下心来,总感到自己是在逃脱某种责任或义务,不,这就是在逃脱责任和义务。母亲就是母亲,无论她在什么地方,做儿子的都应赡养,比起母亲,什么结婚,什么地方,什么自己的日子都会变得没有价值了。爸爸有工资,工资足以够他们花销了,可妈妈什么都没有,甚至连最起码的住处也没有,还带着一个正在上学的弟弟。我也曾想给母亲寄点钱,可不能确定她的详细地址,曾写过几封信,可都以地址不详的原因而退回来了。记得三年前我曾拜托一成都的同学捎去一封信,还特别嘱咐他要多打听一下,可仍然没有结果。现在总算是坐上了去成都的火车。

火车上挤满了人,几乎全是四川口音,每个人都有说不完的话,尽管有吵闹的,甚至有打架的,但却无一不迸发着喜悦。我知道他们多是在外打工的,他们都是四川人,他们都是年节回去看父母或子女的,他们的喜悦也都是发自内心的,是一年来的思念与牵挂的诠释。

然而看到他们,我更多的则是羞愧与迷茫。他们是打工仔,是农民工,我相信他们的文化程度没有超过高中的,也许他们的语言中散发着粗俗。但他们却知道回家,知道去看望父母。而我这个所谓受过高等教育的人竟然把母亲与弟弟,也算是孤儿寡母扔到了千里之外,一去竟是十三年。母亲在哪里?在做什么?怎么生活?我竟然一点也不知道。我还是她的儿子吗? 我还有脸面对母亲与弟弟吗?

走出站时是早上 6 点 45 分,还下起了蒙蒙细雨。尽管自己来过几次,可道路方位似乎全变了,分不清东南西北。其实在这里,我从来也就辨不出东南西北,十几年前就这样了,每次出门都迷路,据说成都的道路仍然循着诸葛亮的设计雏形,本来就有"鬼城"之说,人在行走或逃跑的过程中,不知不觉就变了方向。加之北方的习惯,房屋多是面南,所谓面南背北,出门面对的就一定是南,这已形成习惯了。但这里的地方从不讲这些,似乎正好相反,我第一次来时的印象就是:这里的太阳总是从西边出来。因此外来的人,特别是北方来的人,不迷路才怪呢? 幸亏到处都有电车或公共汽车的站牌,而自己从来也都是坐电车或公共汽车出去,所以总能在站牌上找到自己要去的地方。

这回也照样,火车站的站牌竟有二三十个之多,每个站牌至少也有三十多个站名,我们只好一个一个地寻找,有的站台还有棚盖,有的就是露天,露天的就只好站在雨中看了,足足占用了一个多小时,竟然还是没有找到自己要找的地方。也许是时间久远,地名已经忘了,也许地名已经变了。我和女儿的衣服都已湿透了,最糟的是女儿的鞋底掉了,只好先给她买一双鞋子再找。

鞋子的问题是解决了,但衣服却不能全换,只好等体温来烘干了,尽管成都的气温较高,但现在可是寒冬腊月,所以还是彻骨的寒冷。只是因为不停地走,又带着行李,似乎还没到抽搐打颤的程度。

还是问问这里的交警,他们总能知道吧!

"同志,知道金牛区营门口公社抚琴大队坐哪路公交车或电车吗?"我忙问身边的一位警察。

"不知道。"他似乎正在思考问题,或者就没有听,没等我说完就回答。

我只好再找其他的交警。

"同志,金牛区营门口公社抚琴大队坐哪路公交车或电车?"

这位警察倒是斜着耳朵,听得很认真,但他听了之后却是一脸茫然。我立刻断定他没有听懂我的话,随即又重复了一遍。可他还是一脸茫然。我突然觉得他是听不懂我这不标准的普通话。这是当然的,他们都是四川人,说的也都是四川话,而我是陕西人,用的是秦腔,尽管加了一些普通话的成分,可他又怎么能听得懂呢?我急急忙忙地从手提包里掏出记事本,扯下一张白纸,把我所说的内容写在上面,递过去。

这回警察看清了,却大笑起来:"咋子要,还有什么公社,早都没有了!"说完便接起了电话。我知道已不便再去打扰了,但却也清楚了,就连我们那农村也都不叫什么公社了,更别说这省会的大都市,我怎么就没想到呢?

不过我们那里已把公社改成了"乡",这里是否也改成了乡呢?于是我又将上面地址中的公社改成了乡再问,可更没有人知道了。

还是先找最大的地方"金牛区",这回我打定了主意,找出租车。

"到金牛区!"

"金牛区大了,你到金牛区什么地方?"司机问。

"抚琴。"

"抚琴区什么地方?"

"就抚琴区。"

司机很是惊奇地看着我,我知道司机早已认定我是第一次来成都的外地人,或"北山狼"了。这是四川人对北方人的一贯称呼。

据说城里的人，特别是出租车，经常会讹诈外地人。于是我赶忙问价钱。

"三十。"司机立刻答道。

"二十行不行？"我讨价道。

"那就二十五，少一个也不行。"司机坚决地说。

我疑心司机是有意地说我二百五，但也并没有再争辩什么，就和女儿坐上去了。

然而车子启动没四五分钟就停在了一座立交桥的下面，司机道："下车！"

我疑惑地道："这就是抚琴区？"

"这就是抚琴区立交桥。下车！"司机似乎已经很不耐烦，我也只好下车。

"那抚琴区向哪边走？"下车后我又赶忙问。

司机边启动车子边答："四面都是。"用怪怪的眼神看了我一眼。我肯定这回是上了当。凭自己搭出租车的经验，这段路最多不过十元。而且司机一定认为我是一个脑子进水的"北山狼"，竟然不知道自己要去的地方。

我顺着大路朝前走，进入了一条街道，道口果然有"抚琴南路"的牌子。这里正是抚琴区的中心。

我的路似乎已经走到了尽头，楼房街道全然没有了当年的样子。我清楚地记得，出了街道，还有一段小路，而且要过两条小河才能进到舅家所在的村子，正所谓竹村，远远地看去是一片竹林，房子全笼在里面，没有一座高过四层的楼房。我当时还感受到杜甫的《茅屋为秋风所破歌》中"公然抱茅入竹去"的真切。可现在别说竹林流水，就一座茅屋也都没有了，除过楼房就是街道。当然街道两旁的店铺楼房要比当年的竹林流水华丽多了。

可这茫茫的街道，幢幢的楼房，母亲与弟弟又会在哪里呢？

不，应该说是舅家又会在哪里呢？因为母亲和弟弟不可能住楼房，但只有找到了舅舅，才能打听到母亲与弟弟的下落。

记得小舅曾卖过"肥肠粉"，据说生意还很不错，也许问舅舅的名字，加上"卖肥肠粉的"或许会有人知道。

于是我便一家门店、一家门店地问。

青年人不用问，因为小舅至少也有四十多岁，他们肯定不知道。三四十岁的人可能知道，但也不能问，因为他们多半都是大忙人，不愿意或不屑于回答这等闲事。只有问上了年纪的老太太或老大爷，可上了年纪的人又往往听不懂我说的话，让他们看，可他们又多不识字，但也只有这一条路了。

一家，两家，十家，二十家，还是无人知道。女儿因为穿的是新鞋，脚已经磨破了，再也不愿意走了，说实在的，我早就饿了，累了。时间已到了中午，虽然雨还在下，但小了许多，加上打听询问时多在檐下，衣服竟然也都干了。看来也没有什么希望了，不如先吃饭，首先是买票，这可是春运的高峰，至少得提前三天买票，还得住三天的旅馆。

不，妈妈与弟弟肯定在这里的某个街道，或某个店铺里，他们肯定在做着什么生意，或许还在摆地摊。我几乎是扫视着每一个店铺，甚至是街道的每一个人，包括疯人和乞丐。期待妈妈与弟弟能突然出现在我和女儿的面前，都已经快要退出抚琴南路了。

不，我不能就这样回去，于是我又走进了最后一家店铺：

"大娘，请问你晓不晓得有一个卖肥肠粉的姓叶的，名字叫叶乃可的人家住哪儿，或店铺在什么地方？"我一边用半通不通的四川话说，一边递上写的纸条。

"向南走，市八中门口的红房子就是他家。"老大娘竟知道。

我一下子来了精神，几乎是喜出望外，忙不迭地说"谢谢，谢谢！谢谢！"拉着女儿就朝南面的街道跑去。

可南面的街道全是楼房，哪有什么红房子？

对了，老大娘不是说在"市八中门口"吗？那就找市八中。我尽量地模仿着那位大娘的发音，好不容易，总算到了"市八中"的门口，一看门牌才知道老大娘说的是"十八中"也就是"成都市十八中学"。

我一眼就看到了道旁的红帐，是给凉台搭起的红棚布。这里再也没有什么红色的东西了，更没有什么红房子，老大娘说的肯定是这家，我毫不犹豫地就进去了。

"叶乃可住这儿吗？"我进门就问。

"叶乃可不在！"厨房里一位正在炒菜的银发大娘背着身子答道。

可我一听声音便立刻断定那就是妈妈。也就喊了声："妈！"

妈妈随即转过身来，愣了好一阵才缓过神来，几乎笑开了花，眼睛也湿润了，脚步也似乎轻快了许多。我忙退出来叫女儿进来，妈妈也跟着来了，拉着女儿的手，还不住地摸着女儿的脸蛋和头发，不断地称赞着："长得多漂亮！"

说着便给我们端来各样的水果、饮料，接着便继续炒菜，说道："你就是有口福，我正好买了各样的菜。"

我知道，此时此刻，不仅是我和女儿最高兴的时候，也是妈妈最开心的时候。而且我相信妈妈有心理感应，她一定是感到她的儿子要来了。因为十多年前就是这样，每次我回家时，她都早已买好了菜，特别是大肉，因为她知道我爱吃回锅肉。而且每次都说我有口福。这就是我的妈妈，这也就是我的口福。

十六月亮不再圆

石 岩

昨天是八月十五，岳父一直生活在我的家中，但岳父是一个很传统的人，所以特别看重儿子，虽然女儿一直在身边，但却总想着儿子，特别是节日。我也希望他的儿子能来看看他。

小儿子虽然在千里之外，却还是赶回来了，可我知道岳父更想看到的是大儿子，因为大儿子就在他的老家，离我们也不过一二十里。

但就在前一天，大儿子的儿子回家看父母，邀请过他回去的，他却不回去。说来也不算什么了。然而到了第二天，妻子要出门时，他却背起了背包，要我们送他回去。妻子与小舅子都想哄他，说我们家的车不在，说人家一家人去了西安。但岳父却立刻流起了眼泪,说我们都不信他。

妻子硬是出门走了,我回去一看,我们家的车确实被儿子开走了。我也就没有什么办法了。

然而,小舅子还是看不下去了,竟然借了一辆车,于是我们一起把他送回了家。

我们很快地就回到岳父的家,也就是他大儿子的家里,除了小孙媳妇因坐月子在家中以外,他们一家人全上了果园。我们回家时安排过的,岳父要给重孙一百元,我也给了。岳父孙媳甚是高兴,我们也高兴,不一会儿,岳父的大儿子,儿媳也都回来了。我的希望算是圆满实现了。

我们本来只是想回来看看就走的,可大儿子看到父亲回来了,也一时高兴,非要我们吃了饭再走,反正回去也没事,妻子也不在,为了岳父高兴,那就吃了再走吧。

妻嫂平时对岳父不怎么好,但这次却很热情,忙着揉面压面,妻哥给我们剪了一大盆的葡萄,我们边吃边说笑着,他们两兄弟今天也谈得特别融洽。

然而岳父却只是坐了一小会儿就出去了。每次回家,岳父都要在岳母的灵前哭一阵子的,儿子们开始总是去劝,但他也总会发脾气,甚或直接打他们,所以他们也开始敬而远之,不管不问了,因为灵堂是设在大儿子的家中,也因此大儿媳有些不高兴。上次回家,我们为了避免他又在人家的家里哭,特意先将他送到了岳母的坟前,然而他却没有哭,我们也以为这回他不会哭了,可一回家,一见到岳母的照片,他又哭了一个没完没了,妻子便在一旁说道:

"活着的时候,不当人看,没了有啥哭头了!"他这才停了下来。

可本次回家,他却没有一点的反应,我们也都高兴,他出去了,我便疑心他又到坟上去了。

我出去向北走了一二十米就可以看到去东头的路,竟然没有,一回头,他竟在西头的街口,我也就放心地回去了。心想,好久没有回来过了,想转就转转吧。

过了好大一阵子,还是没有回来,我又去看,远远就看见他在北头老屋的门前,我就更放心了,回去一坐就是半个多小时。

我又一次去老屋看了,可老屋的门依然锁着,老屋在一个丁字路口,北面就有一条东西方向的大路,我先向东张望了许久,那面远远地有三四个人,不见有岳父在里面,再东可就没人烟了。

向西也有一条路,他们废弃的老村子就在下面,现在已经没人住了。但那里盖起了两三家鸡舍,正有一家在装鸡,也有三四个人,还是不见岳父。

我想给妻子打个电话,告诉她一声的,可电话打通后,她刚坐上席,还没吃呢,我要是一说,她肯定吃不下。再说,我们也经常回来,岳父从来也没有发生过意外,要是我说了,等她回来了,岳父也回来了,岂不嫌我多事。还是再等等吧。

我的心里很是不安,但总觉得是自己想得太多了,没事找事,索性睡上一觉,看他还回来不回来。

然而我也没睡多久妻嫂的饭就做好了,我又出去找岳父,可还是找不见。这回我真有些急了,忙叫出了妻弟与大哥,他们也都开始找,开始问了。

妻弟骑着自行车沿路向西找,妻哥骑着摩托车沿着路往东找。而且我们已经问到了,东边的人没有看见,西面那几个装鸡的人倒是看见了,说从他们身边走过,向西去了,去时还在那儿抽了一支烟。

向西也有两条路,一条拐向了北边,一条直向西去,在西去的十米开外有一潭水,原本是一个地窖,大概有一人多深吧。

妻哥向北找出去,碰到两个本村的人在地里摘苹果,说他们根本就没见到我岳父。

妻弟一直向西,还碰到了五叔从西面回来,也说根本就没有看到。

妻子也回来了,我们都开始四路八处地找,可就是怎么也找不到。

妻子便回想起妈妈去世时爸爸说的话:

"你妈都走了,我还活着做什么?我跳沟去呀!"他不会真的去跳沟吧?

我们一听也都有点信了,忙着到临沟的原畔找,张望沟底,我总是疑心他会挂在那里,我便打开了手机,虽然手机没人接,我知道的,岳父已经八十多岁,不会接手机的,但震铃会响的,只要听到震铃,就肯定能找到岳父。

我几乎找遍了所有的沟畔,岳父的手机很快就变成呼叫转移了,我知道是手机没电了,关机了,可人还是没有找到。

岳父的全家人都加入了找人的队伍,找了一遍又一遍,天已经黑了,可还是没有找到,妻子、妻哥急得哭起来了:"这么冷的天,再找不着,晚上冻也得冻死呀?"

这时候,他们都有些心照不宣地认为岳父跳沟了,如果人活着,肯定是被困在了什么地方。今年的雨水多,沟里到处都是一人高的草,要是掉进去,谁能看得见,再说,八十多岁的人,要是在里面,困也得困死。

于是我们又打着手电筒去找,呼叫着去找,如果他真的还活着,如果他真的被困在了那里,总能听得见我们呼唤他吧,总能应一个声吧,我们就这样又找了两三个小时,还是没有找到。

我突然觉得,我们为什么不能向好的方面想呢?也许岳父大人走到了其他的村子。我立刻说了我的想法,妻哥立刻反驳:"七八十岁的人了,哪个人敢留在家里?再说,他不可能去亲戚家里,如果在亲戚家里,他们不可能不通知我们,况且我们已经问过所有的、可能的亲戚了。"

"说不定还有我们不知道,或想不到的亲戚或熟人,或许到他们那里去了。"

我依然坚信,因为岳父今天并没有与谁有过不快,不可能去跳沟的。

"你说是你,你敢留一个八十多岁的陌生人住吗?"

"我是不会,但说不定也有一个八十多岁的人收留了他,你说都是七八十岁的人,会考虑那么多吗?现在的农村,有多少空巢老人,说不定两个同龄人正谝着呢?"我不知道我真的是这么想,还是有意在安慰他们,他们果然不再哭了。

晚上的天特别的冷,我们所有的灯都打开了,门也都大开着。

我们都在半睡半醒地等着,希望老父亲能自己走回来,或突然间能闯进门来。

天还没有亮我就起来了,在各个房间都转了一遍,我多么希望能看到他睡在某个房间的床上或炕上。我突然想到,说不定他进了哪家的厕所,老年人,说不定会犯高血压或脑溢血,村里有好些个家中都没有人,于是,我又打着手电筒,在村子里所有的厕所里找了一遍,回来时天已大亮。听说,妻哥也是夜里就起了,他们有两条街道,背靠着背,中间有一道壕沟,已经长了一人高的草,他又在里面找了一回。

第二天他们村子三四十口人都加入了找人的队伍,还有几个有心人找人卜了卦,具说已经找了五家,有说在东北方向的,也有说在西北方向的,说什么在一个有山有水的地方,还有说在某个窑洞里。说一个方向,我们就找一个方向,也许这就是病急乱投医吧,谁不知道人是在村北丢的? 那里还有人看见,原来人们住的都是窑洞,哪个沟里没有窑洞?

我们沿着沟边一直找,特别是直接临沟的,想来他已经八十多岁,不可能自己走进一人多高的草里面,再说,在草里面他也不可能走过去。几个孙子也都回来找了,可是一个整天,一村的三四十人,就是找不到。

我忽而想到,岳父身上带着手机,也许找移动公司就可以手机定位,小舅子也就多方打听,说技术上能够做到,只是县市没有这个权限,只有省厅才有,或者要经过省厅批准才可以定位,而省厅都在放假,只有等到收假。可这收假还有两三天,这可是人命关天的事,如何等得。

有一个孙女婿突然说他可以找到手机定位的,他问了岳父的手机号码,我们也都相信,手机定位可是有科学依据的,我们都急切地等待着。

有结果了,信号在咸阳渭城区阳过村,真有些戏剧性,《神雕侠侣》的主人公不是就叫"阳过"吗?

我们一下子都高兴起来,只要在咸阳,就说明人还好着哩,至少说明人还活着! 但立刻就有人怀疑,明明是在村北走丢的,怎么会在咸阳？到咸阳肯定得坐车,要坐车就得到公路上去,要到公路上去就得过村过镇,怎么没有人见呢？我进一步说着:"要去咸阳总得有钱吧？上来的时候,爸身上只有几十块钱,我们本来没有打算上来的,是后来爸硬要上来的,当时西霞(我的妻子)不在,我考虑到爸第一次回来见重孙,得给重孙一百元,是我亲自给的,而且亲眼看到他给了他未满月的重孙。"

可是妻嫂立刻就否认了我的说法,说她在窗上看到的,岳父除了给重孙一个红板(指一百元)外,还有几个红板,而且得到了正在坐月子的孙媳妇的证明。

在一旁的妻子也想起另一件事,说是前几天给过岳父六百元,可过了一天,就只剩二百了。也许是爸爸装在别的什么地方了,现在又拿出来了。总之,得出了一个结论,岳父身上还有几百元钱,有钱就有可能搭车,就有可能出去。

我也想到了,岳父一直就住在我们家里,从来都没走丢过,什么时候也都知道回光荣院(我们住的地方)怎么会去了咸阳？再说,他没带身份证,公共汽车也不会拉他呀,八十岁的人了,谁愿意担这个心？

可又一想,现在也不乏挣黑钱的人,他们可不管你年龄大,有没有身份证,只要你有钱,就把你往车上拉,岳父只知道县上,这"县上"与"咸阳"可是极像的,说不定给听错了,就上去了。为此,我们还特意去问了一回, 就连正规的公共汽车都可以不要身份证,更何况是拉黑车的司机了。

我们立刻查了地图,竟发现这个阳过村竟是一个离咸阳黑车司机下人不远的地方。

我们更确信岳父在咸阳渭城区阳过村了,在村子找的人几乎都停下了。

我们立刻叫了两个车前往,且叫那面的人赶紧赶往阳过村去找。

迅即,那面就来了电话,说是阳过村只是一个废弃的村子,根本没有人。

"没有人也要找,肯定去过那里",我们一致地通知着去找的人。

　　然而到了晚上十二点,去找的人也都回来了,还是没有找到。说那个定位是与"讨债公司"联系的,可能不靠谱,说他们还要叫我们交三千元,然后跟踪定位,直到找到。

　　妻哥立刻怪起了女婿,三千就三千,只要他们能把人找到,五千又有什么?然而女婿不断地辩解:"主要是我觉得他们不靠谱,说不定拿了钱,不办事,我们上了当。"

　　弟弟也曾经在所谓的"讨债公司"待过,我便打电话问"讨债公司"的情况,结果弟弟也说那不过是骗人的,他们不可能掌握"手机定位",我一说,妻哥才算放过了他的女婿。然而我们的希望也就随之破灭,岳父已经在外面两天两夜了,恐怕找到也已经是——

　　没办法,我们又在村边的沟沟坎坎,包括玉米地,苹果地,找了两天,可人还是没有找到。

　　这已经是第四天了,岳父已经丢了四天三晚上了,我对岳父的生还已经失去了希望,最后一晚上我回家里来了,妻子也回来了。我有事,走不了,妻子一大早又要回娘家,她竟然翻出了岳父的棉衣,说还是带上,万一爸爸找到了好穿,看来她还是抱有希望。

　　我们早上开了一早上的会,结束时已经快十二点了,我忙给妻子打电话,问今天寻找的情况。

　　"你不要问了,人找到了,在沟底,我正忙着哩!"

　　"在沟底!"我的心里"咯噔"一声,肯定是跳沟了,肯定人已经没有了。妻子一定伤心透了,我怎么能再去挑她的伤疤,儿子不也在那里吗?干脆问儿子吧。

　　我又打通了儿子的电话:"你们找得怎么样?"

　　"你不要问了,人已经走了!"儿子也急急地说。"走了"是我们这里对老人去世的常用说法,或者说是委婉的说法,这更确定岳父已经去世了。我急切地想安慰妻子几句,可怎么说呢?也许现在沉默就是最好的安慰。

　　突然,妻子又打来了电话:"你赶快取五千元,在县医院门口等我,我们正在往医院赶!"

我一听，泪也不由得涌了出来，至少说明人还活着，忙又问："人怎么样？"

"人好着哩！"

我更高兴了，几乎是泪流满面，我不知道是为岳父高兴，还是为妻子高兴，忙着去取了五千元，早早地就等在了县医院的门口。有好几次都把其他的救护车当成是岳父的。

原来，在公安部门工作的侄子得到了手机定位的消息，说就在安家与姚家店的中间，这不是沟底吗？

所有人都朝着一个方向，终于到了沟底，八侄子是第一个看到的，他大声地叫了一声"四爷"，岳父竟然抬起了头，应答了一声。七叔是第二个看到的，他们可是亲兄弟，而且岳父照顾了七叔半辈子，就连七叔的老婆都是岳父看着娶的，还因此而丢了局长的位子。他们一见就抱头痛哭起来，其他人也就到了，怕岳父的身体吃不消，是的，这么冷的天，四天三夜，即使是一个身体健壮的小伙，也都会受不了的，何况是八十多岁的人。大家忙着劝七叔，并很快地砍下树枝，做成了担架，把岳父抬上了山。

岳父终于被送到了县医院，他依然头脑清醒，不住地说着"我好着哩！我好着哩！我只是想喝水。"

岳父的衣服尽管是找到时才换上去的，但现在又全湿透了，我们又忙给他换上了干衣服，除左脚有点红肿，有点轻微的擦伤，全身上下竟都好好的。只是医生不断地叮嘱："要做全面的检查，不能喝水！"

我有些不以为然，人已经四天三夜没吃没喝了，最主要的是吃喝。但无论如何，我已经满怀希望了，我甚至认为用不着住院了，自己回去调养就完全可以恢复了。

检查结束了，一切正常，医生终于允许给岳父喝水了，但仍然不准进食。说是从明天开始，可以喝一点小米粥。

我们严格遵从医嘱，一直到了第四天，我们也都信心满满，甚至都想着出院了。

也就在第四天的晚上，我和妻子都回了家，我们也相信要不了一两天岳父就会恢复健康，加上这几天的劳累，我们一下子就入睡了。

突然妻哥打来了电话，说岳父的肚子痛，一检查竟是胃肠穿孔。

我们都不信，但都忙着赶往医院，片子就摆在我们面前，医生说了，这是胃肠穿孔，确诊无误："你们看，这是体内积液，只有胃穿孔或肠穿孔才会这样。时间紧迫，我们建议：立刻转到外科，做手术治疗，否则就有生命危险！"

"那你们和外科医生商量一下。"

"这就是外科医生，你们看！"原来的主治医生一指旁边的医生。

我们的心一下子又都悬在了嗓子眼。

"胃穿孔也就只有做手术这一着，没有其他办法，但老人已经八十岁了，恐怕下不了手术台。因为手术必须全麻，全麻做完手术老人能不能醒来就很难说了。"外科医生接着说。

我们一下子都纠结起来了，做手术吧，人有可能下不了手术台。不做吧，人又痛得受不了，再说，终究怎么办。我们迟迟地做不了决定，医生却又不断地在催促我们做决定。

我立刻想到，与其活着受罪，最终又别无他法，不如来一个痛快的，要么转好，给大家一个希望，要么就——再者说，我是知道的，通常情况下，胃穿孔是等不得的，甚至两三个小时就会要命，我的一个叔父就是死于此病，于是我坚决要求做手术。

然而三个儿子都在，我是女婿，我没有决断的权利。可一个小时过去了，他们却还是拿不出个主意。

最后他们终于决定转到高一级的医院去治疗。

我目送他们上了救护车，看着他们远去，我的希望再一次消失在茫茫的云雾之中。

我的"土豪"棉袄

石 岩

我已经是四五十岁了,可偏偏喜欢穿大红大绿的衣服。那年正好流行红西服,我便第一个就买了回来,当然我不会买正品的,那东西太贵,自己的身价高低自己知道,况且也没有那么多的钱。

但时髦还是要赶的,不管是哪一种时髦,只要出现,不等流行到这山村,那赝品也就出来了,我也总能赶上。记得有一次,我穿着一个蓝格子的汗衫上楼,被同事看到了,同事不禁感叹:"呀!师老师还赶时髦得很!"

我一听立刻提起了我汗衫领子道:"你看看,这已经穿成破破烂烂的啦。这不是赶时髦,这是超越时代了。"一时间逗得大家都笑了起来。

今年过年的时候,我去成都看妈妈了,还在成都陪妈妈过了一个年,本想给妈妈买一件衣服的,妈妈说自己的衣服已经很多了,说她自己根本穿不了,也懒得经常换。特意叫我给她整理衣柜。

妈妈的衣柜的确塞得满满当当,几乎放不下了。一方面是衣服确实太多了,另一方面是衣服没有整理,我便帮妈妈整理衣柜。整理的过程中,我发现妈妈有许多好看的衣服,可就是不见妈妈穿,于是我挑出了一件,在我看来,也是最好看的。

整体看是紫色的,黑丝绒线绣的牡丹,黑牡丹却又透着红蕊,仿佛是渗出来的,又仿佛是非洲少女脸上羞出的红晕,洋溢着难以囚禁的奔放与激情,且极有线条感与立体感,中间还夹杂着金线暗花,还有立棱,有变色的功效,翻转之间便有金光银光闪出,或许还暗藏着珠光宝气。富贵,高雅,深沉。像大海的深蓝,即使你倒进了所有的颜料，也难以将那深蓝遮掩。里面还有一个夹层，是厚厚的羊毛内套。在我看来，那可是一顶一的好东西。我便特意把它拿了出来，叫妈妈穿。

可妈妈就是不穿："我已经穿了，太厚，太热，我怕热，穿着受不了。"

"那你可以少穿一件呀！省得你十层九裹的，本来就胖，一穿就更显得臃肿了。"我依然坚持着。

"就是只穿那一件我也受不了，上回我穿了一个月就住院了，那里边有羊毛，太热，我确实穿不了。"妈妈还是坚持不穿。

我硬是把妈妈的衣服给脱下来，把这件棉袄给穿上去了。

"这多好看，既富贵，又高雅，让你一下子苗条了许多，年轻了十岁，就这样，穿着！"我称赞着，命令着说，妈妈只是笑。

然而不到三分钟，妈妈就脱下来了，穿上了她原来穿的衣服。

我看到了，便怨道："妈妈，你咋这样呢？好衣服不穿，放着干什么？我给你说，你再不穿，我就给拿回去了，叫我西霞（我的妻子）穿了。"

"我不能穿，不爱穿，你们能穿，你就拿回去好了。"妈妈似乎根本不在乎。

"真的，我回去的时候就带回去了。"我说。

"带回去，我不穿！"妈妈还是说。

在穿衣方面，有人不喜欢别人穿过的衣服，但我不讲究。那次去给三爸送葬，堂妹就拿出了几件给三爸买的高档衣服，很是不错，有的甚至三爸连一次也没有穿过，堂弟，堂妹的身材，要么太瘦，要么太矮，再说，即使能穿，他们也会嫌的，但我的身材正好，否则就得烧掉，其实他们虽然和我的大部分意见不合，但都不相信有什么神灵的，烧掉也是白白的浪费，于是他们就问我要还是不要？我当然毫不客气了："要，即使是三爸穿过了又有什么，自己的老人，如果你不要，就给我留着，我才不怕呢！"后来堂妹便把三爸穿过的、没穿过的，整理了一大包给我带回来了。妻子一见便骂："没一点神气，连死人身上剥下来的衣服也穿！"我说："什么死人不死人，那是三爸，再说还有没穿的。"

现在是妈妈的衣服,她不愿意穿,这么好看,妻子穿起来一定也不错,正好,自己也正想给妻子买一件衣服,苦于经济紧张,好一点的,自己能看上的又太贵,便宜点的自己又看不上,这件正好,至少也能值个七八百块。但绝对不能说是妈妈给自己买的,应该说自己到成都专为妻子买的。

就这样,我没有给妈妈买一件衣服,却把妈妈的衣服给妻子带回来了。

"这回出门,其他人我都没有买礼物,唯独给你买了一件特好看的棉袄。"我边说边将那件棉袄给妻子拿出来了。

"这就是你给我买的棉袄?真是长了一对子猪眼,这哪像是我穿的衣服,这肯定是你给你妈买的,你妈不穿,才给我拿回来的。"妻子骂道。

"她怎么一下子就猜到了是妈妈的。"我心里嘀咕着,嘴上却说:"你看看,这么好的东西,你真是有眼不识金镶玉,白费了我一片苦心。"

"还金镶玉呢!你出去叫人看看,给六七十岁的人,人家都不会穿!你叫我穿哩!我不穿!"妻子还是不肯要。

"好!既然你不识好歹!我穿!我穿!但你记住,你再别想让我给你买衣服。"我愤愤不平地说,并把衣服穿在了自己身上。

左右看看,还真是不错,其实这正是自己想穿的衣服呀,只是腰太宽了,袖子有点短,下面还差个纽扣。

这一穿出来,自己还真是越看越中意,说的人也多了。有说是女人的衣服,有说是我穿了老婆的衣服,也有说是老太太的衣服,没想到还有人说穿着像"地主",像"土豪",像古代的员外郎。"地主""土豪""员外郎"好呀!我就充当一回"地主""土豪"或"员外郎"。接着就有人说了,衣服不错,只是缺个纽扣,袖子太短。总之,每每碰到认识的人,或批评,或称赞,都要评论一番。我也就顺着道:"能引起美女的关注就是我最大的目的。"哪个女人不喜欢人说她是美女?

连着穿了十几天,突然又生了一场大病,差点住了院,用医生的话说,是上了火又感冒了,内热外凉。一想,觉得与这件棉袄不无联系。

原来，这件棉袄本来就比较厚，加上里面的夹层羊毛，更是厚实，除非天特别的冷，否则，是不宜长穿的。前几天的天气较冷，穿着还勉强，可这几天天气有点热，穿着就有些上火了。加之内外一体，纵然是外面的天气冷，适宜穿，可到了室内就有点热了，脱了又可能太凉，极易感冒，因此我也就落得个内热外凉，差点住院，一下子花了几百元的药费，这下我才真的理解了妈妈说的"我热，不能穿"的原因了，妈妈就曾因穿此而住院，我也步了妈妈的后尘。

然而我仔细一看，发现里边的羊毛内套竟然有拉链，可以取下来的，这不，现在天热了，何不就取下来，等将来冷了再安上去。一取，正好，不热不冷，跟个夹袄差不多了，我也就决定穿了。

既然决定穿了，就该解决宽大、缺纽扣与袖子短的问题了。

宽大的问题好解决，只要将纽扣的位置挪一挪就行。

本来哪里有卖纽扣的，妻子是一清二楚，怎奈妻子本来就不喜欢我穿这件衣服，为此，还将这件衣服藏了好几次，却都被我翻箱倒柜地又找了出来，所以无论我怎么问也问不出什么地方卖纽扣，只好自己一家挨着一家地往过找。幸亏旬邑就这么大一个地方，我花了两天的时间，终于找到了，只是没有我要的那种纽扣，但有一种可替代的，不过要替代就得全部换，至少要五个，可人家一个塑料纽扣就要五元，五个也就是二十五元，实在是划不来。

回来我又开始琢磨，领口的纽扣基本不用，不如将其挪下来，于是将领口的挪下来了，其他的纽扣也都适当地挪了一些，穿上已经不觉得宽了，但还是觉得不好看，怎么办呢？突发奇想，人们不是在脖子上戴什么项坠吗？妈妈给的玉蝉不是挂在床头吗？正好钉在领口，不用时全当装饰，用时则是纽扣，一举两得，说做就做，于是我的领口有了一个绿白相间，蝉形的玉坠，需要时便成了纽扣。这下更引来了同事甚至是学生的关注。有一位同事，他可是我们学校的美术大师，看到我戴着一只玉蝉，便问：

"你知道这蝉的用场与喻义吗？"

他这一问，我倒有些哑口了："不知道，你说说！"

"在古代，人们是用蝉来塞棺材缝隙的，据说，蝉能促人再生转世。"他笑着说。

但我想到的却是"蝉其实是陪伴死人的。"我把蝉戴在了颈项上，这不是说我就是死人吗？我虽然不讲究什么死人活人，自己其实活着也没有什么作为，跟死人也差不了多少，能够再生，当然是好事，但愿能是精神世界的再生。但听他这么一说，总感是不吉利的。可为什么会有玉蝉，而且是戴在项链上的，这里边一定会有什么大学问。于是我认真起来，上网查了查。

"蝉"是一种昆虫，又名"知了"。雄的蝉腹面有发声器，叫的声音很大，古有以"蝉"代表清纯，而"蝉联"形容接续不断，在一些体育比赛项目中，如连续保持了冠军，就叫"蝉联冠军"；保持了亚军，就叫"蝉联亚军"。

在古人的眼中，蝉是一种神圣的灵物，有着很高的地位，由于蝉都是栖息在高大的树木枝头，只吃露水树汁而不食人间烟火，所以用其来比喻人之清高、高洁的品德，是生活当中不可或缺的物品。从汉代开始，人们都以蝉的羽化来喻之重生。若是身上有蝉的佩饰，则表示其人清高、高洁。

后来，人们还赋予了蝉更多美好的寓意，比如：腰间佩蝉，则意为"腰缠万贯"；胸前挂着蝉，则是"一鸣惊人"；伏在一片树叶上的蝉，被喻为"金枝玉叶"。

蝉的鸣叫意味着振奋精神展翅飞翔，因此，在家中摆放玉蝉，可令儿童发奋努力学习，争取考出更高成绩，不断进步。又或替儿童佩戴玉蝉，亦达到同样的效果，其儿女特别懒惰，可找一玉蝉给他们佩戴，这便能够令他们振作，努力向上。

不错呀，有这么多的寓意，这不全都是自己想要的吗？为什么不戴呢？

袖子短的问题我已经想好了解决办法，那就是找缝棉衣的裁缝，接一块松紧的袖口。怎奈，一过年，缝棉衣的全都关门停业了。妻子擅长打毛衣，经常给人家织，但这回与她的观点相佐，她不肯。我忽而想到了激将法，便骂道："你个势利眼，给张织，给王织，巴结有钱人哩！给我织个袖子，用不了一两线，一天时间，你都不

肯,你简直是势利到了极点。"

说罢,我便一直保持沉默,坚持了一天,妻子便耐不住了,主动投降,要我跟她去挑一两线,给我织袖子。我自然乐得,便去挑了一两紫色的线,不到一天便织成了,接上去,自然天成,似乎比原配的还好看。

这件棉袄虽有许多的缺点,但全被我改过来了,又是妈妈买的,领口有妈妈送的玉蝉,有妻子做的袖口,还有我的精心设计,现在"土豪"棉袄更是无可挑剔了,我喜欢它的色彩——庄重,典雅而富有内涵。我要把它当做传家宝,永远地"穿"下去了。

(祭文)在父亲墓前的讲话

石　岩

农历六月二十五日十一点三十五分,我的慈父,长辈中的"乡长",祖辈口里的兴运,职工花名册中的师德岐,在自己心爱的老屋——师家川——砍老山病故了!

他不会写文章,甚至不识一个字,他似乎没干出一官半职,甚至晚年领不到工资,他似乎没有做成一件大事,甚至终生的奋斗也未盖成自己朝思暮想的五间大瓦房。他欠父母的一份情,欠妻子的一份情,他甚至欠子女们的一份情,因为他舍弃了一马平川的平原,舍弃了县城的亮丽,甚至荣华富贵,选中了这块生他养他,虽然贫穷却充满深情的红土地,一生耿直,一生光明,空空地来,空空地去,平凡得不能再平凡,普通得不能再普通。然而就在这平凡和普通之中,他赢得了永生。

爸爸,你爱你的乡亲,你爱你的近邻,你爱家乡的一草一木,一人一物,正如家乡的人爱你一样。

在你即将溶入家乡的这块热土的时候,探望你的几乎是全村,包括七八十岁的老人,包括不足十岁的小孩。一个西瓜,两颗栗子,三只桃子,一盘玉面,一碗新麦面……无论是穷,无论是富,无论是做过官的,无论是平民百姓,甚至是失明的老人,也要人牵着来亲手摸摸您瘦削的脸颊,你的脉息。

爸爸呀!爸爸!你可知道那西瓜可是乡亲地里熟的第一个,是乡亲们连自己都舍不得吃的。你可知道,还有人眼巴巴地等着自家的桃子熟了来看你。谁能担当这份深情厚谊。

我虽说是你的儿子,但我自视自己能认两个字,能读几本书,比你聪明,比你进步,比你看得远,我甚至讥笑您——我的爸爸。然而今天,我突然感到了我的渺小,我的愚钝、自私,因为和你相比,我永远也达不到你的万分之一。

您去世了,天地为你落泪,白云为你遮荫,山为你鸣,水为你哀,草木为你泣露。安息吧!爸爸——慈父。你已经实现了你的宏愿,你已经溶入了家乡这块热土。你会成为这里的草木,山水,你会与这里的父老乡亲,永远在一起,永远在一起!

(祭文)我的大妈

石 岩

农历二月三日或四日,我的大妈——我的妈妈,不知何时在家中去世了。

我的大妈——连我前后养育了五个儿女,一个孙女。可算是经历了人生苦难中的苦难,悲痛中的悲痛。

人生的三大悲剧——幼年丧父、中年丧偶、晚年丧子。因为我们不知道她的幼年,所以也无法考证,但我们却知道大妈没有一个亲兄弟。中年丧偶却是实实在在的。她一个一无所长的女人,在那样一个艰难的时代,在那样一个缺吃少穿的岁月里,养育三四个孩子,要吃多少苦,受多少罪,又要看人多少的脸面,忍受多大的屈辱,只有她能体会得到,也只有她能够知道。但她还是承受了,挺过来了,熬过来了。儿女们一个个地终于长大成人。然而她的苦难不仅远没有结束,而且似乎才刚刚开始。

人生最大的悲痛莫过于白发人送黑发人,然而这样的事却不止一次地在她身上发生。她的二儿子民正正当青春年少时竟瘫痪夭折了,她孤独,她寂寞。没过多少年,一个陌生的女儿——甜甜,又交到了她的手上,她把她照顾大了,不说十年,至少有七八年吧,我们应该都知道的,她们相依为命,虽说不是孙女,然而八九年的关心照顾已胜似孙女,甚至比亲孙女还要亲的时候,她的孙女又突然因误食打过农药的水果而夭折。你说她能不伤心,能不悲痛吗?在她八十多岁高龄的时候,她最疼爱,也最想依托的大儿子又突发肺癌先她而去。如果是你,你能经受得住这一次次重磅炸弹的打击吗?但她还是挺过来了。而且八十多岁了,还自己做饭,自己上山拾柴,这就是她——我的大妈——一个只知给予,从不索取的,无比坚强的母亲。

她虽然贫穷,她虽然困苦,她虽然经历了一次次磨难,但她给人的却永远是热情与温暖。她自己几乎吃不饱,穿不暖,但当一个孤儿放在她面前的时候,她依然要关怀,要照顾。要知道,这可是用自己的那一口饭,那一件衣裳在照顾别人,也许她照顾了别人,自己就要挨饿,自己就要受冻,可她毅然决然地这样做了,不是一天两天,一月两月,而是一年,两年,十年,八年。我今天在这里之所以也称她为妈妈,把我也算作她的儿子,就是因我也同样在她的怀里长过两年,她同样给过我平等的爱,平等的关照,让我感受到了母亲的呵护与温暖,给了我莫大的精神力量。

不仅如此,就在我成年,不,应该是在我子女都已成人的时候,在我父亲的葬礼上,因为误会,叔父打起了我,我身壮如牛,她弱不禁风,我正值中年,她七老八十,然而当打我的拳头冲过来时,她竟以迅雷不及掩耳之势挡在了我的前面,我毫发未损,她的头上却起了两个大包,这就是我的大妈——我的妈妈——一个慈祥得不能再慈祥,善良得不能再善良的母亲。

我的大妈,我的妈妈,虽然你养育了六个儿孙,但在你去世前身边却没有一个人,以至于我们不知道你去世的具体的日子,具体时间，让你孤独，让你寂寞。这都是我们的错，我们的错，对不起！对不起！对不起！我的大妈，我的妈妈！你听见了吗？你的儿女正在向你赔罪，向你忏悔。你如果能再活过来，能听见，哪怕是一点点，一点点，我们也会好受一些。

今天，你去世了，但我相信，那是神灵再也不想让你承受这人间的孤独，寂寞与灾难，才将你请去了。如果说真有天堂，那一定是你所居住的地方。你虽然在人间没有什么权势，没有什么地位，甚至自己的子女也认为他们比你高贵。但我相信，如果天堂真有什么最高奖赏，那一定属于你，属于你。因为只有你才能配得上坚强，勇敢，仁慈善良，品德高尚。我是不相信因果报应，也不相信有来世，但如果真的有报应，真的有来世，那你一定会进入一个有权有势，有地位的家里，一定会有一个幸福美满的家庭，因为即使那样，也不足以回报你此世此生的仁慈与美善。

安息吧！我的大妈！安息吧！我的妈妈！你的人生活得很饱满，很饱满。你没有遗憾，没有忏悔，有的只是坚强，只是勇敢，只是一个普通母亲的自豪与骄傲。

不孝男：师秉会

和声笑语，萦萦伴耳

石　岩

2016 年 9 月 8 日，我的叔母——四娘在自己的老屋因病治疗无效而逝世。

我不知道四娘是几时几分去世的，也不知道四娘娘家的具体地址，只知道四娘是甘肃人，甚至不知道四娘的姓氏。四娘去世了，似乎没有留下多少金银财宝，更没有什么万贯家私。但我却知道您有一座花园，三座"峰碑"，这就是您的四个儿女：雪艳、雪峰、玉峰和军峰。这名字全是您起的,什么是雪艳?雪艳就是北国风光,就是青藏高原,就是那红妆素裹,分外妖娆的美好河山。什么是雪峰、玉峰?雪峰、玉峰就是冰清玉洁,无私奉献。什么是军峰?军峰就是坚强,就是勇敢,就是铮铮铁骨的男子汉。这名字里多少也融进了您的理想,您的情趣,您的信念。

这几天不是下雨,就是阴霾。那是因为您去世了,天地为你落泪,白云为你遮荫,山为你鸣,水为你哀。但今天却是晴空万里,艳阳高照。那是你善良博大的胸怀,那是你热情好客,慈祥乐观,永不颓丧的笑脸。

您来自远方,但您永远乐观。您爱唠叨,但您给人的永远是笑脸。您不仅爱你的子女,爱你的兄弟,爱你的姐妹,也爱父母妯娌。您给你身边人的,永远是关心、照顾与帮助。

我女儿两三岁的时候,我们正在闹离婚,我的父母怕我们离婚,要挟我们,不管女儿。我们两个也相互扯皮,加上各自又忙于工作,我们的女儿几乎成了弃儿,就是在这样的情况下,就是在亲友唯恐躲之不及的情况下,您把她要到了怀里,那时候,你已经有了三个外孙,你把他们个个视为掌上明珠,可在这个"弃儿"面前,您愣是说:"媛媛(我的女儿)才是我的亲孙女,你们(三个亲外孙)都不姓师,都是外姓之人。"你的话一下子把几个小外孙都给震惊了,把我们大家全逗乐了,你的儿女当即就说你偏心。我知道论血缘,我是旁系侧亲,但你对我女儿的呵护与关爱绝不亚于你的亲孙子,那不是因为你自私,"偏心",而是因为你善良。这不是一天两天,一月两月,而是整整两年,是你给了她,给了我的女儿比父爱,比母爱更珍贵的亲情,是你给了一个近乎"弃儿"一生的家庭温暖。

四娘,安息吧!您的三个女儿个个都像她们的名字一样漂亮帅气,出人头地,家庭幸福,万事如意,甚至出类拔萃。你的儿子也像他的名字一样坚强勇敢,敢闯敢为,是一个铮铮铁骨的男子汉,现在已经是一个小老板,将来也一定会成为腰缠万贯的大老板。你的外孙也都大学毕业,也都成了才子才女。您知道吗?就是被您视为亲孙女的媛媛(我的女儿),你不是说只有她才姓师,才是你的亲孙女吗,她也没有辜负你的期望,如今她不仅上了大学,而且成了硕士,还要上博士,真正成了我们师家的自豪与骄傲。

安息吧!四娘,你留下的不是金钱、财富,而是取之不尽,用之不竭的精神食粮。你留下的是一座花园,三座"峰碑"。你的儿女,你的朋友,你的近邻,包括我们都会记着你的音容笑貌,记着你的乐观向上,记着你的孜孜教诲。记着您!记着您!记着您!永远地记着您!

不孝侄:师秉会

音容笑貌犹在,浩然之气永存

石 岩

公元二○一七年十月二十三日,农历九月初四,下午五时零五分,我的岳父,谭志英因病治疗无效而去世,享年八十一岁。

他十八岁参加工作,一生兢兢业业,一生光明磊落,一生正直不阿,一生朴实善良,一生热情好客。特别是在黄陵民政局工作期间,按说,他是会计,可以紧跟领导,可以不下乡,可以不进村入户,但他却走遍了黄陵县的每村每户,特别是贫困户,特别是鳏寡孤独,特别是孤儿寡母。用当时局长的话说:"黄陵县的贫困家庭,全在他的心中,谁家的窑门向哪面开,锅店门又向哪面开,老谭都知道"。

来他们家的总是些穿得破破烂烂的穷人,连他们的家人有时都吃不饱,但他却给这些人管饭。这些人也常带一点核桃或其他的水果,但在孩子们看来,恐怕都不够饭钱,可爸爸不一样,还是把这些人看成朋友,看成兄弟,甚至看得比自己的儿女还尊贵。你多少也算是国家干部,你多少还当了十几年的会计,别人,不要说别墅、洋车,总该有一套属于自己的家属楼吧,可你没有。你工作了一辈子,工资也不算低,可当你退休以后,你最疼爱的女儿出嫁,你想给她盖一间出阁的厦房,竟然是贷了三千元的款才盖的。

这就是我的岳父,我的爸爸!在他眼里永远没有什么穷人,富人,没有什么权贵,贱民;有的只是朋友、兄弟,父母,亲人。

他不仅在工作上忠心耿耿,兢兢业业,而且还是一个大孝子。那时候你已经是一大家子人了,但你的工资依然全部交给了爷爷奶奶。其实,在你的心里,不仅子女是你的亲人,父母兄弟更是你的亲人,你照顾的不仅仅是小家,更是大家。直到后来另了家,你还是忘不了孝敬爷爷奶奶,照顾兄弟姐妹。

前几天你走失了,整整四天三夜,我们也找了四天三夜,我们谁也想不到你会走到了十几里开外的沟底,那可是荒芜得连路也找不着的山沟,那可是长有一人多高蒿草甚至是荆棘的陡坡。可我今天终于想通了,你的思维一定又退到了四十年前,退到了那个缺吃少穿的年代,你一定是又想到了对面窑家店的那位姐姐,你想给他们吃的喝的,哪怕是一点安慰。可你没想到你已经八十一岁,八十一岁了。而且路早已荒芜了,他们也不再是当年的缺吃少穿,而是儿孙满堂,富裕有加。

那年,弟弟从四川回来了,带回来四辆越野车,十几个朋友,我把他们全都带进了你刚卸袋子的果园。叫他们尽情地挑,尽情地摘,自己挑的或摘的自己拿,他们每个人都高兴了,挑了满满当当两大箱子。说实话,我当时都有些不好意思,甚至想着等他们走后再给你几百元作为补偿,毕竟你不认识他们。可当他们要走的时候,你竟说他们不会挑,没摘到上乘的果子,还要送他们你前两天已经挑好的四五箱九零果子。我只是迟疑了一下,你就训我,对我发脾气,因此我也就再不敢提给钱的事了。他们的车装得满满当当,你却一分钱也没收,那可是上千斤上好的苹果!那可是几千块钱呀!

爸爸,你知道吗,弟弟的那些朋友虽都是些有钱人,但也都是些侠客义士,否则他们怎么会成为弟弟的朋友呢?可就是他们却都被你的人格魅力所吸引,一直都在等着你也光顾他们的家,而且他们一致地认为,你的身体很好,他们一定能等到你,来还你的这份热情,可你怎么就走了呢? 你不是已经允诺他们,"一定去!" "一定去!"你这不是失信吗?

我知道你的侄孙们都喜欢你,我知道你们在一块有说不完的笑话,那都是因为你的热情,你的好客,你的不拘小节,你的风趣幽默。

爸爸,你爱你的乡亲,你爱你的近邻,你爱你的兄弟,你爱你的姐妹,你更爱你的侄孙。你的点心,你的饮料,你的好酒,哪怕是成千上百的,都是他们的,他们都可以尝,都可以喝,都可以品。

我们常常笑话你不会过日子,不会算账。我们盖房,明明已经结算两清了,你却背着家人,要给他们每人买一件高级衬衫,要知道那出去的可是数百元。一根椽人家才要十二元,你却给十四元。你雇人挖玉米秆,雇人给你破柴,一天就给人家一百元。一年的电费也用不了那么多钱呀。

可是我们不知道,那是你想照顾他们,你看到的只是他们的辛苦,窘迫,但又不想道破,不想有伤他们的自尊,这又是怎样的善良。

正因为此,在你走失的时候,所有兄弟,所有子侄,所有亲戚,所有朋友,包括左邻右舍,几乎是全村的人都在找你。在原畔,在沟底,在玉米地,在果树地,穿越一人高的草丛,钻进数丈深的崖底,我们在呼唤,不断地呼唤,期待你的应答,期待你的归来。就这样,我们整整地找了四天三夜,我们终于找到了,你不知道我们有多高兴,有多高兴。

在你住院的日子里,探望你的几乎是全村,包括七八十岁的老人,包括不足十岁的小孩。无论是穷,无论是富,无论是做过官的,无论是平民百姓。送的东西堆满了床底,堆满了床的两边,几乎使照顾的人难以下脚。这不是金山银山,却胜似金山银山,因为这是亲戚、朋友,是左邻右舍,是所有乡亲的深情厚谊。

爸爸呀! 爸爸! 你可知道,他们中还有人没来得及看你。你可知道,你的侄孙们都在说"大难不死,必有后福",他们还在等着喝你的喜酒,开你的玩笑,吃你的喜糖呢? 可一向大方,一向热情的你怎么就小气了呢? 你可知道,我们兄弟姐妹才开始商量如何进孝,可我们还没有尽孝你怎么就走了呢?你难道真的要给我们留下永远的遗憾吗?

我虽说是你的女婿,自视自己精明,比你聪明,比你进步,比你看得远,我甚至讥笑您——我的岳父——我的爸爸。然而今天,我突然感到了我的渺小,我的愚钝、自私,因为和你相比,我永远也达不到你的万分之一。

您今天去世了,天地为您落泪,白云为您遮荫,山为您鸣,水为您哀,草木为您泣露。安息吧!我的岳父——我的爸爸——我的慈父。您已经实现了您的宏愿,不仅我们会记着您,您的兄弟,您的姐妹,您的侄孙,您的左邻右舍都会记着您,记着您,永远地记着您!

不孝婿:师秉会

二　娘

石　岩

在我的长辈中,我最不屑的就是二娘。我是正月二十二生的,第二天也就是灶爷上天的日子,听大妈说,生下我的那一天,二娘竟说什么"正好连上献灶爷",多么狠毒。我一直都记着这句话。

二娘与爸爸的怨仇似乎很久远。据说是二叔对爷爷不好,二叔是爷爷的亲儿子,原因只好归咎在二娘身上了。二叔要比爸爸大许多,爸爸与二叔拉板,爸爸一不留神,二叔一怒,锯子一抖,便打掉了爸爸的两颗门牙。所以他们兄弟十多年都不来往。

因为妈妈很早就瘫痪了,而且去舅舅家看病了,所以我几乎是在亲戚家里长大的,在大姑家,在小姑家,在大伯家,尽管大伯已经不在,但有大妈,我都待过两年或三年,唯独没在二叔家待过一天,甚至没吃过二叔家里一顿饭。

现在爸爸早已经去世了，老人中也只有二叔与二娘了，而且都已经七八十了。出于礼貌，每次回老家，也都象征性地买一点东西。大妈在世的时候，每次回去，都要给大妈一点钱，或五十，或一佰，但却从没给过二娘一次。大妈去世了，二叔也去世了，现在就只有二娘了，我回老家的次数却少了许多。

因为爸爸的悼词是我写的，三叔、四叔的悼词也是我写的，于是堂弟们都要我给二娘写一篇悼词，可我愣是推脱了，别人不知道，但我知道为什么，以至于二娘的奠礼上竟没有人致悼词。

下葬的时候，我忽然想起了二娘，想起了近年来，我每次回家，二娘总是有说不完的话，我也总是爱理不理的，她总是要我在家里吃饭，我也总是推脱。我走的时候，她总是给我要装这装那，我也总是不要，甚至已经给我装进了塑料袋，还是被我丢下了。她当时已经七十多岁了，还经营着一个小菜园子，种了各样的菜，可以说应有尽有。我每次回家，她总要给我装各种菜，什么青辣子、白菜、黄瓜、南瓜，还都是新鲜的，可我还是不屑，但老婆却喜欢这些。记得有一次，因为我只是到二娘家里转了一圈，就去了妹妹家里，在那里待了两个多小时，没想到，二娘为了给我送鸡蛋与核桃，竟在路上整整等了两个小时。

现在我突然看到了她，她似乎还在给我说着话，她就站在路边，正在等着我……可我，为什么就不能走出历史的阴影，为什么就不包容一点，她已经七八十岁了，她为了亲情，都已经放弃了自己作为长辈的尊严，她给我的每一样东西，可都是一份厚重的情感，也许是自慰，她多么希望我能接受。其实她并不欠我的，可我为什么就不能接受，我顿觉自己的狭隘与短视，禁不住泪如雨下。

音容笑貌常在，豪爽之气永存

石 岩

公元二〇一六年农历八月二十日夜十一时三十五分，我的姨父——张金民因病治疗无效而去世。姨父有五个儿女：雪铃、喜铃、芳铃、芳琴、军朴。"雪"代表高洁，"芳"代表清香，"喜"代表着喜悦的心情，铃铛也罢，琴也罢都是悦耳之音。可怎么就有一个"军朴"呢？"军"即"兵"也，"兵者"诡道也，所谓"兵不厌诈"，这怎么又能与"朴"搭配呢？然而我却知道，那是姨父为他最疼爱的儿子起的，是要儿子坚强、勇敢，同时要儿子质朴诚实。

姨父一生勤恳，且心灵手巧，别人烧砖烧瓦总是少不了三五个人，可你一个人包揽到底，挖土、和泥、做坯、装窑、煅烧，特别是看火候，别人是作为烧砖烧瓦的技术，从不外传，但你不仅自己会，还常常免费给别人看。这就是你，你不仅能烧砖烧瓦，还能当大厨，做"执事"，在农村，所谓的执事，就是主持全村各家办理婚丧嫁娶的，那可不是小事，但你却能办得井井有条，为人称道。你能为人上，却又甘为人下。

你是我的姨父，是认的姨父，是因为姨与我母亲都是四川人。我们没有任何的血缘关系，我们合伙做生意，那多半靠的是你的人事关系，但你从不说这些，也从不在利益上争高论低。人家常说，合伙的生意都没有好结果，甚至会影响到两家的关系，可我们却从没有过不快，甚至几十年如一日，亲如父子，兄弟。当年我和父亲都在山里工作，那里没有学校，母亲又远在千里之外，你愣是让弟弟在你的家里吃住。当时，你的四五个孩子都还小，就已经够你们照顾的了，可你还是收下了弟弟，而且视如亲子，这可不是一天，两天，一月两月，而是一年多。这是怎样的心胸，又是怎样的深情厚谊。

我们可以算得上是忘年交，你总是那么的天真朴实，相信人间一切都好，当我们一起说到外面复杂的社会现实，你总是张大了嘴，瞪大了眼睛，感到莫名的奇怪，我们因此也经常跟你开玩笑，那时候，你简直就像是天真烂漫的小弟弟。

你给儿子起的名字，其实就是你的信念与为人——勇敢、坚强，朴实大方。你待人热情，诚恳而又豪爽。前年的时候，弟弟从四川回来了，带回来四辆越野车，十几个朋友，虽然语言有些不通，但他们都被你的朴实与热情所感动，争相与你拍照留念，争相抢你的烟袋，抽你的旱烟。那时候，你的房子刚刚盖成，光亮无比，院子种了各样的花，特别是那牡丹，特别的硕大红艳，谁能想到那竟是一个年过七旬的老人种的。但比你那些花，你比它们更朴实，更热情，更美艳。随后你把他们全都带进了你刚卸袋子的果园，要他们尽情地摘，尽情地装，他们的车装得满满当当，可当他们要给你钱的时候，你竟发怒了，一分钱也不收，那可是上千斤上好的苹果！那可是几千块钱呀！据我们所知，你当时把所有的积蓄都盖了房子，身上已经分文不剩。你要知道弟弟带来的那些人，除了弟弟，可都是几百万，甚至上千万的大款，是大富大贵之人，但你却说，是弟弟的朋友就是你的朋友，一点苹果怎么能收钱呢？

姨父，你知道吗，弟弟的那些朋友虽都是些有钱人，但也都是些侠客义士，否则他们怎么会成为弟弟的朋友呢？可就是他们却都被你的人格魅力所吸引，一直都在等着你也光顾他们的家，而且他们一致地认为，你的身体很好，他们一定能等到你，来还你的这份热情，可你怎么就走了，你不是已经允诺他们，"一定去！""一定去！"你这是不是失信呢？

姨父，你今天去世了，你的儿女们就是你的骄傲，你倾尽所有盖的宽敞明亮的四合院，就是你的血汗与泪水，就是你的黄金白银，就是你的珠宝、钻石，就是你的纪念碑。也许比你的四合院大得多，亮丽得多的房子，甚至别墅有的是，可哪一座是真正干净的，用自己的血汗与泪水盖成的。

安息吧，姨父！你虽没有一官半职，你虽没有大富大贵，但你

的人生依然辉煌,你的音容笑貌常在,豪爽之气永存

不孝侄:师秉会

岳母大人千古

石　岩

2017 年 2 月 2 日,农历正月初六,我的岳母,不,我的母亲大人在她引以为豪的大儿子家中因病去世了,享年八十一岁。

我不知道母亲大人去世的具体时间,我也不知道母亲为儿女们留下多少财宝,或者说身上有多少钱。但我却知道她也曾出身名门大户,养育了五个儿女,那时父亲工作在外,她一个人在家,那样的年代,她又吃了多少苦,受了多少罪,看了多少白眼。

母亲大人也曾娇生惯养,但却是一个孝女,在她父亲的晚年,由于被定为地主成分,家道中落,据说,每三天就要子女抬着竹篮给父亲送一次饭,而且要接上下一次。在那样一个缺吃少穿的年代,在那样一个连自己都吃不饱,穿不暖的年代,在那样一个女儿白要,养儿防老的年代,但她作为女儿——出嫁的女儿,却几乎尽到了做儿子的责任,你能说她不是孝女吗?我们儿女五个,请问谁又学到了,谁又做到了?母亲大人享年八十一岁,可谁又真正地侍候过她???——给她端吃、端喝,哪怕是三年五年,不,哪怕是一年半载,甚至是三个月五个月。您今天突然去世了,我们有愧!我们有愧!我们心中有愧呀!我们姊妹五个,哪一个不是你一把屎一把尿拉扯大的,甚至还包括孙子。

我是你的女婿,但在我的面前,你从不拿架子,我们甚至经常地开玩笑,抬杠。那是因为在我的心中,您就是我的母亲,我们母子最多的交流方式就是开玩笑、抬杠,但我们谁都不会计较,而且充满着欢声笑语,那是因为你的平易近人和宽宏大量,那是因为你有仁爱的美德和宽广的胸怀。

你一生吃素,一生行善,早就有神姑说你是菩萨了,说是因为我们不敬,所以神才百般地折磨你的身体,但我们不信,可今天我们信了,您一定会成为真神。

我们经常讥笑您爱做剩饭,用您的话说"大锅饭做惯了,没办法了"。那是因为每一顿,您都准备了儿女的,孙子的,甚至是重孙和叔伯的,怕他们来了,或者说等着他们,这里面又包含了你多少企盼,多少等待,多少爱心。

您好像总是欠我们什么一样,什么好吃的,好喝的您都为我们留着——为您的儿子、孙子留着。您总觉得没有为我们留下洋房别墅,甚至工作钱财。您总是自强,自立,到了八十多岁还不肯接受我们的侍候与照顾。我告诉你吧:作为平常人,作为百姓,您能把四五个孩子养大成人,您就已经是一个伟大的母亲;您独自持家,善待友邻,孝敬父亲,您就已经顶得上七尺男儿;您一生吃素,行善,您就已经修得菩萨真身,能给子女别墅、权位的,那是贪官污吏。

安息吧,母亲大人,您的一生是磊落的,光辉的,甚至是伟大的。今天您去世了,云为您布,天为您阴,草木为您而枯,大地为您落泪,万物为您致哀。不仅您的儿孙会记着您,您的女儿、女婿、叔伯、乡邻都会记着您,记着您,永远地记着您。

不孝婿:师秉会

关于祥林嫂的姓名

石 岩

祥林嫂是鲁迅《祝福》中的主人公。那她是姓"祥"吗?小说中这样说:"大家都叫她祥林嫂,没问她姓什么,但中人是卫家山人,

堂上奏乐笛清哪胜箫合

129

既说是邻居,那大概也就姓卫了。""等到十几天之后,这才陆续地知道她家里还有严厉的婆婆;一个小叔子,十多岁,能打柴了;她是春天没了丈夫的;他本来也打柴为生,比她小十岁。"可见她并不姓"祥",而是姓"卫"。原因就是卫老婆子是卫家山人,祥林嫂是她的邻居。但婆家是她的邻居,还是娘家是她的邻居呢?

从后文"卫老婆子忽而带了一个三十多岁的女人进来了,说那是祥林嫂的婆婆。"说明卫老婆子对祥林嫂的婆婆很熟悉。试想,如果说卫老婆子是祥林嫂娘家的邻居,那她何至于认识其婆婆,而且这样的熟悉,甚至于串通一气"合伙劫她去"。

从"——我们山里人,小户人家,这算得什么? 她有小叔子,也得娶老婆。不嫁了她,哪有这一注钱来做聘礼? 她的婆婆倒是精明强干的女人呵,很有打算,所以就将她嫁到山里去。倘许给本村人,财礼就不多;唯独肯嫁进深山野墺里去的女人少,所以她就到手了八十千。现在第二个儿子的媳妇娶进了门,财礼花了五十,除去办喜事的费用,还剩十千。吓,你看,这多么好打算? ……"看,卫老婆子显然与祥林嫂的婆婆要亲近得多,对她是赞不绝口,甚至为有这样会打算,精明强干的邻居而自豪。这就更说明卫老婆子的娘家是祥林嫂的婆家,说明祥林嫂的婆家姓卫。既是祥林嫂的婆家姓卫,按照封建礼教的要求,同姓即为一家,不通婚,也就是说祥林嫂是不可能姓卫的了。

那么祥林嫂到底姓什么呢? 我以为结论还是不知道。一个人为什么竟至连姓也不知道,我们从"大家都叫她祥林嫂;没问她姓什么"就可以看出了,正是由于人们不关心她的姓氏,只把她看成男子的附属品,用男人的名"祥林"加一个通称"嫂"作为她的代号,其实就是说祥林的媳妇。至于她姓什么,叫什么则无人过问了。这看似无意,其实则是有意,正如《阿Q正传》中的阿Q无名无姓一样。说明她没有任何的社会地位与家庭地位,这正是封建礼教的产物。

因此,我们说祥林嫂其实是无名无姓的,是作者有意的安排,也是反映封建礼教蔑视妇女地位的证据。

说到祥林嫂的无名无姓,我们不禁会联想到"柳妈",那么柳妈是否也无名无姓，我以为柳妈大概也不姓柳，而应是她儿子姓柳，夫死随子，所以用她儿子的姓氏与她在家中的位置来称她了。从她能到鲁家做佣，而且"蹙缩得像一个核桃"可以看出，她其实就是与第一个丈夫有了孩子，并未改嫁的祥林嫂。也就是说，如果祥林嫂第一任丈夫死后留下了儿子，那现在的柳妈就是她了。她受封建礼教思想的毒害更深。因为祥林嫂还不知道"那两个死鬼的男人还要争，阎罗大王只好把你锯开来，分给他们"，而她却知道，并且深信不疑。有人说柳妈是善人做了恶事，我以为如果要让柳妈在那种情况下改嫁，一定也是一样的结局，因此我说，柳妈其实是祥林嫂形象的补充，她使得祥林嫂的形象更加完整。

说说《祝福》中的"我"

石　岩

在鲁迅的小说《祝福》中有一个新派人物"我"。他能看清社会的黑暗，心中有所不平，对封建守旧派有强烈的憎恶和反感。那么小说中的"我"就是作者吗？

当"我"遇见祥林嫂问"一个人死了之后，究竟有没有魂灵的？"时，竟答："也许有罢，——我想。"

在回答前"我"有过这样的自述："对于魂灵的有无，我自己是向来毫不介意的"，由此便可以推断，"我"是深信没有魂灵的。可为什么回答祥林嫂关于魂灵有无的问题时，却说"也许有罢，——我想。""我"在这里是敷衍了事吗？既是敷衍了事，为什么"心里立刻产生一连串的不安，还要想这想那？

当鲁家短工告诉他祥林嫂死了时，他的反应又是那样的强烈："'死了？'我心里突然紧缩，几乎跳起来，脸上大约也变了色。"而且特别追根究底地要问个明白："怎么死的？"内心惊惶了好一阵子，"还似乎有些负疚"。

接下来就"静听着窗外似乎瑟瑟作响的雪花声,一面想,反而渐渐的舒畅起来。"甚至于想到了城里的"清炖鱼翅""价廉物美"。

结尾又写道:"——我在这繁响的拥抱中,也懒散而且舒适,从白天以至初夜的疑虑,全给祝福的空气一扫而空了,只觉得天地圣众歆享了牲醴和香烟,都醉醺醺的在空中蹒跚,豫备给鲁镇的人们以无限的幸福。"

于是有人说文中的"我"世故"圆滑乖巧",在社会斗争面前抱着玩世不恭的逃遁态度,是一个苟活的知识分子,似乎根本就不是作者了。

我以为,小说中的"我"就是现实中的我——作者的形象。

我们从《呐喊》自序里可以知道,作者曾是一个有理想有抱负的知识分子,但当他在作了努力之后"感到未尝经验的无聊"是独自在生人中,并无反应的叫喊。

首先就说说"我"明明是不信神的,可为什么在祥林嫂问到灵魂的有无时却说"也许有罢,——我想。"

其实文中"我在极短期的踌蹰中,想,这里的人照例相信鬼,然而她,却疑惑了,——或者不如说希望:希望其有,又希望其无——人何必增添末路的人的苦恼,为她起见,不如说有罢。"已经有过交代了,即思前想后,为了她才说"也许有罢,——我想。"

既然"这里的人照例相信鬼"我说没有能起什么作用呢?

从后文中"她大约因为在别人的祝福时候,感到自身的寂寞了"就可以看出,作者这样说的目的则是为了安慰她,使她有一点希望——最终能进入天堂,和家人团圆。

然而她却想到了地狱,这也正是我"吃惊""支梧"的原因。

也就是说,我这样说是出于善意,但结果却给她带来了恐惧。于是"我""便想全翻过先前的话来"。这才有了"那是,——实在,我说不清——。其实究竟有没有灵魂,我也说不清。"

然而说"没有灵魂"就一定好吗?

从祥林嫂的疑惑态度来看,"我"的"说不清"也许正是她死的原因。

从文中我们知道,对祥林嫂最后一击的是死后要被阎罗大王锯开来。

从"一手挂着一支比她更长的竹竿,下端开了裂"可以看出祥林嫂沦为乞丐已有很长的时间了。这么长的时间,尽管她身心备受折磨,可为什么没有寻死,却在别人"祝福"中死了呢？也许在祥林嫂的心目中,活着受人鄙视,被人嘲笑比死更难熬,但死后更可怕。她之所以活着,是因为怕死后入"地狱",怕被"阎罗大王锯开来"。现在的"说不清"与她的"疑惑"加起来得出了没有"地狱"的结论,即死后不会入"地狱",不会被"锯",于是乎她选择了"死"。照此说,"我"的"说不清"也许正是祥林嫂死的原因。

我想这才是听到祥林嫂死的消息后我"不安""惊惶"甚至于"负疚"的真正原因。

因此,我以为小说中的"我"指的就是当时的作者。

这里需要一片蓝天

石 岩

在近代史中,有西方列强在华大量使用童工的章节,说他们采用延长童工的劳动时间来剥削我们的童工。说有的童工工作达到了十二个小时,已不堪重负。可是到了现代文明的今天,你知道我们的校长是怎么说的吗？

"为了安全,为了质量,我们教师的二十四小时都是上班时间。"

"安全"是什么？就是学生中不能出现打架事故,不能出现交通肇事,不能上街,不能入市,不能外出嬉水,不能上山,不能入林。"教师私自组织外出者,一切责任自负！"

"质量"是什么？就是学生的人均分,就是学生的上线率。省上抓,市上抓,县上抓,局里抓,学校抓,教师抓,这万根绳索全勒在了学生的脖颈。

教师们叫苦连天,其实最苦的不是教师,而是我们学生。

为了所谓的安全，我们几乎失去人身自由。就连那仅有的课间活动我们也不得走出校门。

因为省上要给市上排名，市上要给县上排，县上要给学校排，学校要给教师排，凡是排在后面的都要受到批评或处罚。当然教师也要给我们学生排名，排在后面的自然也就免不了批评或体罚。为了所谓的学习，为了所谓的均分，为了所谓的名次。我们几乎没有自己的一分一秒。听课，背诵，做作业，辅导，做练习，考试。考试，背诵，做作业，做练习，又是辅导。

早上六点钟就得到校，因为早上有操前辅导，五点钟就得到，午间与下午有饭后辅导，晚上的三节自习也都是辅导，甚至还有自习后辅导，学校有安排，教师要点名，教师不到就要受到校长或主任的批评教育甚至处罚。学生不到也就一定会受到教师的批评教育或处罚。每天除了一节早读，八节课，两次操外，辅导就达五六节。

早读，上课，自习，除了吃饭时间，我们几乎全是在听课，背诵，做作业，辅导，做练习，考试中度过，直到晚上十点半。

教师的所谓二十四小时上班，大概是说十点半以后还要巡查校园。但那毕竟还有个换班的。再说教师毕竟还有个没课的时候，虽说有批改作业与备课的任务，但总可以自己支配。而我们，在这样的绳索下，却又不仅仅是课堂上，自习上占时间。因为这些来自高端的无数的"抓"，教师竞相讲课，竞相辅导，竞相布置作业，竞相布置练习，竞相布置背诵任务。我们要成为"好孩子"就必须舍弃活动时间，挤占休息时间，抓住吃饭时间，也只有舍弃活动时间，挤占休息，抓住吃饭时间，才能完成教师们竞相布置的各项学习任务。可是有谁知道处在最活泼的年龄段的青少年的我们却不会最简单的体育器材，甚至不会打篮球，导致我们的手足笨拙，发育畸形。有谁知道我们的吃饭只能是囫囵吞枣，狼吞虎咽，导致我们一个个不是肠胃炎就是肠胃溃疡。又有谁知道我们休息的床是桌凳而不是棉被。因为我们等不到完成作业的那一刻就在桌凳上睡着了，我们又时刻会惊醒，多数同学完成作业都已超过了十一二点，甚至到了一两点，鬼知道我们的休息时间是多少。可以说我们的身心都受着双重的摧残，以至于我们都表现得精神委靡，甚至恍惚；面黄肌瘦，甚至高度近视。

说到抓安全，比抓质量的绳索更紧。我们学习的文件最多的是安全；我们校级领导抓得最多的是安全，我们的主任检查得最多的也是安全，我们的班主任跑得最多的也是安全。怕引起火灾，我们的学生不得在教室或宿舍点蜡烛或持有蜡烛；怕同学们打架，我们的同学不得带任何的刀具；怕疾病在同学们中传染，我们的同学不得在校外就餐；怕同学们嬉水被淹，我们的同学不得进入湖区河道；怕学生出现交通事故，我们的教师不得组织任何形式的校外活动，包括参观游览。为了同学们的安全，我们的校长宣称：我们的教师二十四小时都是上班时间，学生不入睡班主任就不得入睡。为了同学们的安全，我们的门卫二十四小时值班，实行三班倒。为了学生的安全，我们层层签订承包负责的责任合同，包括与家长、与店主人的合同。安全作为我们学校的第一要务，可谓铜墙铁壁。

然而不知是强盗们有意要展示一下自己啃硬骨头的能力，还是阴差阳错，老是往硬处碰，总是与我们学校过意不去。三天两头地进入我们的校园、学生宿舍，抢劫我们的学生。而且每每都是我们领导们快要赶到时便逃之夭夭。

然而教师们、校长们、高端的领导们却都说是为了我们，说什么我们是时代的花朵，是他们的希望与未来，我们的家长也一味地赞成，甚至于连校长的处罚，教师的体罚也视为天经地义：谁叫你不用心听课？谁叫你不参加辅导？谁叫你不理解背诵？谁叫你不完成作业？谁叫你不认真复习？谁叫你成绩下降？就是没有人问谁夺走了我们的休息时间？谁夺走了我们的吃饭时间？谁又夺走了我们关注草地，关注森林，关注池塘，关注山脉的时间与权利？谁又夺走了我们的健康——心灵的健康与身体的健康？谁把我们心中的这个美丽，甚至充满浪漫色彩的大千世界变得抽象，模糊甚至变得面目狰狞，令人厌恶？

上面这些还是我们的"好孩子"，幸运儿。而我们这些"不听话"的遭遇就更难说了。因为我们没有参加辅导，学校的领导要批

堂上奏乐笛清哪胜箫合

评处理教师,教师便要批评处罚我们。因为我们没有完成作业,学校的领导要批评处理教师,教师便要批评处罚我们。因为我们没有遵守学校的安全守校制度,学校的领导要批评处理教师,教师又要批评处罚我们。因为我们成绩下降了,学校的领导要批评处理教师,教师便要批评处罚我们。在学校,我们几乎没有一天的日子好过。领导批评我们,教师批评我们,家长知道了还要揍我们。可有谁能知道我们的难处。

最难的还在于统考与中考。学校为了不让我们的成绩影响到学校或班级的均分,不让我们参加考试,或者直接动员我们退学,或提前上职中,说是动员,其实则是逼迫。据我所知,我们初级中学各校学生的失学率几乎都在百分之五十以上。有人说是社会风气造成的。我说是我们的教育制度与评价体系造成的。为什么就不能让我们力所能及地学习?为什么就不能选择我们感兴趣的东西学习?为什么就不能让我们边认识社会,边学习书本知识?为什么就不能让我们全面健康地发展?真的我们的头脑就只能装载公式,装载定理,装载作者,装载文章而不能有我们自己的东西,自己的思维,自己的理想?

为此,我代表我们中小学的学生,强烈要求给我们一点自由的空间和时间,给我们这里的孩子一片蓝天。

说 气 质

石 岩

同学们早上好!我今天要和同学们讨论的是一个沉重而又严肃的话题,那就是我们的气质。

你进过城市吗?你知道你在城里的表现,城里的形象吗?你又知道城里人是怎样看待我们的吗?他们又是凭什么来认识我们的吗?我今天就告诉你,他们看的就是你的气质。

你要进城找工作,中介所的工作人员要看你的气质,老板经理也要看你的气质,工作以后同事也要看你的气质,由你的气质决定你在他心目中的地位和分量。你是否听到过他们对你的评价:"一看就是农村来的"。弄不好,你不仅找不到工作,甚至成了小偷、敲诈勒索者的猎物,更有甚者,会把你侮辱为犯罪分子。这又凭的是什么? 我说还是你的气质。

在城里学习过,工作过,或生活过一段时间的人,你会发现他们都变了,当过兵的人变化最大,这变化的又是什么呢? 我说还是气质。

也许你始终想不通,我们的气质怎么了,哪里不如人? 那是因为你生活着的周围这样的人太多太多,你自己看不到你自己的形象而已。还是让我告诉你:低着头,哈着腰,弯着胳膊腿,缩手缩脚,不知道回答问题,也不知道举手提出问题的,永远迈着八字步,慢吞吞走路,甚至时不时偷窥着老师或他人或前面的那个人就是你,这也就是你的气质。你说如果你是老板,你是经理,你是厂长,你能信任这样的人吗? 你能用这样的人吗? 你敢让这样的人独当一面吗?

因此,我们要从小事做起,从现在做起,改变我们的这种形象,这种气质。城里的生活工作习惯能改变人的气质,军旅中的纪律能改变人的形象与气质,学校的生活照样能改变人的形象与气质。

课堂上,我们就应该仰起头,挺起胸,认真地听,仔细地思考,敢于回答老师提出的问题,并发表自己的见解与主张。做操的时候用点劲,伸直你的胳膊,伸直你的腿,走路的时候加快步伐,至少要分清你是在散步,还是在工作,或赶着去完成任务,造就一个严肃活泼的你,轻松愉快的你,乐观向上的你,潇洒自如的你。一旦形成了习惯,那就形成了你的气质。

同学们,从现在做起,从小事做起,从课堂听课的姿态做起,从回答问题和提问题做起,从做操做起,从走路做起,从生活中的点点滴滴做起,重塑一个潇洒帅气的你。因为它关系到你的形象,你的地位,甚至你的前途和命运。

过桥乌龟

石　岩

2000 年我调进了一所高中,也可以说实现了我的志愿,成了名副其实的高中教师。因此我便努力地做,想做一个好的高中教师。

我领到一本学校的制度汇编,条条框框太多,我已很难记清楚了,似乎与自己有关的并不多,因为自己一向安分守己。但就其责任制,评优树模,用人制度还是琢磨了好一阵子呢。

琢磨的结果是责任制很不合理,主观因素太浓厚,绝非个人努力就能留守或成为先进的。于是立刻找领导谈意见,领导似乎非常的感谢,但制度却没有丝毫的改变。

努力吧,不管制度怎么样,自己只要努力了,哪怕是考核在后面,也就不能怪自己了,省得吃后悔药。

不过还好,连续两年,虽没出人头地,也没落在后面。

然而有一年,我却发现考核在最后的竟又成了学校的模范,并出席了县上的表彰大会,还受到了特殊奖励。而我考核进入了前三名却依然不是先进。似乎这先进、模范与考核并没有关系。然而有时候,则考核在后面的又必得落聘。

后来从用人上,我终于发现,学校特别重视在报刊上发表作品,凡是表扬、重用者多是在报刊上发表过作品或者获得过奖励的。于是我也从这方面努力。我终于也有作品在国家级刊物上发表了,也获奖了。可却没人注意到,别说重用,连表扬也没有了。

其实,一切的制度都是人定的,也是由人操作的,人才是中心,是根本。我突然想起一个寓言:说是一个修善的人,要煮一只乌龟吃,可他又不想承担杀生的恶名,于是就与这只龟定了一个契约:在锅上放了一根擀面杖,要乌龟往过爬,说是如果能爬过去就放过它。生命攸关,当然这只乌龟得用心爬,竟然爬过去了。可是这位修善人却又说:"你已经爬过去一次了,就再爬一次吧!你一定还会爬过去的。"就这样,直到乌龟掉进锅里。其实,这与乌龟能不能爬过那口锅并没有关系,那只乌龟的努力也只是枉然。我在这里大概是用反了的。那寓言说的是主人想吃乌龟找借口,我说的则是领导们的用人大计。至于落聘,那当然则是同理了。

合作共赢是历史发展的必然

石 岩

有一个过独木桥的游戏:大家分成若干组,两人一组相向过独木桥,谁用的时间最少,谁为赢家。最后淘汰出冠亚军。

一般的人都是将对方推下河,然后迅速地过河。可是在游戏中有一对,他们拥抱着挪了一下位置很快就都到了河的对岸。

裁判立即判他们违规,但这俩却说,你不是说两人相向而行,到彼岸用时最短的为赢吗?我们就是照着你们的规定做的呀?为什么说我们违规?

关于这一点我也觉得这两位是违规的,因为如果人人都如他们,那还能决出最后的冠亚军吗?这就是竞争,因为这一游戏本就来自于山羊过独木桥的竞争。

但这也只是动物的竞争,人也是动物的一种,所以早期的人类也用这一原则,为此,达尔文在两百年前就提出了"物竞天择,适者生存"的进化论观点。

但人类毕竟是人类,随着人类文明的进步与发展,到了二十一世纪,"你死我活"的竞争已经成为人类道德谴责的对象。不是有人说吗?"不能把自己的幸福建立在别人的痛苦之上""让别人流泪的人,自己眼里就会滴血"。所以我们要发展自己,但绝不能损害别人，这也就是"和谐社会"，"共同发展"。人类发源于动物，但却高于动物的智商，他不仅看到了对方占有多少，还看到了去竞争的风险，看到了更为广阔的世界。如这只要去竞争的山羊，它也许只看到了对方占有的那片草地，"人群"，却没有想到自己也可能会掉进河里或悬崖；它没想到，可能其他地方有更鲜美的草地，更大的"人群"；更别说有什么高尚的道德标准了。但人类就会想到这些，就会有文明与道德的规范与要求。

但人类的文明也是有一个发展过程的，竞争也无处不在。这也正体现着某些人的文明程度与眼光。

就拿我们同学的学习来说吧，可能和你并列的有几名同学，他们也许就是你眼中的竞争对手，你可以和他们比用功的程度，但却绝不能保守，甚至可以交流学习的技巧和经验，实现合作共赢。否则你可能一时之间战胜了你的对手，你可能在你这一个班级取胜，但你永远不可能战胜其他班级的对手。假如说你是你们班内通过"保守"决出的第一，而人家是通过"合作共赢"决出的第一，那你肯定比不过人家。因为人家集中了众多人的智慧，而你仅仅是凭借一己之力。

再如企业，有人就只盯着自己旁边的，总想着与人家争地盘，争资源，争市场。我们为什么就不能把眼光放远一点，去外面的大千世界。

再如大国与小国或强国与弱国，现代的国与国之间也绝不能用"你死我活"的理念来"竞争"了。西方列强那种掠夺式的资本积累早已经被扫进了"耻辱"的垃圾堆。就算"你死我活"，那你也得不到什么好处，反而会被正义谴责。如美国打伊拉克，打利比亚，得到了什么？又带来了什么？得到的只是全世界正义国的谴责，带来的只是战争与恐怖。

大国与大国，更不可能做到"你死我活"。记得中日关系因钓鱼岛而紧张，甚至到了剑拔弩张的地步，有一个美国将军发狠话说："美国的核武可以将中国毁灭五次。"我们就有一位将军说了"我们只需要将美国毁灭一次就够了，为什么要毁灭五次呢？"所以说，一个大国绝不可能被另一个大国打败，只能是相互的毁灭。

再说,国与国竞争的目的是什么? 不还是为了提高本国人民的生活水平。如果恶意的竞争只能恶化人民的生活水平,甚至带来的只能是战争与恐怖,那又何必要去竞争。

习主席造访美国,提出建立新型的大国关系,即"合作共赢"这绝对是历史的最强音,也一定是历史发展的必然结局。

总之,合作共赢是文明的要求,是眼光远大的展示,是人类道德的发展,是世界发展的潮流,更是现代历史发展的必然。

看　齐

石　岩

第一节晚自习已经下了,我急着回家,可车开到了门外却发现将手机落在了办公室,我便想将车停在门口的停车位上。

我自信自己的开车技术已经大有长进,正好边上已经有一个在停的小车,我想,两个车的大小型号都差不多,就把那个车作为自己的参照物,与那车的头看齐。

既然有了参照物,那也不用慢慢地看了,一踩油门便竟直倒了进去,可还没有倒齐,车却突然重重地颠了一下,然后就再也动不了了。

我慌忙下来跑到车后去看。原来车子的后轮已经掉进了后面的水沟里,被后保险杠抬在了空中,而且后保险杠已经碰裂了,看来又得换了。

这才发现,我只顾与邻车的前面看齐而没注意到后面的水沟是斜的,到自己这里的时候已经不足两米了,我甚是后悔。

其实生活中这样的事例也不在少,似乎已经成了一个理由。

譬如说,人家的小孩子要了一个糖葫芦,自己家的孩子也要,孩子会觉得是理所当然的,家长也觉得在理。人家的孩子有漂亮的衣服,自己的孩子要穿漂亮衣服也就理所当然了。人家给孩子

堂上奏乐
笛清哪胜箫合

举办生日宴会，一比较，似乎自己也应该给孩子办。孩子也觉得这是应该的。

再到大的方面说，人家给孩子找了工作，买了房子，甚至买了小车。自己也似乎应该这么做了。孩子觉得这是父母应该做的，父母没有做到，孩子便觉得这是父母亏欠自己的，父母也觉得自己亏欠儿子。

再说到浪费，现代的攀比之风盛行，比衣服的档次，比结婚时的排场，比车子的品牌，比房子的高档，比墓地的价钱，比葬礼的气势。

穷的讲究"看齐"，富的讲究"超越"。

我们不学富人的"超越"，但总得和人家"看齐"，这似乎已经成了世人的"公理"。

可是我们是否思考过这"看齐"背后的陷阱与不平。

就从孩子说起吧。别的孩子有能真飞的飞机玩具，可人家的父母有车有房，出门住的是高级宾馆，生活无忧。而你，父母住的是草屋，开的是架子车，甚至经常为吃饭发愁。你说这又是怎样的"公理"呢？

是的，你看到了别人孩子生日的排场，可你是否也看到了别人父母生日的排场，你又给你的父母过过几次那样排场的生日呢？

找工作，买房，买车，那更得看你父母的具体情况了。总不能让父母们受罪，来为我们服务吧。常言说"不能把自己的幸福建立在别人的痛苦之上"，难道我们就能够把自己的幸福建立在父母的痛苦之上吗？

其实这"公理"本来就是错误的，就像八国联军强迫清政府签订一系列不平等的条约一样。你给了他某种利益，就得给我某种利益。"和尚摸得我摸不得？"举个简单的例子，有两个人分别打了某人一巴掌，第三个人过来说，既然你能让那两个人打，为什么不能让我再打你一巴掌呢？你认为这在理吗？

法律赋予我们的平等不是与别人或别家的孩子"看齐"，如果要看齐，该是与自己的家人看齐，不仅要看到"享受"，也要看到付出。

至于比衣服的档次，比结婚时的排场，比车子的品牌，比房子的高档，比墓地的价钱，比葬礼的气势，那就更没有必要了，因为那毕竟是用一时的痛快换来的是半生的烦恼。

最后我再一次给年轻人说一句，无论如何，也千万不可将自己的幸福建立在父母的痛苦之上。那将会受到良心与道德的审判。

读《我的空中楼阁》有感

石　岩

读过李乐薇的《我的空中楼阁》，乍觉小屋不同凡响，妙趣横生。然而细一思量除去它的"高"，其实则是我们这山里最常见的一座瓦房。可在作者的笔下为何就变得妙趣横生了呢？

分析家说，小屋之所以变得妙趣横生，是因为小屋在山上，小屋有树衬托。

我们国家百分之八十的都是山区，哪里能没有山呢？至于树木，不仅农村多得是，而且可以说树就是住家的标志。无论我们走到哪儿，要找一个村子，首先看到的就是树，有了许多的树，才能证明那里有一个村子。不仅是农村，现在就连城市也都搞起了绿化，到处都有大大小小的树。说山、树、屋三者互为背景，互作点缀。哪里的山、树、屋不是这样子呢？

我们都在同一片蓝天下，作者所描绘的"无形的围墙"，小屋的明与暗，出入的交通要道，还有所谓的"一幅巨画"其实都是我们周围的一草一木。

然而在作者笔下，山变成了"眉黛"，小屋变成了"眉梢的痣一点"。多么的诱人，多么的性感。充满了生气灵性和风度。我们怎么就观察不到呢？

"小屋"是作者塑造出来的一个自由、独立贴近自然的生活环

堂上奏乐
笛清哪胜箫合

境。其中寄托着他个人的理想与追求。作者穷尽笔力写自己心爱的小屋，但并不是纯客观地写小屋，而是在描写中处处渗透着作者的主观感情，寄寓着作者的主观志向和情趣。因此，这些外在景物实际上是作者内在精神的体现，所谓小屋、绿树、花、山，它们的活力、轻灵、自由、开放无不是作者精神外化了的景物特征。由此可以推知，文章对小屋与周围环境的描写与赞美，表达着作者对自由生活、独立人格的强烈追求和向往，这就是作者的"志"。以对小屋的描写为例，作者特意让小屋踞于"高高的山坡"上，强调"山路和山坡不便于行车"，这里已暗含远离"人境"之意；文章最后，作者又特意强调这小屋已成了"空中楼阁"，而这空中楼阁又占了"地利之便"，可以充分享受自然，而不需人为的装饰，表明了作者对超然物外的自由和独立生活的向往。全文虽未明言情志，情志却无处不在，景语即为情语；景物描写越生动、形象，蕴含的情志就越具有感染力。

从我们的角度看，因为我们缺乏的是欣赏的眼光。正如川端康成所说的"美是亲近所得，是邂逅所得"。

一切为了安全

石　岩

这可是一个有着两千多学生，两百多教职工，二十多个主任，四个副校级，两个校级领导的大学校。据说这里的主任有一半都是当过小学或中学校长的，或有着同等资历的拔尖人物。

这里的会非常多，什么例会，周会，班主任会，年级组会等等等等，有时候一天就要开两三次会，每会必讲安全，或者主题就是安全。

这里学习的文件最多的是安全；这里校级领导抓得最多的是安全，这里的主任检查得最多的也是安全，这里的班主任跑得最多的也是安全。怕引起火灾，这里的学生不得在教室或宿舍点蜡烛或持有蜡烛；怕同学们打架，这里的同学不得带任何的刀具，哪怕是铅笔刀；怕疾病在同学们中传染，这里的同学不得在校外就餐；怕同学们嬉水被淹，这里的同学不得进入湖区河道；怕学生出现交通事故，这里的教师不得组织任何形式的校外活动，包括参观游览。为了同学们的安全，这里的校长宣称：这里做教师的，二十四小时都是上班时间，学生不入睡这里就不得入睡。为了同学们的安全，这里的门卫二十四小时值班，实行三班倒。为了学生的安全，这里层层签订承包负责的责任合同，包括与家长、与店主人的合同。安全作为这里学校的第一要务，可谓铜墙铁壁。

然而不知是强盗们有意要展示一下自己啃硬骨头的能力，还是阴差阳错，老是往硬处碰，总是与这里学校过意不去。三天两头地进入这里的校园、学生宿舍，抢劫这里的学生。而且每每都是这里领导们快要赶到时便逃之夭夭。

总算是上天不负有心人，这回，有学生看到两个社会青年正在公寓楼里诈取学生的钱财，据说两个强盗还不知道有学生向班主任汇报，且刚刚封住三楼的门开始抢劫。

班主任的后面已经跟了三四个学生正急匆匆地赶往政教主任的办公室，因为按学校的分工，政教主任是总管学校安全的，当然得找他。政教主任也是一位守岗绝不马虎的人。他正在办公，学生与班主任几乎激动得要流泪了。只要我们现在去封住公寓楼的出口，抢劫犯就在劫难逃了。

政教主任二话没说就领着班主任与三四名学生往公寓楼这边赶。

政教主任忽然好像想起了什么，又折回来了，而且叫回了班主任。

"不，我们得给派出所打个电话，让人家出面。"说着政教主任掏出了手机。

"不，我们得先向校长汇报，不能先给派出所打电话。你们先在外面等一会儿，我给校长打个电话。"说着政教主任又进了办公室。

145

一分钟,两分钟,三分钟,——半小时竟过去了却还不见政教主任出来,也许是校长还没有决断,也许是校长的电话打不通吧!真是急死人了。

终于又有学生报告:"抢人的已经出了公寓楼正在越墙逃跑。"

"追!"这回政教主任的命令下得干净利索。

班主任跑在最前面,学生与政教主任尾随其后。他们迅速地追出了大门,然而墙外早已是空空如也了。

后面又跑来了一个学生报告最新的消息:"三楼的学生全部被抢,全是现金。"

"赶快向派出所报案吧!三楼住的学生最多。"班主任建议。

"报啥哩报?我们又没抓住人,报了也是白报,派出所能抓住人?嫌我们学校不乱?"政教主任反问道,"都到教室里走,上自习了!"这大概是政教主任第一次关心同学们的学习。然而他是聪明而敏感的,立刻感到自己说的话有些越位或失职了,便补充道:"其他的事等候学校处理,不准出去说三道四。"

这既是说给学生的,也是说给班主任的。这可不是什么建议,而是命令,政教主任毕竟是政教主任,他考虑得更多的是学校的荣誉。这一切可都是为了学校的安全呀!

时间不能浪费

石 岩

今年,我们学校实行了所谓"换挡提速,加压奋进"政策,于是便从点名开始了。第一节提前三十分钟点名,第二节提前十分钟点名,除上"反光镜"外,且均记入考核,作为聘任的依据,也就是说关系到你的留去,关系到你的前途命运。人们一下子都紧张起来了,到得一个比一个早。然而我却偏偏不识时务,竟连连迟到。

第一节,我到时正在点名,只可惜我是排在前面的,已经点过去了，只能等第二轮点名了，第二次叫到我时，我赶紧答"到"，然而仍被记为迟到，我心里很不舒服。说的是提前三十分钟到场，我在三十分钟内到场了，而且只差那么一点，第二轮就答了到，为什么还要算是"迟到"呢？

第二节，我想：我得早到一点，提前十分钟点名，我得在十分钟以前赶到。于是我提前十二分钟到场，然而这次更糟糕，名已点过去了。我一看表，还有十一分钟，我便过去说了句："我来了。"

"你第一节就迟到了！怎么第二节又迟到了？"主任很生气地说。

我正要分辩，主任大概已经看出我的疑惑，就直截了当地解释道：

"说的是提前十分钟——提前十分钟就是十分钟以前。"

"这——"我似乎无话可说了，在心里念叨"提前十分钟就是十分钟以前！"这是怎样的推理？

再想想也是，我们县上的许多大集会，或许正会不过是一个小时或半小时，甚至是十几分钟，可传达到会时总会提前一个小时，甚至两三个小时。

我忽而竟觉得"提前"大有深意，这不是一个时间问题，而是一个态度问题。据说张良的师傅就不同凡响。他要考查张良的诚心，决定是否收张良为徒、教张良学艺，就与张良"约会"。张良按时到了，可师傅提前到了，张良很难为情，于是又来了第二次"约会"；这回，张良吸取教训，提前了一个时辰，可谁料到，这位师傅到得更早。第三回，张良干脆不回去了，直接就站在约好的地点等着，结果张良拜到了师傅，学到了治国平天下的本领。

联想到我们今天的"约会"，特别是青年男女的"约会"，不是也讲这个吗？为了摆摆架子，可以来迟一些；为了表示诚意就得提前一点。似乎提前的时间越长，表明其心越是忠诚。我不知道把我们的领导比作帅男还是秀女。

然而我却感到这是无德，无信，混淆是非之举。说无德，是因为其不是为点名而点名，而是有意与人为难，浪费人们的时间；说无信，是因领导可以随意地解释制度；说混淆是非，是因为没迟到的，迟到的，旷课的，影响工作的，没影响工作的都是一样的。

为了诚信，女儿哭了

石 岩

元旦快到了，民政局要求下属的单位必须拿出一两个节目来以示庆祝，并声明家属也可参与。爱人的光荣院不得不出节目了，爱人不断地叹气："都是四五十岁的死老婆子了，还要出节目！"

我一听倒高兴："不是说家属可以参与吗？那就让媛媛和斌斌（我们的儿女）把他们说过的相声（我自己杜撰的）温习一下去说说。"

"你那懒婆娘的裹脚又臭又长，人家院长不要。"爱人竟然看不上！

女儿便又答话了："那让我和我的几个同学给你跳一个舞？"

爱人迟疑了一下说："我问问院长，看院长能行不。"后边又强调了句："我给你可说清，这回人家可不给钱。"

到了晚上，光荣院便开始排练节目，女儿也放了晚学，便邀了几名同学来了，跳了一曲她们自编自演的舞蹈，院长立刻叫好，于是便决定让她们代光荣院出一个节目。

女儿已上初三，学习任务很重，每天的作业都要做到晚上十点，可她还是接连着排练了好几个晚上。虽说不挣钱，但女儿依然很高兴，因为这也是一个表现的机会，再说，也算是为母亲争个脸吧！

晚上就要演出了，爱人突然对女儿说："你不要叫你那些同学了！晚饭人家会餐哩。"

爱人其实也是好意，因为单位会餐并未邀请家属，会餐后就演出，局里人家谁知道你是给光荣院演出的。再说，院长有病，又不去，孩子去了，没人招呼，人家吃吃喝喝，孩子多短精神。

可女儿一听，立刻泪流满面，饭也没有吃就愤愤地去了学校。

女儿哭了,我心里酸酸的,知道女儿不是为钱,更不是为了那一顿饭,而是为了一个诚信。

我碰见了贾宝玉

田芳妮

我已经十八岁了,可在父母的眼里,我似乎还是小孩,从不让我单独出门。今天总算自由了,能一个人出一回门了,虽说不过百十里路,可终归是要自己上车,自己买票,自己找座位。

我的运气还不错,车上正好有一个空座,似乎就是专等我来坐的。那是一个两人的座位,已经有一位在外面坐了,看到我上来了,竟然向着我笑,我一看却吓了一大跳。他怎么与电视剧里的贾宝玉长得一模一样。

说起长篇小说,我一直都不爱看,一则是懒吧;二则是不耐烦,婆婆妈妈的没完没了。可我却偏偏爱上了《红楼梦》,小说我看了两遍,电视剧也至少看过三遍。我特别喜欢里面的林黛玉,柔弱、漂亮,可以说就是我的偶像。因此也就特别地痛恨里面的贾宝玉——纯粹就是一背信弃义,不学无术的花花公子,空有"一身好皮囊"。"面若桃花,鬓如刀裁"就是所有女人的陷阱。我才不会上当。尽管爸妈都说我没有经验,单独出门容易上当,但我却认为我知道的并不比他们少,其实他们才是老顽固,要么保守得要命,看谁都不顺眼,要么就死搬硬套,甚至还有些迷信。你看,社会上上当的往往都是他们那些上了年纪的人。

对付这类花花公子我非常的自信,要么不理不睬,要么就凶一些,他们自会退缩。他现在给我示笑,肯定是看到我年轻漂亮吧,我也自认自己是有一些姿色的。

我径直往前走,目不斜视,到他的跟前也不说话,只是等他让路。

"你到哪里去?"他竟然轻声细语地问我,我虽然是女人,但我却最不愿看男人没有男人味,一口的娘娘腔。

"没看见我要到里面坐吗?你一个人要坐两个人的位子吗?"我愤愤地说。

他竟然没有生气,依然笑着,似乎比刚才更热情了:"我是说你行程的目的地。"

我心里道,越是这样,越有可能就是骗子,甚至是流氓阿飞,越得离远点,可就只有这一个座位了。我不回答,也不敢再看他的脸,这时他也已经给我让出了路,我便进去坐了。

然而坐下来我又立刻后悔起来,明知他不像好人,为什么还要进来坐呢?要是他不老实,我该怎么办呢?不过又一想,车上这么多人,只要自己胆正,不被诱惑,他能怎么样,又敢怎么样,但心却是突突地乱跳。

车子跑得飞快,已经驶出了十几里地了吧。他大概不会有其他的想法了,或者还在生我不理的气,出于好奇,我偷偷地瞄了他一眼,他竟然还是刚才那副笑嘻嘻的表情。然而他越是这样,我越是心里发毛。心又开始怦怦地乱跳。

不好,大概是他的手伸到了我的后腰,我明显地感觉到了,心都要跳出嗓子眼了,我也不看他,鼓足了勇气,左手用足了劲,重重地朝我的左面砍过去。

"啊!"我几乎疼得要喊出来,仿佛是砍到了石头或铁杠上。他却岿然未动,还笑着呢。《包身工》里面写到"拿摩瘟"狠劲地踢"卢柴棒",因为"卢柴棒"太瘦了,反而使"拿摩瘟"疼得受不了,难道他比"卢柴棒"还瘦?但从脸上看不出呀。

连我打人的都疼成这样了,肯定也够他受的,之所以还笑嘻嘻的,肯定是装出来的,心里别提多恨我了,看你还敢不老实。

车突然停下来了,上来了一位七八十岁、颤颤巍巍的老奶奶。司机大概出于安全的考虑吧,开始动员车上的年轻人给老奶奶让座:"哪位年轻人给老奶奶让个座,你看那颤颤悠悠的站着多不安全。"

一分钟都过去了,车上竟没有人应声,老奶奶却是一个要强的人,不住地道:"不用让,我能行,一会儿就到了。"我能行,一会儿就到了。"

我一下子矛盾起来了,看看这车里面,要说年龄,我应该是最小的,如果我是坐在外面,我一定会给老奶奶让座的,可我坐在里面,又碰到这么一个不怀好意的家伙挡着,我要出去还得先求他,不是自找没趣。

正当我犹豫不定的时候,他竟然站了起来,过去搀老奶奶坐在了自己的位子上。简直就像是老奶奶的亲孙子。

我想,他肯定是在给我演戏,要不然怎么会这么热情,让个座就可以了,还用得着过去搀扶吗?况且老奶奶已经说过自己能行了。不过这样倒好,我巴不得他走远一点。我故意往老奶奶的这边靠了靠,问道:"老奶奶要到哪里去?怎么没有人陪你呢?"

"是我不叫他们陪,别看我老,我还刚强着呢,能跑十几里山路哩!这不,我就是看我的孙子去的。"

他看我一直冷冷地不理他,现在却热情地跟老奶奶聊上了,便知趣地到车门那边去了。

我就要下车了,老奶奶拉着我的手,不住地说着:"姑娘好!慢走。"

我甚至有些得意了,走到了车门还给那位老奶奶打着手势。

我的一只腿已经下了车,一个人突然匆匆地从车上冲下来跑了,同时有一只手竟然抓住了我后襟,我回头一看,竟然是他,我一下子愤怒了,使劲地推了他一把,没想到竟把他给推倒了,而且抓破了他的手背,似乎已经有了一个长长的血印。

然而更令我惊讶的是,我的钱包怎么在他的脚下,我正要指证他是小偷的时候,竟然发现他只有一条腿!手里还有一根拐杖,噢,现在我明白了,为什么我砍他的胳膊,他没感觉而我却受不了,原来是砍在了他的拐杖上。

看在他是残疾人的份上,我不跟他理会,捡起钱包,感觉鼓鼓的似乎并没有动过,拿起便下了车。然而分明有人大声地说:"姑娘看着长得漂漂亮亮,怎么这样呀?"

我忙又回过了头,见是一位老人,正在将他往起扶。我没有好气地回道："我怎么样啦？偷了我的钱包，我不计较，难道还要讹我不成？"

"你站住！你把话说清楚！刚才那人偷了你的钱，人家是残疾人，舍命为你夺回了钱包，你不仅不谢人家，反倒把人家推倒了，还抓破了人家的手，诬人家是小偷！你说你是怎么样的人？"那位老人愤愤不平地说。

怎么？刚才冲下来跑掉的才是小偷，是他夺回了我的钱包，他拉我是为了给我钱包！我一下子愣住了。

然而他却不住地劝老者："我不要紧"，还是笑着对我说："看看你的钱包少没少什么东西，只要东西都在就行了，我没有事。"

他怎么是残疾？只有一条腿的残疾，为了照顾老人，他硬是站了一个多小时！这怎么可能？而且为了一个陌生人，一个对自己不屑甚至冷漠的人而舍命去夺钱包？这是怎样的品性。他不仅拥有美丽的外表，像宝玉一样，更有一颗晶莹剔透般美丽超人的心灵。

我应该说谢谢的！可当我想清楚的时候，看到的只有一道厚厚的烟尘。

我们都能成才

石 岩

开学了，有的同学跳进了火箭班或重点班，有的同学则滑到了普通班。进火箭班或重点班的同学也许会自豪甚至骄傲自满。滑到普通班的同学可能会感到失望，沮丧，甚至自暴自弃。

进入火箭班或重点班的同学可以自豪，但千万不能骄傲自满。因为成绩只能说明过去的付出与努力，不能决定明年的胜利，更不能说明未来的辉煌。要知道，在接近终点时跌倒的人比在起跑线上跌倒的人更令人痛心，更会使自己难堪，因为这是功败垂成，这是功亏一篑。我们可以想象得到，一个在重点班或火箭班的同学，一个被老师、家长、社会看重的百分之百的大学生或本科生，在高考时却落榜了，你将何以面对你的老师、父母，面对你的同学、亲友。只有现在的付出与努力，才是你最后胜利甚至创造辉煌的保证。

　　滑到普通班的同学更不该失望、沮丧甚至自暴自弃。因为普通班只是说明了你的过去，也许现在你的成绩还不行，但应该想到，自己付出了多少。应该想到，别人点灯熬油的时候自己在干什么，应该想到，自己在课堂上，在自习时，在早读间甚至在晚休里都做了什么？是否动手了，是否用心了，是否休息了。不是因为我们笨拙，而是因为我们付出的太少太少，或者根本就没有付出。只要我们付出，只要我们努力，也许我们得到的回报会更丰厚。应该想到，我们同样在一所高中，有同样的条件。应该想到，我们的父母同样期盼着我们考上大学，考上好的大学。应该想到，他们的生活，他们的汗水，他们的辛劳与苦痛。也许他们舍不得钱吃好饭，舍不得钱穿新衣，甚至舍不得钱看病买药。可他们却愿意供我们上学，他们在我们身上寄托了多少期望，如果我们沮丧甚至自暴自弃，不说我们是否对得起老师，对得起社会，单说我们能对得起他们吗？

　　不要为别人的成绩而嘘叹，一分耕耘，一分收获，只要我们在春天播下希望的种子，用汗水把它浇灌，定能获得迷人的金秋。

　　不要为我们的平庸而惆怅；我们正在遨游知识的海洋，我们正在攀登科学的高峰。只要我们挥舞双臂，乘风破浪，就能寻觅到海洋的宝藏。

　　同学们，我们正年轻，我们正拥有着现在，今天的成绩只能说明你过去的付出与努力，不能说明你将来的成败，更不能决定你的人生是否辉煌。常言说得好：出水再看两腿泥。又说：秋后结大瓜。就让我们用加倍的努力来证明吧！我相信，我们下面的每一位同学都能成才，成为有用之才，成为和谐社会的栋梁之材。

三人真能胜虎吗？

石 岩

几天的冷战总算结束了，可以和老婆说上两句话了。然而老婆的第一句就骂上了：

"丧德哩！与谁都嚷哩，装修房子又跟人家嚷，修洗衣机哩跟人嚷，买电脑桌子哩跟人嚷，交收视费哩又跟人家嚷，买一个臭西瓜都要与人嚷哩！你看你跟谁不嚷？"

老婆竟列了一大串的理由，我似乎感到有些理曲了，便开始反思每一件事。

装修房子的时候我是包出去的，可一眼没看，人家竟用的是废旧材料，这一新一旧可是有本质区别的，你可以赚钱，但我全新的房子，你不能用废旧材料呀？于是我就与人家讲理，话不投机，也就嚷了起来，你说这能怪我吗？

修洗衣机的时候，我出了六十元钱，可搬回家第一次用就烧了电机，我修的目的就是为了用呀？可我没用就坏了，你说我不找他找谁去呀。

我们搬了家，多次请广电局移户，可就是移不了，一拖就是半年多，可到了交收视费的时候，却是一分都不能少，我有多半年没看上电视，这可是由他们广电局造成的，我为什么还要交费呢？

我们学校今年接通了网络，教师可以免费上网，我就把电脑搬到学校，可是学校没有电脑桌子。于是我便找到一家营销并修理电脑的门市，买了一张电脑桌子。叫他们去装，桌子装好了，我便让他看我的电脑，可不知他修改了什么程序，电脑竟启动不起来了。他说了，今天他没有带光盘，明天带了来给我一装就好了。这有啥说的，人家可是内行。

因为我在电脑上备课，几乎每天都离不开电脑，何况我把电脑搬上来的目的就是为了上网。可第二天等了一天都没见人。从第二天起，我便天天去找，可他每天都有事。就这样竟过了一月多，我甚至怀疑他是有意的。我也实在等不住了，就另叫了一个修电脑的，谁知来人忙碌了一天一夜竟还是修不好，还说要换主板，换显卡。换就换吧，我还有什么办法，可这一换就是一百多块。修好电脑的第三天，卖电脑桌子的那位来了，说是来给我修电脑的。我说已经叫人修了，花了一百多，你说怎么办？于是又和人家嚷了起来。

我们一起在街上散步，忽然看到卖梨瓜的，成色确实不错，于是挑了一个最大的，而且讲明，生的不要。可掰开来确实是生的，那可是个老实人，一看是生的，二话没说就换了一个，也算不上嚷，可老婆还是认为我不该。

天气特别地热，卖西瓜的正好在门前叫卖。于是我把他们叫进来了。

"西瓜咋样？"

"保熟哩，不甜不要钱。"

"是这：切开来，我看上了就要了，我看不上就不要，咋样？"

"行呀。你自己切！"卖西瓜的一边打着保票，一边就递过了瓜刀。

于是我便切了一个最大的西瓜。然而没有想到，那西瓜却是生的，瓜子还是白一半黑一半呢？

我一看立刻决定不要了。可卖瓜的却愣是说这瓜是熟了的，说是这瓜的品种就那样，熟了瓜子也是阴阳脸。并且硬要我尝。我一尝，果然酸溜溜的，没有甜味。我坚决不要了。

可卖瓜的却不让了："瓜子没黑，那就是这品种，西瓜么，又不是蜂糖，你想要多甜哩？你不要谁叫你切哩？"

我一听可就火了，高声道："你刚才是咋说的？你说是谁叫我切的？"

卖瓜的也毫不示弱："你还是个干部！"

"干部咋哩？干部就应该叫人讹？"

"谁诳你哩？你叫你这院里人都来看着，看这瓜熟咧么？"

他想用院里的人来压我，也许他知道谁都不愿意让人看到自己为了一个西瓜和人吵闹。再说了，现在这社会，说公断直的人是不多的，有的也只是和事老，多是劝弱者屈服甚至叩头作揖的主。

我更气愤了，声音也更高了："你只说你刚才是咋说的？我不管你的瓜是熟不熟，或甜不甜，我只说：'我看上了要，看不上不要'，你同意了我才切的瓜。现在我看不上你的瓜，我就不要！你还要咋哩？"

我们这样地一嚷，院子里的人一下子都过来了，倒都劝起了我：

"两三块钱的事，划得来嚷吗？"

"这不是钱多少的事。我就给他说得清：'我看上了要，看不上了不要'他同意了，我才切的瓜，现在竟说我切了他的瓜，你不叫我切，我能切吗？"

"算了！算了！多少钱？我给！"说着，竟有一位仗义的要掏腰包给我出钱了。

我哪能叫别人出钱呢？于是也就屈服了，给了钱就回家，可还是叫老婆子给抓住了把柄。

其实这些都是小是小非，还有一件真正压在我心里的，时时都在嚷的大事呢？

我们这里的学生家境都不太好，上面也多次下达政策，不准给学生乱发资料书，乱收费用。可我们学校有自己的绝招，不是不准下发资料吗？我们就收印刷费，每月竟收到了十多元，学生不堪重负，学校却要求班主任协助资料室收款，甚至连一个账目也没有，任凭资料室的人收。毕业班到了学期终了，学生愣是不交了，学校却要求班主任硬收。什么"不交就不发给毕业证书。""不交就不给准考证。""不交政审就不能通过。"甚至在学生赶赴高考的车前阻拦。可惜还是有多数同学逃过去了，因为我这个当班主任的首先就反对这项没有账目的收费。

谁知，资料室里竟把这笔糊涂账交给了学校，没收的要收，收了要重新收。并且决定从我这个班主任的工薪中扣回。当我问到校长的时候，其理由便是"人家班级都能交上去，你为什么就交不上去？去！赶紧去给人家交了！"还是命令的口气，更不问账目，多少。

我忽而又想起了《和尚摸得，我摸不得？》那篇杂文，其实有许多的事情并不是多少的问题，也不是平等的问题。

"和尚摸得，我就能摸"，这是阿Q摸小尼姑的理由。

"优惠国待遇"，这是八国联军掠夺中国的理由。

老人给了老大一样东西就得给老二老三价值相当的东西，否则，老二老三就要用到这理由了。

这么一说，人们马上感到了这推理的荒谬。这是什么理由呢？然而生活却也并不这地简单。

中国是有着几千年封建历史的社会，虽然解放已经有五十多年了，可人们的奴性却依然不减。其实这大概也是人生存的本能吧，或者说这是社会淘汰的结果。

你在某个单位工作，你就得听这个单位领导的话，维护这个单位或领导的利益。当这个单位的利益或领导的利益与其他的个人或企业发生利益冲突的时候，纵是你的单位或领导失义，你能站出来说个公道话吗？恐怕不会太多的。其实社会也是一样，能够不为利益感情所动坚持真理，坚持正义的人并不多，见义勇为的就更少了。有人说，真理往往掌握在少数人的手里，这话其实并不一定就错。也就是说不一定说的人多或做的人多事情一定就是正确的。

前面我举过一个例子说"你能让他打一拳，就该让我打一拳"，也许你会觉得这第二个打人的理由太荒谬，可如果第二个，第三个以至许多人都打了他的时候，你要追究其中的一个人，他肯定会说"大家都能打，我怎么就不能打呢？"或者要说："他是对的，为什么人们都打他。"一个"人们"，一个"多数"就能判断"他"是错的，一个"人家能做"就变成了理由。

蚊子与苍蝇

石　岩

曾几何时,说谎是缺少人品的表现,是不诚实,甚至被多数人唾弃,不习惯说谎的人偶尔说一次谎就会脸红,所以有"说谎都不带脸红的"说法。尽管我们常把看孩子说成"哄孩子",但在"曾子杀猪"的故事中也对此提出了批评,曾子付出了"真杀猪"的代价。

然而人类有时候总是免不了敌对与战争,于时有了"兵不厌诈"。这"诈"是什么? 其实也还是说假话或做假象。似乎这"说假"或"做假"已经是一种智慧或聪明。

鲁迅有一篇杂文,名字我已经记不起了,仿佛是讽刺一个汉奸或叛徒出卖了同志,反而振振有词的说什么"自己从来都不会说谎"。这似乎也是在说面对敌人或坏人是可以说谎的,这"说谎"其实是一种"防犯"或"坚守"。

至于"善意的谎言"就更不必说了。

现代的人,"说谎"似乎已经不需要什么理由了,不会"说谎"倒是"太老实",这"太老实"又似乎等于"笨"。明明在家里打电话,却说"在路上",明明在路上或在百里千里之外却说在家里,明明在单位却又说是"不在",明明在家里,却又说自己在单位或单位的某个办公室,从不打草稿,也从不脸红。

单位的造假邀功就更不用说了。到这里我突然想到一个《蚊子与苍蝇》的寓言。

说是有一天,蚊子突然满世界地嚷嚷:"我们不再叮咬人! 我们不再叮咬人了! "

说话让苍蝇听到了,哈哈大笑道:"别逗了,你们能不叮咬人! 这分明就是想让人们放松警惕。你们这是不诚实,不讲信用的表现,你们这是欺骗！"

蚊子听了很生气,道:"你个傻冒,这叫聪明,什么信用！什么诚实！讲信用,讲诚实,能当饭吃,能吃得饱,吃得好吗？你们是讲信用,你们是诚实,可你们却只配去打扫厕所,我们却能喝人的血,吃人的肉,你们敢吗？你们能吗？

责 任

石 岩

有人说,吃饭是为了活着,活着是为了工作;也有人说工作是为了活着,活着是为了吃饭。前者背负的是某种责任与义务,后者则与动物的生存观念几无区别。

责任因需要而产生,责任以付出为前提,责任以回报为自豪甚至骄傲光荣。

人养马是为了千里奔袭。人养狗就是为了看家护院,养军犬则是为了搜救或破案,养猫则是为了捕鼠。如果马不能奔跑,那主人会养吗？如果狗不能看家护院,甚至伤及无辜,主人会养吗？如果猫不捕鼠,那主人还要它做什么呢？纵然是宠物,也得有让人家"宠"的理由。这便是它们的责任。如果它们总是"失职",那迟早会被宰杀,或成为流浪狗与流浪猫,别说吃鱼了,能有一口善良人抛来的剩菜剩饭就已经很不错了。

其实人也一样,你作为父母,家中需要你,你得工作,你得挣钱,你得养家糊口,甚至还要担负教育子女的责任,这就是你的价值所在。你的子女有饭吃,有衣穿,能上学,甚至各项都比别人好,你完全可以自豪甚至骄傲。你作为儿女,就必须赡养父母,让他们有一个快乐的晚年,这也就是你的家庭责任。作为孩子,我们的责任就是学习。有学生说,我不喜欢学习,我就喜欢玩。请问:你的父母是否就是因为喜欢工作而工作？喜欢劳动而劳动？喜欢每天面

朝黄土背朝天呢？那不是喜欢，而是责任，是为了我们能有饭吃，有衣穿，有学上。那我们的责任呢？我们听懂了吗？教师要求我们背诵或理解的我们背过了吗？理解了吗？布置的作业我们完成了吗？我们真的尽到了自己的责任吗？

什么是工作，工作的深层含义其实也是一种责任，是一种基于社会分工下的责任。试想，你就是企业的老板或经理，你会留用不负责任的人在你的厂中工作吗？假如你是某煤矿的矿长，尽管安检工作看起来清闲，你敢用一个不负责任的人做你的安检员吗？哪怕是你的亲戚或亲信。因为那里的责任重大，一旦出现了问题，造成的损失将是巨大的，甚至是不可挽回的，乃至于会危及你自身，殃及当地的政府官员。

还有一种责任，是不因家庭而产生，也不是因为分工而构成，那是一种道德责任。比如说救助突然倒地的老人，你如果会游泳，碰到了突然落水的孩子，那就是你的责任。

总之，责任无处不在，大到国家元首，小到黎民百姓，大小不同，所担负的责任也就不同，对国家或人类做出的贡献也不同，体现出的人生价值与意义也就不同。

人类的繁荣与发展离不开责任。

如果人人都没有家庭责任，那人类就不可能繁衍生息。

如果人人都没有工作责任，那我们就没有了衣食住宿的生活保障。

如果人人都没有社会责任，那我们就没有生活生产的安全环境。

如果没有千古文人墨客的责任，就不会有深邃璀璨的文化宝库。

如果没有一代一代的科技工作者的责任，人类就没有今天的繁荣昌盛，灿烂辉煌。

这也正是人生的价值与意义所在，更是人类伟大的地方。

中　奖

石　岩

今天收到一个短信，"富华公司庆祝三十周年，您已获得二十八万。请咨询×××××。"

中奖的短信自己收了不少，也早就听说了，也知道这是一个骗局，还给几位同事看过，议论过。我们几乎都是不约而同地大笑，或者是讥笑吧！这多少能说明自己还是明智的，聪明的。有一位同事便要加电话，说是要大骂发短信的"家伙"。

我一听马上就夺过了手机，"骂什么骂！说不定一回电话就上当。"

"回个电话就是三四毛钱，你叫我把这家伙骂上一顿！"

"要骂用你的电话，我在电视上已经看了，有些短信就是利用你这种心理，只要你回就高额收费，听说回一次有收五十多块的。"

"什么五十多块，我打过，还查过，不过就是四五毛钱。"

说归说，我还是没敢让这位同事回拨，以示我的小心谨慎。

也许是那所谓的二十八万太诱人吧，也许是为了说明自己的聪明，或者想从中找出一点不同的地方，希望它能成为现实吧！不是电视上也说，因为许多的垃圾短信或诈骗短信影响，使得许多真正中奖的人都不肯去领奖吗？说不定自己还真的中了大奖，如果因此而耽误了领奖，岂不成了傻子。我又突然觉得应该仔细看看。

是的，这个短信有点不一样，有具体的单位，还有网址呀！是真是假，到网上看看不就清楚了。

于是我打开了电脑，上网一看，果然有"香港富华集团"的网页，还有一个流动的"香港富华集团成立三十周年"的窗口。一点，

久久地竟没有反应,正当我有些失望的时候,网页突然打开了。

香港富华集团成立三十周年举行手机号码随机抽奖大型活动……

为了保护获奖者个人隐私,获奖者的中奖号码将不在网上公开!敬请谅解!

下面还有一个图片,是两位正在办公的穿制服的人员,大概是公证人员吧!

难道真有这样的好事!或者说自己真有这样的好运?

我真的有点相信了,甚至有点紧张,心都有点跳了。

不是有公证员的电话号码吗?打个电话问问不就清楚了吗?

电话拨过去了,是公证员回的。他们说了,活动是真实的,中没中奖打 15007146773。

这不正是短信上所给的号码吗?

于是我拨通了这个电话号码,他们也并没有要我汇钱的说法,只是说:

"你说说你的号码,我查一下,请你等五分钟再打过来。"

我等了五分钟再打过去时他们回道:

"你是中了我们的一等奖,二十八万。那你是直接到我们公司领,还是转账?"

我心想:还能直接到公司领,大概不会是骗子,忙说道:"我转账!"

"那就说一下你的账号,身份证号码!"

"这!那明天吧!"因为我还不知道自己的账号是多少。再说了,哪能把自己正在用的账号说出去,得找一个不用的卡号,或者另办一个,办个卡不过十块钱,就算上当,他们也拿不走。自己正好有一个现成的,因为掉磁而放弃使用的农行卡,只是现在还不在身边,明天就能取过来。

我一下子觉得自己已经成了一个拥有二十八万元的有钱人了,晚上几乎是彻夜难眠了。

我用这二十八万干什么呢?

首先得给妈妈两万,这么多年,因为经济紧张,几乎没尽过什么孝道。现在有钱了,一定得给她,也让她享受一点儿子的清福,高兴高兴。

得回老家一趟,给老爸烧点纸;给大妈一千,二爸一千,妹妹两千;还有堂兄堂弟各一千吧;大小的侄子、侄女都给二百吧!

不,最亲的还是弟弟,他现在的情况可不太好,干脆给他十万,让他去做好他的生意吧!再说了,我女儿不是还在他身边念书吗?他会要吗?他要是问我钱的来历我该怎么说?

不,还是买一套房为好,老婆实在是靠不住,叫她染个头,到了洗的时候竟然叫不回来,我几乎要气炸了,最终还是自己给自己洗,弄得衬衫的领全都成了黑的。这样的老婆,现在都靠不住,一旦老了,病了,还能靠吗?有了钱,有了房子,还会愁没有老婆吗?

不,还是先存在银行为好,什么时候用都可以。

到了第二天,我拿回了那个已经没有用的银联卡,好像上面还有二十块钱,再少也得取出来。

然而取时却还是刷不出。营业员建议我出五元钱换一张卡,于是我拿出了身份证,但要复印。等我复印好时已到了下班时间,只好等明天了。

第二天,我的新卡终于办下来了,赶紧打了电话,报了自己的账号与身份证号码。

回复仍然没有要钱的意思,说马上把二十八万元转进我的账户,还给了一个008615527333321的电话号码,说是香港国际银行的电话,让我五分钟后打电话核实一下,然后给他打个电话,他们还要报账。

就这么简单吗?我等了五分钟就打通了这个电话。

"这里是国际银行查询系统,用普通话请按1—"

不等提示完我就按了"1"号键。

"人民银行请按1—农业银行请按5。"

我又按了"5"号键。

"请输入你的电话号码加#号再输入你的银行账号#再输入你的身份证号码加#再输入你的账户密码,然后再次输入你的账户密码,再按1。"

我立刻照提示做了一遍。提示语竟然说道：

"你的账户已转入二十八万元。"我又去了对面的农行查了一下自己的账户余额，可仍然是空的。

我立刻回复了前面的电话，说了我查询的结果。

这时那位小姐说道：

"现在只是转到了国际银行，要到你们的农行还需两三天，只是转账的手续费为百分之一，我们要做账，你现在就汇过来吧！"

狐狸尾巴终于露出来了吧！我才不会上当呢。于是便说道：

"还是不要骗人了吧！有二十八万，还能没有那么一点手续费！"

于是我挂断了电话。心里道"想骗我，没门！"但心里还是有点不痛快！马上就到了自己上课的时间了，我便匆匆地往学校赶去。

可是到了半路的时候，突然觉得自己已经上当受骗了。也许他们为的就是得到我的账户密码，根本就没想要我寄钱。电视上不是就有人因为泄露了密码而失窃的事吗？只要人家知道了你的户名与密码，不用你手中的卡照样能取走你的现金。现在的卡上虽然没有钱，可其他的卡上有钱呀！而且是自己的全部积蓄，密码也是一样的，只要人家在库中一搜，不就有了账号。我一下子忐忑不安了，简直都想返回，去改已有的密码了，可马上就要上课了，还有六七十名学生等着我上课呢？必须等到下午了，这真是聪明反被聪明误了。

好不容易到了下午上班，一查，其他账户上的存款依然还在。我又忙着改了密码，正要走的时候，又想起给女儿的卡仍然用的是自己的户名，同样的密码，于是又慌忙地给女儿发了一个短信，告诉她我账户与密码已经泄密，让她赶紧取了其中的存款。这才从惊恐中走出来，坦然地回了家。

语文教学中的偏差

石 岩

在各科的教学中,唯语文不能照本宣科,唯语文离不得教参,也只有语文的教学大纲笼而统之。

语文教材往往给学生的是具体的文章,要学生掌握的则是阅读文章和写文章,包含了积累词汇,语法,技巧等多方面的问题。

正因为语文教材的这一特点,使得语文的教学方法多种多样,甚至是同一篇文章,不同的老师也有了不同的教法。重点,难点,甚至设定的目标也不同,谁是谁非也都无从说起。

有人侧重于分析段落层次,有人则侧重于中心和结构。有人侧重于字词句的理解,也有人侧重于语法和修辞。有人以点带面,有人则善于全面地剖析。这也许与写文章一样,所谓的文无定方,幸亏有的课前还指明了教学重点,还可以左右一下教学。

也正因为此,使得语文教学常常脱离了教材,甚至有部分老师根本不看教材。他一上堂便是时代背景,继而是字词,再者是划分的现成的层次结构,段落大意,中心思想,几乎每堂如此。这似乎很全面,一节课归纳了所有的语文知识,实则样样不精,甚至学生对课文还是一知半解,粗心一点的学生,甚至还没拿文章看上一遍。教师把文章说得天花乱坠,而且要学生记下来。学生呢?却怎么也看不出文章的高妙之所在。因为他根本就没进入文章的角色,又怎样去理解文章的思想情感,更谈不上对其技巧的信服了。就是记下来了,又有何用,他仍是看不懂文章,写不出文章。为此,我认为语文教学仍应该紧扣教材,让学生从文章中自己体会到文章的思想情感和技巧。教师引导的应该是让学生懂得怎样读,怎样进入角色。其实这也正是阅读的要求之所在。

我在讲都德的《最后一课》时,为把学生带入情景,没有让学生预习,上堂就说:因各方面的原因,我不再担任你们的语文教师,这节课是我的最后一课,同学们不知有何感触?

我这样一说,同学们立刻有一种触动,先是惊异,继而是对学校决定的不满。这恰恰是课文中的情愫。接着我才让学生打开课文,翻到《最后一课》。我讲《谁是最可爱的人》时,则是充分地发挥朗读的作用,使学生从朗读中体会那种真切的情感,从而把学生引入情境。在讲《依依惜别的深情》时,则用讲真人真事的办法,使同学们首先意识到文章属于通讯,并非捏造和虚构,我想,在这一点上,如果能有真人做一些讲解,然后读文章,那感受会更深。

总而言之,要把学生引进文章所描绘的情景,可以用讲时代背景的办法,用介绍与文章内容有关的真人真事的办法,用朗读的办法。

当然,文章的体裁不同,要求不同,讲法上也应有所区别,如议论文无论是怎样的议论,它都是为了阐明观点的,因此,我们可以用让学生划论点,论据,说论证的办法,让学生理解文章的主要观点,证明观点的依据,论证的过程。我们可以解释一下什么是论点,论据和论证,让学生对这些有一个明晰的认识,然后用于分析文章,让他们自己寻找,哪怕是一知半解,甚至是错误的,断章取义。但一次,两次,他们最终是会明白的。绝不可以直接地给他们结果。这样他们不仅学会分析议论文,甚至也懂得了怎样地表达自己的观点,写议论文。当然,涉及的结构技巧等问题,我们也可用对比来阐明其高妙之所在。

在小说的学习和理解上,我们可以先讲解一下什么是小说,使学生明白小说是一种文学体裁,是以刻画人物形象为中心,通过具体的环境和情节描写来塑造人物形象,揭示社会本质,表达作者思想感情的一种文学体裁。对其中的人物形象,情节等稍做解释,然后就可以让学生阅读文章,感知人物形象,思想感情。

在诗歌与散文方面,我仍然主张用朗读的办法,把学生引入文章描绘的情境。

在说明文的学习上我们只要讲清什么是说明文,然后就让学生去读,看文章介绍了什么知识或规律,再思考人家的说明顺序,说明方法等等。

我想我们应该给学生打开知识大门的钥匙,启发引导,使他们掌握学习读写的方法而不是直接给他们知识。属于概念的、基础的工具的东西,我们讲,而且要细讲,让同学们领会贯通付诸应用。

我曾给学生讲过《为了周总理的嘱托》。我首先让同学预习文章,接着出了两道思考题,让学生看书回答:其一,课文赞美的是吴吉昌那些方面的性格品质,这些品质是通过人物的哪些活动言行表现出来的? 这些言行的环境是怎样的?

学生开始忙碌了,不管他们归纳得是否恰当,但总是有结果的,最后的结论自然是通过写矛盾中,吴吉昌的态度言行心理表现,赞颂了吴吉昌的不为名不为利,只为总理的嘱托,为科学事业坚强不屈的优秀品质。达到这一点,就可以说已经掌握了一半,因为这篇文章的重点就是要学生学习在矛盾冲突中表现人物,分析人物的言行。至少学生知道了有这样一种写人叙事的方法,具体的怎样写,既可以借鉴文章,也可以自己发挥观察了。

我在讲《朱自清先生》与《琐忆》时,则先详细地说明什么是记叙手法,议论抒情,先让学生能区分,然后让他们自己找文中的议论抒情句段。接着又讲了这三者之间的关系。这样,学生对记叙、议论、抒情这三种表达方式有了区别的能力,并了解了三者间可能出现的关系,能恰当地运用这几种表现手法。我想这就是给学生钥匙而不是给学生知识。

总之,我们的语文教学仍应紧扣教材,教给学生学习阅读和写作的方法与技巧。绝不可以照搬教参,生吞活剥,给学生现成的结论。如果这样,那等于是迂腐,对学生只能增加负担,毫无用处。

堂上奏乐
笛清哪胜箫合

也让学生当当老师

石　岩

"师者所以传道受业解惑也"由此看来,老师就是传授道理,解决疑难问题的。然而,我们现在要求教师不仅要传授知识,更主要的是要教给学生学习和思维的方法。那么怎样才能把这种学习方法教给学生呢?我想最主要的还是要让学生首先能自主,能思考,当他们思考不出来的时候,老师再教给他们学习的方法,思维的方式,让他们在此基础上再次地思考,一旦方法得当,思维正确,就一定能得到结果。因为现代科技的发展,文化知识已不仅仅是靠教师传播,更多的是文字信息的传递,是思维习惯的养成,因此,我们要求学生在学习知识的同时更重要的是学会学习的方法,学习的思路。这样更便于同学自学,也只有这样才能培养学生的创造性。让学生当当老师正是为了解决这一问题。

在课堂上,针对研究的每一个问题,只要有一位同学能解答,就应该首先让他来为大家当老师,讲解这一个问题,这比我们做老师的讲效果好得多。因为他是学生,他的回答更会引起其他同学的注意;也因为他是学生,其他同学对他的解答会百般的挑剔,敢于发表不同的意见,有利于进一步讨论研究。同时,这位同学的举动也会激发其他同学思考发言的积极性,使其他同学感到:能解决问题的不仅仅是老师,同学也能够。人人都有一种表现欲,只要他们发现了这种可能性,他们也一定会去争取的,学生也一样。这也有利于培养学生的语言表达能力。常言说:"三个臭皮匠能顶一个诸葛亮",一个班上的学生有四五十个,这又该顶多少诸葛亮呢? 如果他回答得不够全面,或者有错漏,我们还可以让其他的同学修正、补充、完善,即使是同学们提出的问题,我们同样可以首先让其他的同学来解释回答,这和前面的同学回答有着同样的效果。我想,只要我们的老师诱导得法,我们的学生也一定会想得到,想得出。

在作业的批改上,通常情况下,总是学生做作业,做完了教师批阅,对典型的问题进行讲解纠正,对个别问题直接在作业本上修改,对了的则不必说。似乎教师批阅作业是天经地义的,老师永远都是老师。这也正是许多的教育部门及学校管理人员,禁绝学生阅卷或批阅作业的原因。从教师方面讲,一天二百多本作业,是否每一本作业都详细地看,是否会注意做题的每一步,这还很值得调查。从学生方面讲,作业发下来了,仔细看的同学有多少,是否从根本上理解了?据我了解,能详细检查自己作业的人并不多,只看教师批语,不思改过的人是不在少数,特别是那些学习不够自觉的同学。其实这本身就不合道理,韩愈就说过:"学道有先后,术业有专攻。"我们做教师的只不过相对于某一位学生知道得早一点,或者是专业的罢了。再说,我们也应该让学生发表自己一点看法。"弟子不必不如师,师不必贤于弟子",即使在某一方面,我们做老师的赶不上学生,这又有什么奇怪的呢?因此,在这方面,我仍然希望能让学生当当老师。

学生都有自我表现的一面,但也有怕出丑的一面。前者有利于学生的进取,创造,后者则不利于同学的发展与完善。因此,我们应该采用各种方法激发前者。鼓励他们不要怕出丑,因为任何人都有过出丑的过程,如果没有早年的出丑,就没有后面的成功。举个简单的事例,如果你怕你写字出丑,不敢写第一个字,那你永远也写不出像样的字,只有你不怕出丑,一步一步地练,才能练到不出丑。其实,任何知识都一样,先有出丑,然后才会有不出丑的东西。我们现在是学生,出丑不算什么,一旦我们出了社会,什么都不懂,那才叫出丑。只要同学们能跳过这个坎,那么他就会接受同学们对他提出的各种意见,达到他们的互相促进和提高。让他们互相看看各自的作业,恰恰能使他们克服这种心理,达到相互的信任和心灵的沟通,有利于学生了解人生,了解社会,解放思想,形成自己的世界观和方法论。如果我们也能让学生像老师一样给其他同学批批作业，让他们在当好学生的同时也都当当老师。在这一过程中，他们既会感到成功的喜悦，也会体会到自己的错漏和不足，因为这就相当于在公众场合的一次演示。他们会鞭策自己不断地进步和完善，这本身就是学习方法上的一次大的飞跃。孔子说："温故而知新""学而时习之"，这同学批改作业的过程也是温习和巩固的过程。

关于学生互相批阅作业，我曾做过这方面的试验，特别是在作文方面，确实获益匪浅。开始的时候，我想通过强化训练达到大面积提高学生作文水平的目的。要求同学们每周一篇大作文，一篇小作文，我是字字斟酌，页页见红，可一学期快过去了，我似乎觉得同学们的作文水平并没有多大的提升。我往前一翻，竟发现有许多同学前面是错别字，后面写到的时候还是错别字。我这才意识到我的心力是白费，学生根本没有印象。为此，我便采用了作文首先由学生在老师的指导下互相批阅，然后再由我批阅，既批阅作文，又评价同学们的批阅。奇怪的是，三周以后，同学们的作文竟很少再有错别字，无论是句法，还是立意、技巧都有了大幅度的提高。其实这道理也简单：当他们互相批阅的时候，他怕出丑，写的时候先用了心；互相批阅的时候，他们特别的挑剔，甚至自己通常也写错的字，但一旦其他同学写错了，他们也能看出来。这时，他们自然在下次不会犯同样的错误；他们在互相批阅的时候一般都比较自信，会引起争辩，确立的答案印象会更深；再说，文章有了读者，作者自然也得用点心，为读者负责嘛，又有谁愿意让别人笑话呢？

魏书生的教学效果极佳，其秘诀就是让学生研究探讨，在教师的指导下自我检测。我们为什么就不能让我们的学生互相地检测一下呢？为此，我想不妨把作业先让学生在教师的指导下互相批阅，使学生对做题的思维过程，步骤有一个重温，反馈和全面的认识；使学生对当天的课堂教学有了一个温习、纠正的过程。

说到这里，我们一定又要为同学们的时间发愁，说我们学生一天忙到晚，哪有时间。这一点我并不认同。其一是因为我们布置的作业太多，试图通过众多的练习使同学们掌握，其实是布置多，详细检查的少，甚至同学们练习的结果我们还并不清楚。我倒认为作业不必多而需精，关键是弄清道理。应少布置，精指导，多检查。其二，我们仍然应该紧扣教材，不必给学生增加所谓的基础训练，只要同学能掌握教学大纲要求的内容就完全可以了。多而杂反而冲淡了中心和主题。事实上我们这里的学生整天地忙碌，到终了却没有什么好的成绩回报，正是这个原因。

要做到这一点并不容易：教师要全身心地投入；学生接受不了，怕人知道了他的心迹，怕出丑，怕人笑话；认为不是自己的责任，不肯批阅或批阅不认真。这一切都要教师正确的启发诱导，甚至要做细致的思想工作。

当然，我说的"也让学生当当老师"并不是不要教师讲解，也并不是把教师批阅作业的任务全部推给学生。我说的只是让学生先行批阅作业。也许这样发展下去，确实会减轻教师批阅作业的负担，但在开始的时候，教师的负担绝不会因此而减轻，甚至会加重，因为你不仅要看同学们作业本身存在的问题，还要看批阅的问题。可这样做的效果却大不一样，它能开发学生的思维，能使学生养成良好的学习习惯，甚至能打开学生禁锢闭塞的内心世界，使他们的思想解放、进步，能将学生引到独立思考并判断是非的正确轨道上来。

当然，我说的这些仅仅是我的一点肤浅的看法，不一定完全准确，还有待于各位同仁的批评指正。

堂上奏乐

笛清哪胜箫合

人教版高中语文第一册第2课《赞美》

为什么要"再一次地相信名词"

石 岩

穆旦的《赞美》诗中有这样一句"再一次相信了名词,融进了大众的爱"。

这里的"名词"是什么意思?为什么会"相信了名词"?而且是"再一次"。这里的"名词"是我们通常讲的词性中的"名词"(表示人、地、事、物的名称的词)吗?

从前文:"一个农夫,他粗糙的身躯移动在田野中,他是一个女人的孩子,许多孩子的父亲,多少朝代在他的身边升起又降落了而把希望和失望压在他身上,而他永远无言地跟在犁后旋转,翻起同样的泥土溶解过他祖先的,是同样的受难的形象凝固在路旁。"来看,诗所描绘的是农民,或者说是中国式农民的缩影,也可以说是民族的缩影。他们世世代代生活在这片土地上,他们历经了历史的沧桑巨变,又承载了一切统治者的"希望和失望"。然而他们"永远无言地跟在犁后旋转"。也就是说他们永远是农夫,而且甘当农夫。他们勤劳,他们善良,他们惯于隐忍,安于苦难,却又承担着民族兴旺生存的责任,这是多么的悲壮。可为什么会这样,这里的精神力量在哪里,什么是他们的信仰,他们的精神寄托?

我们知道,佛教徒即和尚,他们长年地烧香拜佛,那是因为他们相信"佛"能点化他们,也会使他们的几世修行能得一个正果,当一个小神仙。"法轮功"的弟子们也念经,甚至自取灭亡,那是因为他们相信了邪教,认为他们的死会使他们的灵魂升入天堂。可我们的"农夫",我们的民族又相信什么呢?这便是命。这也正是农夫的悲壮与伟大之所在。他们担当灾难、他们忍受痛苦,祖祖辈辈,世世代代。

可相信"命"与"相信名词"又有什么联系呢？

什么是"命"？字典上说是"迷信的人认为人生来就注定的贫富、寿数等。"因为我们的农夫，我们的民族在历代的封建思想统治下，他们迷信，他们相信人的富贵，人的生死等等都是上天或阎王爷早就定了的，是"生死簿上"记录着的，皇上就是皇上，百姓就是百姓，后天的人不能够改变。这也正是曹禺《雷雨》中鲁侍萍在见到周朴园时所喊出的："命，不公平的命指使我来的！"这里的"命"又包含了多少的辛酸与痛苦。

然而本诗却并未用"命"，而是用"相信了名词"，为什么要"相信名词"，"名词"就是你的出身，你的地位。你被称为"农民"，那你就该是"农民"，你就应该守"土地"，就应该"永远无言地跟在犁后旋转"，就应该承担这个民族的痛苦与灾难。人家被称为天子或太子，那就注定人家是皇帝，就该花天酒地，荣华富贵。这不正是一个"名词"上的差异吗？这正是本诗的高明之所在，它不仅道出了农夫信"命"，更突出了"命"的荒谬，"农夫"的愚昧与悲哀，加一个"再一次"，语气、情感更加深了一层，使表达含蓄而深刻，言简意赅，令人沉思，发人深省，也更有助于表达诗的主题。

我找到了答案

石　岩

我是北方的一位教学匠，国家强调要实施素质教育，我们也在想方设法地提高学生的素质：主张课堂上充分发挥学生的主体作用，使他们敢发问，敢思考，能思考，会思考。然而我们最难解决的问题是学生不发问，思考与否就更无从说起。尽管我们采取了各种各样的诱导方法，但还是收效甚微。与其他老师一交流，原来都一样，小学生不提问题，高中生也不提问题。我们当老师的实在没办法，便只好一言堂地讲一通。学生到底什么地方懂了，什么地方没懂,仍然是不知道。我们为了保险起见,便把自己认为学生没有听懂的地方重复一遍,或者全部重复一遍,可效果仍然不佳。这到底是怎么一回事呢,我们的后代真的天生就这么痴呆吗? 我常常也有这样的忧虑。

我也有一个孩子,已经五岁了。我既不娇惯,也不放纵。平常对孩子总是嘻嘻哈哈,孩子妈老是说我没大没小。但我自在,因为我有我的原则,孩子只要没犯错误,又何必给他板着面孔呢? 于是孩子对我倒比对他妈亲近得多。

我很难说孩子是从几岁开始的,他总是问我这,问我那的。比如说麦子为什么是绿的,水为什么有时候是绿的,有时候是白的,有时候又什么都看不见? 开始我非常的高兴,总是每问必答,知道的回答,不知道的乱编一通。

记得有一次,我从一片柿子林旁走过,孩子就坐在自行车的前梁上,他突然仰起头问:

"爸爸,你说那柿子树的树杈上为什么都放着一块土?"

我一看,真的每个柿子树的树杈上都放着一块土。我也竟说不上来为什么了,随即便想,这是冬天,一定是主人怕冻坏了树才这么做的,可为什么呢? 我又不是教生物的,实在想不出,于是便举了个例子说:

"你说冬天冷不冷?"

"当然冷。"他不假思索地回答。

"可是如果你担一担水,走很长的路,你还会出汗,你知道这个道理吗?"

我的孩子是生长在农村的,家里经常要到沟底去挑水,挑水回来的人总是满头大汗,他是见过的,因此他立刻便明白了。

"你是说让柿子树担上土,就像人担上了水暖和了一样。"

我便回答他:"大概是这样的。"

谁知他又问:"什么叫大概是?"

"大概是就是'是'。"我赶紧搪塞。

不知是孩子渐渐地长大了,我不再像小的时候那么爱他了,还是因为他实在问得太多,太莫名其妙,叫我难以回答,还是我进入了更年期，总之，我开始厌烦他的每见必问了，后来总算是有了一个推托之词"将来上学了去问你们的老师"。

我的孩子最爱到他姥姥家里去，他们一家人都爱逗他。有一次，他到了姥姥家里，舅舅正在吃面，他也饿了，便要吃面，姥姥便开始逗他玩：

"你吃了面你舅舅吃什么呀？"

我的孩子是很通情理的，他停了一下，觉得也对，便对姥姥说："那你给我泡点馍吃吧！"

这下子逗得全屋子的人都乐了。

后来他姥姥过来说了，都说我的孩子很聪明。我和孩子妈也都非常的自豪，等孩子回来了，我们便一块问，孩子竟然不肯承认，板着脸，甚至有点生气，我们一下子也都笑了。然而从那次起，他便不再要到姥姥家里去，即便去了，也不肯说一句话，也绝不吃姥姥家的东西，有时候竟使我们很难堪。

去年孩子上幼儿园了，除了两饭我便很少见他。突然间我觉着他好像再也不问我问题了，似乎也很少和我交谈，我便有意问他：

"你问过老师吗？"

"同学都不问。"

我一听，心里就打叉。

"那你应该主动问问题呀？"

"老师说：'作为孩子第一要紧的就是要听话，不乱说话，破坏纪律，不准随便出出进进！'"他似乎还很有道理地说。

啊！我一下子紧张起来了，这不也是我们整天念叨的吗？

我一下子感到了心情的沉重，我们的孩子并非都是痴呆的一群，只是我们的家长，我们的老师，甚至我们的社会在无形中刺伤了他们好奇好问的心灵，扼杀了他们的天性，这便是他们现在这样的答案。让我用鲁迅先生的一句话向全社会的家长、老师们呼吁：

"救救孩子！"

《滕王阁序》的思想感情绝非一己

石 岩

关于王勃《滕王阁序》的思想感情，似乎都认为他是表达自己虽报国无门却壮志不坠，处困顿而情操不移，遇逆境而壮志更坚的执着态度，抒发了自己交织于内心的失望与希望，痛苦与追求，失意与奋进的复杂感情。

还有人说：全文由地理人文的叙述到良辰美景的描绘，再由美景转到抒情，紧密联系，转换自然。展开来看，作者从叙写洪州的形胜入手，极尽铺陈渲染之能事，把宴会盛况，滕王阁内外上下的景物描写得淋漓尽致。然而王勃并非为游山玩水而来，他只是路过此地，被这里的山光水色所吸引，因而很容易触景生情，从宴游盛会的聚散联想到人生的穷途离合，禁不住"兴尽悲来"，自会有一番感慨要抒发的。也就是说，在良辰美景、贤主嘉宾都齐备的情况下，作者举目远眺，尽情嬉游，可是天高地远，宇宙无垠，他忽然觉得人生短促，万事万物的变化都有定数，感慨油然而生。

我以为这些看法都有些偏激。文章中的叙述、描绘，还有抒情绝对不能分开来，也就是说文章中的叙述与描绘中本身就包含了浓烈的抒情成分。如："豫章故郡，洪都新府。星分翼轸，地接衡庐"这分明就是说此地有着悠久的历史，有名山环绕，星宿照应；"襟三江而带五湖，控蛮荆而引瓯越"用了拟人的手法，并且突出了此地地理位置的重要。喜爱之情跃然纸上。"物华天宝，龙光射牛斗之墟；人杰地灵，徐孺下陈蕃之榻。"则说明此地珍宝人才众多。"雄州雾列，俊采星驰。台隍枕夷夏之交，宾主尽东南之美。都督阎公之雅望，棨戟遥临；宇文新州之懿范，襜帷暂驻。十旬休假，胜友如云；千里逢迎，高朋满座"是说此地"雄州"众多，人才聚集；"腾蛟起凤,孟学士之词宗;紫电青霜,王将军之武库"是说此人文采之高,武器之精良;这无处不包含着为此地而自豪而骄傲的情感。"家君作宰,路出名区;童子何知,躬逢胜饯。"是说自己年幼无知,路过此地竟能亲自参加这样的群英大会,实为幸事。这又怎么能说只是叙述而不是抒情?从这里的"童子何知,躬逢胜饯"也可看出作者并没有"怀才不遇"的思想,甚至有少年得志的张扬。

文章第二段无论是叙述还是描绘,还有第三段的写音乐,写歌声也都饱含着作者的自豪与喜爱之情,所谓的"四美俱,二难并,穷睇眄于终天,极娱游于暇日"表达的也正是这一愉快的心情。

"天高地迥,觉宇宙之无穷;兴尽悲来,识盈虚之有数"确实是文章思想感情的转折点。但"识盈虚之有数"却并不就是"悲",而是说阴晴圆缺是一种必然,"望长安于日下,目吴会于云间。地势极而南溟深,天柱高而北辰远。关山难越,谁悲失路之人;萍水相逢,尽是他乡之客。怀帝阍而不见,奉宣室以何年?"才真正表达的是一种怀才不遇的无奈与悲凉。

"嗟乎!时运不齐,命途多舛。冯唐易老,李广难封。屈贾谊于长沙,非无圣主;窜梁鸿于海曲,岂乏明时?"是说人的命运与"圣主""明时"没有关系。"所赖君子见机,达人知命"可以看作是对前面现象的自安自慰,即君子也要遇到一个好的时机,通达的人乐天安命。"老当益壮,宁移白首之心?穷且益坚,不坠青云之志。酌贪泉而觉爽,处涸辙以犹欢"是说再老,再困顿,环境再恶劣也不能改变自己那种高远的志向。"北海虽赊,扶摇可接;东隅已逝,桑榆非晚"似乎是说再难再苦也有到头的时候或补救的办法。"孟尝高洁,空余报国之情"似乎是一种报国无门的怨愤。"阮籍猖狂,岂效穷途之哭!"又似乎是对阮籍"猖狂"的否定与讥笑。

文章从"勃,三尺微命,一介书生"开始才真正地写自己的经历。"无路请缨,等终军之弱冠;有怀投笔,慕宗悫之长风"是说自己和终军一样年已二十一,虽然羡慕宗悫的英雄气概,却无处报国。当然有失意和悲伤的情怀。如果说前面写的是报国无门的感伤,那"舍簪笏于百龄,奉晨昏于万里。"则是说迫于无奈,才舍弃做官的想法,到万里之外去朝夕侍奉父亲。"非谢家之宝树,接孟

氏之芳邻"仍是说自己才疏学浅,侥幸能与各位饱学之士比邻,应是谦卑之词。"他日趋庭,叨陪鲤对"是说以后有时间再去(你们的)府上讨教。"今兹捧袂,喜托龙门"是说今天侥幸与能与各位同台作诗,也应是一种喜悦之情。

大概有人说此文表达的是知己难逢,怀才不遇的悲伤情怀也都缘于"杨意不逢,抚凌云而自惜",可别忘了后面还有一句"钟期既遇,奏流水以何惭?"如果说前句是说知己难遇,怀才不遇的话,那么这里的"钟期"又算是什么呢?从王勃的生平来看,他作此序时不过二十岁,有的还说是十四岁,可以说还没有成年,还没有进入社会,又怎么能算得上"怀才不遇""知己难遇"呢?

那么文章的感情到底是悲还是喜呢?

当然在写作中有欲扬先抑,对比衬托的手法,但目的也只能是一个,要么为了"抑"要么为了"扬"而不能既"扬"又"抑"。或者说不能在同一个时间点既说喜又说悲,否则就是中心不明或主题模糊了。

为此,我以为还是应该从文章的题目入手去理解这一个问题。

我们都知道王羲之的《兰亭集序》,前面也是写宴饮的环境(美好)人们的欢庆与喜悦。但后面却依然表现出一种"人生苦短的感叹",可以说思路与这篇《滕王阁序》一模一样。这又是为什么呢?我只能说,因为它们都是"序",而且都是《诗》序。

我们大家都知道,自序通常用来说明创作意图和写作经过,多用来介绍和评论本书内容,常见的有作者序、非作者序和译者序三种。

作者序是由作者个人撰写的序言,一般用以说明编写该书的意图、意义、主要内容;非作者序言是由作者邀请知名专家或组织编写本书的单位所写的序言,内容一般为推荐作品,对作品进行实事求是的评价,介绍作者或书中内容涉及的人物和事情。

《滕王阁诗》我们看到最多的也就是王勃的《滕王阁诗》,其他的几乎都没见过,所以单仅凭这一首诗就说"序"是自序也说不通,只能算是他序。按他序来说,就应推荐作品,对作品进行实事求是的评价,介绍作者或书中内容涉及的人物和事情。可从作序时间看,序又在前而诗又在后,诗的内容更无从说起,只好从作诗的诱发因素——灵感,与诗人自身的修养写了。所以这种"序"就只好从诗人的身份、地位、学识、见地,当地的江河湖泊、山川形胜写起,最终落实到诗人的心情。因为诗传达的就是诗人的思想感情,当然诗人的思想感情与当时的山水风景有关,更与诗人的经历有关,正因为此,才会有各种各样的思想感受。这正是诗序所要表达的内容,所以不能把"序"中的内容只看成是表达作者自己的思想感情,而是对不同诗所展现的思想的概括,也包括自己独有的感受。这方面更能展示出作者不同凡响的卓越的艺术才华。

"随意春芳歇"之我解

石　岩

"随意春芳歇,王孙自可留"是王维《山居秋暝》的尾联,也是这首诗的主旨句。

教材解为"春草就随它的意衰败吧,王孙自可留在山中(这里的秋景仍值得欣赏)。语出《楚辞+招隐士》:'王孙游兮不归,春草生兮萋萋','王孙兮归来,山中兮不可以久留'。这里是反其意而用之。王孙,古代贵族子弟的通称,这里是诗人自况"。

从题目我们已经知道这首诗写的是山中秋夜,既是"秋"又怎能有"春草"呢? 而且是"随它的意衰败",难道说"草"也愿意"衰败",否则,怎能是"随它的意"呢?

从诗的主旨来看,作者要说的是这里的环境明净、清幽、美好,人民勤劳、朴素、开朗,足以令人流连忘返。表现诗人对隐居生活的满足心情。既然如此,作者又为什么要写"春草"的衰败呢? 这不是有意败兴吗?

其次,从"新雨""松间""清泉""竹喧""莲动"看,也都没有"衰败"的迹象,而突出的却是明净、清幽、美好的境界。如果说"随意春芳歇"是"春草就随意衰败吧"这不是前矛后盾了吗？

其四，从"《楚辞·招隐士》：'王孙游兮不归，春草生兮萋萋'，'王孙兮归来，山中兮不可以久留'"看，"王孙"不归的原因并不可知，"山中兮不可以久留"只是"主人"的推断，或者说是"主人"希望"王孙"归来的期望与呼唤。那么"王孙"不归的原因到底是什么呢？《楚辞·招隐士》并没有回答。而这首诗正是对此的回答，即这里的环境，这里的民风使他流连忘返，此处的用典用出了新意，这正是用典的高妙之所在。

为此，我认为"随意春芳歇"并不是"春草就随它的意衰败吧"而是"你随意歇脚，（空气中）都有春天般的芳香"。这里的"随意""歇"指人，而并非指花草，这也正是"王孙""不回"的直接原因。

可能有人要说，这里写的是秋夜，又怎来"春芳"？我想这应是用春说明这里的空气中充满着"芳香"。也许你认为春天的空气中才有"芬芳"，可我倒认为如果单从"香"味上讲，"春芳"远远赶不上秋香，因为秋天是成熟的季节，空气中充满着各种果实的"香"，就连朱自清也不得不用"闭了眼，树上仿佛满是桃儿，杏儿，梨儿"（选自朱自清的《春》）来说明春天的花香。这已经足以说明"秋香"赛过"春芳"了。何况前面已写到了"竹喧归浣女，莲动下渔舟"。"竹""莲"是如此的繁茂，为什么就不能有"芳"呢？既然如此，这里为什么就不能有"春芳"呢？

第五，作为诗的尾联，按常理说应是对全诗的总结，或是对诗的意境的提升，把"春芳"理解为"空气中都充满着芳香"则更符合这两方面的要求。也就道出了"王孙自可留"的根缘。出句与对句正好形成因果关系，概括了全诗的主旨。

第六，我们都认为"这首诗反映了诗人过隐居生活的愿望。"（教材 28 页注解 1）即作者的"旨"在"隐"，而《楚辞·招隐士》的"旨"在"招隐"。"隐"缘于官场的污浊腐败，缘于山林的自由自在、环境清幽、民风纯朴。这"随意"正是"自在"的表现。如果把它解为："春草就随它的意衰败吧"岂不是大煞风景吗？

因此，我认为"随意春芳歇"的意思应为：你随意地歇脚吧，无论到哪里，空气中都充满着芳香。

死且不避，何须掩饰

——杜十娘"用意修饰"之我见

石　岩

在《杜十娘怒沉百宝箱》中，当杜十娘听到李甲说"夫妇之欢难保，父子之伦又绝，我得千金，可借口以见吾父母"的话，认识到李甲也是一个庸懦自私、背信弃义的纨绔子弟后，万念俱灰，准备自尽。可表现得却是异常的冷静。还说什么："明早快去应承了他，不可错过机会。但千金重事，须得兑足交付郎君之手，妾始过舟，勿为贾竖子所欺。"时已四鼓，十娘即起身挑灯梳洗，道："今日之妆，乃迎新送旧，非比寻常。"于是脂粉香泽，用意修饰，花钿绣袄，极其华艳。装束方完，天色已晓。

杜十娘既想到了死，为什么还要"用意修饰"呢？我们的《教师教学用书》上说："显然，这是极其深刻地表现她勇于承当不幸，表现她别有打算而又不使别人识破她的打算，表现她郑重其事地做最后一次梳妆以告别人世的心情。这些更突出了她的坚毅不屈和有胆有识。"对此我倒有一点不同的看法。

说这样写是表现她勇于承当不幸，我固然不反对，但说她是"别有打算而又不使别人识破她的打算"我不敢苟同。

其实不仅这篇小说中出现了这一细节，在叙事长诗《孔雀东南飞》中也有，当刘兰芝被"阿母"所遣，离家前也有一段"用意的修饰"这便是"鸣外欲曙，新妇起严妆。著我绣夹裙，事事四五通。足下蹑丝履，头上玳瑁光。腰若流纨素，耳著明月珰。指如削葱根，口如含朱丹。纤纤作细步，精妙世无双。"

从各自的归宿看，完全相同。如果说杜十娘"用意修饰"是"别有打算而又不使别人识破她的打算"即有意掩饰。那么刘兰芝被迫离家则是其中的每一个人心知肚明的,还需要什么掩饰呢? 不是为掩饰,又是为了什么呢? 为此我认为此时杜十娘的"有意修饰"有更深更广的含义。

首先我认为这是出于女人的一种尊严。也许男人并不在意这些,但女人却非常的在意。自己的男人已经看不起自己了,不能再叫别人看不起自己。再者,这也是向自己的"男人"示威,"离了你我照样是我,绝不能因为你而使我变得邋遢。我甚至比别人好,比别人强。"只要是有理性的女人都会这样做的。

其次,这也是一种蓄意的"报复"。让你在他日感到自己失去的是怎样的一位漂亮、美丽的人,使你后悔,使你痛心。从杜十娘此前的语言中我们不难看出其讥讽挖苦的用意。她三番五次地强调"千金"之重,其用意便是让李甲后悔,后悔你得到了"千金"却失去了无价之宝,让你受到良心的折磨。这也许正是李甲"转忆十娘,终日愧悔,郁成狂疾,终身不痊"的原因吧?

其三,这"用意修饰"可能还抱有一种幻想,希望李甲看到自己的漂亮的装束,美丽的容颜,会忆及往日的情意,陡然回头。从小说中"十娘微窥公子,欣欣似有喜色,乃催公子快去回话,及早兑足银子。"不难看出杜十娘"用意修饰"时确实还是对李甲抱有一线希望的。

其四,从杜十娘的"今日之妆,乃迎新送旧,非比寻常。"看,语中有双关,除应付李甲,说自己将与孙富过新生活外,另一层则是指自己的新生活,自己的新生活是什么呢? 也许就是死吧? 因为此时的她,对幸福,对爱已丧失信心,她的新生活也绝不再是烟花青楼。那她为什么还要"用意修饰"呢? 这只能是对美好幸福生活的无限向往。或许只有死才能实现,这也正是作品最感人的地方。什么是悲剧? 就是把最美好的事物毁灭给人看。《杜十娘怒沉百宝箱》可谓名副其实的悲剧。其中死前的"用意修饰"也可算是浓墨重彩的一笔。

人有学问境自高，书无俗香芳千年

石 岩

　　读书加惠于人们是知识的增广，积累形成的是人的一种素养，因此必须日日读，月月读，年年读，终身读，而不是事到临头抱佛脚。陆游说得好：书到用时方恨少、事非经过不知难。人们从读书学做人，从那些往哲先贤以及当代才俊的著述中学得他们的人格。

　　读书增长见识，读书拓展思路，读书改变恶习，读书消除寂寞，读书促人进步，读书净化心灵、读书修身养性。读书虽说不能改变我们的命运，却可以改变我们的性格；读书不能改变人生的起点，但它却可以改变人生的终点。

　　晋平公问于师旷曰："吾年七十，欲学，恐已暮矣。"师旷曰："何不炳烛乎？"师旷曰："少而好学，如日出之阳；壮而好学，如日中之光；老而好学，如炳烛之明，炳烛之明孰与昧行乎？"

　　啥意思呢？就是说：晋平公问师旷，说："我已经七十岁了，想要学习，但是恐怕已经晚了。"

　　师旷回答说："为什么不点上蜡烛呢？"

　　师旷说："少年的时候喜欢学习，就像初升的太阳一样；中年的时候喜欢学习，就像正午的太阳一样；晚年时候喜欢学习，就像点蜡烛一样明亮，点上蜡烛和在黑暗中走路比较哪个好呢？"

　　也许有人说现在有了电视，有了网络就可以不读书了，这完全是误解，电视充其量是将小说或散文中的情节、景色具体成了某种画面。但要知道表达与展示画面是不同的，效果是不一样的，况且电视剧大多是依小说改编的。如果人人都只是看而没有人去写，那又何来的电视剧？从抒情的角度来讲，散文的深度与广度也都超越了电视剧。所以我们必须读书，写文章，甚至写书。我们民族的文化才不至于停滞不前。

当然我们还要有选择，要读好书，要会读书，即心到、眼到、口到，只有这样才能提高自己。

一个人一旦与书本结缘，便注定他与高尚结缘，产生对暴力的厌恶和对弱者的同情，使人心灵纯净而富正义感，情趣高雅而脱俗。或博爱、或温情、或抗争，引导人美好，促使人成熟。笛卡尔说："读一本好书，就是和许多高尚的人谈话。"这就是读书使人向善；雨果说："各种蠢事，在每天阅读好书的影响下，仿佛烤在火上一样渐渐溶化。"这就是读书使人避恶。因此说，书籍是阳光，书籍是智慧，书籍是灵魂，书籍是翅膀，书籍是营养品，书籍是人类进步的阶梯。所谓"读书破万卷，下笔如有神。"所谓"玉不琢、不成器，人不学、不知义"，读书给人快乐、读书使人光彩、读书增长才干。所谓"鸟欲高飞先振翅，人求上进先读书。"人的影响短暂而微弱，书的影响则广泛而深远。甚至是几代几世，成千上万年，孔子就是证明，司马迁就是证明，歌德是证明，达尔文更是证明，有谁能活一千年，一万年，但书的影响力又何止千年万年。

人教版高中语文第三册第五单元

《石钟山记》求疵

石　岩

苏轼的《石钟山记》第三段中谈到"士大夫终不肯以小舟夜泊绝壁之下，故莫能知"。从文中可知，作者是"莫夜月明"才看到了石钟山得名的真正原因。从作者所探到的事实看，大概要听到石钟山的这种"如乐作焉"的"钟鼓"之声，就必须具备三个条件：①必须是一定的风向；②必须有一定的风力；③潮水要涨到一定的高度。也就是说关于石钟山得名的原因，是很不容易看到的，但既然能以此为山名，说明能听到这种声音的人不在其少，或者说这种"如乐作焉"的"钟鼓"之声绝非偶然现象。其次，作为一种自然现象，而且是一种声音，到底与白天、夜晚有多大的区别，为什么白天就不能发现这种现象呢？就算"士大夫终不肯以小舟夜泊绝壁之下"但只要白天能到绝壁之下，说不定有朝一日也会听到这种声音，看到这种现象。从视觉上讲，白天看得会更清晰一些。为什么就一定要在晚上去看呢？

也许有人说，白天水上有各种来往的船只、水鸟，会发出各种嘈杂声，所以只有到了夜晚月明时分方能听到。但文中又明确地写道"而大声发于水上"。既是"大声"，那就说明即使是白天也能够听到。文中又说"有大石当中流，可坐百人，空中而多窍，与风水相吞吐，有窾坎镗鞳之声"，书中注解(7)说这是"击物声，钟鼓声"又有"如钟鼓不绝"的描述，既是钟鼓之声，又怎能听不见呢？

我想，这应该是作者由自己是"夜"探而得，便认为只有"夜泊"绝壁之下，方能发现这种现象，发现石钟山得名的真正原因。这不正是"臆断"吗？

其次，文中有一句："至莫夜月明"，注解(27)[莫夜]晚上。莫，通"暮"。

那"暮"是什么意思呢？一般认为是"夜"，若是"夜"那后面为什么还要来一个"夜"呢？这不是重复吗？因此，我认为把"暮"解为"夜"是不合理的，那么到底怎样理解这个"莫"的意思呢？我倒认为应理解为"晚"，不是有"暮春"之说吗？"暮春"即为晚春。这样，这个"莫夜"的意思也就变成了"晚夜"或者说是"深夜"了。这与后文的"而山上栖鹘，闻人声亦惊起，磔磔云霄间"的语境也比较合拍。

人教版高中语文必修2第7课《涉江采芙蓉》

《涉江采芙蓉》主人是游子，还是怨妇？

石　岩

这首诗的作者是谁，现已不可具体考证。所以后人对抒情主人有各种说法。

有人认为表现远方游子的思乡之情。因为诗中的"还顾望旧乡，长路漫浩浩"，写的正是游子对"旧乡"的望而难归之思。

既然如此，那么，开篇之"涉江采芙蓉"者，也当是离乡游子了。不过，当时的游子求宦士应在洛阳，洛阳是不可能去"涉"南方之"江"（因为古代的"江"是专指长江的）采摘芙蓉的，而且按江南民歌所常用的谐音双关手法，"芙蓉"（荷花）往往暗含着"夫容"，明是女子思夫口吻。

从男女的生活习性而言，女人爱花，并且多借花寄托自己的情思，男人则多重事业，甚至好酒，且男人不是被强迫地驻守边关，就是从事重体力的农耕劳动，即使是游子，也多在习文弄武的竞技场上，似乎根本就没有"采花"的时间。当然屈原得除外，因为他是大诗人，又是贵族，有赏花的可能，诗中的花草香木本来就是人品与道德的象征，是诗歌中的说法，实际恐怕并非其人其事。

从"涉江采芙蓉，兰泽多芳草"我们不难感受："于是妖童媛女，荡舟心许；鹢首徐回，兼传羽杯；棹将移而藻挂，船欲动而萍开。尔其纤腰束素，迁延顾步；夏始春余，叶嫩花初，恐沾裳而浅笑，畏倾船而敛裾"的胜情胜景。或许还是夏秋之交，荷花盛开。在风和日丽中，荡一叶小舟，穿行在"莲叶何田田"、"莲花过人头"的湖泽之上，开始一年一度的采莲活动，可是江南农家女子的乐事。采莲之际，摘几枝红莹可爱的莲花，归去送给各自的心上人，难说就不是妻子、姑娘们真挚情意的表露。何况在湖岸泽畔，还有着数不清的兰、蕙芳草，一并摘置袖中、插上发际、幽香袭人，更教人心醉。——这就是"涉江采芙蓉，兰泽多芳草"两句吟叹，所展示的如画之境。倘若倾耳细听，读者想必还能听到湖面上、"兰泽"间传来的阵阵戏谑、欢笑之声。

但这美好欢乐的情景，刹那间被充斥于诗行间的叹息之声改变了。与众多姑娘的嬉笑打诨不同，她却注视着手中的芙蓉默然无语。此刻，"芙蓉"在她眼中幻化出了一张亲切微笑的面容——他就是这位女子苦苦思念的男子。"采之欲遗谁？所思在远道！"长长的呼叹，点明了这女子全部忧思的由来：当姑娘们竞相采摘着荷花，声言要拣最好的一朵送给"心上人"时，女主人公思念的男子，却正远在天涯！她徒然采摘了美好的"芙蓉"，此刻难以送给远方的人。人们总以为，倘要表现人物的寂寞、凄凉，最好是将他(她)放在孤身独处的清秋，因为那最能烘托人物的凄清心境。但是否想到，有时将人物置于美好、欢乐的采莲背景上，抒写女主人公独自思夫的忧伤，更具有以"乐"衬"哀"的强烈效果。

部分人认为："还顾望旧乡，长路漫浩浩"两句是空间的突然转换，出现在画面上的，已不是拈花沉思的女主人公，而是那身在"远道"的丈夫了，并且把这说成是心灵感应，说是正当女主人公独自思夫的时候，她远方的丈夫，此刻也正带着无限忧愁，回望着妻子所在的故乡。

我们姑且认为这种说法正确，即抒情主人公是男子，既然是男子，在那样一个男权社会中，无论是戍边，无论是游子，按自然的推理，也总有回家的时候，即使仕途得宠，按诗中的情感，那更是团圆有望，怎么会"同心而离居，忧伤以终老"？

因此，我以为诗的抒情主人公就是一位女子，与她所思念的男子是结婚又被迫离婚而成为寡妇的女人，就像刘兰芝与焦仲卿，王宝钏与薛平贵被迫离异一样。因为只有这样全诗的情节才能解释得通。

首先她同其他的女子一样，有着纯洁美好的性情。但她表现的却是孤独与忧伤。因为她的"所思在远道"。这种反衬与对比已将此刻的"孤独与寂寞"表现得入木三分了。

多数人将"还顾望旧乡"理解为"回头看故乡",因为作为女主人就在"故乡",所以不存在"望故乡"的可能,由此便认为这里写的是女子所思念的男子了。但我认为这里的"旧乡"并非"故乡"而是他们两个曾经生活过或相爱过的地方,那里也许有他们美好的记忆,甜蜜的生活,这也正是诗的含蓄所蕴含的巨大力量。但因为是被迫分离,被迫"远道",或许男女双方都已经被迫再婚,才使得他们永远没有了见面,团圆的机会,只有这样才会"同心而离居,忧伤以终老"。

沈德潜说:"古诗十九首,不必一人之辞,一时之作。大率逐臣弃妻,朋友阔绝,游子他乡,死生新故之感。"这里也提到了"弃妻"。

马茂元先生曾说:"文人诗与民歌不同,其中思妇诗也出于游子的虚拟。《涉》是在表现游子的忧苦和愁思时采用了"思妇调"的"虚拟"方式。作者不仅借思妇之口写出了对家的悠悠思念,也通过思妇的情节写出了"还顾望旧乡"的情景。

如果说此诗也是出自游子之手,也可讲得通,但"游子"仍然是站在那位思妇的立场上写的,这也正是"同心"的具体表现,但从"同心而离居,忧伤以终老"来看,也只能是前面说的那种关系,他仍然是与那位"同心"的女子没有了再见面,再团圆的可能,这就更增强了诗的悲情气氛,至于原因,可能是社会的,也可能是家庭的,可以尽由你去想象了。

也正因为如此,才显示出他们爱的纯洁,爱的凄美,爱的深沉。这也正是此诗的新颖与感人的力量所在。

《林教头风雪山神庙》中

山神庙里的火信来得有点早

石 岩

如果我们把这一情节改为：

正吃时，只听得外面有人说将话来。林冲便拿了花枪，就伏门边听时，是三个人脚步响，直奔庙里来，用手推门，却被石头靠住了，推也推不开。三人在庙檐下站定，数内一个道："这条计好么？"一个应道："端的亏管营、差拨两位用心！回到京师，禀过太尉，都保你二位做大官。这番张教头没的推故。"那人道："林冲今番直吃我们对付了，高衙内这病必然好了。"又一个道："张教头那厮，三回五次托人情去说：'你的女婿没了。'张教头越不肯应承，因此衙内病患看看重了。太尉特使俺两个央浼二位干这件事，不想而今完备了。"又一个道："小人直爬入墙里去，四下草堆上，点了十来个火把，待走那里去？"那一个道："这早晚烧个八分过了。"又听得一个道："便逃得性命时，烧了大军草料场，也得个死罪。"又一个道："我们回城里去罢。"一个道："再看一看，拾得他一两块骨头回京，府里见太尉和衙内时，也道我们也能会干事。"林冲听得三个人时，一个是差拨，一个是陆虞候，一个是富安。林冲忙从就壁缝里看时，只见草料场里果真火起，必必剥剥地爆响，刮刮杂杂的烧着。林冲差点跳将起来，但强忍怒火，轻轻把石头掇开，挺着花枪，左手拽开庙门，大喝一声："泼贼那里去？"三个人都急要走时，惊得呆了，正走不动。林冲举手，咔擦的一枪，先拨倒差拨。

这样地安排，一方面能突出林冲的正直善良，纵然是遇上了陆虞候，还是不会想到他会用这样以损伤国家利益的方法来陷害自己，用鲁迅的话说，就是"我向来不惮以最坏的恶意来推测中国人的，但我还不料，也不相信意会下劣凶残到这地步"。也更能展

189

现出高俅之徒的阴险毒辣。

另一方面,这样地安排,能使林冲一心一意地听完陆虞侯等人的谈话内容,达到义愤填膺,而此时看到大火,不仅是对此阴谋的佐证,同时会使林冲的怒火中烧,自然而然地就发展到了手刃仇敌的情节。

其次,我们通常说,这里的大火,不仅指草料场的火,还比喻虞侯的阴谋之火,林冲的怒火,如果说前者,还能勉强讲得通,因为火已经点起来了,但如果说比喻林冲的怒火,则有些早了,因为此时的林冲只是看到了火,但还不知道就是陆虞侯他们放的火,只有知道了是他们放的火,林冲的这种怒火才能被点燃。因此,林冲的怒火应是在听阴谋,看到火即得以证实之后。

再者说,从前文"行不上半里多路,看见一所古庙",古庙离大军草料场有半里地,外面下着大雪,雪天本来就有亮光,又在四壁合拢的庙中,有隔音隔光的效果,得从门缝中才能看到,如果不是有意的话,是根本发现不了的。

还有,林冲是从草料场走来进入庙中的,半里地会用多长时间,就算上他在里面喝酒吃肉的时间,又能有多长。就算不说林冲,只说陆虞侯,他们点燃了大军草料场,跑到了山神庙,半里多路,又能用多长时间,并且是在大雪中,火就能烧到那么大吗?

因此,我还是觉得这里的火信来得太早,太不合情理了。尽管小说是艺术,但仍应符合生活的自然逻辑。

我看"我有一所房子，面朝大海，春暖花开"

石　岩

　　我读诗从来不先看作者简介，因为我总感到诗是独立的，就像看信、看报一样，用不着去调查研究，否则往往会牵强附会，甚至曲解。读海子的《面朝大海，春暖花开》也一样。

　　从明天起，做一个幸福的人，
　　喂马，劈柴，周游世界
　　从明天起，关心粮食和蔬菜

　　与其说海子是在给自己说，不如说海子是在给所有尘世的人说。尘世的人总是多愁的，永不知足，所以对自己现有的工作或事业总感到不幸，怎样做一个幸福的人，这里便是最好的回答。"喂马，劈柴，周游世界。关心粮食和蔬菜。"也就是说把自己在做的平凡的事看成一种享受，一种快乐，那你的生活也就变成幸福的。关键就在于你是怎样看待你的生活，你的工作。

　　从明天起，和每一个亲人通信
　　告诉他们我的幸福
　　那幸福的闪电告诉我的
　　我将告诉每一个人

　　这里无疑是说要学会分享幸福，让别人分享自己的幸福，对自己来说就是一种幸福。

　　给每一条河每一座山取一个温暖的名字

　　这里渗透着对自然的热爱，也可以说是在告诉我们怎样幸福的方法。

　　陌生人，我也为你祝福
　　愿你有一个灿烂的前程
　　愿你有情人终成眷属

愿你在尘世获得幸福

这是对所有人的最质朴、最本真的祝福。

可读到"我只愿面朝大海,春暖花开"我就有些茫然了。

"春暖花开"是指特定的季节呢？还是指美好的景象？为什么给别人的是美好的祝福,自己却"只愿面朝大海,春暖花开"呢？是只愿等待观赏春暖花开时节的大海或海岸吗？这与给别人的祝福,让别人幸福相冲突吗？

一翻资料书,才知道这首诗作于作者自杀前的两个月。我更奇怪了,于是就查找到了海子的诗集,我这才发现海子的诗充满了孤独、灰暗、空虚和痛苦。

从所选的四十首诗中,就灰暗的词语我做了一个统计。竟发现"夜"字出现了 88 次之多,"黑"出现了 77 次,血 65 次,死 61次,骨 37 次,头颅 23 次,黑暗、空虚各 19 次,孤独 18 次,沉默 16次,痛苦 12 次,埋葬、废墟各 9 次,荒凉 7 次,尸 5 次,骷髅 3 次。

难怪乎有人说海子在作《面朝大海,春暖花开》时,已经完全把自己视做"尘世"之外的人了。

然而我想到的却是另一个场面,那就是《洪湖赤卫队》里韩英与娘告别的那一节:

"娘啊娘！儿死后,你要将儿的坟墓向东方,儿要看蒋匪消灭光——"

我突然觉得我理解了"面朝大海,春暖花开"的真正含义。是的,这时的海子想到的是自己的"天堂",那就是"面朝大海""春暖花开"时节的一座坟墓。

汉语之殇

石岩

在高考 750 分中，语文 150 分，所占的比例可谓不小，通常我们也说"语、数、外"，把语文排在了第一位。据说，北京的试卷改革，还要把语文的分值增加到 180 分呢。

但中小学的学生却没有一个去辅导语文。社会上有数学的辅导班，有外语的辅导班，甚至还有化学物理辅导班，可唯独没有语文的辅导班，这到底是为什么呢？

难道是因为我们学生汉语水平已经到了不需辅导的程度或者说到了中上游的水平。不是还有人抱怨我们的大学生，研究生不会写论文，不会叙事，不会写一般的文章，甚至是错别字满篇，语句不通，言不达意吗？报刊杂志上不是说有的大学生不会写信，甚至不会打欠条、收条、领条等吗？

我以为，既不是语文在高考中的比例小所致，也不是因为我们学生的语文水平高到了一个不需要再学习、再提高的程度，而是我们的高考惹的祸。

目前高考所谓的"标准化"试题可分为三大部分：一为语基题（如字音辨误、词语辨析、虚词用法、成语使用、语病等）；二是阅读理解；三是作文。

语基题（字音辨误、词语辨析、虚词用法、成语使用、语病等）与阅读理解，往往人为设置干扰又过于精雕细刻、烦琐刁钻，完全是一种极其严格、脱离现实的书面语要求，也是命题专家们挖空心思的产物。不要说学生如临大敌，教师望而生畏，即使是大作家、中文系教授也手足无措，这种考法根本无法体现检测效度和区分度，反而使学生对母语心生恐惧。常常是高考前，师生夜以继日地辨字析词、默写名句,可考试时还是错误百出。可以说学与不学一个样。

作文可以说是最能体现学生语文能力与水平的,作文一般为60分,在150分的卷子中占到了60分,这比例不算小了,可学生依然不重视作文,甚至教师也不重视作文,把作文的教学时间用于其他方面的教学。这又是为什么呢?

这也与我们作文的阅读及评分标准有很大的关系。

一、我们的高考分省阅卷,省与省也有一个评比,每个省份,要增加自己考区的人均成绩,客观方面的东西没有办法改变,例如数学上的数字,1是正确的,那其他的数字都是错误的。只有在主观上做功,作文便成了唯一可以加分的项目,加个十分二十分的不在话下。这正是各省学生的作文分数居高不下的原因。有的省份甚至人为地规定,四十分以下的作文必须重新审阅。也就是说你只要写够字数,哪怕是没有思想感情,哪怕是错别字满篇,哪怕是语句不通,都能在四十分以上。

二、从阅卷教师的角度看,四十分到五十分之间是最牢靠的分数,根本用不着去仔细看。这就是一个教师一天要阅八九百份卷子,一份作文的阅读时间还不足一分钟的根本原因。我们常常耻笑科举制度,试想,科举制度下,看一篇文章的时间真的就只有一分钟吗?就单从写作这个角度讲,科举制度下的秀才远远超过了我们现在的大学生或研究生。

三、我们的作文分数在很大程度上是在照顾学生的情绪,想要促成的是皆大欢喜的局面。作为学生,作文能得个四五十分是很不错的结果,也就不会再生事端,有什么抱怨了。阅卷教师不用多看,省事,还没有什么责任。你好,得到了高分,大家都好,免去了矛盾。那为什么不干脆都来个60分呢,不更是皆大欢喜吗?

这三项的结果就是作文写好写坏一个样,学与不学一样。这样一来,衡量语文水平高低的任务就又落到了那些刁钻古怪的基础题上了。在只争朝夕的中小学时代,谁又愿意把时间耗在可学可不学的科目上呢?因此,汉语的悲不是悲在无用,而是悲在我们的高考制度,悲在我们语文制卷上,悲在我们阅卷教师的态度上。

为此我建议：

一、我们的高考应更切合实用，甚至更注重面试，通过与学生的交谈考查学生的语文交际能力。通过多方位的写作：针对情景写一篇散文，结合自己的见闻，写一篇记叙文，还有说明文书信之类的。把大作文与小作文结合起来考查。

二、把一试定终身与后续监督相结合，不是有人在考试中"抄袭"吗？我们可以规定，无论什么时候发现，均要追究查办，写入本人的信用档案。

海 尔 冰 箱

石 岩

我一直爱便宜的用具或衣服，也许是因为自己出身卑微，老缺钱的原因吧。而老婆总是爱买贵一点的东西，也许是因为她出身官宦之家吧。我的信条是：像咱们这号人，就不是穿好衣服的料。老婆则有自己的理论，便宜没好货，好货不便宜。为此我们也总说不到一块去，于是也就各行其是了。

然而我也终于发现自己买的东西确实不禁用。特别是袜子鞋之类的东西，我买的三五天便破破烂烂的，再也用不成了，而老婆买的总是能用好长的时间。慢慢地我便认同了老婆的说法，也开始买贵一点的东西了。然而还是以少买为节俭的主要措施，但却还是上当受骗。

譬如吧，我买的电视机不到一年半就坏了，我买的热水器也是刚过保修期就坏。

有一次回老家，老家的小天鹅洗衣机坏了，我准备拉到县上去修，家里的人却说还在保修期内，可以打电话问一下。抱着试一试的态度，我打了一个电话，没想到第二天人真的就来了，还是全副的修理工打扮，甚至连一杯水，一根烟也不肯收，还说这是公司

的规定。我甚为感动。从此,我相信名牌的信誉了,因此,自己买洗衣机时特意挑了小天鹅的牌子,可谁知又买了小天鹅厂家监制的,仍然是冒牌的,还是不到半年的时间就坏了。

后来买冰箱的时候,我下定决心,一定要买名牌的,听说"海尔"的信誉不错,服务网点遍布全国各地,我们学校就有一个海尔班,是专门为海尔培训人才的,而且楼下的冰箱就是"海尔"的牌子,用了五六年了,一点问题都没有。那就买"海尔冰箱"吧!

冰箱本来是要放到家属楼上去的,可因为家属楼上的电费得自己掏,所以老婆硬是要把冰箱放在自己的单位。再说,我们也还在老婆的单位做饭,冰箱放在这里也能方便一些。但老婆的单位有限电器,只要有人插电饭锅什么的,功率超过 800 瓦就会自动断电,所以一到做饭的时候就不断地有人插锅,也就不断地要断电,这对电器的损伤可是非常大的,但想到楼下的冰箱不照样没有什么问题吗?于是也就放心了。

然而到了第四年,也就是刚过保修期,冰箱就出了问题,旁边不再发热,冷冻室不冻,冷藏室也不冷。里边放的东西几乎全长了毛,还发出一股臭味。我立刻埋怨起老婆来:

"占便宜吗?为了省几十块水电费,赔进去一个冰箱!"

"人家楼下的不是一样的,人家咋好着哩?"老婆也毫不示弱。

我忙着找保修单,看过了保修期还能不能修理。一看,觉得还可以打服务电话,只是得付费了。付费就付费吧!总得修,于是打通了海尔的服务电话。

第三天人就到了,服务态度一点也不亚于小天鹅的。不过我并没有感激的意思,因为我还是想到他们是冲着钱来的,最后肯定得一大笔的修理费。

他们看了一翻,得出的结论是没有冷媒了,需要加一次,加一次得付费二百元,修理费为三十元。

对于三十元的修理费我并不以为高,那么远的路,油费还不够呢?可对加冷媒的事我有些怀疑:人家的冰箱七八年了都没有加,我们的为什么不到四年就加呢?但人家毕竟是行内人士,我只是问了问就同意了。看了他们加媒的过程,我更感到他们确实辛苦,这不仅是二百三十块钱的事,这还包含着一种服务。要是让你开上车,跑上二三百里路去挣二百多块钱,你肯干吗? 所以修后我还是感激不尽。

然而就在人走的第二天,我就发现冰箱还是不冷不冻,我又忙打了一个电话,说明了情况。

老婆立刻又埋怨起我来了,出了二百多还没有修好! 我说,他们一定还会来修。

"再修个三四百还不如买个新的,买个新的才多钱,谁知道修的又能用多长时间。"妻子很不以为然。

又过了两三天,海尔的人还是来了,和上次一样,还向我们道歉呢! 老婆却是不冷不热。我还是老样,几乎和上一次是一样的心情。只是说了句"我说才四年,怎么会没了冷媒,看怎么样? "来人也并不说什么,笑了笑,只是做自己手中的活,打开了冰箱的后盖,不断地用刀子撬里面的泡沫板,最后得出的结论是冷凝管道漏气,整个冰箱几乎前后畅通无阻了。就这一个折腾,下午三点到的,一直到了晚上九点钟了还没有修好。

然而我却一直在盘算,上次换个冷媒就要了二百三十元,今儿个没有个四五百肯定下不来,得找个理由说说。对了,按现在的情况看,上次他们说是缺冷媒,加冷媒的修法是错的,说不定这冷气管道还就是他们加冷媒的时候弄巧成拙了。一会儿收钱的时候我得说说,说不定还能少收一点呢? 不过现在就得把钱准备好。

已经到了晚上十点多钟了,怎么还没有修好,我实在耐不住,就叫老婆看一阵子,自己就先躺在床上休息了,谁知一躺下去就睡着了。

等我醒来的时候,修冰箱的人已经走了,老婆收拾摊子。我忙问:

"冰箱修好了? "

老婆答道:"修好了。怕出钱,把人吓得装死人哩! "

"谁装哩——收了多少钱? "

"八十。"

"怎么才收了八十! "

"他上次没修好,还要收多少?"

老婆是个从不服输的人,她笑着说。我想她一定也很意外,所以高兴才笑吧。但我还是问了句:"笑什么?占便宜了?"

"占什么便宜?人家一分都没有收!"

"怎么一分都没有收?"我之前的算计全没用上,同时感到一阵的愧疚,是呀,要知道是这样,我得对人家热情一点才是呀!

从此,我更相信"海尔的事业一定会越做越大"。

明星代言,罪责难逃

石 岩

资 料

某明星在博客上关于藏秘排油广告的声明……1有人找我代言,产品是藏秘排油,我算谨慎的,要了一些喝着看,挺好。又让街坊朋友试喝,亦可,才放下心来。演员代言,我不是第一,但试产品,我得排前几名,未必所有产品代言人都试过。

2又让厂家把相关文件取来,见俱是权威认可,大放心。如今说不行,呵呵,问权威去!如文件是假,那我也是受害者,咱们一块冤去。话又说回来,倘藏秘排油这么多的不是,那我们的相关监察部门竟然放纵其一年之久,在全国大卖,食纳税人血汗,就是这么为人民服务的吗?央视揭监察部门这掌极狠!

3每人体质不同,故不敢保证世上所有人喝藏秘均奏效。购买时应详细询问销售人员,依体质而行。如人参,有人吃强身健体,有人吃顷刻毙命,你能说人参是毒药?

4有人质疑广告上写着迅速抹平大肚子,说不灵。呵,这是矫情。方便面袋上印着大虾肉块,也没见人上方便面厂上吊去。藏秘排油广告画上还有四个藏族姑娘呢,您也要?

5 所有相关的减肥产品若照这种方法挑错，全都适用。是全办还是只办我？

如只办我，那请来个说话利索的解释一下。

6 又问道，六块钱成本一份的藏秘排油卖二十多？这事您还不能别扭。大饭店的炒土豆丝就是五十多，您要是在卧室里自己种土豆，便宜着呢。您觉着不合适，就算了，何必怄气呢？

7 天下的事难说得很，大明星代言某医院，专治不孕不育。你不能要求这明星完全了解妇科，更不能要求来治病的个个都怀孕，您把曾祖母挽到医院，怀孕失败，你扭头骂那代言的明星？错了，您得埋怨曾祖父。

看了某明星博客上关于藏秘排油广告的声明，我作为旁观者感到气愤。这哪里是"声明"，这分明是泼妇骂街。前两条是在情理之中的，可到了第三条就已经成了偷梁换柱，把普遍说成是个例，用个例来代全体的强词夺理。就依其所举的事例而言，人参是好的，是得到多数人肯定的，一个人可能因其他的原因造成相反的结果，这也自会有科学的诊断结果，又怎能以点带面。如果你所代言的产品受到多数人的肯定，你能被推到舆论的风口浪尖上来吗？你可以抱怨质检部门，但你不能抱怨消费者，就如你受了甲的骗，上了甲的当，骗了乙，乙抱怨你，你只有抱怨甲而不能怪罪乙一样。因为乙才是真正的受害者，而你是受益者，甲才是行骗者。可你却把矛头指向了乙，这不是黑白颠倒？

其4是为自己的谎言辩护，这是典型的阿Q逻辑："和尚摸得，我摸不得？"就是说别人能诳人，我就能诳人，别人能偷，我为什么不能偷？还说什么"藏秘排油广告画上还有四个藏族姑娘呢，您也要？"难道说你做广告就意味着你已经由人变成了"东西"，或者说变成了"藏秘排油素"？我想，三岁的孩子进商店也不会要求买售货员吧。

其6更是自欺欺人，你是明星，你可以住大饭店，吃大菜，扎你的洋势。但消费者绝不会像你一样去扎势，他们就讲个实惠，出六块钱就想买六块钱的东西，更不想糊里糊涂给六块钱的东西出了二十多，因为他们出了二十多并不知道他们还交了一次摆阔的

钱。卖了当，就是卖了当，不能说消费者是扎了势或摆了阔，就算是扎了势，摆了阔，也得明明白白。

其7，什么"大明星代言某医院专治不孕"，你不了解妇科你就没有权利说三道四，除非你是有过亲身经历的患者，也就是说某医院医好了你的或妻子的或父母的或曾祖母的不孕不育症，现在有你作证，你才有做这个广告的权利，因为只有那样，你才算是说了实话。是的，法律没有要求你了解妇科，但法律也没有叫外行的演员或明星充内行做什么广告，更没有让你去做虚假广告，还是不要老钻法律的空子，到底哪些人该喊冤，该向谁去喊冤，你心里比谁都清楚，不要被几个广告费冲昏了头脑，丧失了理智，我相信，消费者能捧红你，也能让你声名狼藉。

最后我还要说，不要把矛头指向消费者，要知道他们不仅是受害者，更曾是你的忠实观众，也许他们还为你的走红拍过手，投过票，发过狂呢？更不要小瞧，甚至谩骂人家。

怪 象 背 后

石 岩

最近我们又组织了一次考试，其中有两道阅读理解题，一道是刚刚讲过的一段文字，一道是我们从没有讲过的。令人奇怪的是：我们讲过的，依然有百分之六十的同学做错了，或者就没有做；而我们从没有讲过的题，竟然有百分之五十的同学做了，而且正确率远远高于我们讲过的题目。这简直就是对我们这些语文教师的莫大讽刺。也许你认为是我们讲错了吧？其实，我们教师讲课都是极其认真的，而且有统一的备课标准，就连答案也都是一块打印的。聪明一点的教师便不言不语，因为这一旦叫哪位领导知道了，又该成了我们语文教师不尽职，或误人子弟的证据了。但有一位女校长，就在我们的语文组，她是一个比较开朗的人，再说，人家也有那身份与地位,她这一发现便立刻引起了我们语文同仁的响应,我们也都迁怒于学生的不听、不学。然而我却感到这是由我们的教学观念,教学方法所致。

同学们看到是我们新近讲过的题,他思考的方法就不同,他不再把注意力放到阅读理解上了,而是放在了回顾老师当时是怎样讲的,正确的答案是什么? 记得却又不全、不细,甚至记错了。再说,同是一段文字,出题的角度不同,答案自然也就不同,同学们怎能全套记住呢? 而对于一段生疏的文字,学生则不能靠回顾,只能自己认真地阅读,从自身的角度去理解,这便出现了上面的怪现象。这至少说明了两点,我们在教学中注重了分析的结果,而没有重视分析的方法,学生也是注重了前者而忽视了后者。

随即,我又想起了在我们这几年的阅卷中,总感到高一年级同学的作文水平高于二年级,二年级同学的作文水平高于三年级。高一年级总有十几篇特别出色的作文,高二年级也总有几篇好的作文,可到了高三怎么就一篇佳作也难找到了呢? 我们甚至发现同一届学生,其作文水平也在滑坡,这令我们语文组的全员教师感到费解。

我仍然认为这是我们当前的应试教育体制所造成的。如果说同学们刚进入高中,可能对高中的生活还有一点新鲜感,到第二年,第三年的时候,兴趣全无。如果说同学们在初中还有一点时间去感受生活,那在高中则没有了去接触社会生活的时间与空间。如果说进校前,或者说高一还有一点假期的社会阅历,那么高二、高三则全变成了老一套。如果说高一还有一点鲜活的生活,有点真情实感,那么高二、高三全变成了僵硬的东西,变成了虚情假意。

为此,我以为我们的语文教学确实得改,首先是改变以往“灌输”的做法,让学生自主地学习。其次,让学生在理解课文内容的同时,积极引导他们认识社会,认识自然,尽可能地丰富他们的生活。

堂上奏乐

笛清哪胜箫合

人教版高中语文第一册第七课《我与地坛》

反弹琵琶写真情

石 岩

史铁生的《我与地坛》第一节，第三段有"它等待我出生，然后又等待我到了最狂妄的年龄上忽地让我残废了双腿。四百多年里，它剥蚀了古殿檐头浮夸的琉璃，淡褪了门壁上炫耀的朱红，坍圮了一段段高墙又散落了玉砌雕栏，祭坛四周的老柏树愈见苍幽，到处的野草荒藤也都茂盛得自在坦荡。这时候想必我是该来了。十五年前的一个下午。我摇了轮椅进入园中，它为一个失魂落魄的人把一切都准备好了……"

一般地认为这段是用了拟人的手法，写地坛的荒芜和衰败，认为文中"它剥蚀了古殿檐头浮夸的琉璃，淡褪了门壁上炫耀的朱红，坍圮了一段段高墙又散落了玉砌雕栏"等语句新奇、有深意，但"不符合语言习惯"。可为什么要用拟人的手法呢？深意到底是什么？用拟人的手法就能体现出它的荒芜与衰败吗？作者这样写只是为了追求"新奇"吗？是的，这段文字是反映了地坛的荒芜和衰败，但却绝不止是写地坛的荒芜和衰败。更主要的是写我对地坛的热爱与感念之情，是所谓的"反弹琵琶"。用地坛对我的心情和态度来表现。这是一种更感人，更动情的手法。李白的"湖月照我影，送我至剡溪"的"送"；苏轼的"小轩窗，正梳妆。相顾无言，惟有泪千行。料得年年肠断处，明月夜，短松冈。"王维的"遥知兄弟登高处，遍插茱萸少一人"都是这样的手法。"我"喜欢月，所以就感到是月在"送""我"。是从月的角度表达"我"对月的喜爱。"我"思念妻子，却从妻子的角度（想象）写其对自己的期盼。"我"怀念亲人，却从亲人的角度写他们对我的思念，所谓"不说我想他，却说他想我，加一倍凄凉。"也加一层感情。

在生活中,你可能想念过子女,想念过父母,想念过兄弟姐妹……你要说出你是怎样怎样地想他们可能很难感人,甚至连你自己都不能感动。可是,如果你能从对方的角度,想他过去或现在对你的思念或期盼:也许你的孩子正流落街头,穿着单薄的衣衫,哆嗦着叫妈妈(或爸爸);也许你的老父亲(或老母亲)一次次地到门前张望,等待着儿子(或女儿)回家;也许你的兄弟姐妹也以同样的心情期盼着你回家,期盼着你们的团圆,家庭的温馨。这时你就会感动,就会落泪,其实这就是动情点。

课文中的地坛,它"等待"我出生,"等待"我"狂妄",等到我残废,为我"把一切都准备好了",正是"它"对我的期盼。这正是从地坛的角度来写我对地坛的思念。它比直接写我思念地坛表达的效果要好得多,且增强了趣味性,强化了感情。

"剥蚀了古殿檐头浮夸的琉璃,淡褪了门壁上炫耀的朱红,坍圮了一段段高墙又散落了玉砌雕栏"是"它"等待我所付出的代价。它也曾为古殿檐头的琉璃"浮夸"过,它也曾为门壁上的朱红"炫耀"过,它也曾有过高墙,有过玉砌雕栏。但现在"剥蚀"了,淡褪了,也坍圮了。这就是地坛,这就是地坛的过去和现在,这不正和"我"过去的"灿烂""狂妄"现在的"残废"一样吗?难怪"我"一进这园子就再没有长久地离开过它,难怪我一下子就理解了它的意图,因为我和地坛同病相怜,地坛和我有着同样的历史,同样的命运,或者说我就是地坛,地坛就是我。

那么作者为什么会这样地热爱地坛,感念地坛呢?

我们从文章中知道,作者二十一岁,"到最狂妄的年龄上""残废了双腿","找不到工作,找不到去路,忽然间几乎什么都找不到了"。我们可以设想,这时,他最需要的是什么,那就是一个能够平心静气进行思考的宁静的环境,那就是能够逃避人们同情甚至可怜眼光的另一个世界,就是去找一个能够理解自己痛苦与无奈的同病相怜的人。地坛恰是这样的一所去处。在这里,没有异样、同情,甚至是可怜的眼光;在这里,没有更多的打扰,他可以长时间独立地思考;在这里,他可以看到自己,自己的过去和现在;在这里想生与死的问题。更重要的是这里的草木,这里的"蜂儿""蚂

蚁",这里的"瓢虫""露水",这里的"阴凉""落日",这里的"雨燕""古柏",这里的"脚印"和"味道"给了"我"启发,使"我"认识到了生命的可贵,并终于决定活下去。可以说地坛给了他第二次生命。我们还知道,作者是"用纸笔在报刊上碰撞开的一条路",而这些作品的构思却是在地坛里,也就是说作者的艺术生命也来自这个地坛。因此我说,地坛给了作者思考生与死的空间和时间,给了他生的启示,也给了他艺术生命。地坛对作者而言,就是第二个母亲。这就是我与地坛关系的最好诠释。

因此,这段文字不仅是写地坛的荒芜与衰败,更是反弹琵琶,表达"我"对地坛的理解、热爱与感念。

人教版高中语文第一册第三课

《错误》中的第一句是序不是诗

石　岩

郑愁予的诗《错误》前面有一句"我打江南走过,那等在季节里的容颜如莲花的开落",此句到底是诗的"序",还是诗的构成部分,课文没有任何的说明,《教师教学用书》对此也没有说明,只是从分析看,是把此句作为诗的一部分来看待的。从字体来看,显然与其他的句子不一样(本句是仿宋体,而其他的为宋体),而且类同于其他文章"序"的字体。是打印出了错,还是这一句本来就是诗的"序"呢?

一般地分析认为"莲花的开落"指女子等待"归人"时间之长。另一种则认为"莲花的开落"喻指女子红颜的消退,我们的《教师教学用书》也用了这两种看法,但我以为此说并不恰当。原因也正在于把这句看成了诗的一部分。为了自圆其说,达到诗意的畅通(如果不这样理解,诗的叙事结构就出现了混乱。即第一句把事叙完了,后面却又写到了开头。说插叙倒叙吧? 却又没有过渡。总而言之,只好将此句理解为那位女子一直在等待中。后面的诗恰恰也是个意思)。

第一种说法我们只要分析一下句子的结构就可以看出其错误。"容颜如莲花的开落"是一个比喻句,即容颜的变化就像一朵莲花由开到落,这与时间长短毫无关系。

我们再来分析一下完整的句子:

> 我打江南走过
>
> 那等在季节里的容颜如莲花的开落

也就是说"那等在季节里的容颜如莲花的开落"是"我打江南走过"时看到的。那么"走过"就能看到红颜的消退吗? 如果说"落"是"消退"那"开"又是什么呢? "走过"就能看到"红颜"的消退吗? 除非他是早就见过的。然而从后文的"我不是归人,是个过客——"来看,"我"以前并没有见过这女子。很显然这种理解有欠缺。那么这句话到底是什么意思呢?

我以为这句是写女子的表情,"容颜"就是脸,也就是脸上所展示出的喜怒哀乐。因为只有表情会在一瞬间发生变化。也就是说这句话的意思为:我从江南走过,看到了一个女子的容颜如莲花般由惊喜到冷漠。为什么呢? 后面的诗就是最好的回答。因为她以为我就是她日思夜想的"归人",所以惊喜若狂,欣喜之情溢于言表,正如一朵盛开的莲花。可仔细一看,原来并不是"归人",而是一个"过客",她瞬间又变得失望,凄愁甚至冷漠,如开败的莲花。

我记得徐志摩就有一首诗:

> 最是那低头的温柔
>
> 如一朵水莲花不胜凉风的娇羞
>
> 道一声珍重
>
> 道一声珍重

那一声珍重里有着甜蜜的。

其中"如一朵水莲花不胜凉风的娇羞"写的就是那位女子的"容颜"。其实用花来比喻女子的容颜这是再常见不过的了。那么

堂上奏乐

笛清哪胜箫合

用花开比喻"容颜"上的惊喜愉悦,用"落"比喻容颜上的冷漠凄愁也就不足为奇了。

然而到此,则出现了另一个问题,那就是事已经叙完了,只回答原因就可以了,即"你"为什么会出现"容颜如莲花的开落",诗的最后一句就是再简单不过的回答了。但这之前的诗句不是成了多余的吗?其实不然,这正是诗的高妙之所在,因为它写出了造成这一误会的更深层次的原因。

由此,我以为"东风不来,三月的柳絮不飞。你的心如小小的寂寞的城,恰若青石的街道向晚。跫音不响,三月的春帷不揭,你的心是小小的窗扉紧掩。"都是我的"想象",是对"那等在季节里的容颜如莲花的开落"的原因进一步追溯。

"东风"就是"你"等的"他"(那个"归人"),"跫音"就是"他"的足音,除过"他",任何人也不能让你"开"颜;"他"不来,你这"柳絮"就不会飞,"他"不来,你这"春帷"就"不揭"。"你"等待的心如"小小的寂寞的城""恰如青石的街道向晚","他"不来,你的心便如"小小的窗扉紧掩"。"你"这一忠贞而又多情寂寞的女子形象便赫然地显现于读者的面前。而这一切都是由"那等在季节里的容颜如莲花的开落"联想到的。又都是"我达达的马蹄"声引起的,这让"我"看到了这位女子美丽的心,也让她陷入了更深的凄愁与思念之中。因此这"是一个美丽的错误"。由此,我们也不难想象"我"的心情,也许我的妻子和她一样也在经历着同样的惊喜与失望,也在期盼着我的早日归来。这就大大地丰富了'错误'的内涵。使诗歌形象鲜明而又含蓄深沉。这又恰恰是序与诗的一种关系,即一种因果关系。

因此,我以为《错误》一诗中的第一句"我打江南走过,那等在季节里的容颜如莲花的开落"是诗的序,而并非是诗的本身。

"变换角色"也是一种能力

——浅谈新课标下语文教师的素养

石 岩

人的态度或立场不能随着权势或各人利益的改变而改变,但又有谁能去怪罪一个演员扮演各种角色呢?因为这是艺术。其实,我们的语文老师也应有这样的思想与气度。

文学作品中往往有人物描写,有引用的语言,这些需要我们在阅读中去"变换角色",去摹仿人物的情态,语调。许多人看电视剧常常会被剧中的人物感动得流泪,甚至如痴如狂,就是因为他已经不是他了,他已经变成了剧中的某个人物。如果你真的能随着作者笑而笑,哭而哭,能摹仿出作品中人物的情态与语调,并能尊重学生,把学生看成自己抒发思想感情的对象,学生怎能不感动?学习的兴趣怎能不提高?这一过程本身就是情感陶冶的过程。

其次,变换角色还体现在师生的互换上。学生的阅历与教师不同,理解的深度与广度自然与教师不同,因此,教师还必须站在学生的层面上去思考某些问题。只有这样,你才能知道学生在理解课文中的难点,做到适时引导,对症下药,做好学生与教材之间的"桥梁",引领同学们进入文章的意境。

思维能力不是天生的,它需要培育训练。正是出于这一要求,新课标提出了语文课程的四大基本理念,其中之一即"积极倡导自主、合作、探究的学习方式"。但传统的教学方法在学生的心目中已经根深蒂固,他们总是认为教师是想用这种方法引导他们得出一个"正确"的结论。"自主"也就变成了猜测,甚至很少有发自内心的见解与主张;"合作"也就变成了顺应或顺从,至于其中的道理却很少有人去过问;"探究"则大半变成了"沉默",教师最怕的也就是这种启而不发的沉默了。我以为改变这一现状的最好办法就是教师"变换角色"。

我们不妨把不同意见的同学分成不同的小组，让其自述理由，教师不妨站在弱势的一边；不是先入为主，而是等待这一方的理屈词穷，然后力挽狂澜。这里的"力挽狂澜"却并非置对方于"死地"，而是为了达到双方力量的相当或均衡。这正如下棋，要使双方的力量"势均力敌"，才能有激烈的"对垒"场面，也才能发现各自在论证过程中出现的种种漏洞，达到自我的补充与完善。教师的"立场"可随"势"而变，就如天平上的砝码。犟论的归宿便是我们得到的结论，不是由教师定，也不是由某一位学生定，而是大家讨论的结果。这样做不仅可以使学生全身心地投入到对文章全面的理解与分析当中去，深刻地体会文中的思想感情，而且可以调动同学们联系社会、联系生活评价文章，阐发自己观点的积极性，还可以让他们学会思辨，认识到任何的结论，都应建立在"以理服人"的基础上。我们知道，思维能力是各种能力的核心。思维教育是培养学生各种能力的核心。这一过程正是培养学生思维能力，使其向全面性、深刻性、严密性、多向性发展的过程。如果学生真正地做到了这一点，我们的课标才算落到了实处。这便是"变色"的功效了。

因此我说，"变换角色"也是一种艺术，一种能力。是新课标下语文教师的一种素养。

毛泽东的《沁园春·长沙》与《沁园春·雪》的比较鉴赏

石 岩

毛泽东的《沁园春·长沙》和《沁园春·雪》都是名篇（以下均简称"长沙"与"雪"），且为同一词牌，也都编入了中学语文课本。

从这两首词的影响来看，"长沙"远不及"雪"。大概是因为"雪"不仅有气魄，还在于它有一个传奇故事在其中。1945年，毛泽东到重庆谈判，发表了他的《沁园春·雪》。当时国民党中宣部曾暗中通知各地各级党组织，要求会咏诗作词的国民党党员，每人写一首或数首《沁园春》，并告之，中央将在写得好的词作中选择几首意境、气势和文笔超过毛泽东的，以国民党主要领导人的名义发表，将毛词比下去！因为这不仅是文才的事，还要有特殊的地位，特殊的胸襟。也可以说毛泽东已经把话说到了尽头，有谁还能超越呢？"千里冰封，万里雪飘。""长城内外，大河上下"已囊括了整个中国，"秦皇汉武""唐宗宋祖""成吉思汗"又尽数了千年历史，且对这一切所谓的"明君"用了"惜""只识"，而且都落脚到了"数风流人物，还看今朝"上。这哪里还有你超越的余地。可见其心胸，其壮志，其豪情。

其实，"长沙"与"雪"相比，各有所长。

首先说壮景。

"雪"中为"——长城内外，惟余莽莽，大河上下，顿失滔滔。山舞银蛇，原驰蜡象，欲与天公试比高，须晴日，看红妆素裹，分外妖娆。"

"长沙"中为："——万山红遍，层林尽染。漫江碧透，百舸争流，鹰击长空，鱼翔浅底，万类霜天竞自由。"

两者的宏阔气势几乎不相上下,但前者有"长城""大河"这两个代表中国的特殊意象。且以动写静,用了拟人、假设的方法,直接表达对美好山河的赞美与热爱之情。后者则没有用修辞,将对大好河山的赞美与热爱之情隐含在描绘之中。但后者却重在"竞自由"。"百舸争流,鹰击长空,鱼翔浅底。"是个本的"竞","万类"是归纳,是万物的"竞",由此便暗示出了人民的不自由,进而得出了"谁主沉浮"的感慨。这是前者所没有的。

其次,从反封建专制的角度看。

前者"惜秦皇汉武,略输文采,唐宗宋祖,稍逊风骚。一代天骄,成吉思汗,只识弯弓射大雕。"表现出对历代封建帝王的蔑视,也用以衬托突出无产者的精神风貌。后者则用 "粪土当年万户侯",表达对封建官僚(主要指军阀)的蔑视。同时含蓄地回答了前面提出的"谁主沉浮?"

从文学的角度来看,后者达到了含而不露。从思想内容看,可以说后者不仅包含了前者的思想:"江山如此多娇"。还包含了对自由的追求,包含了勇担民族重任的远大理想和抱负。

"长沙"作于 1925 年,而"雪"作于 1936 年,也就是说"长沙"早于"雪"十年,且其思想更丰富,更具文学性,那么在 1945 年的重庆谈判时,毛泽东为什么不发表"长沙"而发表"雪"呢?这二者能替代吗?我的看法是绝对不能。

因为是国共两党的和谈,即毛泽东是奔着和平而来。那么一切的不利于和平的言词是不能有的,也就是达到求同存异。进一步说就是不能无故地贬低别人,抬高自己。我们再来分析这两首词。

"长沙"中的"谁主沉浮?"则有明显的政治倾向。即该由有志的"同学少年""主沉浮",而不该由"万户侯"来主沉浮。这里的"万户侯"指当时的军阀、官僚,但如果放在重庆谈判的背景下,就很容易被理解成国民党集团,理解成蒋介石。何况文中还有"粪土当年万户侯"的蔑视。"万类霜天竞自由"暗示的是人民不自由,这也是国共两党分歧的焦点。也就是说,这首词如果在重庆谈判时发表,则很容易被理解成说国民党辖下的人民不自由,我们要为人民争得自由而统一天下，这些显然不利于和谈。

"雪"则直接描绘大好的河山，即"江山如此多娇""引无数英雄竞折腰"。这里的"英雄"不仅指"秦皇汉武、唐宗宋祖、成吉思汗"，还包括了"今朝"的"风流人物"。而"风流人物"也可以包括蒋介石。因为在当时，蒋介石毕竟也是争江山的一方霸主。尽管如此，蒋介石还无中生有，说什么"他的词有帝王思想，他想复古，想效法唐宗宋祖，称王称霸。要让全国人民知道，毛泽东来重庆不是来和谈的，而是为称帝而来的。"

因此，"雪"可以在重庆谈判的背景下发表，"长沙"却是万万不能。但"长沙"的思想艺术绝不亚于"雪"。

人教版高中语文必修二第一课

《荷塘月色》的第三种境界

石 岩

《荷塘月色》是一篇美文。然而，对于文章中所体现的思想感情，历来有不同看法。

教材采用多数人的看法，认为作者的思想感情是比较复杂的，既有淡淡的忧愁，又有淡淡的喜悦，这方面的理由《教师教学用书》上已经说得很清楚，我不想赘述。我只想说，除此之外，这篇文章还包含着对那种自由的，柔和的，充满诗情画意的理想的"热闹"境界的向往。

"热闹是他们的，我什么也没有""我爱热闹，也爱冷静；爱群居，也爱独处。""酣眠固不可少，小睡也别有风趣的"。由此看，作者并不是一味地厌恶"热闹""群居"和"酣眠"，只是没有志趣相投的人，只好来寻求宁静，这正好说明了自己的孤独和寂寞。

我们再来联系当时的社会环境，当时发生了"四一二"反革命政变,他的朋友叶圣陶对国民党的倒行逆施恨徥咬牙切齿,把国民党的党证撕得粉碎,与国民党一刀两断。栗君却又来劝他加入国民党。当时的朱自清对国民党认识并不太深,对共产党也缺乏了解。他知道:"只有参加革命或反革命,才能解决这惶惶然。不能或不愿参加时,便只有暂时逃避的一法。"

朱自清先生是一个很谦和的知识分子。他有与别人共同生活和工作的需要。离开了家人、朋友和同事,会感到孤独,因为热闹的生活可以带来乐趣。而此时的他"近年来为家人的衣食,为自己的职务,日日的忙着,没有坐下闲想的工夫;心里似乎什么都有,又似乎什么都没有"。"现在的思想界,我竟大大的隔膜了"(《那里走》)。北京离时代的"火焰或旋涡"较远,朱自清也不是热衷政治斗争的人物,于是有朋友说他"退步"了。

由此,我们不难看出,作者并不是不爱"热闹",而是社会上的"热闹"即革命或反革命都不是他理想中的"热闹"。这种热闹的干扰使他内心不宁静,影响了正常的生活和工作,精神的天平发生了倾斜,于是就感到痛苦、彷徨、烦闷。他想到宁静的荷塘月色中去梳理一下纷乱的思绪,使生命的天平保持平衡。

作者由荷塘里的莲花联想到古人采莲那个"热闹的季节",联想采莲曲,这正是荷塘的缺憾,缺憾是什么呢,是没有人,没有志趣相投的人的存在,所以也就没有自己所理想的"热闹"。

因此,我认为作者在文章中展现了三种情感,一是对时局动荡的不安,对朋友的担心,对自己何去何从的焦虑;二是对荷塘美景的淡淡的喜悦;三是对那种自由的,柔和的,充满诗情画意的理想的"热闹"境界的向往。

死

石 岩

晚上，一觉醒来，有点尿急，想去卫生间的，突然感到浑身乏力，脚底发软，头发晕，几乎站不住了，忙又倒在了床上。

莫非我已经死了，不能动了？或者现在只是魂魄在动，我已经死了，活人总该有脉搏吧！于是我专心致志地摸我的脉搏。

一分钟，两分钟，怎么，我真的没有脉搏了，我肯定已经是"死人"了。

看着睡得正香的老婆，本想叫醒她，可转念一想，她昨天中午叫我做二选一：要么去给妻妹送饭，要么就洗锅。可那时正是我午休的时间，一旦错过，就会一天都不安。于是我强词道："你不早做饭，现在正是我的午休时间，我不送饭，也不洗锅。"

老婆不再说话，显然生气了，晚上我回到家，讨好着说："你不是说想吃对面鲜奶吧的酸奶吗？我们现在去买！"

老婆带着几分讽刺地道："你瞌睡重得很，你赶紧睡觉去！"说完竟不再理我了。

现在我又怎么好意思去叫醒她，不是自讨没趣吗？也许还是自尊心在作怪。于是我便继续等死，继续摸脉，继续睡觉。

不知不觉，我竟又睡着了，醒时天还没亮，我也不知道自己到底是尸体还是灵魂，还是摸不到一点脉息。等天亮了再说吧。如果是尸体，妻子一定会哭的，不，这事自己早就假设过了，妻子说她高兴还来不及呢。

手机的闹钟响了，到了该起床锻炼的时候了，我便匆匆地起床，还是头晕，还是脚软，勉强能站得住，等到想要抬手的时候，顿觉天旋地转，不能自已，也就干脆作罢。

　　我又想起前几天的一次送葬，是妻子的表弟，他们村上的人说得神乎其神。说死的前三天，从来都不回老家，自己家里有事都不愿回去。这回，竟然连续回去了两三趟，还去了舅家，上了坟地，死后一算，"niang"（也就是灵魂）都出了六天。

　　莫非自己的灵魂也已出去了，也就是说死是必然了。

　　对于死，我倒并不觉得害怕，史铁生就说过"死是一个必然会降临的节日"，也许他是在说，人人都有死的这一天，这是一种别样的平等。可是我会怎么死呢？真的还想不出。至于有什么遗愿或嘱托，似乎也没有，总感觉自己似乎也该死了，有多长时间只不过是行尸走肉而已。

　　美国人说我们汉语是胜败不分。原因是我们说："中国队大败美国队！"是说中国队战胜了美国队。而说"中国队大胜美国队！"意思还是中国队战胜了美国队。其实汉语中生死也是一样的。因为你说"生前"是指活着的时候，而你说"死前"还是活着的时候，这其中一个用了"死"，一个用了"生"，其他的都一样，而且意思也没有什么差别。所以说汉语中"生""死"并没有什么区别。臧克家的《有的人》也说"有的人死了，他还活着；有的人活着，他已经死了。"细想，我们也只能是后者。

　　早上，依然头晕，到学校医疗室一检查，只是血压偏高一点，没有什么别的征兆。给同事们一说，大家一阵哄堂大笑，大概是说我太滑稽，活人怎么会没有了脉搏！也有说我不能死的，说什么职中没了我就没人带课，这一点我倒是很自知，直接说道："这你放心，我今天死，明天就有人来接班。"吃饭的时间，给老婆一说，她也大笑："那赶紧把你心上人叫来吧？把遗嘱写下来，看你那一点财产给谁呀！谁埋你呀！"

　　我也笑："你这也太可恶了，我没钱没财产了，你连我都不埋了！"

　　可说归说，笑归笑，我还是觉得灵魂出窍，浑身发软，没有力气。

　　突然听到有人跳河自杀了，再一细问，竟是自己的同事赵中华老师，在旬邑县，那是多有影响的人物啊！能说能写，曾任旬邑中学的校长，怎么就跳河自杀了呢？

　　于是又想起赵老师，他曾红极一时，后来退休了，又被我们学校返聘了,所以就和我在一块工作了。他曾患上了心脏病,据说医药费要几十万元,他坚决不看了,说自己已经活够了,没有什么可做的事了。可老婆不同意,说是即使卖了房子也要给他看病,他很是感动,所以才做了手术。

前几天我与老婆还在河畔遇到过赵老师。他还故作惊讶地道:"你今天领的这又是谁呀?"

我一拍老婆的肩膀说:"我相好呀!"

老婆立刻推了我一把:"滚!谁是你相好!"

赵老师却煞有介事地道:"就说嘛,不像前几天那个。"

老婆也在一旁故意道:"谁知道人家一天都跟谁在一起。滚!找你相好哩去!少跟我!"

我们都笑起来。这才过了几天,怎么就去世了呢?

我又去了赵老师跳水的湖畔,竟不由得叹气道:"这条路我是走不通了。因为我会游泳,人到了生死关头,本能地就会游上来呀?"

老婆却在一旁讥笑道:"那你试试,往中间游。"

我也自嘲道:"这还用试,那是人的本能反应。"

五一节到了,后妈的生日也是这几天。我打算去看后妈,尽管我依然感到昏昏沉沉,但还有儿子,他要去的,他有驾照。

然而到了要走的时候,儿子又被人叫走了,说是跟朋友一起入事。我一下子就有些紧张,自己到底还能不能开车,万一——可这话不好说,也没有人信,只好硬着头皮开了。早上还好,精神状态还不错,但我仍然担心,每逢服务区都要下去转一圈,免得开车时打起瞌睡。而且开车的时候,一旦感觉头有点晕就使劲地揉太阳穴或揪头发,甚至捅自己一把。总算是安全地到达了后妈那里。

弟弟(后妈的儿子)近两年的生意不好,后妈怕儿子破费,坚决不要儿子再给自己过生日。但我还是应该来看看的,就算是一点精神安慰。

但我来了,就该过得大一点,弟弟也是爱体面的人,可后妈前不久摔了一跤,脊骨损伤,不能下楼,我们只好在家中吃饭。

饭桌上,我给了后妈六百块钱算是贺礼。大家甚是高兴。

堂上奏乐
笛清哪胜箫合

可很快又到了要回来的时候，本打算叫儿子开车的，可两个侄女、老婆、小舅子，还有一个孙儿都要回去，已经超员了。再叫儿子回来可能就坐不下了。

还是得我自己开车了。我更怕了，又想起了那死于车祸的表弟，难道真的有所谓的天命？我本来就感到灵魂出窍，有死的可能，不想开车，可还是得开车。如果真要死了，人们可不得说："提前就已经感觉到了，不想开车。巧得很，儿子能开车，可偏偏就让人叫走了。"我死不要紧，可车上坐着四五个人，还有三个孩子，这怎么行。

一时之间，我想到了另外一个主意，女儿昨天也回西安了，她不是要坐同学的车回去吗？不如先问一问，说不定她们的车上还能加个人，这样就可以把儿子叫过来开车了。

一打电话，女儿还在睡觉，很不情愿地答应了"再与我们联系"。但给儿子怎么说呢？总不能说自己已经"死了"，不能开车了。即使说了他也不会信呀！

于是又打电话告诉女儿不用来了，我们自己回去。

去的时候有的是时间，还可以去服务区醒醒，回来的时候可只有两个小时的时间，得赶学校晚上的例会，还得送小舅子，只好加速快跑了。而且下午，也正是我休息的时间。虽说安全是第一位的，可有谁又相信我已经"灵魂出窍"可能就是一个"死人"呢？

妻子大概看到我有些困乏，不住地跟我说着话，我也总是按太阳穴、抓头发，甚至猛掐自己一把，我唯一的希望就是不要连累了在座的四个生命，也可以说就是这一点支撑着我竟然安安全全地回到了旬邑。

看来老天并没有让我死于车祸的意思，我这不还是安全地回来了吗？我又想起了死于车祸的表弟，他是妻子的亲表弟，我也就这样称呼了。他死了，听村上的人说，好像有预兆，似乎这就是上天造就的，没有什么埋怨的。可他的父母即妻子的亲姑姑还在，都已经七老八十了，他们两个怎么受得了。姑姑本来有两个儿子，两个女儿。可农村人讲个传宗接代，也就是只讲有几个男孩子。老大从小不学好，后来杀了人，被枪毙了。当时就没敢告诉二老，据说是二姑娘做主,卖了老大的器官,二老知道后埋怨了好几年。现在就只剩这一个儿子了,又诚实,又勤恳,很会过日子,在矿上上班,刚买了家属楼,又买了车,可以说是他们二老的自豪与骄傲。只是因为姑父曾在异地的矿上退休,那里还分了两间旧房,舍不得丢弃,这才没有回来和他们一起住,所以到现在还不知道自己的二儿子已经躺在太平间了。二姑娘又做主了,说不能告诉父母,说万一二老听了扛不住,自己是处理事故埋人,还是去照顾二位老人。也许我也是旁人,并不能体会二老知道此事的感受,便说是应该让姑姑知道的,伤心就这一回,妻子及娘家的人也都要求告诉姑姑。可怎么告诉呢? 他们商量了一个万全之策,先让我接,就说是我的岳丈大人病重,想见他们两个最后一面,他们两个最关心我的岳丈,他们一定会回来的,回来后再接到小舅子家中,由小舅子告诉他们实情。我们便去接了,路上走了五六个小时才接回来,害得老岳丈躺在床上装病就装了两个多小时。但回来后小舅子却不接人,怕说了实情万一有什么三长两短他们担当不起。老岳丈也过了八十岁,且是伤情的人,前不久还得了一场大病,差点过世,现在就更不敢当。这下子谁也不敢当了,没办法,只好又将二老送回去了,还是我们送,二老却什么也没有感到,一路上只是夸赞自己的儿子"——太节俭么! 太会过日子么! 把苦吃了,现在好了,房也买了,车也买了,一儿一女,要不了三四年,房贷也就还清了。"

这也许就是他们的梦想,好不容易才实现的梦想,我们怎么能打破呢? 我们本想告诉他们实情的,现在就更不敢告诉他们了,可这就是现实,他们的儿子确确实实已经躺在太平间了。

我不知为什么竟伤心起来,表弟是不应该死的,他的二老还在,他还没有尽养老送终的责任呢? 两个孩子还小,他还没有完成抚养的义务呢? 相较之下,我才是该死的那一个,父亲已经不在了,娘在弟弟那里,儿子已经工作七八年了,女儿马上研究生就毕业了。我既不想发财,也不想当官,唯一的梦也破灭了,妻子不是也早就嚷嚷着要我"腾地",盼着我死吗? 还有什么可留恋的呢?

突然接到了女儿打来的电话:"你不是说头晕吗? 检查的结果怎么样?"

"还没检查呢。你不用管。"我不耐烦地道。

"你有病我们怎么能不管呢？是不是又怕花钱没去检查？赶紧去查一下！提早看！"女儿命令道。

看来，女儿还是希望我多活几年的，再说我的母亲，后妈还都在，我还是没有尽到养老送终的责任。于是我又想起表弟的两个孩子，儿子六岁半，什么都不知道，还蹦蹦跳跳的，硬是嚷嚷着叫姑姑给他买羊肉串，说什么爸爸住院回来了再请姑姑 说得人伤心。女儿十三岁了，大概知道自己永远失去了疼爱自己 把自己视为掌上明珠的爸爸再也不会回来了，所以只是哭，一口饭也不肯吃。

想着想着，突然又觉得想通了一切，"死是一个必会降临的节日"，何必去思考，更没有必要去寻找捷径。尽管社会很假，尽管人情冷漠，尽管满地谎言，尽管事业无成，尽管前途暗淡。但总还有几个真心的朋友会牵挂你，特别是父母，他们最低的希望就是你能活着；还有那位，整天嘴上骂你，说你，咒你，要你早早死的人，也许才是真正离不开你，你真的死了一直伤心的人。就顺其自然吧！

从 狼 到 狗

石 岩

说起狼，上了年纪的人都深恶痛绝。这也难怪，狼必定是吃人的动物，我身边就有一个狼咬过的人，他比我大八岁呢。背后人们也都叫"狼咬"。 他家就住在村西头的地窑里 那年夏天，刚下过白雨，他五六岁，正是好动的年龄，便偷偷地跐上来了，竟撞上了一只大灰狼。他大概是吓蒙了，也不知道喊，或者是喊不出来，被狼咬着脖子，径直进了村子，正好碰到我的堂姐，堂姐也只有八九岁，正拿着鞭杆在水边玩耍，见状，也不知害怕，竟跟在狼的后面，不住地用鞭杆敲打着狼。狼叼着孩子，腾不出嘴，竟一直地被赶到了村东头,这才被大妈看见,救了下来。

我小的时候母亲瘫痪了,父亲又忙于上工,所以并没有人管,听一位长辈说,有次我在窑背上玩,而一只狼早就进入了我身旁的窑洞,只是不知为什么没有咬我,等他到的时候狼突然就出来跑了。还有一次,我扛着一袋麦子要去磨面,从小路往山下走,那年我才十二岁,还不认识狼,只当是狗,不住地骂。可它不知是听不懂还是有意与我对抗,径直朝我走了过来,而且并不"汪""汪",我认定它是狼,是要来吃我的,我急了,用尽了全身的力气丢出麦子砸去,狼竟给吓跑了。据说,那时候的狼很多,叼羊,叼猪,特别是叼孩子,哪家没遭遇过狼?

然而后来我们才知道,最可怕的还不是我们这地方的独狼,而是草原上,或雪山上的群狼。一行就是三五十个,而且嗥叫一声,就可聚到数百条,无论是何种动物,也无论是大是小,瞬间就尸骨无存,那嗥叫才叫恐怖。似乎它们才是那地方的统治者。如果单打独斗,恐怕连一只狗都打不过,可团结起来,竟无以匹敌。

但经过几十年的发展,尽管也有人发出异样的声音,比如美国的奥尔多·利奥波德的《像山一样思考》就不主张消灭狼。但狼还是被消灭殆尽。

关于狗,无人不知,无人不晓,狗对主人的忠诚常常被人标榜,甚至有人感叹"人不如狗"。狗会救人,甚至还会劝架。狗似乎也越来越聪明了,越来越像人了。

然而也有看不起狗的,说什么"狗走千里吃屎,狼走千里吃肉",还有"狗仗人势""狗眼看人低"。

在我的印象中,狗并不是什么好东西。那是在姑姑家里,我以为和那只狗已经很熟了,狗正在脱毛的季节,还有三成的毛未脱,很不雅观。我便帮狗拔那未脱的毛,也许是拔疼了,狗竟狠狠地咬了我一口,几乎咬透了我的胳膊肘,鲜血直流。那时候可没有什么"狂犬疫苗",也没想得那么严重,先用灰止血,再敷了一点蛋清也就罢了。已经过去三十多年,以前不知道,现在知道了,还真担心有一天我会发了狂,"咬"起人来。

但我却一直都不怕狗的,那年夏天,我跟着父亲去帮人家收

麦子，那家的狗突然就不声不响地到了我的脚后跟，马上就要下口了，我的脚只是一摆，大皮鞋便磕中狗的牙齿，估计不掉也差不多了，狗便惨叫着跑了。

还有一次，我要经过"黑牛窝"，早就听说那里的狗特别的多，又特别的凶，所以就准备了一根树枝。到了村边，果然出来十几条狗，我抡起树枝朝那领头的打去，不料树枝竟折了，手中只一尺长的树棍了。领头的大概是打怕了，不敢再靠近，也许就是凭着它冲在最前面的勇猛，又挨了一棒，它已经认为自己可以当指挥官或领导了，它已经开始在它们后面来回地督战或指挥了，等退却的时候，其他的是否也都会紧紧地团结在它的周围大呼"万岁"就不得而知了。但此时，其他的狗叫得更厉害了。

我退是不行了，只有硬着头皮，仗着那一尺长的树枝往前冲，这下倒像赶着一群羊，几十条狗竟被我赶进了一家的院子。那家的主人出来了，我便吆喝："把你们的狗挡一下！"那些狗经主人几声吆喝，便灰溜溜地走了。

我的妻子却特别怕狗，原因则是那年在娘家，急着上厕所，一揭门帘，却扑出一条狗，差点把她扑倒，落下了病根，所以见狗就怕。前几天与我一块散步，前面有一大一小两条狗，大狗被人用铁链子牵着，小狗怯怯地从大狗身边过，而大狗突然就扑向了小狗，小狗吓坏了，一个猛子，就蹿到了我们的脚下，妻子吓了一大跳，也藏在了我的身后。

我突然觉得狗其实最痛恨的不是其他的动物，也不是人类，看似气势汹汹，其实都不下口，而只有看到了同类，才会急追猛打，痛下杀手。

狼是越来越少了，不要说那横扫草原、大漠、雪山的狼群，就是独狼也难得见到踪迹。

但狗却多了起来，还有所谓的狼狗。我不知道"狼狗"是不是狼与狗的杂交。但看表现则与狼是大相径庭。因为它们也同样是容不得同类。

我忽儿想到了我们人，先前还是比较团结的，只要是人，总是要帮要救的，就像狼群，虽然一匹并不能做什么，但集合起来却有横扫草原、大漠、雪山的威力。可现在不一样了,比人强的时候会仗势欺人,比人弱的时候会嫉妒人,恨不得人人都贫都弱,或者都死,当然人比狗要聪明得多,能够制造各种武器,但这些武器却恰恰都是对付自己的同类——人的。人把狼驯化成了狗,也同时把自己驯化成了狗,对其他的东西,譬如自然环境,只会空"汪""汪"而已,但对于自己的同类,一定会痛下杀手。

过 年 去 成 都

石 岩

　　每每听到有老人去世我便做噩梦,梦中总是哭个不停,甚至后悔不已,我还没有好好地孝敬她呢? 醒来总是吓一跳,忙着打电话问问情况,心想,今年我一定得去看看妈妈,好好地孝敬她老人家。

　　妈妈在四川成都的弟弟家里,而我却在陕西的旬邑,相距千里。平时除了上课还是上课,竟连妈妈的生日也未能参加过一次。

　　妈妈是成都市人,早年被人贩子卖到了陕西,这才有了我和弟弟。然而妈妈不适应陕西这边的气候,竟然患上了风湿骨结核,瘫痪了,看了两年也没有看好,后来回了成都,不到一年,竟奇迹般地康复了。

　　爸爸每年都要去闹一回的,可外公外婆舅舅们怕妈妈再次瘫痪,死也不让妈妈回来,就这样地打打闹闹几十年,我为了逼妈妈回来,还曾和妈妈断绝关系。现在,爸爸去世了,妈妈与弟弟依然在成都。也许是因为我与妈妈分离得太久了,也许是因为弟弟能力比我强吧。从第一次见面后,妈妈便总是牵挂着我,那年,我买地方的时候,叫弟弟给我拿出了两万元,还几次带病回来看我,理由是我有工作,走不开,怕再也见不到我。

　　妈妈怕我们这北方的冬天,所以从不在陕西过年,但夏天却喜欢来我这里住一段,一则避暑,但更重要的是想多在我身边待一段时间。然而她的医保在成都，每半月就得去检查，取药，所以从来也不超过半个月。现在，妈妈的糖尿病越来越重了，加上风湿，几乎是行走艰难。而我的家属楼在六楼，妈妈根本爬不上去。那年就回来过一次，因为她一个人出去，爬楼的时候竟大小便失禁，尽管我们都抢着为她洗，但她却很不好意思，说什么也不让我与妻子为她洗，也因为此，她怕麻烦我们，再也不肯来我家了。

因为弟弟过得比我好，出手也比我阔绰，加之妈妈总是说我日子过得紧，不让我花钱，所以我竟没给妈妈买过一件衣裳，也没给妈妈做过一顿饭。这回我得去给她买一件像样的衣裳，给她好好地做几顿饭，炒几样菜，要为她搓背洗澡，甚至洗脚。而且要开上车，带上妻子儿女，也让他们学学怎么孝敬父母。

可是到了我放假的时候，妻子却不放假，据说要工作到大年三十，加上岳父岳母又都住在县上，我们家的附近，她哪里肯离开，单位又给她安排了"看门"的差事。妻子是去不了了。儿子也在上班，儿子、女儿的同学朋友都在县上，加上去了语言不通，难以交流，他们也都不想去。我一想，去四个人，虽然车上正好，可弟弟家里只有一间空房，两个床位，四个人还得挤，大过年的，也休息不好。我向来是崇尚自由民主的，不想去就不去吧，到头来，只好我一个人去看老妈了。

虽然人数已经大打折扣，但一点也不妨碍我去尽我的孝道。尽管不能与妻子、儿女一块过年了，但以后有的是时间，而且一年四季，大半都与妻子儿女在一起，又何必在乎过年这几天。

我本想买卧铺票的，过年了，难得休息，就全当是出去旅游，享受。尽管提前了二十几天，无奈连着几天还是买不到卧铺票，只好买坐票。以前每次去看母亲，回来的时候都是弟弟买票，而且每次都买卧铺，或许还是高价票，我再也不好意思让弟弟买票了，就顺道连回来的车票买了。

看妈妈去带点什么呢？妻子认为旬邑的苹果好，该带两箱苹果。但我却认为苹果到处都有，成都的苹果也不比我们这地方的差，而且人家都不爱吃苹果。我曾就带过两箱苹果，上火车的时候，那列车员就说："哪里没有苹果，人都挤不上去，还带苹果，扔了！"带点御面,也是我们旬邑的特产,可那东西只能吃新鲜的,放冷了,硬邦邦的,跟木屑一样。带点染面——用糜子面做的发糕,也算是北方的特产,可我早就带过,在那个崇尚麻辣与肉食的成都,人家根本不喜欢。

妻子便道:"那就问问秉利(我的弟弟),看人家想要什么,你就带点什么。自己人有什么讲究的。"这下倒是提醒了我。

我直接给弟弟打电话:"你们需要什么,我来的时候给你们带一点? "

弟弟回复道:"那就带点灰面、柿饼。"

"灰面、柿饼! "灰面就是我们通常吃的面粉,那可不是什么值钱的东西,几乎家家都有,我真是没有想到。

于是我将自己家里吃的面粉装了三四斤, 虽说不值什么钱,可背上实在是太沉。至于柿饼,在我的印象中似乎有两种,超市里常有的是略带红色,透明的,看着新鲜可口,吃着却带涩味,也许还有什么添加剂,甚至可能有什么毒素也说不清。一种便是我们这地方的土法所做,也可算是我们这地方的特产,做法也和外面的很不一样,据说是等柿子快要成熟的时候,将其削皮,然后洗净手,边晒边捏,捏成扁平,晒的时候会出一层霜,像面粉裹了一样,吃起来特别的甘甜滑润,别有一番味道,但这种柿饼现在已经很少见了,大概是费神费力吧,弟弟所说的肯定指这种土柿饼,否则哪里没有,还用得着叫我买吗?

腊月二十可是县上最大的集会,我没有其他的任务,专与妻子一起找土柿饼。果然,在公安局的门前有一家摊子,还分了三种,我们一尝,果然又软又黏,甘甜滑润,好吃极了。价钱每公斤才九元,比超市里那种还便宜一半呢? 我很满意,一下子就称了十斤。

一切都准备好了,腊月二十三日晚八点的火车票,这一时间也是我精心选的,因为每次买的都是下午一两点的车票,这边上车是方便了,赶早上六点钟的公共汽车,一两点钟保证赶到,不紧不慢,可到了那边却是早晨五点钟,天还没有亮,弟弟他们又都有晚起的习惯,叫人家早早地起床来接,多不好。自己走吧,记性又不好,再说,那么早,也不安全呀。记得第一次去的时候,搭出租车,因为不知道路,老怀疑司机走的不是正道,甚至疑心司机要绑架自己了,吓得心直跳,最后还被司机讹了四十元。所以这次我特别看重时间,特意订了晚八点的车票,到成都也就是下午一两点,自己完全可以摸回去。

晚八点的车票还有一个好处,那就是赶早六点的公交车,到西安也就是十二点多,到晚八点还有七八个小时呢?正好可以去看望一下后妈,说起来她当时对爸爸很好,对我也不错,如果单说感情,完全可以比得上亲妈,现在就在西安,在她的小儿子家里,小儿子对她也很好。我每年都要去看的,给点钱,多少不算什么,主要是一个姿态,后妈儿子们也都高兴。

在走之前,女儿提议,我应该带一箱子花子(我们这地方蒸的一种馒头)。我一想也是,成都的馍都是发面,哪里有我们这里的花子好,便忙叫妻子起面,可到了第二天,妻妹夫要下西安去,为了坐个顺风车,也就提前走了,花子也没有带。先下去再说,到后妈那里停一天也不错。

本以为坐火车会很无聊的,每次坐火车,都是一腔的四川人,叽叽喳喳说个不停,跟吵架差不多,我一则听不懂,二则还真怕一句话说得不对,跟人家吵起来。人又生,互不了解,还怕上当受骗,或遭遇小偷。因此,几千里的火车都是静静地坐着,到的时候总是腰酸背疼的。但这回却很幸运,遇到了两个党项族的姑娘,现在正在咸阳民族学院上学,不但热情大方,还都说的是普通话,很容易交流。一听我是个教语文的老师,还看了我出的散文集,大有请教学习的意思,说说笑笑不知不觉七八个小时已就过去了,似乎互相也取得了信任,不用愁看行李,倒可以大胆地睡一会儿。

我是一点钟才到的成都,但妈妈早上五点钟就起床等我了,一直等到现在。我埋怨弟弟怎么不告诉妈妈我到的时间,但弟弟却说:"我已经告诉她了,可她就是不信,你想,亲儿子要来了,激动还来不及呢!就算知道你一点钟到,也睡不着呀?"弟弟表现出嫉妒、讥讽的口气。一时间大家都笑起来了。

说话间,妈妈已端来几个肉包子说:"先吃些包子,还有面条,元宵,抄手(饺子),想吃什么我就给你下什么。"

"还有面条、元宵、抄手!？"我说。

"你妈听说你今天要来了,给你买哩呀!"弟弟讥讽道。

"买就买了,有什么! 我不是你妈?"妈妈笑着,甚至有些得意了。

"不是,绝对不是,我可从来没见过你这样呀?"

弟弟接着说,"幸亏你现在来了,要不然我就要告你了,法律都规定了,一年至少要回家看老人两次。"弟弟道。

"那你告呀! 我不告你告也等于零。"妈妈说。我们就这样胡乱地扯着。

原来,妈妈听说儿子要来了,估计到得比较早,肯定饿了,得先吃一点。他们常做的是米饭,北方人都爱吃面食,就先去买了包子。可回来一想,儿子坐了一天一夜的车,肯定又饥又饿,怎么能只吃包子,得有吃有喝,于是又出去买了面条。买了面条,儿子还是没有来,她又觉得,儿子天天都是面条蒸馍,难得吃一次元宵,不如买些元宵。想着想着,就又出去买了一包元宵。又等了两个小时,儿子还是没有到,突然又想到儿子不爱吃甜食,于是又出去买了抄手(饺子)。难怪弟弟都有些嫉妒了。

说起我和妈妈,我们总是因吃闹误会。妈妈每年夏天都要回来住一段,可妈妈一回来,我们家的剩饭也就没完没了了。记得有一次,妈妈回来了,我们一块到街上去,我只在卖油条的地方看了一会儿,她便以为我想吃油条,第二天就给我把油条买回来了,我本不爱吃油条的,以为妈妈爱吃油条,过了两天,又买了一次油条,谁知到家时,妈妈也买了一大包油条,足足让我们一家吃了三天油条。我便埋怨起妈妈,这么一说,我才知道,原来我和妈妈的牙口都不好,都不爱吃油条的,可我为陪妈妈才吃,妈妈也是为陪我才吃。

还有一次,我问妻子,现在的枣儿多少钱一斤,妻子说五元一斤。我以为四川没有青枣儿,想给妈妈买一点尝个鲜。下午,回家的时候,我就买了五斤枣儿,谁知,妻子回来时又买了五斤,等妈妈回来时,又提着七八斤枣儿。枣儿本来就扎口,一个人一天也吃不了一斤。真是的,送人也得能送出去呀?吸取教训,我在妈妈面前从来不说我喜欢吃什么。甚至妈妈买的东西,在妈妈的面前我也很少吃了,免得妈妈以为我喜欢,又买个没完没了。

这回是在弟弟的家中,妈妈的老毛病又犯了。说话间妈妈已经把包子端上来了,我边吃边说:"妈,你也真是的,在家里老给我做剩饭,现在又在这儿做剩饭,我给你说,现在人讲的是健康,什么是'健康'?就是不肥不瘦,而我们家的人都是一个'肥',健康就是减肥,我现在是高血压,高血脂,高胆固醇,因此而患有心脏病,我在家里减半年的肥才减五公斤,来你这儿半个月就前功尽弃了。如果有一天我心脏病发作,一个倒栽葱,再也起不来,是你负责,还是叫我弟弟负责?到时候我看你怎么向我老婆孩子交代?"

"那当然得你妈负责,与我有什么关系。"弟弟也在一旁说。

"你们就吹吧!吹牛都吹到天上去了。"妈妈笑着说。

虽然妈妈还买了面条、元宵、抄手,但弟弟他们的午饭已经做好,吃的是米饭,弟弟还特此炒了别人送他的牦牛肉。比较而言,我更爱吃米饭。再者说,米饭蒸了就不能放,放到第二顿就不好吃了,而面条、元宵、抄手,只要没下,在冰箱放多长时间也不打紧。所以我只吃了米饭与包子。

我吃了饭,还与弟弟喝了几杯酒,加上一晚没睡,早就瞌睡了,于是就在侄子的房间睡去了,一觉醒来,已经晚上六点钟了,妈妈听到我醒了,便进来了,手里却拿着一瓶药说:"你不是说你有心脏病吗?万一不行,就赶紧吃一粒。"

弟弟在客厅听到了,讥笑道:"看!你妈关心你哩!连救心丸都给你买回来了!"

晚上,我本来是想给妈妈洗脚的,可弟弟亲自下厨,做了好几个菜,提了一瓶贵州老茅台,非要和我喝酒。其实我平时也喜欢喝一点酒的,因为我有失眠的症状,特别是一换床,第一晚总是睡不着,二两烧酒下肚,便可迷迷糊糊地大睡了,然而我平时喝的酒都是散酒,一斤不过三五块钱。前两年,小舅子家里正好烧酒,一斤才两元五,我一带就是二三十斤,而且觉得那酒特别好喝。现在弟弟拿出的可是老茅台,据说一瓶就是一千八百多块,我哪喝得起,再说,我也舍不得喝呀,自己什么样人,哪能喝这么贵的酒,而且自己根本喝不出酒的好赖,好酒给自己喝了就是浪费。

然而弟弟却说:"能给人家喝,为什么不能给自己喝?"

"给人家喝,那是为了办事,甚至是办大事,给自己喝有什么用?"我边说边阻挡弟弟开瓶,可弟弟一把就将瓶盖拧开了,"真是可惜了,我们喝了有什么用,一千多块呢!"

"给别人喝,自己却不喝,那能划算吗?这也是别人送的,但绝不是假的,你放心喝!"弟弟笑着说。

已经开了,那就喝吧,反正是弟弟的,说着,喝着,不一会儿一瓶酒便下肚了,头已经有些晕了,甚至有些飘飘然了,一问,妈妈早已经睡下了。

我平日锻炼,五点半便起床,锻炼结束才六点半,妈妈还没有起来,到厨房一看,昨日的米饭还有半锅,还有肉汤,于是便用汤煮饭,等妈妈起来时,我已经将饭煮好。妈妈高兴极了,不住地感叹:"你今天给我做饭了,我今天要吃你做的饭了!"我也有了些许的满足。

可第二天我锻炼回来时,妈妈已经为我煮好了抄手,正坐着等我吃呢。

弟弟也起了,并且嘱咐说:"你们都不要吃了,我们一会儿都去姨丈家,姨丈家里今天请客。"

我来成都本只想看看妈妈,尽点孝道。可弟弟说的姨丈,其实就是弟媳的娘家。因为妈妈的脾气不好,曾经因打麻将中的一点不快,硬生生地将弟弟的丈母娘给赶出了家,已经两年了,听说弟弟的丈母娘从此一直住在姨丈家里,再也不敢来弟弟家里了,可这样却让弟弟为难了。这不是消解母亲与亲家母矛盾的最好时机吗?我怎能不去。妈妈本不想去,可也经不住我与弟弟相劝,终归还是跟我们一起去了。妈妈在那里还与亲家母在一起打了麻将,看来恩怨已经全然冰释。

我本以为帮弟弟了了一桩心愿,怎奈又在聚会中遇到了大舅母,她又邀请我们后天到她们家里聚会,要我们一定要早点过来。

到了第三天,等我起床的时候,妈妈早已下好了面条,还炒了大肉臊子。我本来就爱吃面条,妈妈知道的,加上大肉臊子,更是可口了,妈妈给我盛了一大碗,足足有一斤吧,给自己盛了一小碗,我已经开吃了,妈妈却一直看着我,等我吃到一半的时候,妈妈又说自己的盛得多了,吃不完,又给我赶了半碗,这下加起来恐怕已经过了斤半面了。我的消化不好,但肚子大,吃得也饿得,斤半面是不在话下的,况且我平时不剩饭的,又是妈妈的一片热心。可谁知,刚吃完,大舅就打来了电话,要我们马上过去。

我和妈妈都想拖,弟弟却在催了:"昨天人家就给你说了,叫我们早点过去,谁叫你这么早就吃哩?你等着,舅舅不骂你们才怪哩!"

说话间,二舅又打来电话:"叫你早早地过来哩,咋还不过来,赶紧过来,人都到齐了,就等你们了,快!"二舅几乎是在命令了。

二舅是个火爆脾气,我们都怕他,这回不得不去了。

弟弟开车,不到半小时就到了大舅家中,果然人都到了,菜也都上齐了,大大小小的,桌子上都有些放不下了,几乎是一个叠着一个。

可以说我早上一顿吃了一天的饭,现在已经到了滴水难进的程度了,但碍于面子,不得不坐,一坐下,舅舅便端过了酒,本来是我先敬长辈的,可还没来得及,舅舅就已经给我敬上了,而且舅妹已经给我的碗中夹了许多菜,大概这是四川人的热情与习惯,长辈、平辈们几乎都会给我夹菜,十多个人,一瞬间我碗就满了。不吃吧,有负人家的热情,再说了,放在了自己的碗中,不吃就得倒掉,多可惜,又浪费。吃吧,肚子又放不下,在大鱼大肉面前,在美味佳肴面前,我从来没有像今天这样讨厌过,简直比农药还可怕。起初我还硬撑着,到后来突然觉得几乎要吐了,什么面子不面子的,剩就剩吧。我借到洗手间去便跑了出来,跑出去上街了,听说后面舅舅、舅妹们还都在找我,妈妈说我已经吃过了,才撤了酒席。

今天才算是真正地暴食暴饮,到了晚上,肚子胀得要命,吃药也似乎不见效了,连着两天竟没再吃下一口,而且连着拉肚子,几乎是病倒了,便不住地怨妈妈:"你看看,你看看,老是叫我吃!吃!这回吃出病来了吧?"

妈妈见我一天都没吃,就有些急了,忙着给我买开胃药,听说我拉肚子,又给我买来了止泻药,但我不吃,还是怨:"吃什么药?

吃了那么多,不拉出来才是大问题,拉就拉吧!"似乎我的身体已经不是我的,而是妈妈的,我就要让它折腾,让妈妈难受。

妈妈已经有些后悔,有些急了。弟弟也在一旁埋怨:"给你说人家聚餐哩,不叫你吃,你怕谁把你儿子饿着了,吃啊!咋不吃了?"

到成都的目的就是想团圆,想跟妈妈、弟弟一家吃个团圆饺子,无奈自己却一口也吃不下去,估计全家人的胃口都受到了影响,妈妈吃得就更少了。

弟弟的朋友很多,见到便说是远客,就要请客,我都婉拒,可决定权往往都在弟弟那里。我干脆警告弟弟:"你就少答应你那些狐朋狗友请什么客,我去了难以交流,不理人家吧,不礼貌;理吧,人家又听不懂我说的话,跟个傻瓜一样,我不去!"

其实我更不愿欠什么人情,弟弟的状况并不是太好,但交的却多是有钱的朋友,一请客就是千把块,我是还不了这份人情的,还不得弟弟来还。

我每次去,弟弟都要带我出去游一圈四川的名胜,这也许是弟弟的一份热情,或许也是在尽地主之谊,可在妈妈的心里,我难得来成都一趟,更想让我去见识一下,享受一回。但每次我都不想去,因为在弟弟的面前,我的钱从来都是花不出去的。再说,弟弟那样的花法,动辄成千上万,我根本就应付不了。但我不想给弟弟造成负担,哪怕是一点点,弟弟一个人养活一大家,也不容易。这回弟弟又说要带我们到阆中去旅游,我便直接拒绝了。妈妈是风湿腿,风湿胳膊,别说上楼,上车都很困难,幸亏跟弟弟住在一楼,平出平入。所以每次弟弟要出游的时候妈妈都不去,可这次妈妈竟然要去。我知道妈妈是想让我去自己才去的,但她却说:"我腿脚不方便,你一块去,正好扶我上下车。"

弟弟也在一旁挖苦道:"阆中是中国第二大古城,净是阶梯,上上下下的,你不去,谁背你妈哩?你必须去!"

我无话可说了,我是拧不过他们的,尽管我知道这是弟弟与妈妈的一份热情。

我从没听说过阆中,也不知道它的位置,想来离成都也不会太远吧,没想到弟弟却在高速路上走了近三个小时,比西安到旬

229

邑还远呢！不说别的，光是油就得满满一箱，真有点划不来。弟弟边走边打电话，不住地叫着什么"老板"，我以为弟弟公司的老板在阆中，也许弟弟是一举两得，或者更重要的是去看他的老板。而且说老板已经在进阆中的路口等了。

等到了，我才发现所谓的老板，其实是弟弟以前的老板，也是弟弟的一个铁杆朋友，自己还认识呢。这位老板已经为我们安排了饭局与酒店。而且我没有想到的是阆中竟在嘉陵江畔，是一个三面环水的古城，风景竟是如此的美丽，古城里不仅有诸多古式的建筑群落，庙宇，还有古装的人物，特别是那巡城的张飞，我还与那身高马大的张飞合了影呢！只是来的车与人也太多了，拥挤得几乎寸步难行。

因为一起来的还有弟弟的朋友，共三家人，他们的时间大半都消耗在了麻将桌上。而我，既然到了，就要抓住时机，把这座城游个仔细。我以所住的酒店为中心，在古城里游了两天，第三天我向东走一直走到嘉陵江的入口，也是这个古城的最东头。第四天我又向西走，这个城确实很大，眼看就到六点钟了，我还没有看见"滕王阁"呢？可是弟弟说了，六点之前必须回来，因为晚上对面的江上有一个文艺演出，弟弟的朋友已经弄到了十五张门票，据说一张门票就是一百八十元，我可从来也没看过这样的演出，更没买过这样贵的门票，要是耽误了多可惜。

我是及时地赶回来了，可到吃饭的酒店，因为路上堵车，竟用了两个多小时，等我们吃了饭，已经开演了。我们本打算晚上坐船过去的，可现在已经八点多了，船全都停运了，只好绕道过桥，到了对面，要下到河面船上去，又是阶梯，这回真应了弟弟所说的"古城都是阶梯"。我本打算背母亲的，可母亲怎么也不愿意，我知道母亲是为了保护我，其实我也真有些担心自己背不动母亲或将母亲摔倒了，因为我曾有好几次上楼的时候突然腿就抽筋发软，万一又来一次，把自己摔了倒无所谓，要是把母亲摔了，那麻烦可就大了，所以也就不怎么敢坚持。总是与弟弟一块搀扶着母亲往下走。可等我们到的时候，已经是十二个节目中的最后一个节目的最后一个片段。弟弟在一旁故意道："都是尔这老太婆，影响得我们都没看上。"

"既然知道是老太婆，为什么还要叫老太婆来呢？"妈妈也说。我虽然有些遗憾，但也很满足，至少我们弟兄两个，不，还有弟媳，共同搀扶老妈上下爬了那么多的阶梯，人生不就是在爬阶梯，能和亲人们搀扶着一起爬阶梯，这应该是最幸福的了，是多少钱也难买的。

我买的是初八的车票，今天已经初七了，突然觉得还有一件事还没来得及给弟弟交代。

这应该是我到的第三天晚上，弟弟因为公司的聚会，回来得特别晚，大概已经十二点了吧，还喝了许多酒，有些醉了。我在睡梦中突然听到弟媳在房中大哭，还边哭边嚷着："你个酒疯子，喝醉了就打人。"

"你说你一天都干啥哩，一分钱不往回拿，这我不说，可你得管管家里头呀，马上就过年了，你一点都不收拾，饭也不做，就知道出去打麻将！"弟弟也愤愤地骂着，还不时地传出击打声。

"对呀，你能干，你养活我着哩，可你是男人你咋不说。"弟媳喃喃地说着。

他们这不是打架吗？我忙穿上衣服，到他们的房门外喊了几句："黑地半夜的，嚷啥哩吗！有啥事明天再说不行？"

弟弟立刻答话，哥，你睡你的，我们没事。弟媳也不再说话。

其实我到的第二天就发现了问题，弟媳很少做饭，那天，妈妈起得早，便将弟弟买回来的什么特产，像是芋头包的，又像是豆沙包的，据说是某地的特色小吃，弟弟特地带回来给我留的，妈妈便给我蒸上了，时间一长，竟又忘记了，出去给我买鸡爪去了，以至于饭都蒸糊了。这要是闹出什么火灾，可不是什么小事情。我本想抽空给弟弟说说，母亲年纪大了，不要让母亲做饭了，会有危险的，可还没等我说，弟弟、弟妹竟就打起来了，幸亏我没说，否则，自己真有些不安了。

弟媳第二天一起床就出去了，大概是怕见我吧，我很是担心，特意叫弟弟给媳妇打个电话，道个歉，可弟弟却笑着说："不用道歉，没事，晚上就回来了。"竟然很有把握。

到了晚上，弟媳果然回来了，第二天我们还一块去参加了大舅家的聚会，回来时因弟弟喝了酒，不能开车，还是弟媳开的车，好像弟媳没系安全带。弟弟在旁边嚷，弟媳却说："你管我，罚钱又不罚我。"显然他们已经开始开玩笑了，我的心也放了一大半。

从第二天开始，弟媳便开始做早饭，并收拾屋子，即使出门，弟弟的朋友邀请她打麻将，她也不打了，我心里道，弟媳其实还是挺聪明的，在这种情况下，能够知错改错，实属不易，这得有多大的勇气与多深的感情。我本想要单独跟弟媳谈谈的，以解决他们的矛盾，现在看来，没有这个必要了，他们的关系似乎比前几天更亲密了。与其跟弟媳说，还不如直接给弟弟说：

"夫妻之间，你应该好好说，不应该动手打人，其实宜红（弟媳的名字）很不错，做事干练麻利。当然，我说这不是说你嫂子就不好，上次妈妈回来，上楼时大便在了内裤上，都是你嫂子给擦，给洗的，还亲自给妈妈洗澡，洗脚哩，说到这一点，我还真为你嫂子感到骄傲。但妈妈毕竟多数时间跟你们在一块，你说你们打架，老人会是怎样的感受，我也不放心。"

弟弟却似无所谓的样子："你放心，没有什么，我们就这样。"

正说间，弟媳出来了，估计已经听见我们说话了，弟弟却故意说："你没听说吗？ 打到的媳妇，揉到的面！"

我忙哑口了，弟媳从弟弟身边走过，胳膊便向弟弟的腰间捶去，弟弟似乎早有预防，腰一弯便躲过去了，我门都笑了。

到了第二天的晚上，我一进门，惊奇地发现，弟媳刚给妈妈洗完脚，正趴在那儿给妈妈剪脚指甲。

看来弟弟已经把我媳妇给妈妈洗脚的事告诉了弟媳，这不，她不正在效仿或者比赛孝敬吗？

成 都 的 贵 客

石 岩

　　我多次到弟弟那里去,舅舅们都是盛情款待。第一次去的时候,可以说自己是专程去看母亲的,可去的时候带了两千元,而回来的时候却带着四千元,还给了妈妈一仟元,因为舅舅、舅妈们都认为我们来自穷山恶水的地方,除去招待以外,总要给几百块钱。可以说我带回来的不仅是钱,而是一份特别厚重的感情,或者说我已经欠下了一份很难还的感情债。因此,我希望舅家的人能来自己这里玩,可父亲三年的时候我却并不想叫他们来,因为他们回来对后妈则是很尴尬的事情,很可能导致后妈不能来,加之父亲三年我会很忙,哪来的时间照顾他们,很可能失礼。

　　但不知道是什么原因,弟弟却听不进我的劝告,还是把妈妈与舅舅家的十几口人给带回来了。

　　然而担忧归担忧,回来了我还是很高兴。

　　因为是爸爸的三年大祭,家里会有许多事,我不得不提前回家。在回家的前一天,我遵从弟弟的意见,到街上去租车,可街上的车非常得少,只碰到一辆昌河车,而且很是破旧。但没有其他的车,再说了,同行相互联系起来也许会更好一些。

　　我一联系,司机似乎很好说话,一天八十元。由司机再叫一个车。只要弟弟回来,无论见不见我,只要接到我的电话就让弟弟开车。

　　我回家的第二天,弟弟与舅舅家的人就到了,联系上后弟弟便给了两个司机各五百元。随后弟弟便开车回到了我们的老家。

　　我家的条件和人家相比较简直就是天壤之别。再说又是爸爸的三年,家里来的人很多,根本就没有住的地方,甚至连坐的地方也没有。说起饭,尽管我们已做了很大的努力,但还是赶不上人家的口味，要知道他们可都来自成都，是全国著名的美食城市。

我的想法是让舅舅他们到县城的房子住，在那里有的是商场与宾馆，他们想吃什么有什么，地方也宽敞得多，虽说赶不上成都，但比起我们那山里边不知要强多少倍。

舅舅们也同意了，只是有位表弟，大概是想和弟弟在一起给爸爸守灵吧，说什么也不愿意回县上去。

到了晚上，我们就挤在一个炕上，他们住炕可是头一回。也不知是为什么，这位表弟什么也吃不下，到了晚上九点钟时竟发起了高烧。那可是小舅的宝贝幺儿，我们立刻慌了冲，忙着叫村上的赤脚医生。医生来了，开了药，要给他打针，他却又清醒了，怎么也不愿意打针吃药，我们猜想他是不放心农村的医生，担心农村的医药与卫生。医生生气了："好好的叫人来看病？'竟然气冲冲地走了。

然而到了半夜，我突然被桌椅的响声惊醒，过去一看，表弟竟然东倒西歪地往门外撞。我忙去搀扶，谁知他就到了下来。他虽说已二十二岁了，可身体还很单薄，而我又是一米七五，一百七八十斤的大汉，我感到像是端着一个小孩子。他也连吐带泻，立不起桶子了，拉了一裤衩。

我又忙叫起了弟弟，发起了车，连夜将表弟送到了县医院。

到了第二天，除过表弟住院以外，其他人又都回来了。特别是妈妈，因为她在这里曾住过十几年，而且人缘非常地好，可以说这里的人都吃过她做的饭，一听说她回来，都来看她了。她也高兴了，凡是困难的老人，她都要给钱，五十的，一百的不等。因为他们一起就有十几个人。虽说与我们的语言不大通 但有妈妈做翻译，似乎都有说不完的话。

到了下午，四舅与五舅竟然大吵大闹起来了，原来他们在那里打麻将，四舅竟然说要比钱多少。因为四舅左舅舅们中钱是最多的，而五舅是最没有钱的。五舅便认为四舅看不起他，甚至是欺负他，立刻要走。然而经弟弟的劝解，矛盾也就消解了。接下来我们便上坟送走了父亲，也送走了其他的亲友，直接回县城。

至于住的，我自信我新装修的房子绝不亚于他们的住所，关键是吃和游的问题。

吃的问题也是我最发愁的，因为自己去的时候，人家可是鸡、鸭、鱼等各类的名餐大菜，甚至是特产，是海鲜。这里哪有这些呢？就是鸡，虽说比他们那里便宜，可有固定的买卖时间，也不一定能买到他们中意的。我买了两只大公鸡，可他们喜欢的却是老母鸡，说老母鸡的营养高。还有做，在我们这里，亲戚是很少做饭的，更别说外家的人（在我们这里可是地位最高一级的亲戚了。一般是让他们坐着抽烟、喝茶，菜好了再陪他们喝酒，最后是吃饭）。可这回我就有些犯难了，因为我本就做不出他们吃的味儿。好就好在他们却从不计较，还不让我买东西，说我买不来，也许是为我省钱吧。所以他们便自己买，自己做，我倒像是客人了。

他们不仅做饭，连洗刷碗筷也分担承包到人了，而且特别的固执，坚决不让我做。我本是一个粗人，性子又比较随和，似乎拗不过，也就罢了，因为我们的便盆与脸盆放在一起，而且听说舅家要来人的时候都洗得非常干净，生人根本无法分辨，我一眼没看，舅妈竟然把便盆放了案板上，差一点用来洗饭碗。妻子看见了，忙着拾了出去，对着我老发笑。我也偷着发笑。但他们却是又说又笑，似乎从来也没有这样的快活过。虽然他们说的话有些我们能听懂，有的听不懂，但却传达出一种共同的感受，那就是幸福与快乐。

就这样一个小县城，不到一天时间便游到了尽头，再到哪里去游呢？我到人家那里去的时候可是游了黄龙、督江堰、青城山等名胜，我领他们到哪里去呢？我们这样的小县城——旬邑能有什么呢？马栏、石门山森林公园，我在那里工作过的，实在没有什么可以看的。到唐家地主庄园里去看看，似乎也没有什么可看了，那儿怎么能比得上四川的刘文彩地主庄园。

我终于想到了一个理想的去处——黄帝陵。其一，黄帝是中华民族的始祖，也就是我们共同的祖先。其二，那也是全国最大的陵墓。其三，我的岳丈曾在那里当过民政局的局长，妻弟还在县政府当通信员，据说关系还不错，大可利用一下。其四，我们的车是以天为单位计租金的，这些天，每天出一百六十元，实在没有跑多少路程，我都觉得有点吃亏了。跑跑长路似乎心里能平衡一点。

我的提议一下子就得到了我们家与舅家全员的赞成。现在是大热天，据天气预报，后天是阴雨天，路又全是柏油路，不怕雨，我们就趁凉去吧？大家也都一律地赞成。

到了出发的那日，天果然阴下来了，非常的凉爽，我为我的决策英明而暗自骄傲。然而妻子却不以为然，开玩笑地说道："你叫的破车，能不能跑到还很难说。"

"你就是一张臭嘴，没事也得让你咒出来。"我也开玩笑地说，然而心里却还是有一点担心，因为其中的一辆车第一天由弟弟开到坡口的时候就出了问题，只是司机来又开上去了，说车没劲，在上坡时不能起步。昨夜在同学那里住宿，同学也说这种红昌河车是质量最差的，不如叫那种银灰色昌河车。可我总觉得弟弟已经给了人家租金，如果再要回来雇其他的车辆，免不了又要和前面的司机发生矛盾，为此我特意叫司机自己开车，以避免车出了问题又是说不清。

要出发了，我很自信，叫他们赶快走，什么都不用拿，"那面有小舅子，两三个小时就到了"。

母亲却争着要带几件衣服，不仅要带自己的，还要带其他人的，出门的时候还特意把早上吃剩的小笼包子装起来塞进了提包，我们大家却都在笑母亲。为了带衣服还和大舅争执起来，最后只带了两件。

车子走了不到十几里就下起了蒙蒙细雨，天气格外的凉爽，这可是六月的暑热天，能有这么一个凉爽的天气，那自然得是造化了，我更为我决策的高明而自豪。

"我说嘛，等天阴或下雨咱们再走，这正好，你们现在在成都永远不可能有这样的天气！"我自夸地说着。

舅舅、舅妈们都哈哈大笑："成都是没有这么凉爽的天气。"

妈妈却不认同，笑着："成都阴雨也不怎么热！"

也许是因为近来都是在暑热中度过，今天大家都格外地喜悦，一个个又说又笑，仿佛进了孙悟空的水帘洞。车子仍旧往前驶着，渐渐地已进了大山，进了原始森林。人们也已开始扣纽扣。不一会儿母亲便加了一件衣服。

天气越来越冷了，雨也越下越大了，我们每个人几乎都冷得打战了。妈妈却在那里乐开了："我是怎么说的，你们都不听，死犟！看受冻的是谁？"说着又把自己准备的一件衣服给小孙子穿上了。舅舅们也都用手捂着光膀子，但那能起什么作用呢？幸亏我们还都在车里，这车外恐怕与冬天也差不多了吧，难怪人家说"六月出门防腊月衣呢"？

然而大家却仍然说说笑笑的，似乎天气并没有影响人们的心情，虽说没有多余的衣服，安慰的话语却是不断，人们的心中似乎比任何时候都温暖。

可是妻子却受不了了，因为她是主人吧，所以就坐在门口，那里的风最大，也最冷，她平日就很少说话，今天的话就更少了，脸色都有些发青了。好在过了这座山天气就会暖和了，再说有一个小时就能到了。

车子到了凤凰山，也就是旬邑至黄陵段最高的山上了，车里车外的温度也都到了最低，大概已经接近零度了吧。然而妻子却拉起了肚子，再也坚持不住了，这下可糟透了，车里本来人还多一点，关好门还能暖和一些，这回门一开，便是一股股冷风，人们个个都是一阵的哆嗦。妻子却顾不了这些了，忙着往外跑，似乎早已憋不住了。

虽然翻过了最高的凤凰山，可冷风还是不断，吹得人直起鸡皮疙瘩。大家的话也都少了许多，我便安慰着："再有一个小时就到了。"妻子肚子痛，一边捂着肚子，一边瞪着我，我知道她是在埋怨我的选择。

我最担心的事果然发生了，就在这时，两个车，一个车胎竟爆了，我们只好在车里干等，真是急人，两个小时都过去了，车子还是没有办法修好。我们也早有些饿了，侄子第一个要吃了。妈妈便拿出了她走时准备的小笼包子，一人发了一个，一边笑我们："你们不是不要吗？"

没有办法了，我们只好让一个车来回地跑，把我们倒进了附近的一家"重庆餐馆"，其实我们都想买一件衣服御寒，可惜因为下雨，竟没有几家开门的。舅舅们本来就喜欢喝点酒，这回可喝酒

御寒了。恰好,这家餐馆的老板是个"万花筒",柜台上有许多的名酒,而且是陈年老窖,多在四五百元以上,甚至有上千元的。据那位老板说,这些酒全都是为了办大事的人送的人情,可是人家用不了,就廉价送到她这里来了。但却很少有人识货,竟然没有人要,所以一放就是七八年或十多年。四舅是内行,他一口气就花了两三千块,买了人家七八瓶酒。当场就喝了三瓶,还有一瓶四百多块的,据舅舅说,要是到成都,至少得八百元。可我们每人只吃了一杯,由于五舅一哆嗦,就把瓶子打碎了,我很是可惜了一阵子,四舅瞪起五舅来,妗子们都劝慰,四舅也就不说什么了,我们另开一瓶,却仍不及刚才的那瓶。但无论如何,酒是能让人温暖,让人兴奋的。我们也都高兴起来,似乎比任何时候都高兴,也许是肚子饿过了头,饭也吃得特别香,用舅舅的话说,今天才吃了一顿正宗的川味。对他们来说,这才是家乡饭,也许这正圆了他们这十几天的家乡情。

爸爸的遗产

石　岩

弟弟一家要走了,车上还有堂弟与三娘。车里车外的人都在与司机讨价还价。司机要七十元,他们都说五十元。

妈妈(后妈)上前道:"六十块钱。"

司机似乎也同意了。

然而堂叔却大骂起来:"你凭啥把师家东西往出踢哩?……"

我正准备上前去劝解,不料堂叔见我就打,耳光接二连三地过来了,我莫名其妙地挨了一个耳光,他却边打边骂:"你这窝囊废,立不起桶子,连门都看不住!"说着第二拳又过来了,我是闪过去了,却打在了大妈的额上,大妈的额上立刻起了一个拳头大的包。

原来堂叔和爸爸在一块工作，又住在原上（离我们家有十几里路）对我们家的情况了解不多，二叔及几个堂弟又都认为爸爸这几年的工资全掌握在妈妈的手中。再说，妈妈也爱揽一点权。我呢？又好说话，家里的事情总是抱着一个原则：你们有你们就用，你们没有再向我要。至于家里有多少积蓄，从来也不过问。就说这次回家吧，说到后事时，我才问起妈妈家里现在有多少钱，妈妈却大发脾气：

"家里有多少钱你不知道？"

"家里有多少钱我怎么能知道？"我顺便反问道。

"那你为什么不算账？"

"我为什么要算你们的账？我爸爸有的是工资，我不图你们给我留什么。而且我说过，你们的钱你们用，不够了再说。我为什么要算你们的账，费那一份脑子？这有什么不对的？"

"那家里的钱都给你爸爸看病了，你为什么还要问家里有多少钱？"

"要办后事，就得用钱，我当然得问。有多少，不够了我拿，欠多少我拿多少，这有什么不对的。"

"你明明知道要办后事，为什么回来的时候不拿钱？"

"我还能知道家里没钱？我知道差多少钱？差多少后面拿来就迟了？"

我和妈妈说得很不投机。然而还是给妻子打了电话，让她回来的时候带上七八千元。

爸爸在农历六月二十五日去世了，妻子当日也就回来了，带回了八千元。其他的兄弟也都回来了。

我和妈妈的关系仍然很紧张，几乎没有一句话。

我向来是自己的钱就得自己做主，再说又是爸爸的丧事，就该由我来管。

妻子看到我和妈妈的意见不合，便主张把钱交给妈妈，由妈妈主事。

我想，爸爸入土是主要的，与谁主事并没有多大的关系，再说妈妈的儿女也都来了，也许有些事情妈妈处理起来要好些。于是我便听了妻子的话,由妈妈主事。

农村是讲究出纸服的,即出死者的子侄。妈妈的亲儿子到底是出还是不出。妈妈问我,我想:出对爸爸、对我应该是一件光彩的事,但对人家来说则是吃亏的事。只要人家同意,我还有什么说的。于是便说:"只要原上我俩兄弟同意,我盼不得的。"妈妈便做了儿子的主。然而我的堂弟却很是不满,他们大概是认为异姓是不能入自家纸服的。其次是为爷爷加祭的事,首先我认为多一事不如少一事,再说我不愿意去求别人。妈妈也不同意,毕竟妈妈与爷爷没有关系。因此我们没有给爷爷加祭。其三,自家人普遍认为妈妈得了爸爸的遗产,认为我没有看住门,让妈妈当了家。这诸多的意见借酒劲便一下子都爆发了。堂叔打的是我,矛头指向却是妈妈。这便是有关爸爸遗产的第一次风波。

对于爸爸的遗产,弟弟向来是不过问的,可这次因为打闹起来了。弟弟走后不久便问起了这件事,我这才知道弟弟也对我的不管事很有意见。特别是听说后妈认为家里的地方是她的,声言要卖地方。

然而我以为爸爸并没有多少遗产,就算有吧,妈妈得一点也是情理之中的事。至于卖地方的事,虽然妈妈说地方是她的,我也不同意,因为地方一直在我的名下,而且盖地方的时候我出了至少一半的钱,其他的是爸爸的,妈妈是有继承权,但不能把我的也占去,再说我也是有继承权的,但地方毕竟还没有卖。

因为爸爸看病时,我向弟弟要了钱的,而且说了没钱的原因是爸爸的工资长期拖欠,药费能报销一部分,但得自己先垫付,去世后有二千块的丧葬费,十个月的工资也有七八千块钱。

一年过去了,我说的事也都陆续地出来了,拖欠的工资给了三千块,药费一万四,报下来七千元,十个月的工资领了七八千,合计也有一万六七吧。

我以为拖欠的工资、后十个月工资,妈妈都可以领的,可丧葬费与报下来的药费无论如何也是应该给弟弟的,因为毕竟药费不是从空处来的,是我们出钱办的后事,丧葬费自然应该给我们,至少应该给我们打声招呼吧,可妈妈却不声不响地领走了。

我也有些生气，但我还是不想说什么，可给弟弟得有一个交代。于是我把这些钱的去向告诉了弟弟。

农历六月二十五日是父亲的三年祭日，"三年"，对于去世的人来说，那可是最大的祭日，在农村，有权或有钱的人家都会大过，少不得杀猪宰羊。特别是有权有势的人，可以说那也是拉关系的一条途径，收几万礼钱的人大有人在。因为我是一个无神论者，而且一向主张在世的时候好一点，死了的事情则无所谓了。再说，去世的人能知道什么，又能得到什么，只不过是给活人看的，也可以说大过那是在称名夸富，没有人来巴结，自己也不想巴结别人，所以我并不想大过。

然而纸还是得去烧的，何况兄弟姐妹外甥还是要来的，总得招呼他们吧。

我们亲弟兄只有两个，弟弟在母亲（我的亲娘）那边——四川成都，我在这边。家里的事情一向由我负责，弟弟又离得远，所以我并不想让弟弟回来，一则为他方便，更重要的原因倒在不想看到他与后妈的矛盾激化。

一方面是弟弟那边，中间的传话人是三娘，都说后妈爱钱，特别是弟媳妇。说我们打电话说爸爸的病情严重，已不能进食了，可他们回来了，爸爸吃的比她还多，似乎是在说我们想着法儿向他们要钱。还有一件小事，据说后妈要换两个五十元票面，弟媳妇便给了两个五十的，可后妈并没有给一百的，由此便证明后妈爱钱。更难说的是亲妈，大概她是听说了后妈领爸爸后十个月工资和药费与丧葬费的事了吧，特别的愤愤不平，声言要告后妈，为我们争回这部分，因为她当时就坚决不同意弟弟给爸爸看病的钱。

另一方面则是妈妈这边，她听三娘说她爱钱，说弟媳妇说她占便宜的事，也很生气，声言要当面问个清楚，要给弟媳那一百元。

两者似乎到了水火不容的地步，我知道，谁我也左右不了，唯一的方法就是不让她们见面，不使矛盾激化。因此我并不想叫弟弟回来，更不想叫亲妈回来，说实在的，我也很想亲妈的，多年已经不见了，怎么能不想，但为了避免家中又起矛盾，还是不让他们见的好。

　　然而就连见面与不见面的事我也还是左右不了。

　　弟弟最终决定要回来，还要带亲妈、几个舅舅、舅母与表弟十几口回来。

　　我将此事告诉了妈妈，妈妈立刻表示：如果她回去，我就不回去。

　　爸爸三年的那天，弟弟果然带了亲妈与舅家十几口人回来了。当我去请妈妈的时候，妈妈也果然不愿意再回去了。只有妈妈的一个女儿女婿儿媳妇回去了。

　　然而事后的怨声也就来了。特别是妈妈，怨弟弟没来看自己，说弟弟没有理会她的女儿女婿与儿媳。

　　对于弟弟与亲妈的反应我似乎都能理解。但妈妈的怨声还是不断，似乎是在怨我没有说清楚，没有指导好。

　　似乎是应该说清楚的时候了，于是我对妈妈说了弟弟不理他们的原因：

　　我们是一个比较特殊的家庭，父母的矛盾不能调和，可以说父亲对弟弟只是给了他生命，不仅没有尽抚养的义务，所做出的一切几乎都是伤害。而我也一直没有照顾过母亲，自然而然地也就成了两个家。弟弟现在对我爸所做的都是我欠的一份情或债。归根结底，是人家出了一万七千块钱，我们用了人家这么多钱，加上自己人又都这样地说，所以他对你不满，也认为我们在以给我爸看病的名义要钱。因此，我准备卖老家的地方，估计能卖个一万六七，用来还弟弟的钱。

　　妈妈听了我的话似乎并没有什么异议。

　　后来堂弟从深圳回来了，一说就成，我便以一万六的价钱将地方及小东小西卖给了他。

　　过年了，我要到成都去，一则为弟弟还钱，二则去看亲妈。过路又去看了妈妈。似乎也没有什么。

　　然而妈妈却说要回老家去一趟，要拿她的东西。

　　我以为妈妈是不会要什么东西的，卖地方的时候，我只交代堂弟，值钱的东西可能妈妈要要，其他的东西都留下来。

　　回去一趟就回去一趟吧，反正也没有多少值钱的东西。

　　可妈妈的话越说越有些不对劲了，甚至矛头直指到了我的身上。

什么张三家的老婆，儿子不要了，打起官司来，最后儿子给了四万元，又是什么李四家的，还说到她的儿子劝她，一半万元的事划不来。说什么她问过律师。还说幸亏她有两个儿子。这不是在说她应该得地方所得的钱吗？这不是在说打官司她一定能赢吗？这不是说我不管或不要她了吗？说回去，等我们通知了妹妹回来的时间，叫了专车的时候却又说不回去了，叫我回去只把她的结婚证拿来。这不是在强调她与父亲的合法关系吗？

　　我一下子就火了："你要告就告吧，拿结婚证也没有关系。我和你的母子关系纯粹是一种情感关系，不是法律关系。我认你，你是我妈，我不认你，你什么都不是。"

　　"我什么时候说我要告你，我要告你能等到这时候？我要告你能到你屋里来吗？"

　　"不告你举那么多告的例子做什么？不告你问的什么律师？"

　　"我说药费报了百分之五十，你说是百分之八十，这事说不清，我才问的律师。自然，你们现在用不上我了，自然不认了，认不认由你！"

　　"那有什么说不清的，我给你说得一清二楚！也给我弟交代得一清二楚，第一次报的是百分之八十，后面的报的是百分之五十，这有什么说不清的。不是我不认你，你都要告我了，我还有什么认的。是的，我爸的遗产是有你的，但也有我的，地方是我卖的，但那钱是用来还弟弟的账，还的是给我父亲看了病的钱，这有什么不对的？"

　　"你兄弟给你父亲看病有什么不应该的？还要还钱？"

　　"该出就该得，不该出就得还，这有什么可说的？"

　　"那我侍候你爸就白侍候了，我花的钱谁还？"

　　"你们是两口子，侍候是应该的，今天我爸死在了前面，你侍候了他，如果说是你病在了前面，我爸难道不侍候你吗？你的钱就是我爸的，你们的钱用于你们看病有什么不可的，又有什么还不还的。我爸看病用了那么多钱，现在所得到的钱还不够还账，按说现在领的钱首先就应还他看病用的钱，可你把十个月工资，丧葬费，拖欠工资，甚至药费都存在了自己的名下，我说什么了？那药支费又不是从空处来的,那是我弟弟出的,百分之五十的报销,报销下来的钱你为什么不说一声就存在了自己的名下?给我爸看病借钱都是我打欠条,你得钱,钱还了,至今都没有见我打的欠条,今天你在,如果你不在了,你的儿子拿出借条来你说我是还还是不还?不说后面,就是你和我翻了脸,拿出欠条我也得还,因为这就是法律,而且又不是一千两千,而是一万多元。"

"我早就给你说过那欠条已经撕了,你就是不信,难道说我要向你要二次不成?你不信任我有什么办法。"

"那我打条子是为什么?就是为了留个法律依据,你为什么要撕?"

"那我撕错了还不行?我保证不向你要就行了么?你还要咋哩?"

然而后妈却始终不承认她要告我,只说我不认她了,而我则一再地强调后妈的意思就是要告我,既然要告我了,我还有什么认不认的。

就这样我们母子彻底地翻脸了。后妈立刻整理自己的行李要走了,我上前拦住了:

"既然你不想告我,也不是要和我打官司,你不为钱,我也不想得钱,我只是为了平衡其他人的利益,那就算是我误会你了,话说开了,没有什么,我们还是一起回去,你想要什么就拿什么好了。"

妻子也在一旁劝后妈,后妈终于同意回去了,可是仍然很不高兴。

到家后妻子便开始收拾要拿的东西,几乎全是小东西,我知道那是为后妈准备的。后妈又开始拍卖屋里的家具,甚至连水桶脸盆也拿了来要拍卖了。还说要把地承包给堂弟,每年要收一百元钱。

卖地方的时候我就说过:"案、沙发、方桌值钱一点,四娘(后妈),要的话让人拉走,不要的话我什么都不要,都给你了,包括门前屋后、院子的树,山上的地。"

现在后妈突然又什么都要了。这分明是给我出难题,甚至是在有意搅黄房子的买卖。

堂哥已经在那里说不是了。

我叫过了堂弟,想做一点补偿,于是拿出了二百元给堂弟,说是回来时没有拿什么东西，就算是给二叔二娘买了东西，并且说明，她包多钱你都应着，我永远不会向你要钱，大立柜就说上三百元钱吧，钱先说到那儿，我仍然不要。所以堂弟并不说什么，任后妈在那里拍卖。

沙发、方桌以三百元拍卖给了堂哥；案板和三十几根椽在我的主持下给了妹妹；大小的锅与煤以一百元给堂弟留下了，后妈当场收了一百元。大立柜说将来给我三百元，地每年堂弟给我一百元（说给后妈听的，其实不存在）。

就这样老家的地方算是彻底处理了。

妻子提议，带的东西我们什么都不要，全给后妈，我也赞成。

回家的时候，我带了父亲的遗像、牌位，一个木盘子。还有一个瓦罐，据说是爸爸在院子中间的古坟中挖出的，可能是一件古董。

我们的矛盾似乎也平息了。然而第二天一早妈妈却早早地起来走了，到她的女儿女婿那里去了，连东西都没有带。后来又给妻子打来了电话，说她收的三百块钱压在了我们的床底下，叫妻子给我，并说叫我们的儿子或女儿把她的东西送到她女儿那里来。

我也不想要钱，又把钱装进了妈妈的口袋。

妻子便三番五次地打电话叫妈妈回来，可妈妈还是不回来。我与妻子又亲自去请，可妈妈还是咬着一句话"你不认我了"，仍然没有回来。

阿 四 内 传

石 岩

你见过河神吗？你一定没见过，但这里的人却说他们真真切切地见过。不是一个见过，而是一伙。不，不是一伙，是一村。不，是一条川，或者说就是眼前这条河畔的所有人。

这是一条特殊的河，河水并不大，但却供得住三四台的大型

水泵连续抽水灌溉。五六十年代的时候,这条河的两边二三里外都有一条水渠,引的全是这条河里的水,所在两岸二三公里内也都成了肥田沃土,亩产往往是山地的四五倍。

大概全天下的人都怕洪水,特别是近年来各地的洪水不知夺走了多少人的生命,更可怕的是泥石流。没有人不跑,不藏,不躲。但这里的人只要听到"河涨",便如听到了唱大戏一般,大人小孩,男男女女,争抢着往河边跑,而且那"河涨"的吼声也在十里开外。

男人们大都扛着个大笊篱,那个大呀,头如一个大斗笠,木把竟有一丈多长。孩子老婆多数提着笼或扛着锄头铁锨。

从来没有人见过这样的抗洪吧!因为他们本来就不是去抗洪的,而是去迎接一场大丰收,这场大丰收的热闹绝不亚于南方人的泼水节。因为泼水节的乐趣只在于娱乐,而这不仅是娱乐,还在于收获。

等到河水落潮的时候,大人小孩都成了泥人,但每家的身后便堆起了一座小山,那不是粮食,却胜似粮食。因为这可能就是他们全家半年的柴火。泥巴有什么?再浑的水,一洗便净,何况这里的水也并不是太浑,你说他们能不高兴吗?

这里的人不怕河堤垮塌,河水上岸吗?这里的人会在暴雨中"捞柴",真的要柴不要命吗?还有小孩,还有妇女!

其实,这便是这条河的独特之处,这纯粹是大自然的鬼斧神工。

这是一条从大森林里流出来的小河,可以说是泉水的汇集,每当"河涨"的时候,森林里的残枝断木便被雨水冲了下来。

"残枝断木"不死不干是不会被雨水冲下来的,而这雨水的反复浸泡,又造就了这些"残枝断木"一项特殊的功能,就像木材经过煅烧水激变成了木炭,煤经过燃烧水激变成了焦炭,赋予了它们特殊的功效——火硬而又无烟。而且不用砍,不用晒,更不用破,点燃了直接用,可以说没有任何的污染。

据说,在很久以前,这条河的两边住着许多的人家,那时候土匪猖獗,特别是马回回,个个都骑着高头大马,手持马刀,专寻冒烟的地方杀人抢掠。他们就曾血洗了河两岸的人家。只有一家逃过了这一劫,原因就是这家尽管也烧火做饭了,但烧的是从河里捞的柴,没有烟,也就没有被马回回发现。从此,从河里捞柴也就成了这家人,乃至所有河边住户的习惯,捞一回便可烧大半年,一"捞"永逸,何乐而不为呢。况且"柴""财"谐音,捞的柴越多,也就意味着"发财进宝"呀。

这条河从来就没有什么人为开凿的痕迹。河道完全低于田地,宽约两三百米不等。河床与其说是一个大型的"V"字,还不如说是一个超大的平躺着的"{"。大括号的边沿约一米五是松软且肥沃的粘土,接着的是略向河心倾斜平滑的油石河床,只有"涨河"时水才会流到这里来,且不到三分之二。大括号的最左边,也就是躺着的底部,才是河水的中心位置。别看它只是一个点,但平时的流量也不下两三个立方,宽两三米不等,大部分地方深不过尺,但一两公里之内总会有一两米深的水潭。几百公里的河床几乎是一个整体,这可是孩子们的乐园,特别是夏季,别说孩子们,大人也一样。这一段是妇女们的,那是"浅水区"便于她们洗衣服,照看小孩。其实孩子到了这里就用不着母亲管了,他们自个就会在水里找乐子了,衣服洗完了就直接晾在河床上,那里早已被雨水冲洗得干干净净,且现在已经被太阳晒红了,晾上去的衣服不到十分钟就干了,甚至有人随脱随洗,等身子洗完了,衣服就干了,可以穿着走。那一段是孩子们的,深不过一米,孩子们个个都变成了小泥鳅,在水里游来游去,钻进钻出。最后的深水区自然是大男人的天堂,比起孩子们,他们要沉稳得多了,半躺在水边,任凭流水的冲泡,但也有不服输的,比起各自游泳的技巧,那水性却远远地超越了孩子们。

这里的水任凭你游来游去,或跳进跳出,是怎么也不会搅浑的,因为河边远离泥土,河底又是纯净的细沙或平整的石板。可以称得上是一尘不染,又怎么能搅得浑呢?即使是河床,也是平平整整,不时地会有人平躺在上面晒太阳,泡一阵,又晒一气,别提多舒坦了。

就凭着这样的地理条件,这里的人没有不会游泳的,无论是大人,也无论是小孩,特别是小孩,在水里简直就是一个个的小鲤鱼,不是他们怕水深的地方,而只是那里大人们或者他们的父辈占着,为此，他们还晚上偷着去那里探险，摸一把那最深处的石头。

有那么一年，人们早就发现上游有浓云了，甚至已经能听到雷声了，这是"河涨"的预兆，捞柴的最好能赶上河头，因为头上的柴是最干最棒的，因此有经验的人往往能赶上河头。

河头还没有到，但已经能听到"涨河"的呼啸声了。河床的两边早已站满了来捞柴的人。

然而，当人们看到河头的时候几乎全惊呆了，没有一个人敢伸出笊篱。因为河头上不仅是一堆垅起的干柴，如小山一般，还坐着河神，似乎还笑着，打着坐呢！甚至有妇女跪下来祈福了。

河神到底是怎样的，这里的人便一清二楚了，天庭饱满，略带微笑，单手打坐，是骑在龙头呢？还是坐在龙头呢？似乎有点说不清了，但人人都觉得自己真的见到了河神。

这河神就是阿四。

阿四那年才八岁，上一年级，因为放假了，他便帮着父母做一点家务活，这天天太热了，父母就将他一个人留在了家中，到了中午，他便一个人到河里来了，虽说只有八岁，但却早已经会游泳了，所以也不怕河水是深是浅，只不过今天他也没打算到深水区去，因为那里是大人们的天堂，自己就挑了一处不深不浅的地方，坐在水里，向着河的下游，也不知嬉戏了多长时间，竟没有听到"河涨"的声音，突然间就坐在了河头上，说是河头，其实是河头冲着的一堆柴火上。他一下子就吓蒙了，本想用左右手上去揩眼睛的，可到了空中，又觉得摇晃得厉害，所以左手便下来抓住了身下的一根柴火，右手迟迟地举在了半空，成了打坐的形态，被人们当做了河神。本来这样的情况是很难逃生的，谁料，这一段的河床平缓，他竟在这堆柴火上稳稳地坐了七八里，现在清醒多了，正好一个大拐弯，河头上的柴火一转，竟到了岸边，他使劲地一跳，竟又上了岸。回来时跑了七八里路，他最担心的是他的衣衫，好在他的衣衫还在，他便匆匆地回家去了，莫名地当了一回河神，却没有人知道，就连他的父母也不知道。

事 与 愿 违

石 岩

阿四进了××中学,虽说是山里面的一所学校(因为这里的人都不愿意到山里来),但校长是自己的老班主任,也是自己最为敬佩的老师,自己曾是他的得意门生,当时还曾替他阅过不少的卷子与作业,自己可以得到他的提携与关照。

阿四最佩服这位校长老师的还有一点那就是他的棋艺,所以报到的第一天就向老师请教了三盘,也许是老师过于轻敌,也许是阿四的独特着数老师还不熟悉,阿四竟连赢了老师三盘。

接着阿四就是向老师请教教书的方法与技巧,老师似乎也毫不吝啬,满盘托出,阿四也毫不客气,翻看起了老师的教案,按说,作为教师,是忌讳检查教案,但阿四觉得自己是学生,根本不是检查而是学习,且人家本来就是自己的老师。

这是开学的日子,学校免不了有调走的,有新进的老师,学校便将调走的与新进的放在一起,举行一场送旧迎新的联欢会。与其说是联欢,不如说是简单的酒席。

在酒席上,阿四与老师划拳,不知怎么的手指犹像了一下,老师便借题发挥,说什么划拳看人品,这是狡猾,甚至是阳奉阴违,一直说到林彪四人帮。阿四明显地感到已经犯了老师的大忌,老师已经不是当年的老师,自己也绝非当年老师心目中的自己,但毕竟是自己的老师,自己也不好说什么,只好揣着明白装糊涂,但从此之后,他与老师的关系生疏了许多。

学校有一位年轻人,说来也巧,与阿四的性情爱好很是投合,又住在隔壁,甚至合起了灶,渐渐地真有些形影不离了。

一个星期天,阿四的同学到这里买木材,要到深山里,叫阿四去帮忙装木材,阿四便叫了隔壁一块去了,到了晚上竟回来晚了,校长便大发雷霆,说他们上自习不管学生。后来又似乎是语重心长地说到:"××一天不务正业,成天地游,你为什么要和他混在一起——"

起初阿四还以为老师真的为自己好,可两个人一合计,才发现,老师给那位年轻人说的与给自己说的一样,这不是在挑拨自己与同事的关系吗? 阿四真的有些想不通了,同事和睦相处,团结一致不是更有利于学校的工作吗? 怎么校长就不愿看到同事之间的关系好呢? 这也许就是我们这位校长的领导艺术,但阿四已经很不舒服了。

也许是因为年龄的关系,阿四虽然与老师的关系有点紧张,但与同事学生的关系却非常的友好,特别是他们班上的学生。

阿四的家里要盖大瓦房,需要屠子(是瓦下面椽上面用于托瓦的蓬木),这得用立杆木(也就是死去的树干)来破,一般是山杨木,至少要四五十根,这也不是什么违法的事情.只是得到林场交点钱,办个手续。父亲就是从林场退休的,自己也在那儿待过一段,不用费多大事,只是这得自己一根一根地去山上找,去山上砍。阿四只有星期天才有空,这得到猴年马月。

阿四虽说看不惯校长,得不到校长的好评,但与他所带班级学生的关系却很是不错,他的事学生没有不知道的。

于是他的班长提议,要与班主任一块上山给阿四帮忙,全当是进山体验生活。阿四知道学生的用意,他说:"可以,但我不能白用你们,我给你们每人五元钱,拉架子车的我付十元(当时一个工时费也就是五元)且必须让你们的家长同意。"

第二天就是星期天,班长便领着全班的同学来了(说全班,其实也就只有十三名同学),说是他们的家长都知道了,也都同意了。

阿四太高兴了,一个星期天就完成了可能需要自己半年才能完成的任务,何况这还包含着学生的一份感恩 他怎能不高兴。

然而就是因为这件事,给阿四惹来了大麻烦,当天晚上校长就知道了,把他叫到了办公室:

"你怎么能干出这样的事？你知道这事的严重性吗？你私自将学生叫上山给自己拉屎子，要是学生有什么三长两短怎么办？你这真是胆大包天！"

阿四心里道：这大冬天的，又没有蛇，有什么危险？但嘴上却说："对不起，老师！我没有认识到问题的严重性，把事情想得简单了。老师您放心，这样的事情以后绝对不会再发生了！"

"什么！你还想有第二次，第三次？就这一次都不行！——"

就这样，校长连着批评了阿四两三次，阿四也都是检查并乖乖地认错。

阿四以为校长是自己的老师兼班主任，批评自己也是为自己工作更加成熟。然而到了星期一的例会时间，校长竟然要求阿四在全校的教职工大会上作检讨。

阿四一下子火冒三丈，心想，你是我的老师，在下面你无论怎样批评，我都能接受，可你要在全校教职工面前将我搞臭，那我们还有什么师生情谊可言，便大声地道：

"星期天我有我的自由，学生有学生的自由，我叫学生帮忙是经过学生家长同意的，有什么大不了的，我不检讨！"

校长本是一个极强势的人，甚至在领导的岗位上有点家长作风，他不是针对阿四，而是针对每一位教职工，他要让每一位教职工敬畏自己，要给每一位新来的一个下马威，他甚至敢于对教职工动粗，其实要对比的话，他对阿四已经是格外开恩了。他认为阿四现在比自己的文凭高，肯定会以为比自己强，甚至在耍小聪明，名为学习看教案，实则是在抓自己的把柄。加之他去找阿四所带班级的学生，他们竟异口同声，说他们都征求过家长意愿，同意后才跟老师上的山，对他的调查明显地有抵触情绪，特别是那班长。校长正想找茬治一治，现在阿四犯在了自己的手中，他自然不会放过，得让阿四服软，且得让每个教职工看到。然而他万万没有料到，在自己面前唯唯诺诺的阿四，在全体教职工面前竟如此嚣张。

校长立刻站起来了，脸都有些青了，一拍桌子：

"你以为你私自把学生叫上山给你拉屎子是小事，叫你作检查是给你改过自新的机会，鉴于你的态度，我现在宣布：撤销你的班主任之职！"

　　然而校长没有料到，没等他把话说完，阿四已站起来了："撤就撤，我早就不想当了。"

　　校长从来没遇到这样的情况，一时语塞，接着便大声地道："那好，我停你的课，停你的工资！"

　　校长本以为这样一说，阿四定会服软，然而没想到阿四将教案往桌子上一摔："停课就停课，我早就不想教了。"说着径直走出会议室。

　　校长本是想治治阿四的，没想到竟然闹到了这个地步，真要开除还确实不是他校长说了就能算的事。再者说，从教学上讲还真没有开除阿四的理由。

　　话说阿四也没有想到老师竟如此绝情，他进了自己的办公室，可气还是不打一处来，忽而想到自己的教案还在会议室，那得去拿回来，便又进了会议室，果不其然，校长与三任正在考究他的教案，阿四不由分说，抢过了教案，校长一看，一时没有反应过来："你要教案做什么？"

　　阿四毫不客气："点炉子吧。不教书了还能要教案做什么？"说罢便匆匆地回了家。

　　然而一到家，阿四真有些后悔了，怎么能这么的冲动，毕竟自己有错啊。

　　妻子与妻哥在一旁怨道："你怎么能说回来就回来呢？人家说停你课，停你工资并不等于就是开除你呀？你得待在学校呀？"最后妻哥干脆命令道："你明天就到学校去，等人家处理！"于是阿四第二天又到了学校。

　　阿四刚一进门，校长竟笑呵呵地说：

　　"我正说准备叫人找你去哩，回来了就好！你给咱代初二年级的课。"

　　"怎么，校长不打算开除自己，而且态度也变得温和了。"

　　阿四心里想，忙也赔笑道，"对不起老师，我昨天态度不好，顶撞了老师，还望老师能看在我年轻气盛的份上原谅我。"

　　"没有什么，只要你今后改了就行。"

阿四又代上了初二的语文课。

然而没过几天,会计却领着护林员来了,说是阿四拉了立杆木,要罚三百元,先让学校垫付。阿四一听就知道又是校长搞的鬼,大叫着那位护林员的名字:"你认得我不,你是问我要钱我不给你,还是怎么的非要找学校?你走,到林场走,三百五百我给你出么!"硬是将护林员拖着到了林场。

到了林场,有几个老同事正在喝酒,便劝散了阿四与护林员,给阿四开了一个手续,叫阿四一块喝酒。

到了下午,阿四已经有些微醉了,一进校门,校长便问:"你恁事咋样?"

阿四一听就感觉这校长是别有用心,便道:"罚款么,还能怎么样!"

"那人家是肯定要罚你哩么,学校拉了那么些柴,都叫人家罚了三百多块,还不说你拉了那么多立杆木。"校长说,似乎很是满意。

"这倒好,搬起石头砸了自己的脚,不过看来,只要能罚到我阿四,学校损失点他还是高兴的,怎么会有这样的人!"阿四心里道。

几个月很快地就过去了,突然有一天校长又把阿四叫进了办公室,大发雷霆:"你怎么能这样做呢?罚你就罚你来,没罚就没罚么,你怎么能哄我,亏你还是我的学生?"

阿四也毫不客气地道:"你什么时候把我当过你的学生,林场不罚我你不行么,我只好说罚了我嘛!"

"那林场还罚了学校三百多块哩你咋不说?"校长声嘶力竭地说。

"那是你反映的,查就得一视同仁,学校砍的是活树,我拉的是立杆木,学校是毁林行为,我只是没办手续,肯定是要罚学校的,我有什么办法?"阿四理直气壮地说,还讲了一气林业政策。

"你!你就把这么地弄事,咱们走着瞧!"校长说。

这回阿四与校长彻底地决裂了。

阿四家里盖地房,请了十天假,校长便要扣阿四半个月的工资,以前可从来没有这样的事,阿四对出纳讲,要发就不能扣,要扣我就一分都不领,走到哪儿我与你说到哪儿。

校长叫教务主任听阿四的课,阿四也转过头来听了教务主任两节课。阿四知道这时候主任听课的目的,你能给我挑毛病,我为什么就不能给你挑毛病呢?你不说,我就不说,你要说,那咱们就都来说说。

校长与会计住隔壁,本来就是一个鼻孔出气的,前不久就合起来打了一位教师,在这个山高皇帝远的地方,只要不伤筋动骨,是没有人理睬的,现在他们又想故伎重演,出这口恶气。会计将阿四叫到了房子,怒斥道:"校长说听到你与××在房子骂我哩,你为什么要平白无故地骂我哩?"说着拳头就过来了。

会计看着身强力壮,可哪里是阿四的对手,既然你先动手,我有什么好怕的,竟连着出拳,打了会计四五下,且移到了院子,瞬间,老师们都过来了,校长也不好动手了,只好宣布:"停你们两个的工作、工资,叫教务主任到局里汇报。"

下午就排有阿四监考,阿四便找教务主任:"校长不是说了,叫你下午到文教局汇报我与会计哩么,再者说校长已经停了我的工资工作,那我就不用监考了,我也到县上去!"

看来教务主任并不想到局里去,他是知道的,阿四与会计打架的原因是校长的挑拨,这叫他到局里去跟人怎么说呢?他想不了了之,但阿四却必须得到一个明确的答复。教务主任只好劝阿四,该做什么做什么!

局里终于来人处理校长与阿四的矛盾了,而且来的是书记。

近期的事早已经让阿四心凉了,他已经做好了最坏的打算,买了一本有关厨艺的书,正在看,对教书的事是破罐子破摔,所以才敢这样地大胆。书记来了他也不震惊,但该有的礼节还是不能少的。让书记抽烟,给书记倒茶。

这位书记曾是政治老师,现在又从政,确有举重若轻的风范,笑着道:"任何事情都有一个变化过程,量变必然引起质变。"

这不是在说我总是小打小闹地捣乱吗?阿四一下就听出了书记的用意,便道:"鲁迅就说过:'血管里喷出来的永远是血,水管里喷出来的永远是水',我想那海水再多也不会变成汽油!"

书记一下了竟被呛回去了。

在书记的主持下，全体教职工开会了，果然不出阿四的所料，教务主任首先提出了阿四教学上存在的问题，作为语文老师，其他的先不说，板书中总不该有错别字吧，一节课竟然出现了三个错别字！（其实都是因为连笔造成的）。

等教务主任说完了，阿四不慌不忙地道："作为语文教师，不该连笔写字，造成了错别字，这问题很严重，对此我一定作深刻反思，一定尽力改掉。不过说到板书的问题，我也向教务主任请教了两节课，发现有十多个还没有被正规化的简化字，我不知道这能否算做错别字。当然，我认为这不算什么问题，据说，中国的汉字有八万多，《康熙字典》载有四万七千零三十六个字，而我们的常用字也不过是三千五百字，听说一个大学汉语教授所认识的汉字也不过万，而我们一般的人所认的字也不过四五千。这样说来每个人都有过半的字不认识，所以我说作为教务主任的板书，出现几个错别字是不算什么的。"

已经有老师在下面忍不住发笑了，书记便发话了："不要说了，我们老师与领导应该团结，相互促进，把工作搞好。"

阿四一看没事了，便道："那我的工资被扣了两个月，这是发还是不发？"

书记便问校长："这工资是怎么一回事？"

校长语塞："这是出纳上的问题，我不知道。"

事情就这样地结束了，会后出纳就叫阿四领了工资，并不住地怨校长道："就说你校长不发话，我敢扣谁的工资，现在你把屎盆子往我头上扣哩！"

校长已经放出话来了，要在暑期学习会上好好地教训阿四，暑期学习会的时候，镇党委书记亲自主持，阿四的检查或者说是发言稿写得声情并茂，竟然赢得了党委书记的肯定，被列为大家学习（检查）的模范。鼻子大压着了嘴，校长只好作罢。

到了下学年，阿四已经调走了，校长只好留着遗憾，去告诉新学校的校长："阿四不是什么省油的灯，你可得小心了。"

这真应了庄子的那句话："祸兮，福之所伏，福兮，祸之所倚。"阿四反因此而出山了，到了原区，到了自己的家乡。

阿四心里想,这回一定要好好地工作,切不可再给领导留下不好的印象了。

阿四又一次接了一个班主任的差事,他还奇怪呢,为什么没有人敢接这个班,一打听才知道,这个班有个特别凶的学生,叫房继成,能耍七节棍,在小学六年级时,一拳就把他的班主任老师给打趴下了,半天起不来。大家都知道的,所以没有人敢带这个班。

阿四一听就有些紧张了,学生打老师,打上打不上事小,好说不好听。但已经接手了,只好走一步看一步了。

阿四本想把这位同学拉过来当班长的,谁想到,这位竟然不屑一顾。这不是摆明了要与自己对着干,或者说他就没有把阿四放在眼里。阿四组建了班委会,为了不使矛盾激化,阿四特意交代班干部先不要管房继成,房继成不管做什么,只记下就可以了,等候班主任亲自处理。

然而没出一周,班委会的成员便被房继成打遍了,用房继成的话说:"一天择一个!"

房继成不仅不服班长等的管理,还不交作业,随意迟到旷课,打学生更是家常便饭,甚至自习时候在教室放鞭炮,放卡拉 OK,或大声地唱秦腔。

阿四觉得时机成熟了,就叫来了房继成,他提前找了几页纸,写了一个"关于开除房继成同学申请"的封皮放在桌子上。

"开学已经一周了,你的情况你自己知道 平时不服管理我们且不说,但三番五次地打同学,打班干部,迟到旷课,上自习在教室里放鞭炮,放卡拉 OK,大唱秦腔,已经足够开除的条件。本来我是要直接上报学校的,不过我想给你说说,再给你一次机会,现在你说,你愿意不愿意改?"阿四很温和地说,他生怕将矛盾激化。然而阿四发现房继成一看到桌子上的封皮就有些紧张了,阿四开始说他的劣迹时,他的头上已经冒出了汗珠。阿四刚问到他愿不愿意改时,他连着说了三次"我愿意改,我愿意改,只要老师不开除我。"

阿四一看有门,便道:"这还不是简单的说改就改的事,班上之所以成为现在这样,都是因为你的捣乱造成的,你要留下来,不仅你要改掉以前的恶劣习惯,还必须把班上的乱象给整治过来,像以前一样,你能不能做到?"

房继成同学立刻答道:"我能行,我能行,只要你不开除我,我保证能做到。"

阿四立刻将房继成带到了班上,当即任命他为班上的治保委员,专管班上的纪律,而且必须首先要带头遵守,大家可以互相监督。

当日的晚自习阿四暗查了四五次,班级都是静悄悄的,没有一个同学说话,除过房断成左顾右盼地检查,几乎都在看书学习。

到了第二天的晚自习,阿四远远地就听到房继成在里面唱秦腔,这回的阿四胆子大了许多,因为他觉得房继成最怕的是开除,只要有怕的地方,就不会还手,因此从后门进,直接就到了房继成的身后,接着就是两个耳光,而且当着同学们的面,这可是阿四第一次打学生,学生都震惊了,但房继成竟然没有还手。

阿四接着道:"你现在说,你是上学呀,还是回去呀?说清楚!"

房继成同学这回老实多了,在同学的面前站得端端正正,嘴里不住地道:"对不起,老师!对不起,老师!我一定改,一定不再犯今天的错,请老师再给我一次机会。"

从此以后,房继成再也没有犯过错,阿四转而也对房继成好起来了,凡事都交给房继成处理,他也不负厚望,把班级管理得井井有条。

现在是该腾出手来抓学习的时候了。

阿四让科代表根据教师课堂上的重点出题,做答案,让学生自我检测,相互阅卷。开始的时候,一百分的卷子,大部分同学的得分都在一二十分,甚至有的同学是个位数字,可见其在课堂上的用心;三周之后,每天的自测,大部分同学的得分都在七八十分以上;而且教师的课堂秩序也大为改善,教学难度也一下子减轻了许多,年终考试成绩也大幅度地提高。

就这样,阿四所带的班级由全校学习成绩最差的班晋升为学习成绩最好的班,还得到了学校运动会的第一名,班级篮球赛的冠军,阿四这回也成了先进教育工作者与模范班主任。可以说这多半的成就出自房继成,从此,阿四与房继成倒成了莫逆之交,至今还频频地来往着。

学 校 的 改 革

石 岩

今年我们的校长准备大刀阔斧地改革,去年校长与教务主任就多次出去考察外校的管理经验,现在总算有了一整套的制度,那就是量化考核制度。

所谓的量化就是把备课、上课、批阅作业、辅导等都作为正工作量,把迟到旷课,还有请假都作为负工作量,两者相加便是这个人的整体工作量,取一个中间值,不够这个量的就要处罚,超了这个量的奖赏。

校长实行这一套是很有针对性的,因为这里是一个镇级初中,大部分的家庭都是一头沉,所谓一头沉就是除过自己一人是教师,或者说吃的是公家饭,其他的都是农民,都有三五亩地。教师不仅教书,家里的妻儿老小,特别是那些重本力活还都得靠他们抽时间去做。

这制度最要命的便是考勤,从早晨六点半开始,到晚上8点,除去吃饭时间,都是上班时间,随时检查,只要查出来你不在,那等于你一天的课白上,教案白备,甚至作业也是白批。

学生实行分班流动管理,即每月考一次试,依成绩分为九个班级:火箭1、火箭2、火箭3;重点1、重点2、重点3、重点4;普通1、普通2。

这一年的时间,教师似乎都在忙,忙着上班,忙着备课,忙着批阅作业,忙着辅导。

然而效果并不佳,落得个全县倒数第二。用校长的话说是运气不好:代初三课的教师们没有一个是顺当的;语文教师的孩子被小学教师打了,患上了精神病,久治不愈;几何教师的儿子又不知是为什么从崖上跳下，住了两个月的院；英语教师的家中被盗，据说偷去了他们准备盖房子的五万块钱；代数教师因为早上上班匆忙，被三轮机动车撞成了重伤；最不可思议的是还有一位代重点班语文的教师，怕早上赶不上上班，半夜起来采伐自己买的公路边上的大树。谁知，树倒下时偏偏就过来一辆大货车，车撞了树，树又撞上了两个麦客子，一个当场死亡，一个重伤，而那语文教师也被撞断了腿。

说是运气，其实也是人气的问题，人们怨声四起，教育是用心的问题，怎么能靠这些形式、框架呢？人心尽失，你说这能好吗？只要不因私废公，做做家务活又有什么大不了的，这样的制度太缺乏人性了，得废除。

这制度是教务主任取的经，又是教务主任监督执行的，自然得教务主任负责。教务主任本来还是一个野心勃勃，一心向上爬的年轻人。本来因为这一职位，分了一间与校长隔壁的各方面条件都比较好的房子，这样一来，校长也不管他结婚不结婚，体面不体面，把他的房子收回来了，做了校长办公室，将他赶进了后面的、连遮风挡雨都有些困难的破旧不堪的教室里去了。

然而说到损失，其实这回损失最大的当数阿四。

他先一年不是将年级组最差的班级带成了学习最好的班级，而且各方面都比较好吗？新制度的关键在于人尽其用。校长说他擅长带差生，于是就让他带最后一个班，这最后一个班，不仅学习是最差的，也可以说品德也是最差的，什么打架斗殴的事，什么偷鸡摸狗的事，往往都可能发生。然而阿四还是很自信地接了，事总得要人做，我不入地狱谁入地狱。

这回年终全县的统考，阿四成了名副其实的倒数第二。第二就第二吧，反正每月一分班，你校长不是不知道，十年树木，百年树人，谁有多大本事，也不可能一月之内就能把所有学生的成绩提高。

然而调动文来了，阿四直接调到小学去了，等于是降职使用了。

阿四已经猜到了一二，他直接找到了校长："你说这是怎么一回事？"

校长自知理屈,只是搪塞:"我也不知道为什么把你调到小学去了。"

"那好,你给我开个证明,我要学校每月考试及分班的所有档案。"

校长无奈,只好把这些暂时给了阿四。

阿四带着这些,还有自己的奖状,找上了局长:

"我想问一下为什么这学期把我调到小学去了?"阿四劈头就问。

"那你应该再清楚不过了,今年降职使用的都是全县统考倒数第一第二!"局长很是得理地说,似乎这是呛回阿四的最好的理由。

"那就不管分班不分班吗?你说谁能在一个月之内把一个差班的成绩抓成重点班或火箭班的成绩。再者说,火箭班、重点班、普通班的学生成绩能平行比较吗?"阿四毫不客气地回道。

"你凭什么说你带的是差班,人家带的就是重点班与火箭班,县上早就不允许分火箭班与重点班了。"局长竟然不信。

阿四拿出了学校开的证明,以及每月分班的成绩资料。局长看了,不得不承认。

然而仍然辩解道:"既然你教得好,为什么不让你带重点班、火箭班?你带普通班就说明你不行!"

阿四这回真的有些火了:"你说什么!?带普通班的就一定不好,那魏书生还带过普通班呢?再说火箭班与重点班是你们学校人为分出来的,不是某一个人带出来的,带不带是领导说了算,你凭什么说带普通班的教师就一定不行,难道说管理罪犯的人都不行吗,都一定是犯罪分子吗?公安局、法院、检察院也都是管理罪犯的,那里面的人难道都不行吗?"

局长从来也没碰到一个这么跟自己说话的人,他也有些急了,"你不要胡搅蛮缠,分不分火箭班重点班是你们学校的事,与我没有关系,人事调动是经过会议研究决定了的,不可能改变!"

"你是局长,学校分不分火箭班与重点班你不知道,那你这局长是怎么当的?你又是凭什么用成绩论高下的,毛主席都说了,犯了错误就得改,你局长就是神仙,就犯不得错,犯了错就可以不改,这是哪家的道理?"阿四就是不让。

局长已经很不耐烦了，直接将阿四往外推："你走，这事我知道了，文发了，没有办法，明年再说。"

　　阿四却边走边大声地嚷着："你局长不解决，是吧！我给你就说清，你不解决我就找县长，县长不解决，我就找市长，找省长，我就不信没有讲理的地方！"

　　局长虽然还是说着"你不要乱找，找谁都没有用！"但口气已经舒缓了许多，不多久，阿四便被派去进修了，这等于是变相取消了对他的降职使用。

阿 四 转 干

石 岩

　　所谓的进修，其实是师范大学的一项扶贫政策，据说是为了提高贫困县区的师资水平，抽取这些县区的专科教师进入师大的本科三年级随班学习，每年给十个名额，连续十年。

　　阿四便是第一批选中的，县局承诺，回来以后享受本科待遇，当时征求十个人的意见，竟有一半的人不愿意去，因为这并不发本科文凭，县局再次抽取了五个人，这才凑足了十个学员。

　　阿四他们进了师大，被安排在了研究生楼住宿，阿四似乎已经有了研究生的待遇，心里都有些飘飘然了。他们虽说是十个人，却有五个专业。每个专业只有两个人。阿四在上电大的时候学的是汉语言文学，这回因为汉语专业的人够了，他又自觉自己的语文水平已经不错了，应该拓宽一下自己的专业，于是选择了政教——即政治教育。

　　阿四来时县局的要求似乎很严，还说随时要来检查，但到了学校却很少有人管了，到班级听课也没有人点名，渐渐地去听课的人也越来越少了，似乎这里的课也没有什么大作用，大部分的人都开始逃课了，不是去逛街，就是在宿舍里打麻将，或干脆回家去了。

但阿四却把时间抓得很紧，除过完成自己的专业任务之外，便是写他的自传体小说，他并不想让人知道，所以白天看书，晚上便到图书馆里去写作，这一年，他完成了自己所谓的《中国的悲剧》十多万字的创作。

在这里，毕竟接触的人要多得多，突然说到了转干的事。阿四知道自己是工人身份，但却不知道还有转干这一说，据说转干以后可以多拿近百元的工资。

阿四还打听到了转干的一系列程序：首先得用自己的专科毕业证到县人事局入人才库，再由县人事局向市上报，由市劳人局决定，且必须是待业人员。

阿四首先想到的是自己的档案，这可是早已经进入档案袋的东西，那上面可是自己早已填写过的东西，且都是如实填写的，怎么能拿到手呢？

现在这档案一定还在电大工作站，不如就说自己丢了毕业证，要档案作一个证明，借此来改一改里面的内容。阿四便找到了上电大时的班主任，居然轻而易举地把档案给改过来了，还找人到县人事局办了一个待业证。

一切手续都办齐全了，阿四又开始找各种关系。

叔父有一位朋友曾经就在市劳人局工作，现在已经退休了，也许能说上话，阿四便找到了她，她答应写信，但却说：自己曾与现在的管理人矛盾很大，估计起不了什么作用。阿四又找了两三个人，也都是不远不近的关系，也不知道起没起作用。

阿四以为自己又白费力气了，正在这时，他的转干通知却下来了，因为找了三四个人，而且都没有答应，阿四也不知是谁办的，但也许是自己直接找的结果，他甚至认为，这全是他进修的结果，否则，怎么会想到还能转干。

阿四评职称

石　岩

　　教师的职称分为四个等级——即中高、中一、中二、与中三。阿四原来是所谓的工人身份，根本就没有评职称的资格，现在总算转干了，但阿四仍然没有评职称的资格，因为阿四拿的是初中的教师资格证书，却没有在初中任教。在职业中学任教，却又没有职业中学的教师资格证。阿四很是不平，找到了教育局。

　　职称股的人给阿四拿出了文件，说："'教师应持相应的教师资格证书'，这'相应的'就是说你在初中任教，有初中的教师资格证书才能参评，或者你在高中职中任教，持有高中或职中的教师资格证书才能参评。"

　　"那就是说，在初中任教，有初中的教师资格证书，都有评职称的资格，而在高中或职中即在高一级学校任教，反倒没有了评高一级职称的资格了，这肯定不合理！"阿四道。

　　"那是政策，我们也没有办法。"

　　阿四继续看文件，他突然觉得这文件是老文件，可政策却不一样了。便接着问："这不对呀？同样的文件，怎么今年与去年的解释与执行就不一样呢？"

　　"这也是上面的规定，我们问过了，他们就要求这样做。如果你想评职称，那你就下到初中任教。"职称股的人回答，已经很不耐烦了。

　　"作为政策性的东西怎么能一会儿东，一会儿西呢？要改变也应发文件，怎么能打电话或口头传达呢？"阿四念叨着离开了。

　　但阿四怎么也想不通，他似乎又觉得是县局欺骗了他们这一伙人，他找到了当年他们进修时的文件，这上面赫然地写着："在本县之内享受本科待遇。"既是本科待遇,为什么不能办理高中或职中的教师资格证,教师的待遇就是通过职称来落实的,如果办不到高中或职中的教师资格证,哪还能谈得上什么享受本科待遇。

于是阿四走进了政府大院。政府大院阿四是很少去的,就连主管县长的名讳阿四也不知道,但还是进了政府大院,心想县长总该有门牌吧。

想来县长会住在最里边吧,阿四匆匆地向最里面走,有一个人也正往里面走,看样子有四十多岁,一定不会撒谎。因为阿四总感到政府大院的青年人很不牢靠。便问:"同志,你知道主管教育的县长在哪个房子住?"

"我不是这里的人,主管教育的县长叫胡也"。

阿四本不想进政府办公室的,因为阿四知道所谓的办公室,其实都是为县长挡驾的,在那里不仅问不出什么名堂,往往还会误事。曾经有几次就被他们骗了。明明县长在办公室坐着,他们却说县长不在,害得阿四到政府大院空跑了四五趟,所以现在阿四不相信办公室的人,特别是那里的年轻人。可这回到了办公室的门口时有一个小伙主动上前问道:

"你找谁?"

"我找胡县长。"

"胡县长不在!你找县长有什么事?"

阿四一听就知道他在撒谎,不想再搭理他,应付道:"是职称方面的事。"

"那你应该找教育局!"

"我找了,有关政策方面的,他们说要找主管县长。"

"职称方面就归教育局管,你找县长没用。"

"教育局解决不了问题我不找县长找谁?"

"去找教育局!"

"我已经找过教育局了。"

"去!找教育局去!"

看来,青年人已经知道自己是平民百姓,有轰自己走的成分了。阿四不禁火起:

"是不是平民百姓就不能找县长？"

"我没说平民百姓不能找县长。"

"那你是什么意思？我已经说过找了教育局不起作用，是人家让我来找的，你为什么还三番五次地叫我去找教育局。"

"你叫什么？"

"怎么，要找县长就犯罪了，开始审问了。那你得叫公安局、法院呀！"

另一个年轻人也站起来了，大声地道："你说什么？"

阿四一下子更来气，"啪"一拍桌子道："你聋子吗？没听见？你凭什么大喊大叫的？"

"你敢到政府办公室拍桌子？"

"我拍了，怎么？政府办的东西都是金枝玉叶！动不得？"

"你——你是什么单位的？"

"怎么？犯罪又改为行政处分了？"

"你——快，给教育局打电话，叫来人把这人带回去。"

"那你得先把'这人'铐起来呀！否则'这人'两腿一不听使唤会跑呀？叫人又到哪里去找呀？你们不是白忙活了吗？"阿四说完便大踏步地走出了政府办，走出了政府大院。

这应该是上级部门的问题，是政策的问题，于是就给市长写了一封信，标题就是"这样的规定不合理"：

我们是县职教中心的教师。因为当时我们县的师资力量单薄，县上决定在各初中挑选教学成绩突出，思想品质优秀的教师到陕西师范大学进修，回来后到高中任教，按大学本科待遇，为此还专门"三家"联合发了文件。八九年下来，我们早已成为旬邑高中教育的中坚力量，可以说我们为旬邑的教育付出了全部的青春。

但零七年元月十四日，学校接到了上级发来的晋升职称的文，具体条件与往年的文件完全一样，我们各方面条件都完全符合，但职称小组领导竟说："这是上级部门打电话通知的'没有高中教师资格证书的没有参评的资格'"。我们说"那我们有初级中学的《教师证》(因为我们的进修证不被市上认可，所以我们办不下来高中资格证书)，总能在初中组中参评吧？"可他们又说："你们现在没有代初中的课,也不能参评"。就这样,因为我们拿的是初级中学的教师资格证书在高中代课而被剥夺了晋升上一级教师职称的权利(即既不能参加高中组的评审,也不能参加初中组的评审)。每一个教师,不管是初中还是小学,都有参评晋升职称的权利,而我们的权利却被剥夺了。普普通通的初级中学教师都有评定职称的权利,我们加强学习,追求进步,进入高中,反而没有了这种权利。这又是哪家的道理? 我们认为这极不合理。

其一,同样的文字,不能做出两种不同的解说。即一年前的"相应的《教师证》"就包括初级中学的,一年后就不包括了。

其二,既然内容与往年不同,就应以文字的形式完整表述,绝不应该含糊其词。更不应该以电话通告来替代。这又怎能与我们的依法办事,政务公开相匹配?

其三,纵然有这样的规定,本身也是不合理的。凡是教师应该就有参加职称评审的权利,初级中学的教师在初级中学代课都有参加职称评审的资格,现在代上了高中的课程反而没有这样的权利了。

其四,职业中学、高中、初中都属中学,应该都适用于中级职称。事实上初级中学的职称有中高、中一、中二、中三,所谓的高中、职业中学也同样是中高、中一、中二和中三。而且我们所持的聘任证书与技术职务证书也是一样的。

其五,我们现在有许多学校是综合中学,即既有初中,又有高中,甚至还有职中,学校往往要统筹兼顾,免不了一个人可能今年代高中的课,明年代职中的课,或者由初中逐级带到高中。这能用一个资格证书来衡量吗? 能从初中带到高中应该是有能力的体现,然而却失去了在初级中学组晋升职称的资格,这无论怎么说也不是合理的。

其六,这样一来,在高一级学校任职的教师,在高一级的学校没有参评的资格,在下一级的学校又不任职,也没有了参评的资格,这就无形中剥夺了作为教师,甚至是追求进步教师晋升职称的权利。两年前是这样,今年又是这样。

这不仅仅是一个人的事,而是涉及全市所有高中的同一类型数以千计的教师。

为此，我们要求重新给这一部分人分配名额，做到依法办事，还这部分人以公道。

我想，这不仅是我的希望，也是所有想晋升职称的广大教师的愿望。我们期盼我们的父母官能真正的"代表一次最广大的人民群众的利益"。

时下我们联系到的同一类情况的四五十人，如果十日之内仍得不到政府领导的公开答复，我们将集体上访市长，希望能见到，得到市长的指教，评判。

然而却总是没有回音。阿四想，看来自己进修拿的合格证是起不了作用了，县局的承诺也不会起作用了，自己只好再去函授本科了。阿四交了四千元又一次报了师大的本科函授。没想到市长大人竟然开恩，也许是局长大人为了息事宁人，职称股的人却又给阿四打来了电话，叫他不要再给市长写信了，明年就让他参与职称评审。竟然答应来年一定解决阿四的问题。至于其他人，阿四则不得而知了，但只是通知了阿四。

阿四很是高兴了一阵子，到了第二年评职称的时候，果然恢复了阿四参评的资格，阿四本以为自己的资历完全不在话下，就连自己的学生都已经评上了高一级的职称，自己怎么会评不上呢？谁知，第一年竟没有评上，原因是阿四拿的是大专文凭，不是学校的教学骨干或学科带头人，且考核不在前百分之三十之列，而且没有职高的教师资格证书。

阿四更是不服气，竟然对学校的考核制度、骨干评价制度大肆攻击起来。

阿四又给校长发了几个短信："校长你好！因为我们这些在高中任教而持初中教师证没有评职称资格的问题，我找了市长，局长才答应今年一定让我们评职称的。今年确实让我们参评了，但我却被学校刷下来了。我非常生气。也许你认为我会怨评委，我不会，因为他们只不过是按学校的意思或条条框框打分而已。但我认为极不合理。据说是因为我今年没当班主任，我的考核在后面。当不当班主任是由学校决定的，怎么能作为个人评职称的评分标

准,再说我当了七八年班主任,刚一年没当就没了这项分,你说这合理吗?在这点上我怨你。我自认为和你的关系还不错,我不想要你偏袒我,但至少能为我主持公道。还有什么狗屁考核,我早就说过,那是使小组长丧失人格与尊严的制度,与鲁迅说的提着头发升空的人没什么两样。年年月月,月月年年的考核先进都是小组长就是证明。也许你要说那是制度,制度是人制定的,存废更在领导,要知道制度或律法的不公正危害会更大。"

已经有人在给阿四敲警钟了,你不要给人说你给市长写信的事了,领导很反感,更不要议论人家学校的制度,评上评不上还不是领导的意志,你说领导不待见你,哪一个评委敢把你的分数往高打,再说,这方面也可能有暗箱操作,你说你能评上吗?

但阿四确信是自己的进修证不起作用,而专科的汉语言文学的档次太低也会影响评委打分。阿四也开始沉默起来了,评不上就评不上吧!比上不足,比下有余,平心而论,他自认为是一个尽心尽力的教师,只不过每月少拿一二百元,那有多大关系,钱多少是个够呢?少就少吧!反正自己的生活水准不高,有吃有穿有住就行了,谋事在人,成事在天。

阿四突然想到暗箱操作,这后勤人员,没上过一天课都能评上而自己却评不上,于是他也找上了关系,该花钱花钱,该送礼送礼。第二年竟真的评上了。

评上职称还有第二道关卡,那就是讲课,阿四很是自信,他已经教了二十多年的语文,初中十几年,高中十几年,人家没教一天书,甚至没有讲课的人都能过,自己怎么会不能过呢?

职称股的人告诉阿四,你参加职称评审用的是初级中学的教师资格证,所以得讲初中的课。阿四还是不忙,这有什么怕的,自己好歹还在初中待了十几年。

阿四找来了初中的教材,这才发现教材与自己以前用的教材大不相同,以前用的是人教版,现在用的却是苏教版,苏教版就苏教版吧,语文的教法都差不多。

阿四把初级中学的语文教材齐齐地看了一遍,特别是生疏的课文,更别说那以前自己教过的了。

阿上抽到的是《紫藤萝瀑布》这正是自己准备好的一篇，还有多媒体课件呢。

这是一篇写景散文，必须突出其寓意，特别是作者的感情，阿四觉得自己已经到了尽善尽美的程度，特别是那朗读。虽然没有学生，但阿四自信已经进入了文章的境界。

评委显然很不满意了，已经叫停了，组长操着很重的乡音问："什么是节余？"

阿四听不懂，什么是"节余"呢？没有碰到什么"节余"呀？只好回答说不知道。接着组长又问"你代的是初几的语文，怎么这么的生？"

阿四回答："我代的是高中，今年代的是高三的语文。"

"什么！你代的高中？还高三呢？那你说说高中语文必修1第二课的题目。"组长很是怀疑地问，阿四竟然怎么也想不起来了，这也证明了阿四是个冒牌的高中教师了。

直到走出课堂，阿四才弄清，原来那位评委组长问他的是"借喻"。

结果，阿四竟又被卡在了讲课上。

其实阿四是固执己见的人，也可算是刚愎自用吧.他一直认为学语文的最终的目的就是学会写作，他的课堂上着力于理解思想感情。

阿四所报的本科仍是汉语言文学专业，每年考两次试，就在邻县职教中心，说是闭卷考试，其实监考监外不监内，跟开卷差不多，有的拿书抄，有的用手机查，还有的叫人在外面电脑上查，查出后又发到手机上，反正大家都是你抄我我抄你的，也有一两门过不了的，大概是出题的有意，我们总是查不到，但经补考也都全过了。这可比阿四二十年前的电大好过多了，那时的考试你必须得记，监考的全是我们所说的"更年期妇女"，个个都沉着脸，别说你抄袭，头稍有偏转就会被拉出来，几轮下来，有的人都成神经质了，甚至有补考三四次不能过的。我们当时是有很大的怨气，都成人了，怎么能这样呢？但考过之后，我们也确实感到，我们学到了不少的东西。现在可是好过多了，有许多的人，平时根本不看书，考试也只是凭抄，抄过了什么印象也没有，阿四真不知道这样的文凭有什么价值。

不过本科还有两门统考科目：英语与计算机。

统考要到市电大去考，据说题很深，监得也特别严，很少有自己去考的，都是出钱找人替考，所在学校也就有了所谓的"枪手"。

"枪手"也是有讲究的，有专业的，有业余的，还有打零工的，基本都是在大学里学习较好的学生。

专业"枪手"往往都是那些在考试中心有关系的人，他们号称包进考场，包过，但费用就高了，一门就是六百元。

其次是业余的，他们与教务办没有什么关系，得由请的人找关系把他们带进去或做假的准考证，把他们带进考场，只要进了考场，就保证过关，当然，他们的要价就低，一般是四百元。

还有一种是打零工的，即以前没有参加过此类考试的，很难有什么把握，但价钱就低得多，甚至可以讨价还价。一般一二百元就会去替考。

每次统考，考场外都由考生与这些人形成一个浩大的市场，甚是热闹。

阿四因为已经过了四十五岁，英语可以免考，只考计算机，他前两天就到了，考虑到自己没有任何的关系，他想找一位专业的，看了两天，发现有一位在两天之内竟然替考了六次的"枪手"，这个肯定可靠，要么怎么会堂堂有"生意"呢。

按照这里的规则，得把自己的准考证给"枪手"，提前交清替考费，出来后再将准考证还给考生，只要是出考场的，没有说不过的，都会说在八九十分。

阿四把准考证交给了这位"枪手"，又给了"枪手"六百元，算是成交。

不到一个小时，阿四的"枪手"便出来了，很是平静，且微笑着："包过，九十分以上。"

阿四便拿回了准考证，估计也没有什么大问题了，明年就可以拿到本科的毕业证了。

然而一月后，阿四在网上一查，竟然没有过，再打那个"枪手"

的电话，却怎么也打不通，很明显，这回自己竟然上当了。明年不得不再来找"枪手"，毕业证还得迟上一年了。

到了第二年，阿四又来了，他很想找见去年骗他钱的那位，甚至想痛打那家伙。可怎么也找不到，不过今年他有了许多的经验，其实那些说自己有关系的"枪手"，大半并没有什么关系，只是凭借他们的造假业务取胜，把准考证上考生的照片换成自己的照片，把考生的身份证换成自己的身份证而已，等考完了在试卷上签上考生的名字即可。

所以阿四这回找了一个"打零工"的，要了他的照片与身份证，自己很快就打出了一个假的准考证，交到了这位"枪手"的手中，说定考完后给"枪手"一百元。也许正因为这位"枪手"是打零工的，竟然答应了，进了考场。

阿四心想，去年出了六百元都没过，今年才出了一百元，肯定过不了，给什么钱，考过考不过准考证都用不着了，不如发个短信先走，就说等成绩出来，过了，保证把钱打过去。于是没等考试结束，阿四就坐上了回家的车，继而收到了"枪手"的短信，大骂阿四不讲信用。阿四也不回。

一月后，成绩出来了，阿四一查，竟然考过了，还是高分。虽然阿四上次上了当，但那是另一回事儿，尽管这次的"枪手"肯定找不到自己了，但阿四还是给"枪手"发了一个短信，要了他的银行账号，给他打去了一百元，听说这件事的人都说阿四真的有点傻。

拿到本科毕业证只是参与职称评审的第一步，还得参加所谓的"继续教育"，有所谓的国家级、省级、市级，还要考所谓的高中教师资格证书，还要在任职期内在国家或省市级刊物上发表两篇文章。这些均是"硬件"。否则，就没有参评的资格。

各级的"继续教育"只是交钱，时间到了就能拿证，说到底还是一个"抄"，但与本科证书的获取相比较可是简单多了，全是老生常谈，也根本就没有学到什么有用的东西。

教师资格证的考试考三门：教育学，心理学，教育心理学，时严时松的，学院就有许多卖小抄的，一次考不过考两次三次，阿四也确实花了不少的精力，记了不少，但用上的还是寥寥无几。

至于在国家级、省市级的刊物上发表文章，则有明码标价，一般国家级刊物，发表一篇自己写的是八百，由期刊代写的是一千二。省市级的少个两三百元即可。阿四本来有几篇发表过的文章，但已经过时了，且不是论文，当时不仅没出大价钱，还领了不少稿费。阿四便在自己写的论文当中挑了一篇，与谈妥的价钱一同寄出去了，不到一月，果然在一家国家级的刊物上发表了。

然而阿四却没有任何的喜悦，甚至感到的是一种莫名的耻辱。

阿 四 其 人

石 岩

衡量一个人的聪明程度可能要以记性的好坏来说，但阿四却让人很难琢磨得透。说他记性好吧，带了两学期的班，竟然叫不上班上学生的名字，更别说过去学生的名姓了。这丕不算，有时竟然在课堂上闹出了大笑话，譬如：讲课的时候，突然想起要给学生写"爷爷"两字，可怎么也想不起来了，愣是写成了"斧"，而写"谦虚"时又偏偏写成了"歉虚"。但阿四却似乎并不以为然，自我辩护道："人老了，能比得你们吗？"有一次，他先一天与小舅子一块去的大舅子家，是从侧门进去的，而且已经走到了大舅子家的门口了，只是因为大舅子家里当时没人，所以吃了闭门羹。第二天又领着妻儿一块去大舅子家，是从正门进的，可到了楼下却不知是哪个单元、哪层了，愣是叫妻子打电话叫大舅子出来接了他们一趟。进门时妻子便大笑其弱智，先一天才来的，第二天就忘记了单元与门牌。当时大舅子家坐了十多个子侄，一个个地都大笑"姑父"。然而阿四却辩解道："这你们就不懂了，这叫大智若愚，你不想想，如果我说我知道，你们有人出来迎接我吗？肯定没有，可我说我不知道门，你们肯定会有人来接我，多体面的事情，只需我一句话，一个小小的伎俩，你们就上当了，你们说是你们笨还是我笨？"一下子说得大家笑声一片。说阿四记性不好吧,他却能背诵像《孔雀东南飞》《琵琶行》《荷塘月色》《记念刘和珍君》《报仁安书》等长篇大论,甚至能背高中语文书中的所有文言篇章与所有的诗歌。

要说阿四有什么爱好,那便是下象棋,那还是在上高中的时候,他的数学老师说了一句下一盘象棋等于做一道数学题,他于是喜欢上了下象棋。当时班上有一位同学象棋下得很不错,他便整日地跟人家学,最后便是跟人家下,竟能战平甚或能赢一两盘。以至于影响到了做作业、上课。到后来毕业了,他没考上大学,一个人在家,总想实现自己的作家梦,可还是动不动就上了棋摊。阿四曾几度下决心戒棋,可每次不到三四个月就又破戒。他终于知道为什么抽大烟的人那么不容易戒烟的原由了。除此之外,阿四没有什么爱好了。

说到教书,阿四可谓认真,他最初教的是语文,但他的语文功底并不好,在中小学乃至高中,作文的评语都是语句不通,错别字满篇。可后来他偏偏又学的是汉语言文学,结果就是记的不少,可错的也不少,特别是四声。常用的字他往往都读不准确。开始教书的时候,教一篇文章,他几乎要查三分之一字的读音,这可是要耗大量的时间的,以致他每天连吃饭睡觉的时间都用上了,好在中学的教材年年一样,几年下来,阿四也算是老教师了,教案只需抄上一年的,教材上凡是有怀疑的也都注在了上面。

阿四一直有一个作家的梦,所以他给学生布置作文,总是与学生一块写作,到时便把自己写的与学生比较,念给学生听,自己也很有那么点自信。时间一长,也就积攒了不少,还有收集的学生的佳作,便编成了一个集子,自费出版了,名为《堂上奏乐,笛清哪胜箫合》。

阿四的思想也可称得上是超越,他已经四十多岁了,但他却学起了电脑,只是打字,他每分钟可以打到五六十个,还用的是五笔。课件一出现,他便率先学会使用了,别人都在用手写教案,他已经变成了电子教案,人家讲要以学生为主体,要激发学生的积极性,课堂上要让学生参与讨论,他早在实施了。这里的教师照样比较传统,说传统是文明的说法,其实就是落后,比如说,学生不

堂上奏乐
笛清哪胜箫合

能穿奇装异服,戴金银首饰,更不得留长发,老师自然更应当如此,为人师表嘛。还有,学生不得入营业性舞厅就是不得跳交谊舞而已。但阿四却很是反对,为什么就不能呢？在这里的领导心目中,做这些事的恐怕都不是什么好人,在其他方面也许是因为太过显眼,或许还是为了吃饭,不能在领导的心中扎下恶根,但阿四却喜欢说唱,特别是跳舞。有一次,教研室发了一个一百多页的册子,说是什么《校本研修》包括了"我的教学叙事""教学反思""教案设计"等,完全是搞形式,可以说对教学毫无用处,于是他就写了一段文字：最近,旬邑县中小学教师都在忙着一件事,那就是完成所谓的"校本研修"即 16K 一百页的学习笔记、听课、家访记录、课题研究等等,据说每学期要一本,作为将来评职称的依据。说穿了就是"抄！抄！抄！"根本谈不上与教学教研有关,可以说就是在浪费教师的时间,甚至是浪费纸张。"浪费别人的时间就是谋财害命",因此,我说：制定这样的制度就是对人民的一种犯罪！希望能引起我们上级领导部门注意,深入实际,改变这种不切实际的官僚作风。本以为已经"石沉大海"了,没想到假期"东窗事发",惊动市县乃至教育局。据说要领导对处理的结果层层签字,还要反映此事的当事人签字。阿四当时在成都休假,学校的工会主席给他打电话,似乎他已经犯下了大错,语气甚是强硬,要他立马到教育局去,似乎是在接受什么处分。最后,人家便叫阿四给局长说话！

局长倒是和气了许多：

"你反映的那一件事我们调查处理了,想叫你来签个字.你什么时候能回来？""我回来还得两三天。"阿四回答道。

局长说："那好！"

然而阿四回来后局长没有找他,倒是校长找他谈话了："你怎么能向市长信箱投诉,给学校惹这么大的事。"

"我只是就市上的政策提意见,怎么能说给学校惹事,凭良心,你说,这'校本研修'到底有什么作用？是不是浪费教师的青春,是不是浪费纸张？"阿四不以为然地说。

"可是县上四千多教师,人家都不说,就你要说。我也是为你着想才给你说的。"大有希望阿四能自重的意思。

后来工会主席说得更直接："你这事闹的，人家说我们学校的'校本研修'是抄的，要检查，我当时没有拿办公室的钥匙，硬是把门撬开叫人家检查，你说你这弄的啥事！人家叫你，你还不来，说什么你在成都，人家教研室主任说'前一天还看到你在操场跳舞着哩！'"

这话的意思就是说阿四是一个不务正业的人。

旅 游 杂 记

石　岩

今年侥幸代上了高三，年初学校便许下了诺言，如果今年考得好，就组织老师到上海、南京去旅游。现在高考已经结束，不过成绩还没有出来呀，可是学校已经决定组织高三教师六月十七日旅游。给每位教师补贴六百元。这可算是对高三教师的莫大信任。

高三的代课老师甚是高兴。我也高兴了好一阵子呢，可是一想到自己的状况，又有些发愁了。

其一，六月二十五是父亲三年的忌日，我得提前做些准备的。

其二，姑父的胃癌已到了生命垂危的紧要关头。我可是在姑父家上了三年小学的，总得去送葬。

其三，我又答应给城建局的庆七一晚会散文诗朗诵撰稿。既答应人家，怎么好意思一走了之呢？

其四，自己的经济又那么紧张，现在还背着两三万元的外债，如果人家知道了，会说我们有钱旅游却没有钱还债。

其五，是带上老婆呢，还是不带呢？不带吧，一个人多没意思，况且她会提意见的。又得说我只顾自己个儿去玩，不顾老婆孩子。带上吧，两个人的吃穿用度，特别是旅游点上的门票又是一大笔开支。

再者说，这大热的天，去的又都是南部城市，肯定不会好受的。

干脆直接问问老婆。老婆这几天也正在娘家发丧。于是拨通了电话。

"我们学校要组织高三代课教师去上海、南京旅游，给每位教师补助六百元，自己交五百六十元，如果带家属，家属交一千一百六十元，你去不去？"

"去哩么不去，就是贷款都去哩！"继而却又带上了几分讽刺地道："那看你么，你要得了就去，不要了就算了。你看你带谁得了回来就到谁家去！"

这—— 我无话可说了。

行了吧，还是别去了，倒可以节省一笔开支。于是再打电话给老婆，说不去了。老婆一听我不去了，语气好了许多，也许是感到了一点平衡吧。但我心里还是有一点不甘心。然而没过一小时，又觉得自己是多么的高明，又是多么的果断，避免了老婆说闲话，节省下来的钱还可以还一部分的账，如果有机会，积攒下来的钱还可以去看看母亲（在成都市），一举双得，省得总是牵挂母亲，看去吧，自己没那经济，不去吧，又总是想。如果这次去游了，后面想母亲了又没钱去，那才叫遗憾。于是又高兴起来了。

学校负责此项工作的主任又打来了电话，说现在只有两三个人不想去，其他四十多人都要去，还说，如果不去，什么补助也不给。

不给就不给吧。去得花四五千块，区区六百元又算得了什么呢。然而还是感到不痛快。

本不想去学校的，人家都要去，自己却不去，多不好意思。穷也并不体面呀。再者说，也怕自己经不住诱惑，又变了卦。可晚上就得给人家交草稿，稿子在电脑里，电脑又在学校里，现在又不得不去了。

一进校门，旗台周围已围满了高三的老师，他们大概正说着出游的事，一个个兴高采烈。

主任一见我进来，就招呼我到旗台下来，说高三教师要开会。

这下可糟了，你一句我一句，都对准了我。

副校长第一个就说上了："你看人家年轻人一个都不躲，这老权子还不去，四十多岁了，同事们集体出游的机会难得！等你有了钱恐怕再也找不到这机会了。"

"钱能把人疼死,你不去还能把钱带进棺材里去不成?"

"我也刚买了地方,我也欠人两三万,还有一万元的贷款,我都不怕,照样去。"

"你这回不去,恐怕一辈子都去不了苏杭。"

"怎么! 还要到苏州,杭州去?"

我立刻有点动心了。

上海、南京可以不去,可苏杭不能不去吧? 所谓桂林山水甲天下,我还清楚地记得"云中的神啊雾中的仙,神姿仙态桂林的山"。

我当即决定去了,且要带上老婆。

于是又给老婆打电话。

"人家说了,如果不去,什么都不给,我们还是去吧?"

"那你有钱,你去! 我又没有人给我交钱,我不去!"老婆显然又在讽刺我了。

"那我交呀! 一块走吧?"我再次邀请道。

"那你要得了就走么。"

"那就决定了?"

"那你就决定吧。"

总算决定要去了,我长长地出了一口气。

我便又开始忙着赶稿子。不知不觉已到了晚上十一点多。我赶紧回家。谁知一回家,老婆单位的大门已经上了锁,我只好叫门,出来开门的竟又告诉我。

"你老婆叫你回来了给她回一个电话。"

原来,我走的时候把手机忘在家里了,在学校打电话时用的还是别人的手机。

这回又是什么事呢?

我匆匆忙忙地赶回家,拿起手机就拨。可拨了半天就是不通。我想大概她是在她们的窑洞中,电话没有信号,或者就是关机了。可到底是什么事呢? 竟闹得我一晚上都没有睡好。

早上也是,五点钟就起来拨电话,可还是拨不通。直到八点钟才通了。原来她又嫌天气热,决定不去了。我很是埋怨了一阵子。

说道：

"人家已经决定了，你不去也得交一千一百六十元钱。"

"不是还没交吗？"

"人家要收，难道还抓不住我吗？你昨天不是说好去的吗？怎么又不去了？"

"我啥时说我要去来着。"

"你明明说你去哩！"

"这么热的天，我不去。"

说完，她干脆挂断了电话。

人家昨天就定了人数，如果交给了旅行社，可能就不容易反悔了，我于是又忙着给学校打电话，看是否已经和旅行社联系了。还好，并没有决定下来。我这才说明我们去的只有我一个了。

到此，我仍然不知是喜是忧。喜的是老婆不去了，可以省下一笔开支，特别是在我们经济紧张的时候。忧的是路上没有了老婆，多没意思呀，人家都是成双成对的，我难道要去做灯泡吗？如果不做灯泡，自己又会多孤单。如果有钱，叫一个相好的也可以。可惜自己不仅没钱，也还没有敢于跟着自己出去旅游的相好呢。

既然说要去了，自然也好呀，似乎也是理所当然的。便又沉浸在了旅游的喜悦之中了，甚至已写起了游记。比先前决定不去时更高兴了。其实阿Q的精神存在于我们每一个人的身上，我想，这也许是好事呢？否则，自己岂不永远哭丧着脸，那多不好看。

老婆也从娘家回来了。我便急切地问："你开始说去哩，最后咋又不去了呢？"

"没人给我交钱么！"

"谁不给你交？"

"你说你们学校只给你补助。"

"人家就是只给我补助嘛。"

"那你还说啥呢？人家不要，还死皮赖脸地要跟上去？"

她倒怪起了我！

怪就怪吧，反正已经无法挽回了的事，也用不着去为此烦恼了。

离走还有两天了，现在就得准备了。我先是找了一个笔记本，一支钢笔，既然去一趟，就得记一点东西，也许后边会用得上，给人也好说一些。

我们正在吃中午饭，突然来了一个电话，是老婆的。叫她代院长到西安去学习，且今天晚上必须到。据说学习七天，出去旅游七天。

这下倒好，我说要去旅游，可还有两天才走，她说不去，一下子却就走了。而且丢下一句话："你不要我去，我还比你走得早，老天都有眼睛。"

我无话可说了，原来要妻子给自己准备东西的，现在得给妻子准备了。然而心里却还是挺高兴的。

老婆很快地就走了，我倒有些失落了，东西也不急于准备了。

等待的日子真是急死人了。也许是因为家里留下一个人，心慌吧。也许是因为老婆走了，已到了西安。或许想到她会等自己的。人也就是这样吧，在一块的时候总是吵吵闹闹的，一旦分开了，却又有些思念了。

六月十八日早晨七点整，我们准时坐上了去西安的空调车。平时我们开会总是迟到的人很多，今天却一个个地来得要早得多，我七点钟赶到，却也是最后一个。路上，我们也都欢欣雀跃。我的心里似乎比其他人更高兴，其他人的冲动在于要去领略一个崭新的世界，我的喜悦不仅有此，还有一个老婆在前面等着自己，这更会有一分惬意。

在路上我就通知了老婆："我们乘下午两点二十四分的火车，你就在火车站等我。"

不对，到西安得等一两个小时，火车站没有地方，不如到她住的旅馆去，说不定还能休息一会儿呢。于是又拨通电话："你不用来了，我去你那儿。你在什么地方住？"

"我们就住在北门的中祥大酒店。你可以坐出租车过来的。"

我们十二点便到了西安火车站，一下车我便急急地搭乘出租车。

西安的人还是多呀，车堵得简直走不动。再说我也不知道有多远，走着走着，车子竟然发生了追尾。两个司机吵了起来。

我的时间可是等不得的，司机却说马上就走，又耽搁了好一阵子。然而却还是早早地到了，我便陪她去吃了一顿饭。老婆说她们学习完了还要发什么结业证书,需要一张照片,于是又陪她去照了一张照片。现在还有一个小时的时间,路上算半小时,还可以休息半小时呢。于是躺在老婆的床上休息起来了,老婆就坐在同室的床上,时间由她看着。

也许是车坐乏了吧,也许是老婆在旁边吧。本来易地很难睡着的我,现在居然一下子就睡着了。

到点了,老婆便叫醒了我。一切也都准备就绪。我起身便走。老婆就随在后面,出门就是去火车站的公交车。我们吃饭回来时就看过的。而且车站就在旅馆的门口。我们出门也就上车了。

怎么四五站过去了还不到呢?还是问问吧。前面有位老大娘。于是我便问:

"大娘,火车站是坐这趟车吗?"

"这是从火车站出来的呀!你坐反了。"

怎么?我坐反了!我赶忙下了车,心想,这下可糟了,要是误了火车可怎么办呢?不管三七二十一,先往回返,说不定还能赶上呢?于是又上了返回的车。还好,说的下午两点钟在火车站集中,到火车站时正好两点钟。

火车晚点四十分钟,但并不影响我们的行程。而且坐的是卧铺空调车,我们还是第一次坐这么豪华的车呢。可以说每一个人的心都是愉悦的。这一点从我们的表情中便一览无余。车上人的眼光也都有些异样,怪怪地看着我们,他们一定有些疑惑了:这是干什么呢?一大帮的人一块上车,欢欣雀跃的,说是旅游观光的吧,又不像是阔人,说是打工仔吧,又有老有小。有的不等坐稳就与口音生疏的邻座攀谈起来,我想,他们心中一定有一份自豪与骄傲,想要告诉人们自己是出来旅游的,但怎么能直说呢。有的便坐在火车的窗子前早早地等待观光一路的风景。有的则打起了扑克牌。有的则直接躺在了自己的卧铺上了。我则直接邀请对面的旅客下象棋,然而那家伙的棋太臭,连连失败,不知怎么的,又来了他的一位同伴,一来便接着下起来了,那倒是位高手,我们便你来我往地厮杀了一路。无论是哪一个,也无论是做什么,那都是一种享受。那一夜确实在不知不觉中,在快乐中度过了,仿佛就是一瞬。

一到南京站,我们就开始转乘大巴车了,本来我们出发的时候就有了一个中国旅行社的导游,大概是因为对本地的情况我们都熟悉的缘故吧,导游并没有过多地介绍,只是做一些服务性的工作,以至于我们几乎把她忘记了。现在随大巴车的又有一个导游。车子一启动,导游便给我们介绍起了南京的历史人物,名胜古迹。有我们听过的,也有我们没听过的,然而无论是听过的,还是没听过的,我们都为导游的渊博所感动。但却并不感到新奇,也许这一切都在我们的预料之中吧,况且,我们就要看到装载这一历史的现在了。而我,更想看到的是金陵的现在,特别是南京长江大桥,我们曾在画上见过的,也曾在电视电影里见过的,毕竟现在要亲临了。我们就从大桥上经过,可看不到它的全貌,过去了又返回来看,可还是不尽如人意,似乎并没有画上的,电视电影上的好看。这也正所谓看景不如听景了。

　　我们到南京第一个参观的是中山陵。据说是占尽了风水,用尽了地利,富含着许多的象征意义。但我却记不住这些,只是有位老师竟然说"孙中山是个流氓,连朋友的女儿都糟蹋了么,这不是流氓是什么?"一下子逗得大家都大笑起来。其实,在中国,以点盖面的又何止这一个。幸而对于孙中山来说,这些却很少有,纵然有,那也只是玩笑,只是幽默而已。

　　我们也到了金陵的许多历史大富或权贵的住宅,以及秦淮圣地,也许这些还是现在模仿或修缮的。然而在这现代大都市里,一个个倒都成了小门小户,特别是那些色调,更显得灰暗,与现代的明丽很不协调。

　　我们旅游的第二站是上海,导游与司机却仍是原来的。

　　路上,南京的导游便给我们介绍上海的名胜,似乎并没有南京曾经的辉煌,但上海本来就是一个现代化的大都市,我也似乎更喜欢看现代大都市的风貌。据说那东方明珠的高度是世界第三位,具体是多少我已经不记得了。还有金茂大厦,说是不亚于美国的世茂大厦。美国的世茂大厦已被恐怖组织破坏,大概我们的金茂大厦要数世界第一了。这两处名胜就在黄浦江畔,而且黄浦江本身就是近代史上的名胜。游黄浦江与上东方明珠或金茂大厦便成了我们游玩的首选,这也是导游极力推荐的,要一百二十元的门票。

黄浦江确实不错,大小不同的船只,样式各异,有豪华的,也有原始的,都是我们这些北方人第一次见到的,上了金茂大厦,全上海便尽收眼底,特别是灯光,可以说是灯火辉煌,瑰丽多姿。

然而我印象最深的却是上海的大楼。不仅高得出奇,而且形式各异,特别是那博士楼,竟像一个个博士帽。

到了晚上,与我们的另一队同伴相遇才知道我们今天上了一个当,原来游黄浦与上金茂大厦的门票只有八十元,而我们每人竟多出了四十多元,我们很是不平。那一队虽然免于上当受骗,却吃尽了苦头,据说是空调坏了,这大热的天,温度已达三十几度,人怎么能够忍受。

到了第二天,我们这一队的经验是不能再轻信导游的话。所以当导游再次要我们交八十元去看海时,我们竟没有一个人同意,导游很是讥笑了一阵子,说什么,到上海不去看海,那等于没有到上海来。鉴于昨天的事,我们还是没有一个人说话。导游的提议只得取消。随即这辆车的空调也就出了问题,我们一个个都热得通身地出汗,可以说是挥汗如雨了。我们一位老师的孩子竟几次的中暑昏迷。

我们突然联想到另一队昨天的遭遇,立刻不疑他们是否是有意作怪。我们这个第二高中的前身是职业高中,本身就有电工等专业,这次旅游中就有这方面的教师,虽说车上的空调说明全是英文,但我们就有现成的英语教师。一看,我们这才发现,车上的空调不仅没有开冷气,而且放在热气上,发现的几个人立刻就火了,与司机争执起来。司机却说我们不懂,等我们的专业教师亮出身份,说自己不仅懂,还能修时,他们又说他们的空调是进口的,和一般的空调不同。当我们的英语教师指出他们是把空调放在热气上时,他们立刻调整了,还是不承认他们是在有意作怪。我们立刻要求西安旅行社的小姐做出解释或解决,西安的导游便劝解,说是误会。

另一队的经验则是顺从导游,否则可能车就会出问题,或者空调又要坏了。所以当导游提出每人交八十元钱去看海时,他们最终决定去看海了。然而快到海边的时候却又遇到了栅栏,又要他们自己买票,他们也火了,干脆不看了,竟白白地出了八十元钱。几乎和我们昨天的遭遇一模一样。南京那位我们都很敬佩的导游,现在话也少了许多,再说,他的声誉在我们的心中一下子可以说是从天上掉到了地下。我们的心情也一下子低落到了极点,对世界的认识也似乎深刻了许多。

　　我们旅游的最后一站是苏杭,然而游的结果却是不如不游,因为游的结果常常是破坏了原有的美丽的想象。而且总有一种被人愚弄的感觉,甚至觉得导游就是一个与商人联手的骗子。

堂上奏乐笛清哪胜箫合